# QUELQUES BATTEMENTS DE CŒUR

DU MÊME AUTEUR

*Une présence dans la nuit*, Belfond, 2018

Vous pouvez consulter le site de l'auteure à l'adresse suivante :
emilyelgar.com

EMILY ELGAR

# QUELQUES BATTEMENTS DE CŒUR

*Traduit de l'anglais*
*par Marie Kempf*

belfond

Titre original :
*GRACE IS GONE*
publié par Sphere, une marque de Little, Brown Book Group, Londres



Retrouvez-nous sur www.belfond.fr
ou www.facebook.com/belfond

Éditions Belfond,
92, avenue de France, 75013 Paris.
Pour le Canada,
Interforum Canada, Inc.,
1055, bd René-Lévesque-Est,
Bureau 1100,
Montréal, Québec, H2L 4S5.

ISBN : 978-2-7144-8240-2
Dépôt légal : novembre 2020



Belfond | un département **place des éditeurs**

place
des
éditeurs

*Ce livre est dédié à mes merveilleux parents,*
*Edward et Sandy Elgar.*
*Dire simplement « merci » me semble insuffisant*
*pour tout l'amour que vous nous donnez,*
*mais c'est tout ce que j'ai, donc merci.*

## *Prologue*

# Megan

Toutes les nuits, aux alentours de deux heures, je me rends auprès de Grace, à son insu. Elle n'était encore qu'un bébé quand j'ai commencé ces visites nocturnes. Et, tant d'années après, je continue à me faufiler dans sa chambre pour soulever sa couette afin d'observer les palpitations dans sa maigre cage thoracique ; elles m'indiquent que son cœur si fragile remplit toujours son rôle. Ce soir est l'un de ces soirs où j'essaye d'être courageuse et de résister à l'envie d'y aller. Je fixe le plafond. J'ancre mes jambes dans le matelas.

Je leur ordonne : ne bougez pas.

Je m'évertue à penser à autre chose. Nous avons un rendez-vous à la nouvelle unité pédiatrique de Taunton dans deux semaines. Je réfléchis à la tenue que Grace portera pour l'occasion. Il se pourrait qu'on nous photographie. Mais rien à faire, même cette perspective ne parvient pas à retenir mon attention. Je n'arrive pas à me représenter Grace souriant devant l'appareil avec une jolie barrette dans ses cheveux en épis. Non, c'est dans son lit que je la vois, dans la chambre en face de la mienne. Elle suffoque, ses lèvres roses deviennent grises puis bleues. Ses yeux verts anxieux me cherchent dans l'obscurité.

Et tout à coup, voilà que je suis debout et que je traverse le couloir pour me retrouver à son chevet. Ma main se pose immédiatement sur sa poitrine chaude. Celle-ci se soulève et s'abaisse à un rythme lent, comme elle le doit. Mais cette sensation ne me suffit pas. Retenant mon souffle, je me penche sur ma fille jusqu'à ce que ma joue soit à deux doigts de sa bouche. Sa respiration, tiède et régulière, caresse alors ma peau. Elle va bien. Je pousse aussitôt un soupir de soulagement.

Après avoir réajusté ses draps préférés à motifs de marguerites, je passe doucement la paume sur son petit corps si adorable. Elle dort profondément ce soir. Le Dr Parker m'a avertie que les antibiotiques prescrits pour les suites de l'opération rendraient son sommeil plus lourd. Rien d'alarmant, donc.

Je ramasse Flopsy qui est tombée par terre, puis la replace au sommet de l'oreiller. Ces petites visites nocturnes dans la chambre de Grace sont tout simplement devenues une habitude. Les infirmières disent que c'est normal. Tout à fait naturel. « Après tout ce que vous avez traversé, nous ferions pareil », affirment-elles en posant la main sur mon bras. Je vérifie que les fenêtres sont bien fermées, avant de tapoter le coussin en forme de cœur dans le fauteuil roulant. Elles ne font pas seulement référence à Danny, mais aussi à la fois où Grace a été emmenée à l'hôpital, l'écume à la bouche, à celle où nous avons finalement accepté qu'une sonde soit placée dans son estomac, seule façon de l'alimenter sans risque, et à cette autre fois où il a essayé de me la prendre, tout comme il m'a pris Danny. Je m'arrête un instant pour contempler ma petite souris endormie. Je laisse toujours sa porte ouverte pour l'entendre m'appeler si jamais elle se réveille. Ou si jamais on la réveille…

Mon lit grince sous mon poids et, tandis que j'éteins ma lampe de chevet, je me fais la réflexion que les infirmières n'y comprennent rien. Ce ne sont pas les souvenirs du passé qui me remplissent d'effroi et me poussent chaque nuit à me précipiter dans la chambre de ma fille. Non, ce qui me terrifie, c'est cette bombe invisible au-dessus de nos têtes qui menace d'exploser à tout moment. Le temps précieux que nous avons à passer ensemble s'échappe petit à petit. Car je sais très bien ce qui finira par arriver : un jour, les verrous de la porte d'entrée glisseront, la poignée tournera lentement, puis suivront ces pas déterminés si familiers. Ce jour-là, qu'importe la vitesse à laquelle je courrai vers elle, qu'importent mes supplications, je ne pourrai rien faire pour nous sauver.

# 1

## Cara

J'appuie avec insistance sur la sonnette du numéro 52 de la Woodgreen Avenue, même si ce n'est sûrement pas très poli. La sonnerie se fait pressante, mais tant pis : je veux qu'elles sachent que je n'ai pas de temps à perdre. Comme tous les lundis, je fais le service du déjeuner au Ship et il faut que j'y sois dans une demi-heure.

J'imagine Grace à l'intérieur. Sa petite bouille ronde qui me rappelle celle d'une chouette se tourne vers l'origine du bruit. Elle a l'air bien plus jeune que la plupart des filles de dix-sept ans. De ses bras maigres, elle parvient alors, je ne sais trop comment, à faire avancer son fauteuil roulant dans le large couloir. Meg, vêtue de son uniforme habituel – chaussons, leggings et tee-shirt trop grand –, trottine derrière elle comme un chien de garde fiable et bienveillant en criant :

— J'arrive !

Mais toujours rien. Impatiente, je donne un petit coup de genou dans le sac en toile plein d'habits d'été à l'attention de Meg et Grace. Ma mère et ses amies ont passé des semaines à les rassembler, les laver et les repasser.

*Allez !*

Je regarde l'écran vide de mon téléphone, puis le range dans la poche de mon jean déchiré. La maison des Nichols a été repeinte récemment et une odeur piquante s'en dégage sous le soleil de début juin. Évidemment, elles ont choisi une nuance de rose. J'ai appris par ma mère que Rêves d'enfants, l'association caritative qui s'est chargée des travaux pour adapter les lieux au fauteuil roulant, s'est aussi occupée de repeindre leurs murs le mois dernier. À côté, la peinture rouge du pavillon de ma mère est tout écaillée.

*Mais qu'est-ce qu'elles font ?*

J'appuie de nouveau sur la sonnette. D'ordinaire, elles sont toujours chez elles. Peut-être que Meg est en train d'aider sa fille dans la salle de bains ? Ou bien Grace est encore dans sa chambre et Meg est en train de changer sa sonde d'alimentation… Je crois qu'elle doit la remplacer chaque semaine. En décembre, Grace a relevé son pull à l'effigie du père Noël pour me montrer le nouveau trou dans son ventre. On aurait dit une petite orbite, comme si on avait arraché un œil, sauf qu'il avait l'air de ne pas avoir de fond. J'ai alors pensé à une poupée dont on aurait retiré le rembourrage.

— C'est bizarre, hein ?

Elle m'a regardée droit dans les yeux en faisant cette remarque. J'ai haussé les épaules avant de me détourner pour lui cacher mon trouble.

Je jette encore une fois un œil à mon portable. Peut-être devrais-je simplement poser le fourre-tout ici, sur le pas de la porte ? Je pourrais laisser un mot… Mais je sais que ma mère sera furieuse si je ne leur donne pas les vêtements en personne. Elle les a préparés exprès pour que ce soit moi qui les leur apporte, comme s'il s'agissait d'un cadeau. Ma mère rend visite aux Nichols environ deux fois par semaine, et, quand elle rentre, il lui arrive d'avoir les larmes aux yeux. C'est comme si, pour elle, passer une demi-heure en leur compagnie était une sorte d'expérience religieuse. Elle me raconte que Grace lui demande ce que je deviens, si je sors avec quelqu'un, ce genre de choses. Ma mère essaye tout le temps de me pousser à aller leur rendre visite, moi aussi. Je lui réponds toujours que j'ai été trop occupée cette année, entre ma rupture avec Chris, mon travail au pub et les révisions pour le bac. Sauf que j'ai passé ma dernière épreuve il y a trois jours, je n'ai plus d'excuse valable cette fois-ci. Me voilà donc devant leur porte. La vérité, c'est que, ces derniers temps, je ne sais plus trop quoi raconter à Grace. Je trouve que c'est cruel de lui parler de mes projets pour l'université, de mon objectif de quitter la Cornouailles dès que possible et de mes économies pour mon futur voyage en Inde, alors que l'événement le plus exaltant de sa semaine, c'est une promenade sur la plage avec sa mère.

Je colle mon nez à la fenêtre de la porte d'entrée. Bien qu'il ait été adapté au fauteuil roulant de Grace, leur pavillon est agencé comme celui de ma mère et il est probablement très similaire à la centaine d'habitations qui composent le lotissement Summervale. Au travers du verre dépoli, les contours sont flous et je ne distingue pas grand-chose. Je tourne la poignée et la porte s'ouvre. À l'intérieur, je remarque immédiatement une odeur de renfermé qui flotte dans l'air tiède. Les désodorisants de Meg, qui ont des noms du genre « Brise d'été », me picotent le nez. Je les connais bien parce que ma mère achète les mêmes.

— Bonjour !

Ma voix résonne dans la maison silencieuse. Pas de réponse.

— Meg ? Grace ? C'est Cara. J'ai des vêtements pour…

Je m'immobilise sur le seuil du salon. Tout est nickel, comme d'habitude. Les fauteuils beiges sont disposés en face du canapé assorti et semblent prêts à accueillir des visiteurs pour le thé. Des photos des deux occupantes des lieux, dans des cadres en forme de cœur et d'étoile, brillent sur le manteau de la cheminée. Mais derrière le divan, mon regard s'arrête sur quelque chose qui ne devrait pas être là.

— Grace ?

Soudain saisie par la crainte, je m'approche prudemment. Le fauteuil roulant est là, renversé sur le côté. Le petit lapin en peluche et le coussin en forme de cœur ont glissé sur le sol, du côté de la cuisine.

L'image du frêle corps de Grace couvert de bleus et de ses lunettes brisées s'impose aussitôt à mon esprit. Je me précipite derrière le canapé, mais je n'y trouve que son journal intime, par terre à côté de son fauteuil. Elle l'avait coincé entre sa hanche et l'accoudoir la dernière fois que je l'ai croisée, il y a un peu plus d'un mois.

Depuis que je connais Grace, et elle a passé plus de la moitié de sa vie ici, je ne l'ai jamais vue hors de son fauteuil, à part quand elle est dans son lit… Que s'est-il passé ? Je ramasse le carnet. Au bout du couloir, derrière la porte de la chambre de Meg, une horloge sonne la demi-heure. Des gouttes s'écoulent d'un robinet mal fermé. Le bruit m'encourage à les appeler de nouveau.

— Les filles ? Meg ?

Je dépose le sac d'habits dans l'entrée, après y avoir glissé le journal. Je le rendrai à sa propriétaire plus tard.

Le ventre noué, j'avance lentement dans le couloir. La peur me rend plus vigilante. J'entends une mouche voler quelque part dans la maison. Mes tempes bourdonnent. Le robinet continue de goutter. Tout à coup, la porte des toilettes s'ouvre, m'arrachant un cri. Sous le choc, je suis traversée de frissons, mais c'est Cookie, la chatte rousse de Grace, qui apparaît derrière le battant. Elle m'ignore royalement et traverse le couloir d'une démarche élégante pour se glisser dans la chambre de Meg en miaulant. Je lui emboîte le pas. Maintenant, j'entends un autre son. On dirait des parasites. Il pourrait s'agir de la radio… Peut-être que c'est pour ça qu'elles ne m'entendent pas ?

En m'approchant, je comprends que le bruit ne provient pas d'un appareil. Il est plus grave, étrange… vivant. J'effleure le mur froid et lisse du dos de la main. Le parfum de vanille bon marché, si doux qu'il en est presque nauséabond, m'envahit.

— Il y a quelqu'un ?

Je ne reconnais pas ma voix. Elle est faible et part dans les aigus. L'effroi m'étreint comme si une main me serrait à la gorge. Je m'apprête à pousser la porte de la chambre de Meg, mais elle s'ouvre en grand dès que je la touche, comme si elle était pressée de me livrer ses secrets.

Je remarque d'abord les mouches qui tournent au-dessus du lit. Meg est entortillée dans les draps. Son corps fragile est trop immobile pour qu'elle soit simplement en train de se reposer. Un rictus horrifié déforme ses traits. Son teint a viré au gris et son regard assombri est figé comme si elle fixait quelque chose que personne d'autre ne peut voir. À la place de son front, il ne reste plus qu'une sombre masse poisseuse. Le sang a taché le tissu, dessinant comme un halo autour d'elle. Son bras couvert d'ecchymoses pend au bord du lit et du sang coule, goutte à goutte, de ses ongles recouverts de vernis rose.

# 2

# Jon

Quand mon portable vibre, je suis au beau milieu d'un pré devant un cadavre de mouton, et je me demande pour la cinquante-troisième fois aujourd'hui comment j'ai bien pu en arriver là. M. Leeson, l'éleveur, touche la charogne ensanglantée du bout du pied comme pour pousser la pauvre bête à confirmer que « ces fichus gitans et leurs sales clébards » sont bien ceux qui lui ont arraché l'œsophage. Je me répète qu'il s'agit de ma seconde chance, que j'ai de la veine d'avoir ce travail et donc un moyen de garder Jacob, mon fils, dans ma vie. Tout le monde n'a pas de seconde chance. M. Leeson se penche pour observer de près le mouton étendu dans la boue, ce qui me permet de jeter subrepticement un œil à mon téléphone. J'espère qu'il s'agit d'un message de Jacob – Jakey –, mais l'écran affiche « Ben ».

Il y a six mois, je n'aurais pas été surpris de recevoir un texto de Ben. Cela dit, je ne me serais pas non plus trouvé dans une prairie marécageuse à examiner un animal mort car, il y a six mois, j'étais occupé à faire du vrai journalisme d'investigation. Je n'ai pas revu Ben depuis la dernière fois où j'ai écrit un texte sur un sujet que j'ai pu choisir moi-même. Il est photographe en free-lance, un type très aimable. C'est lui qui a pris les photos pour le papier qui m'a mené, de manière indirecte, dans ce pâturage, en cette fraîche matinée de juin, avec M. Leeson et son mouton.

— Alors, vous allez leur parler ? me demande l'éleveur en dévoilant des gencives noires absolument terrifiantes.

Je range mon portable dans ma poche.

— Excusez-moi, monsieur Leeson, avec qui souhaitez-vous que je m'entretienne ?

— Ces gitans… ces gens du voyage, comme vous les appelez. Vous allez leur parler, ou c'est à moi et mon fusil de nous en charger ?

Mon interlocuteur retire alors sa casquette avant de se recoiffer de sa main crasseuse. J'ai comme l'impression qu'il préférerait que je choisisse la seconde option.

— Écoutez, voici ce que je vous propose. Je vais en toucher un mot à mon rédacteur en chef, voir si c'est possible de faire un article…

— Mais vous avez déjà tout ce qu'il faut ici pour votre fichu article !

Il a reposé sa grosse botte sur la tête du mouton. J'aimerais qu'il arrête. Je sais qu'il est mort, mais ses yeux sont encore grands ouverts, et le terrain est boueux. Il recommence d'ailleurs à pleuvoir.

— J'ai entendu dire que vous étiez de Londres.

Son ton est à la fois méprisant et plein de pitié. Il aurait tout aussi bien pu ajouter « pauvre vieux ». Je n'ai aucune envie d'en parler maintenant. Quand je dois expliquer à quelqu'un que j'ai déménagé en Cornouailles pour ma femme et mon fils, et pour une meilleure qualité de vie, j'ai le même sentiment que si on me forçait sans cesse à raconter une blague qui n'a rien de drôle. Je fais claquer l'élastique que je porte au poignet. Une suggestion du Dr Bunce, la thérapeute conjugale que je vois deux fois par semaine avec ma femme, Ruth, à la demande de cette dernière. Les chocs de l'élastique sont censés bloquer les pensées négatives. Évidemment, ça ne marche pas : j'ai simplement écopé d'un nouveau tic pour accompagner toutes les conneries qui se bousculent dans ma tête. Je choisis d'ignorer la remarque de l'éleveur et de prendre la tangente.

— Je ferais mieux d'y aller.

La pluie de Cornouailles imbibe déjà mon anorak de Londonien et mes lunettes commencent à s'embuer. Si je me suis retrouvé dans ce maudit pré, c'est uniquement parce que je ne savais pas comment dire à M. Leeson que je ne voulais pas voir le mouton mutilé qu'il avait découvert ce matin, le troisième déjà ce printemps.

Je suis ici pour faire un reportage pour *The Rambler*, un magazine consacré à la vie en Cornouailles et aux activités de plein air. L'éleveur et moi étions censés parler de ses préparatifs pour la foire d'été d'Ashford qui aura lieu le mois prochain. Je suis venu le voir pour discuter de moutons gagnants, pas de charognes.

Mes Converse s'enfoncent dans la boue alors que nous traversons la prairie marécageuse pour retourner dans la cour de la ferme. Je serre la main de M. Leeson, lui dis encore une fois combien je suis désolé pour la perte de sa bête et lui promets de le recontacter au sujet de l'article. Une fois assis derrière le volant, j'essuie mes lunettes avec ma manche avant de sortir mon portable pour lire le texto de Ben.

*Salut, Jon, ça fait un bail. J'ai pensé que ça pourrait t'intéresser : la police vient de sortir un corps de la maison des Nichols sur Woodgreen Avenue. Un cambriolage qui a mal tourné ? C'est carrément dingue. Le corps avait l'air trop grand pour être celui de la fille.*

Un cambriolage ferait déjà les gros titres dans une petite ville comme Ashford, alors un meurtre ? Incroyable ! Je relis le message pour m'assurer que je n'ai pas la berlue.

Venant de quelqu'un d'autre, la précision sur la taille du corps aurait pu paraître glauque, mais je sais que Ben veut juste me rassurer en indiquant que ce n'est pas

Grace qui se trouve dans la housse mortuaire. Je lui en suis reconnaissant.

Merde… est-ce que ça veut dire qu'il s'agit de Meg ? La chouchoute de la ville d'Ashford serait morte ? La mère parfaite, assassinée chez elle ?

Je me demande où ils ont bien pu emmener Grace. Chez un voisin ? Au poste de police ? Elle doit être sous le choc. Je l'imagine frissonnante dans son fauteuil roulant. Même si elle a dix-sept ans, elle serre fort son lapin en peluche comme une fillette terrifiée le ferait. J'espère que quelqu'un saura comment la réconforter, qu'ils appelleront son médecin et qu'ils l'aideront à s'apaiser. Quel effet aura ce traumatisme sur son cœur déjà si fragile ?

Derrière l'une des vitres sales de la ferme, M. Leeson m'observe en fronçant les sourcils. Ses lèvres bougent, il doit être en train de s'adresser à sa femme. Peut-être qu'il a enfin pigé et lui raconte qu'il a déjà vu ma tête à la une de l'*Ashford Echo*. Il s'éloigne de la fenêtre.

Je tape rapidement une réponse au texto de Ben : *Merci pour l'info.* Quand je sors de la cour, mes roues dérapent dans la boue. Les mains agrippées au volant, je me remémore toutes les raisons que j'ai de ne pas mettre les pieds sur Woodgreen Avenue : les flics, l'ordonnance restrictive qui m'interdit d'approcher des Nichols, l'accord concernant la garde de mon fils. Je fais claquer l'élastique.

Je jette un coup d'œil à ma montre : Ruth et moi avons rendez-vous avec le Dr Bunce dans quarante minutes. Ma femme m'a envoyé un texto pour me le rappeler ce matin. Alors que je m'éloigne sur le chemin cahoteux de la ferme, je calcule le temps que devrait me prendre le trajet d'une quinzaine de kilomètres jusqu'au cabinet au parfum d'encens de la thérapeute, de l'autre côté de la ville. À cette heure-ci, il me faudra maximum vingt-cinq minutes. Je tire encore une fois sur l'élastique, plus fort. La peau de mon poignet est toute rouge maintenant.

Je n'arrive pas à me sortir le message de Ben de la tête. Pourrait-il s'agir d'un cambriolage qui a dégénéré ? Ce serait vraiment étonnant. Mis à part le fait que cette personne aurait dû mettre toute décence humaine de côté, quel idiot choisirait de s'en prendre à la famille la plus aimée d'Ashford ? Cela dit, il me semble encore plus invraisemblable qu'on se soit simplement introduit chez elles dans le but d'agresser Meg. Mes pensées dérivent vers Simon, le père de Grace. Cet homme instable est considéré comme dangereux… Meg l'a gardé à distance de sa fille la majeure partie de sa vie. Je parie que tout le monde le pointe déjà du doigt.

La seule et unique fois où j'ai parlé de Simon à Meg me revient alors en mémoire. Je faisais une interview d'elle et de Grace, le fameux article qui était sur le point de détruire mon existence. Elles m'ont accueilli chaleureusement chez elles, ce jour-là, mais il y avait une drôle d'atmosphère. J'ai eu l'étrange envie de quitter les lieux dès mon arrivée. Elles semblaient déçues, anxieuses… un peu comme si elles venaient juste de se quereller. Pourtant, elles m'ont toutes les deux souri quand je suis entré et Grace a annoncé :

— On a fait un gâteau !

Elles se sont alors regardées comme deux ados sur le point de glousser, puis Meg s'est de nouveau tournée vers moi.

— Excusez-nous, on est un peu nerveuses… mais très contentes de faire cette interview !

Elle s'est assise à côté de sa fille qui tendait tout le temps sa main menue pour serrer la sienne. Meg terminait sans cesse les phrases que Grace commençait, et inversement. Bien qu'adolescente, Grace avait la voix d'une petite fille. Quant à Meg, elle avait l'accent de quelqu'un qui a passé toute sa vie dans le Sud-Ouest. Elle m'a montré des albums remplis de photos de sa fille dans différents lits d'hôpital. Des médecins et des infirmières posaient à côté d'elle comme s'ils étaient ses camarades de classe. Je me suis vite rendu compte que Meg ne savait pas pourquoi Rêves d'enfants nous avait mis en contact. Peut-être l'association n'avait-elle pas non plus compris le sujet sur lequel je travaillais. Je devais donc lui expliquer moi-même la raison de ma visite.

— Qu'est-ce qu'on vous a dit au sujet de l'article ?

Quand j'ai posé cette question à Meg, son front s'est plissé tandis qu'elle cherchait dans sa mémoire les informations exactes qu'on lui avait données. Elle avait de courts cheveux légèrement bouclés et son visage rond n'avait rien de remarquable… jusqu'à ce qu'un sourire l'éclaire. Son sourire vous donnait la même sensation que lorsqu'on vous sert une part de votre gâteau préféré, tout juste sorti du four.

— Maggie m'a dit que vous écrivez un article sur des familles qui traversent des moments difficiles et ce qu'elles font pour s'en sortir. Que vous voudriez en savoir plus sur nos défis en ce qui concerne la santé de Grace… Et peut-être poser quelques questions sur Danny aussi.

Elle a prononcé cette dernière phrase d'une toute petite voix. Sous leur regard plein d'attentes, j'ai commencé à me sentir mal à l'aise. Soudain conscient de leur fragilité, j'ai choisi mes mots avec soin.

— Oui, en partie. J'aimerais en apprendre plus sur ces deux sujets, si c'est possible. Mais l'article traite aussi de la nouvelle branche de Papas sans frontières à Plymouth. Donc j'ai quelques questions concernant le père de Grace et ce qu'il s'est passé entre vous.

Meg a semblé tétanisée, puis son regard s'est durci. L'air anxieux, Grace a détourné les yeux de sa mère pour les poser sur moi avant de faire le chemin inverse.

— Que voulez-vous savoir sur Simon ? m'a demandé Meg, les lèvres pincées.

— Est-ce qu'il vous arrive de communiquer avec lui ?

Comme je m'étais déjà entretenu avec Simon, je savais que ce n'était pas le cas, mais je souhaitais entendre sa version de l'histoire.

— Communiquer avec l'homme responsable de la mort de mon fils ? L'homme qui était violent avec moi et qui a tenté de kidnapper ma fille ? Non. Je ne lui parle jamais.

Devenue toute rouge, elle se retenait de pleurer, tandis que le teint de sa fille, déjà pâle d'ordinaire, était à présent livide. Avec ses mots, Meg venait d'ériger un mur invisible entre nous. Elle refusait clairement de discuter de son ex. Grace me fixait, ses yeux s'étaient remplis de larmes. Elle a tendu le bras vers sa mère, en quête de réconfort, et leurs mains se sont trouvées comme des aimants. Après avoir présenté mes excuses, j'ai demandé à revoir les photos de Grace, histoire d'apaiser Meg et de détendre l'atmosphère. Un peu plus tard, lorsque Meg s'est levée pour aller aux toilettes, elle a grimacé puis s'est frotté le bas du dos. Quand elle a vu que je l'observais, elle a secoué la tête comme pour m'indiquer que ce n'était rien.

— Une vieille blessure. Il m'a poussée dans l'escalier, une fois.

Elle a posé la main sur l'épaule de sa fille comme pour dire qu'elle n'avait pas envie de s'étendre sur le sujet. Dès que Meg a quitté la pièce, Grace s'est penchée vers moi et m'a demandé à voix basse :

— Vous l'avez vu ? Vous avez vu mon père ?

Le souvenir me revient, clair comme de l'eau de roche, et, tandis que je m'engage sur la voie rapide, un panneau me rappelle à quel point je suis proche de Woodgreen Avenue. Je pourrais y être dans cinq minutes, passer à côté de la maison, voir ce qu'il s'y passe… Je ne sortirais même pas de la voiture. Personne ne remarquerait ma présence et on ne saurait jamais que je m'y suis rendu. Alors, pourquoi ne pas y aller ? Une fois que j'y aurai fait un tour, ma curiosité sera satisfaite et je n'aurai plus besoin d'y retourner.

*Eh merde.*

Je quitte la voie rapide.

Le lotissement Summervale est un labyrinthe de pavillons roses d'apparence identique, construit dans les années 1990. Une masse monotone et terne située à environ trois kilomètres d'Ashford. Peu de gens du coin vivent encore dans la vieille ville. La plupart d'entre eux ont vendu leur propriété il y a des années à des familles riches qui cherchaient une maison de vacances avec vue sur la mer. Je peux le comprendre. Après la fermeture des mines d'étain, nombreux sont ceux qui se sont retrouvés sans le sou et sans qualifications, et quand les agents immobiliers leur ont révélé combien valaient leurs petits cottages de pêcheurs, ils ont plié bagage sur-le-champ pour déménager dans la banlieue récemment sortie de terre.

À l'approche du pavillon des Nichols, je ralentis et je me fixe quelques règles : je ne sortirai pas de mon véhicule, je ne parlerai à personne, je ne suis pas là en tant que journaliste mais parce que je m'inquiète pour une famille qui habite dans la même ville que moi. J'ignore si une ordonnance restrictive s'applique toujours quand la personne concernée est décédée… Quoi qu'il en soit, je ne peux me permettre aucun ennui avec la police.

Je n'ai pas de souvenir de la dernière fois où je suis venu ici, il y a six mois. Ce soir-là, j'avais descendu presque toute une bouteille de Jack Daniel's, et je n'ai pas l'habitude de boire. Je ne me rappelle pas avoir frappé à la porte, hurlé des insultes à Meg et arraché les fleurs que les bénévoles de Rêves d'enfants avaient plantées récemment. Je ne me souviens pas non plus d'avoir cassé la fenêtre de leur salon à l'aide d'un vieux club de golf de mon père, ni d'avoir été plaqué au sol par les flics.

Il ne pleut plus. Je me gare devant le numéro 50, assez près pour avoir une bonne vue du domicile mais suffisamment loin pour qu'on ne me reconnaisse pas. En tout cas, je l'espère. La police a mis en place un périmètre de sécurité autour de la maison des Nichols. Les rideaux de la grande fenêtre à l'avant de la bâtisse sont tirés, mais les lumières à l'intérieur sont allumées. Deux agents en uniforme gardent la porte d'entrée, aussi immobiles que des statues. L'un d'eux sourit. Peut-être se réjouit-il qu'un tel événement se soit déroulé ici, à Ashford. Un drame comme à la télé. Le pavillon rose est tel que dans mon souvenir, bien qu'on l'ait repeint récemment, et je note avec un pincement de culpabilité qu'on a aussi replanté le jardin. Un utilitaire Volkswagen est garé dans l'allée. Je remarque un autocollant « Rêves d'enfants » sur la vitre. Il a l'air neuf et semble avoir été adapté au fauteuil roulant de Grace.

Même si quelques voisins sont sortis de leurs maisons, un silence pesant règne dans la rue. Les hommes secouent la tête d'un air affligé et étreignent leurs épouses. Les femmes bavardent à voix basse, la main devant la bouche, et se tapotent les yeux avec des mouchoirs. Des ados se rongent les ongles en envoyant des textos. Ils gardent tous leur attention fixée sur le numéro 52, comme si, à force de scruter la maison, ils allaient finir par comprendre ce qu'il s'y est passé il y a quelques heures. Les camionnettes des chaînes d'info et les reporters des journaux nationaux ne sont pas encore arrivés. Ils sont probablement en train de faire la course depuis Londres en ce moment même pour être les premiers sur place. Comme des groupies en route pour un concert, ils se bousculeront pour la meilleure place, pour le scoop.

Soudain, une main moite s'abat contre ma vitre, côté passager. C'est Ben. Il tient son appareil photo contre lui, comme s'il s'agissait d'un bébé. Ses traits italiens illuminés par un grand sourire, il se baisse pour regarder par la fenêtre, avant d'ouvrir la portière.

— Salut, mon pote !

On se serre la main puis il s'assied en donnant des coups de pied dans les cannettes vides et les paquets de chips qui jonchent le sol du véhicule.

— Je me disais bien que tu viendrais. Mais j'avais commencé à faire des paris avec moi-même, je me demandais si tu allais réussir à rester à distance… Va-t-il résister à la tentation ? Va-t-il…

— Ça fait plaisir de te revoir, Ben !

Ce type parle trop, il faut l'interrompre régulièrement pour pouvoir en placer une.

— Je suis juste là parce que je suis inquiet, ça n'a rien à voir avec le boulot. Est-ce que… est-ce que c'est Meg ?

Ben opine d'un air triste.

— C'est une putain de tragédie, Jon. C'est carrément horrible, ce qu'il s'est passé ici. Tu vois le flic, là-bas ? (Il fait un signe de tête vers l'agent de police souriant.) C'est Sam, je t'ai déjà parlé de lui, il sort avec Remi, l'amie de ma femme. Eh bien, d'après lui, on lui a défoncé le crâne avec une lampe de chevet en fer, dans son propre lit ! Hyper violent. Ils disent que le meurtrier s'est déchaîné. Enfin bref, c'est la voisine qui a trouvé le corps. Et le plus fou, c'est qu'on n'a pas la moindre idée de ce qui est arrivé à Grace. Je sais que ça a l'air complètement dingue, mais on dirait que quelqu'un l'a enlevée.

*Non, c'est impossible…*

Mon interlocuteur remarque mon air confus et reprend :

— Je sais ce que tu penses, bien sûr. Évidemment que c'est le père ! Putain, qui d'autre pourrait kidnapper une gamine handicapée de dix-sept ans, hein ? Sam dit qu'ils sont déjà en train de le rechercher, mais ça ne donne rien pour l'instant… Apparemment, la dernière fois qu'il a été vu, c'était à Plymouth.

Un mouvement devant la maison attire notre regard. Une jeune femme à la chevelure sombre sort du numéro 52 entourée de deux policières, une couverture grise sur les épaules. L'une des deux flics porte un sac en toile à l'épaule. Je reconnais la jeune femme : il s'agit de Cara Dorman, du numéro 53, la voisine d'à côté. Sa mère, Susan, vêtue d'un chino rouge vif, les suit d'une démarche mal assurée, le chat roux de Grace dans les bras. Elles gardent toutes la tête baissée, par respect.

— Bon, faut que j'y aille, mec ! me lance Ben en agrippant son appareil.

Après s'être rué hors du véhicule, il lève son appareil au niveau de son épaule tel un chasseur armé d'un fusil.

Tous ceux qui se trouvent dans la rue se tournent pour contempler la sombre procession alors qu'elle longe lentement la voiture des Nichols, avant de s'avancer sur le trottoir. J'entends plusieurs fois le petit bruit sec de l'appareil de Ben qui enchaîne les photos. Elle se dirige vers moi. Pendant un court instant de folie, je crois que les flics viennent m'arrêter pour avoir transgressé l'ordonnance restrictive, mais les agents de police et Susan m'ignorent complètement et continuent à regarder leurs pieds, comme s'ils portaient le poids du monde sur leurs épaules. Seule Cara lève les yeux et jette un coup d'œil vers ma bagnole garée de l'autre côté de la chaussée. Ses grands yeux marron sont écarquillés, hagards. On dirait qu'elle a envie de hurler mais qu'aucun son ne sort de sa bouche. Elle ne me reconnaît pas et détourne le regard tandis qu'on l'entraîne sur l'allée pavée jusqu'à l'intérieur du numéro 53.

Une fois que la porte se referme derrière eux, la tension s'installe froidement dans ma poitrine ; elle me presse et me tiraille. Je serre fort le volant. Cette douleur m'est familière. Je l'ai ressentie lorsqu'on a diagnostiqué la leucémie de mon fils, et ce poids est resté sur mon cœur tout au long de son séjour à l'hôpital. C'était il y a deux ans et, Dieu merci, il est en rémission maintenant. Ses cheveux blonds ont repoussé, une teinte plus claire, et il joue au foot quatre fois par semaine. C'est notre mariage à Ruth et moi qui ne s'en est pas remis. Si c'est la maladie de Jakey qui a créé une tension dans notre couple, c'est mon fichu article au sujet de Meg et Grace qui a marqué le début de la fin. Un procès, une ordonnance restrictive et une séparation difficile plus tard, me voilà de retour ici.

Je soulève mes lunettes pour me frotter les yeux. Je ne veux pas que l'image de mon fils malade, à l'hôpital, se forme dans mon esprit. À la place, c'est Grace que je vois. Je me souviens de ce moment où elle m'a montré l'assortiment de cachets qu'elle doit prendre chaque jour. Le bleu pour les muscles, le blanc pour l'estomac. Elle a brandi un comprimé rose pour me le présenter.

— Celui-ci, c'est le plus important. Il me garde en vie. Je le prends deux fois par jour, m'a-t-elle expliqué de sa voix chantante. Il empêche mon cœur de s'arrêter.

Je l'ai regardée avaler ce médicament comme un ivrogne descend sa vodka. Mon Dieu, où sont ces comprimés roses, maintenant ? Combien de temps a-t-elle avant que son état de santé ne commence à empirer ?

J'imagine les battements de son cœur qui faiblissent, comme un jouet mécanique qui n'a plus beaucoup de batterie. Je passe la main sur mon visage parce que les larmes me sont montées aux yeux. Tout ce que je vois maintenant, c'est la photo de Grace que nous avons utilisée pour accompagner l'article. Elle portait un nouveau bonnet pour couvrir son crâne chauve et son sourire était si large que ses yeux disparaissaient derrière ses grosses lunettes. J'essaye de me débarrasser à la fois de mes larmes et de cette image, quand sa voix résonne dans ma tête : « Il empêche mon cœur de s'arrêter. » Il faut absolument que Grace soit retrouvée au plus vite, avant qu'elle ne décline petit à petit et qu'il ne reste plus rien d'elle.

La sonnerie de mon téléphone me ramène à l'instant présent. Le nom de Ruth clignote sur l'écran. Je démarre aussitôt le moteur. Mes pneus crissent et deux policiers tournent la tête vers moi. Je jette vite un coup d'œil à ma montre. *Merde, merde, merde.* Il est quatorze heures cinquante-deux. Le rendez-vous est dans huit minutes… Je vais être en retard et ma femme va péter un câble. Je réponds à l'appel, puis presse le bouton du haut-parleur. Sa belle voix rauque envahit l'habitacle.

— Jon ?

— Oh, salut, chérie.

Alors que je quitte le lotissement, les larmes brouillent ma vision.

— On dirait que tu es stressé. Pourquoi es-tu stressé ?

Tenter de cacher la vérité à Ruth ne sert jamais à rien.

— Non, non. C'est juste que… qu'il y a beaucoup de circulation.

— Où es-tu ?

Elle doit m'attendre dans sa voiture, devant la maison de la psy. Peut-être qu'elle regarde le bout de la rue dans l'espoir de me voir apparaître d'un instant à l'autre. Elle pense que la thérapie va nous permettre de bien coopérer pour élever notre fils, mais j'espère que, grâce à ces rendez-vous, ma femme s'apercevra que nous sommes bien ensemble, elle et moi.

— Je viens juste de finir une interview, chérie. Je serai là dans une quinzaine de minutes.

Le GPS indique vingt-huit minutes.

— Donc tu seras en retard.

Elle soupire, comme s'il était inévitable que je la déçoive. Comme si j'étais la croix qu'elle devait porter. Mon ventre se noue.

— Juste de quelques minutes, et je suis désolé. Tu devrais commencer sans moi. Je serai bientôt là.

— C'est censé être une thérapie de couple, Jon, et quand la moitié du couple ne se donne pas la peine de venir…

— Mais tu vois bien que je m'en donne la peine, Ruth. Je viens. J'ai juste quelques minutes de retard à cause du boulot et je suis désolé. Écoute, plus tu passes de temps à me parler, moins il t'en restera pour raconter au Dr Bunce à quel point je te pourris la vie…

Elle a monté le son de la radio ; elle ne m'écoute plus. Je distingue quelques mots : « corps », « Megan Nichols » et « disparu ».

— Ruth ? Ruth ?

— OK, Jon. À toute, dit-elle, distraite par les nouvelles.

Elle raccroche au moment où je m'engage sur la voie rapide.

Quand je me gare devant la maison mitoyenne qui date de l'époque victorienne, j'ai vingt minutes de retard. Mon poignet me brûle car je n'ai pas arrêté de tirer sur l'élastique. J'appuie sur la sonnette, qui résonne à l'intérieur. Le Dr Bunce aime faire les choses lentement. Pas parce qu'elle est vieille, car elle n'a que la cinquantaine, mais parce qu'elle veut vous faire sentir que la vie se savoure comme un bon vin. *Magne-toi, bon sang !* Le temps qu'elle m'ouvre et que je retire mes chaussures à la hâte sur son sol en mosaïque glacé, on a perdu au moins trois minutes. Je lui présente mes excuses, qu'elle accepte d'un léger signe de tête. Le cabinet est sommairement meublé et toujours impeccable, comme si elle venait juste de passer l'aspirateur. Ruth est assise dans un des deux sièges disposés face au fauteuil plus large du Dr Bunce, une boîte de mouchoirs posée devant elle. Elle a passé ses cheveux blonds coupés au carré derrière ses oreilles. La fossette de son menton est visible, ce qui veut dire qu'elle fait des efforts pour l'empêcher de trembler. Quand je me baisse pour l'embrasser sur la joue, elle tire sur les manches de son pull rouge pour se couvrir les mains.

— Désolé pour le retard.

Je prends place dans le fauteuil libre, le cœur battant toujours la chamade. Après tous les excès de vitesse et les jurons des dernières vingt-huit minutes, il me faut encore un moment pour m'ajuster à l'atmosphère paisible de la pièce. Ruth me jette un coup d'œil, les cils humides, avant de se tourner vers la thérapeute qui s'est installée en face de nous. Les mains plaquées l'une contre l'autre, pointées vers le ciel, le Dr Bunce incline légèrement sa tête aux boucles grises. On dirait une poule plongée dans ses réflexions.

— Ruth, m'autorisez-vous à partager avec Jon ce dont nous venons de discuter ?

Ma femme opine. Elle serre un mouchoir en papier en boule dans sa main.

— Jon, Ruth a l'impression que vous ne prenez pas cette thérapie au sérieux et, par conséquent, que vous n'avez pas véritablement l'intention de faire le nécessaire pour que votre mariage fonctionne.

Le Dr Bunce parle d'une voix claire et elle prend son temps, tout comme lorsqu'elle se déplace. En comparaison, j'ai l'impression de crier.

— Oh, allez, Ruth, s'il te plaît ! C'est la première fois que je…

— Non, c'est la deuxième fois que tu as du retard, m'interrompt-elle, les sourcils froncés. Et je sais que tu as menti quand tu m'as dit où tu étais tout à l'heure.

— Je ne t'ai pas menti.

— Tu as dit que tu travaillais, que tu faisais une interview.

— J'étais… euh…

Je sens la chaleur gagner mes joues. Ses yeux verts lancent des éclairs.

— J'ai entendu ce qui était arrivé à cette pauvre Megan Nichols aux infos. Tu es allé chez elles, hein ?

— Ruth…

Je jette un coup d'œil rapide à la psy, mais elle ne me sera d'aucune aide. Elle aussi veut connaître la vérité.

— Je le savais ! Je savais que tu ne pourrais pas t'empêcher d'y aller.

Je fais claquer l'élastique à mon poignet. Le Dr Bunce arque un sourcil. Du coin de l'œil, je vois ma femme consulter la thérapeute du regard, à la recherche de son soutien, avant de se tourner de nouveau vers moi. J'essaye alors de lui expliquer calmement la situation, tout en évitant de la regarder dans les yeux :

— Megan Nichols a été assassinée et sa fille handicapée kidnappée.

— Oui, et c'est pour ça que toi, en particulier, tu devrais faire preuve d'humilité, et de décence. Et si ça ressemble trop à de l'empathie, alors montre un peu de respect pour l'ordonnance restrictive. Et si la police t'avait reconnu ?

— J'y suis seulement allé parce que j'étais inquiet, Ruth ! Et je n'y retournerai pas.

Je suis surpris de m'entendre crier. Ma réaction est excessive. Ruth me fixe avec de grands yeux. Je poursuis en me forçant à prendre un ton plus posé :

— Bon, peut-être que je n'aurais pas dû y aller, mais je les connaissais un peu toutes les deux, et j'ai interviewé Simon. Tu sais bien que j'ai toujours trouvé qu'il avait été traité injustement. Je vois déjà le même scénario se reproduire…

— Mais tu t'entends parler, Jon ? s'écrie-t-elle.

Les tendons de sa gorge ressortent. Une fois, Jakey m'a confié : « Ça veut dire que maman est très fâchée. »

— Le fils de cette femme s'est noyé à l'âge de quatre ans, sa fille est gravement malade, et le père de ses enfants l'a poussée dans l'escalier quand elle était enceinte puis a tenté de kidnapper leur fille, et toi, c'est lui que tu protèges ? J'hallucine !

Ruth se rassoit au fond de son fauteuil comme si elle était épuisée par ma stupidité. À la façon dont elle regarde le Dr Bunce, on dirait qu'elle croit que la psy est de son côté. La thérapeute nous fait signe de nous calmer, mais ce n'est plus elle que je vois, c'est Grace. Grace qui me montre son cachet rose, tout sourire. Le Dr Bunce demande ce que cela signifie pour notre relation que je sois allé sur Woodgreen Avenue ce matin.

— Ça veut dire que Jon préfère sauver sa réputation professionnelle plutôt que sa famille.

Ma femme prononce ces mots comme s'il s'agissait d'une évidence, en ne quittant pas la psy des yeux. J'ai l'impression de voir un enfant qui rapporte à la maîtresse le mauvais comportement d'un camarade. Je secoue la tête avant même qu'elle ait terminé sa phrase.

— C'est n'importe quoi !

— Pouvez-vous nous dire ce que cela signifie pour vous, Jon ?

Le regard appuyé du Dr Bunce se pose sur moi.

— Tout ce que ça veut dire, c'est que la ponctualité, ce n'est pas mon fort.

À la suite de nos derniers rendez-vous avec le Dr Bunce, Ruth m'avait invité à New Barn Cottage, la grange juste en dehors d'Ashford que nous avions transformée en habitation avant notre séparation. Après avoir récupéré Jakey, nous dînions en famille puis, une fois notre fils au lit, Ruth et moi restions debout à boire du vin. La semaine passée, nous nous étions embrassés comme si c'était la toute première fois, mais en mieux. Les sentiments étaient revenus comme une vague. Aujourd'hui, par contre, les tendons de la gorge de Ruth sont toujours saillants lorsque nous quittons le cabinet de la psy en silence. Dès qu'elle prend place au volant, elle attache sa ceinture et il faut que je tapote la vitre pour qu'elle la baisse. Je m'aperçois à ce moment-là qu'elle est de nouveau en pleurs.

— Oh, Ruth, écoute, je suis vraiment désolé… C'était stupide de ma part. J'aurais dû venir directement ici, mais n'en fais pas une montagne… Tout se passait tellement bien entre nous.

Son regard s'assombrit alors que les larmes débordent.

— Je commençais à croire que cette thérapie ne concernait pas seulement Jakey. Qu'elle pourrait nous aider à sauver notre mariage. Mais si tu es en retard et que tu ne prends pas ça au sérieux, je ne pense pas qu'on ait grand-chose de plus à se dire.

Je regarde son véhicule s'éloigner. Elle a raison, bien sûr, comme la plupart du temps. Il faut impérativement que je me tienne à distance de toute cette affaire. Il est temps de me concentrer sur la reconstruction de ma famille et de ma carrière, et non d'enquêter sur un meurtre et un kidnapping. Suffisamment de journalistes s'en chargeront. Même si aucun d'eux n'a rencontré les trois personnes impliquées…

*Les trois personnes.*

Ai-je vraiment eu cette pensée ? Les suppositions sont si contagieuses ; elles mènent sur une pente glissante. Il est si facile de soupçonner Simon d'avoir joué un rôle dans cette histoire. Une fois dans ma bagnole, je fais claquer l'élastique à mon poignet pour m'empêcher de songer à Meg, Grace et Simon alors que toutes mes pensées devraient être consacrées à ma famille. Je me suis rarement senti aussi accablé. Je tourne la clé de contact, mais je ne fais pas démarrer la voiture. Je n'ai pas envie de rentrer à l'appartement que je loue et que je refuse de considérer comme mon chez-moi. Seulement, je n'ai aucun autre endroit où aller. Il faut encore que j'écrive l'article sur la foire d'été ; il est à rendre demain. Si j'arrive à me concentrer, je pourrai sûrement l'avoir fini en deux heures. Et ensuite, je ferai quoi ? J'aimerais avoir un ami, quelqu'un qui me retrouverait au pub pour boire une bière et bavarder, mais j'ai laissé tous mes vrais amis derrière moi, à Londres. Je fais défiler mes contacts sur mon téléphone à la recherche d'une personne qui vit près d'Ashford et qui n'est pas plus proche de ma femme que de moi. Becks et Clare ont été à l'école avec elle, donc c'est non, et Laurence, qui vit au coin de ma rue, était son premier petit ami, donc c'est non aussi. En plus, depuis l'article et le raz de marée d'acrimonie qui m'est tombé dessus, je sais qu'ils n'apprécieraient pas d'être vus en ma compagnie. Il ne reste que Dave.

Je ressens une nouvelle forme de solitude en fixant son numéro. J'en suis arrivé là : Dave est mon unique chance de voir un visage amical ce soir. J'ai rencontré ce policier d'âge moyen par hasard un soir où j'ai débarqué dans un pub, hors de moi, après une dispute avec Ruth. Chaque fois que je l'ai contacté, c'était pour obtenir un point de vue de l'intérieur pour un article, mais je suis désespéré, et Dave est susceptible de me comprendre puisqu'il est lui-même passé par une séparation difficile. Pour ne pas risquer de changer d'avis, je lui envoie un texto tout de suite : *Une bière ce soir, ça te dit ?*

Tandis que je quitte la rue du Dr Bunce, je me rends compte que je me sens terriblement mal. Je ne m'étais pas senti aussi seul depuis plusieurs semaines. Ruth avait décrété que les rendez-vous avec la psy nous aideraient mais, cette fois-ci, elle a eu tort. Ces histoires de thérapie conjugale, c'est vraiment des conneries.

# 3

# Cara

— Tu peux pleurer, tu sais… Si tu en as envie.

Jane, l'agent de liaison avec les familles, pose pour la troisième fois une tasse de thé devant moi. Je n'ai pas touché aux deux autres qu'elle a fini par verser dans l'évier, une fois le thé refroidi. Elle ramasse ensuite les mouchoirs que ma mère a abandonnés sur la table basse. J'ai l'impression que Jane aime rester en mouvement, comme si elle évitait à tout prix de se concentrer sur ses pensées. À côté de moi, sur le canapé, ma mère serre ma main dans la sienne. Nos paumes sont moites. Elle s'agrippe à moi depuis plus d'une heure déjà.

— Cara n'est pas trop du genre à pleurer, hein, ma chérie ?

Du bout des doigts, elle écarte ma frange de mes yeux. Son visage est rouge et tout gonflé. Des traces de mascara sillonnent ses joues. Le bleu de ses iris semble plus profond que d'habitude, accentué par les larmes.

— Elle est comme son père. Il ne pleurait jamais. Mais bon, je verse suffisamment de larmes pour nous deux.

Après m'avoir embrassée sur le front, elle me serre dans ses bras. Je la laisse faire parce que je sais qu'elle a besoin de se sentir proche de moi. Elle a l'air tétanisée. Elle regarde dans le vide comme si, à force, elle allait quitter cette pièce et remonter le temps jusqu'à la journée d'hier, quand son amie était encore de ce monde. Sa poitrine se soulève et je sens que ça va recommencer.

— Qui… qui pourrait faire une chose pareille à quelqu'un d'aussi bon que Meg ? Je ne peux pas… je ne peux pas…

Sa voix se transforme en geignement puis elle fond en larmes de nouveau. Je colle mon oreille à son torse et j'écoute son cœur. J'imagine que chaque sanglot déchirant en casse un petit morceau. La policière se lève, les yeux rivés sur nous, quand tout à coup sa radio grésille. Elle se précipite aussitôt dans la cuisine pour y répondre. Dès que nous sommes rentrées du poste de police où j'ai été interrogée et ma déposition enregistrée, Jane a tiré les rideaux du salon pour que nous ne puissions plus voir les journalistes et les photographes qui font le pied de grue dehors, mais nous pouvons toujours les entendre. Des voix tendues, un toussotement de temps à autre, et parfois un rire, ce qui nous rappelle qu'il ne s'agit pour eux que d'un lundi comme un autre.

J'entends Jane qui parle dans sa radio dans l'autre pièce.

— OK, je vais leur dire. Terminé.

J'ai la nuque raide. Les bras de ma mère se détendent, donc je saisis ma chance et je me redresse.

— L'inspectrice principale Upton et l'inspecteur Brown ont presque terminé à côté, nous apprend la policière. Ils vont bientôt venir vous poser quelques questions. Vous êtes d'accord ?

Ma mère me serre la main une dernière fois avant de la lâcher.

— Mais Cara leur a déjà tout raconté au poste…

— Ça ne devrait pas durer très longtemps. Ils souhaitent s'entretenir avec vous deux, cette fois-ci, et poser des questions plus générales sur Meg et Grace.

Elles me fixent toutes les deux du regard. C'est comme ça depuis des heures. On dirait qu'elles s'attendent à ce que je fasse quelque chose d'un moment à l'autre et qu'elles ne veulent surtout pas le manquer. Vu que je ne suis pas sûre de pouvoir articuler quoi que ce soit, j'acquiesce d'un signe de tête.

— Si c'est trop dur pour toi ou si tu as besoin de faire une pause à n'importe quel moment, n'hésite pas à nous le dire. D'accord, Cara ?

Il ne reste plus qu'une fine ligne de rouge à lèvres corail au bord des lèvres de ma mère. Je me contente d'abord d'opiner, mais je sais qu'elle veut entendre ma réponse.

— D'accord.

Ma gorge me fait mal. Je me lève en vacillant, et elles me regardent avec des yeux ronds.

— Je vais aux toilettes.

Même s'il y en a à côté de la cuisine, je décide d'utiliser la salle de bains située au bout du couloir. Comme ça, je passerai un peu plus de temps seule, loin de leurs regards insistants qui me stressent. Les pièces de notre pavillon sont agencées de la même manière qu'au numéro 52. Sans réfléchir, je jette un coup d'œil à la porte de la chambre de ma mère, identique à celle de Meg. J'entends le sang qui goutte. Ma bouche a soudain un goût de rouille. Je revois les yeux morts de Meg. Tout à coup, je me sens mal. Je m'appuie contre le mur frais du couloir, avant de tourner le dos à la porte de la chambre à coucher. Je prends de profondes inspirations et attends que les battements de mon cœur s'apaisent. Mon regard glisse alors sur les murs. Ils sont couverts de souvenirs, car ma mère est une grande sentimentale qui s'attache facilement à toutes sortes d'objets. Je repère un poème que j'ai écrit à l'âge de dix ans, sur le thème de l'automne :

*Les feuilles rouges dansent dans le vent*
*Sans un bruit, tout doucement…*

Ma mère l'a mis sous verre et suspendu près d'une photo de papi et mamie, tout sourire dans des chaises longues sur la plage d'Ashford. Un nombre incalculable de portraits de moi sont accrochés autour, du bébé en larmes jusqu'à l'ado qui fait la tronche. S'y ajoutent deux aquarelles médiocres que ma mère a depuis toujours et quelques posters encadrés. Je n'ai jamais compris pourquoi elle s'embête à afficher tout ça. Personne ne les voit jamais, à part elle, ce qui va clairement à l'encontre de l'objectif visé. Mais à cet instant précis, ces choses toutes simples me réconfortent. Comme si, d'une certaine manière, elles reliaient le monde tranquille de ce matin, avant ma découverte du corps sans vie de Meg, au monde terrifiant où je me trouve désormais, seulement quelques heures plus tard.

Mes yeux s'arrêtent sur un petit cadre, à gauche d'un poster « *KEEP CALM AND CARRY ON* » franchement gênant. Il contient une photo de Grace et moi. La dernière fois que je l'ai regardée, vraiment regardée, c'était il y a des mois, peut-être même des années… Elle a été prise à la fête d'anniversaire de Grace, quand elle a eu treize ans. Le gros ballon en forme de treize que je lui avais offert est attaché à l'arrière de sa chaise, à côté de moi, et je me baisse pour que nos têtes soient à la même hauteur. Grace porte une perruque bleu vif et un badge qui annonce « 13 ans ! ». Nous sourions toutes les deux mais, derrière ses lunettes, les yeux de Grace sont fixés sur l'objectif, tandis que, moi, je la regarde de biais comme si je voulais m'assurer qu'elle passe un bon moment. À cette époque-là, Meg me laissait encore l'emmener au bord de la mer. Nous rentrions à la maison les joues rougies par le vent, le visage tout collant après avoir mangé des glaces, et un grand sourire aux lèvres. Nous avions le sentiment que tout irait bien car nous étions ensemble. Même si Grace aimait aller à la plage, elle détestait l'eau et refusait de s'en approcher. Une fois, je lui ai demandé pourquoi elle en avait peur et elle a murmuré : « Danny. » J'ai su qu'il valait mieux ne plus en reparler. Quelque temps après le jour où cette photo a été prise, j'ai rencontré Chris. Il est vite devenu le centre de mon univers et j'ai adapté ma vie à la sienne. Il me taquinait parce que j'étais l'amie d'une fille handicapée qui avait cinq ans de moins que moi. À la même période, les crises d'épilepsie de Grace se sont aggravées et il est devenu trop dangereux pour nous deux de sortir toutes seules. J'ai commencé à passer moins de temps avec Grace, et quand je la voyais, c'était souvent lors d'un de ses séjours à l'hôpital. Je la retrouvais alors branchée à tout un tas de machines monstrueuses et je lisais dans son regard une question qu'elle ne me posait pas à voix haute : « Où étais-tu passée ? » La culpabilité m'a poussée à m'éloigner d'elle encore davantage.

Le bruit de la sonnette me ramène à l'instant présent et j'entends la policière crier : « Je vais ouvrir ! », comme si elle était chez elle. Je m'enferme discrètement dans la salle de bains pour qu'elle ne me voie pas en sortant dans le couloir.

J'ai déjà rencontré les deux flics qui doivent venir. Ils ont pris ma déposition et prélevé mon ADN tout à l'heure, au poste de police d'Ashford, pendant que ma mère pleurait toutes les larmes de son corps dans les bras de Jane. L'inspectrice principale Upton a les traits durs. Elle me fait penser au genre de nana qui court des marathons pour le plaisir. À côté d'elle, l'inspecteur Brown, un type maigrichon qui a tellement de taches de rousseur qu'elles gagnent même ses lèvres et l'intérieur de ses oreilles, a l'air presque faible. Il suit sa supérieure comme s'il était son ombre et on dirait qu'il a constamment envie de s'excuser d'être là.

Je sais bien qu'il va falloir affronter Upton quoi qu'il arrive, donc je les rejoins dans la cuisine sans attendre qu'on m'appelle. Jane s'empresse de débarrasser la table des magazines de ma mère et du courrier qui traîne puis nous prenons place, les inspecteurs, ma mère et moi.

— Merci d'accepter de nous revoir. Je suis sûre que vous êtes exténuées, donc j'espère que ça ne prendra pas trop longtemps.

L'inspectrice principale ne me quitte pas des yeux. Ma mère, assise près de moi, passe ses ongles manucurés dans sa chevelure cuivrée avant de poser ses coudes sur la table pour se pencher vers Upton et Brown. Plus une larme en vue. Elle a même retouché son maquillage.

— Oh ! on fera tout ce qu'on peut pour vous aider. N'est-ce pas, Cara ? Vous avez déjà commencé les battues ?

— Oui, nous faisons tout ce qui est en notre pouvoir pour la trouver. Comme vous le savez certainement, les prochaines heures sont cruciales. Plus nous obtiendrons d'informations, plus nous aurons de chances de la retrouver. À votre avis, qui pourrait vouloir du mal aux Nichols ?

Les larmes montent à nouveau aux yeux de ma mère et un nom lui échappe dans un sanglot étranglé.

— Simon. Ça ne peut être que lui ! Il est fou… C'est un déséquilibré. Il… (Elle renifle en secouant la tête.) Il l'a déjà fait, après tout. Il a déjà kidnappé Grace, quand elle était petite. Et il était aussi violent quand ils étaient ensemble. Il a poussé Meg dans l'escalier à huit mois de grossesse ! C'est ce qui a déclenché son accouchement prématuré. Meg m'a dit un jour que, d'après les médecins, c'est ce qui explique que Grace ait autant de problèmes.

Elle chuchote « problèmes » comme s'il s'agissait d'un gros mot. Brown griffonne sur un petit bloc-notes, tandis que le regard de sa supérieure reste concentré sur ma mère.

— Oui, nous avons un dossier à ce sujet. Megan Nichols a appelé la police à plusieurs reprises pour signaler le comportement menaçant de son ex-mari. On nous a dit que Simon Davis leur passait des coups de téléphone, apparemment pour contacter Grace.

Ma mère acquiesce d'un signe de tête et son regard passe des yeux d'Upton au bloc-notes de Brown.

— Je ne sais pas combien de fois elle a été obligée de changer de numéro… Il s'est toujours débrouillé pour le dénicher.

— Vous pensez qu'elle le craignait ?

— Oh, oui ! Elle avait peur de lui, c'est sûr ! Bien entendu, c'est surtout pour sa fille qu'elle s'inquiétait. Le stress n'est pas bon pour son cœur ni pour son épilepsie. Un jour, pendant que les filles jouaient dans la chambre de Cara, Meg était assise là, sur la même chaise que vous, et elle m'a parlé de Simon. Ce n'était pas longtemps après leur départ de Plymouth et leur installation ici. Je n'oublierai jamais. C'était aussi la première fois que j'entendais parler de Danny, son petit garçon. Simon était censé s'en occuper, mais il était saoul et il ne l'a pas surveillé d'assez près pendant qu'il jouait dans l'eau. C'est arrivé à environ deux heures de route au nord d'ici, à Port Raynor Beach. Son corps s'est échoué sur le rivage deux jours plus tard.

Les sanglots reprennent de plus belle. Je lui caresse l'épaule et Jane lui tend un autre mouchoir. Upton, qui n'a apparemment pas de temps pour les larmes, lui demande aussitôt :

— Et leur relation amoureuse a pris fin peu de temps après le décès de leur fils ?

Ma mère se tapote les yeux avec son mouchoir, puis vérifie qu'il n'a pas de traces de mascara.

— Comme je vous l'ai déjà dit au poste, je ne qualifierais pas leur relation d'« amoureuse ». Meg était sa victime. Écoutez, vous ne pensez pas que vous devriez être en train de chercher Grace là-dehors, au lieu de nous poser tout le temps les mêmes questions ?

— Madame Dorman, je sais que c'est pénible pour vous, mais je cherche juste à réunir tous les faits. Je vous assure que des équipes très compétentes sont à la recherche de Grace en ce moment même. Pouvez-vous m'en dire un peu plus sur ce qu'il s'est passé après la mort de Danny ?

Ma mère renifle et s'essuie le nez avec son mouchoir avant de répondre :

— Simon s'est mis à boire davantage. Chaque fois que Meg essayait de le quitter, il la suppliait de rester. Il refusait de la laisser tranquille. Il lui a fallu du temps, mais Meg a finalement trouvé le courage de rompre avec lui une bonne fois pour toutes. Elle pensait surtout à sa fille. Quand Grace avait sept ans, elles sont venues s'installer ici pour prendre un nouveau départ. C'était l'histoire la plus triste que j'avais jamais entendue. Je n'arrivais pas à croire qu'une femme pouvait traverser autant d'épreuves dans sa vie et maintenant… maintenant, après ce qui est arrivé, je…

Ma mère se couvre soudain les yeux d'un mouchoir et ses épaules se mettent à trembler. Elle a complètement oublié son maquillage. Jane lui propose un verre d'eau.

— Prenez votre temps, madame Dorman, dit Upton. Je comprends que ce soit difficile pour vous. Mademoiselle Dorman, vous étiez proche de Grace ?

— Oh ! elles étaient comme des sœurs, ces deux-là, intervient ma mère.

Elle s'évente les yeux de la main pour empêcher d'autres larmes de couler. Même si l'inspectrice continue à me regarder dans l'attente d'une réponse, ma mère poursuit :

— Elles étaient si mignonnes. Quand Grace avait neuf ans et Cara quatorze, elles aimaient se déguiser pour aller à la plage ensemble. Cara poussait le fauteuil de Grace et elles y attachaient des ballons de baudruche. Tu te souviens, ma chérie, des ballons que tu accrochais à son fauteuil ?

J'opine. Tous les regards sont posés sur moi. Après avoir vu le film *Là-haut*, Grace s'était mis en tête qu'avec suffisamment de ballons elle pourrait s'envoler. Elle a économisé son argent de poche pendant des mois pour les acheter. Je n'ai pas eu le cœur de lui dire que son plan ne fonctionnerait pas. Et puis, c'était vraiment adorable de la voir croire à la magie de tout son cœur.

— Mais ces dernières années, vous vous êtes moins vues, c'est ça ? Quand vous habitiez à Plymouth ?

À l'âge de dix-sept ans, après avoir arrêté le lycée, j'avais emménagé avec Chris à Plymouth. J'étais trop sûre de moi et certaine de pouvoir affronter ce que la vie me réservait. Après avoir travaillé quelque temps dans un pub, j'ai trouvé un poste de réceptionniste dans une petite agence immobilière locale. Durant ces années, j'ai prétendu être heureuse de passer des semaines à travailler en attendant le week-end, puis des week-ends à boire avec mon copain et ses potes. C'est quand Chris a commencé à parler d'avoir des enfants que j'ai été prise de panique. J'avais l'impression d'être enfermée dans une cage et j'ai su alors qu'il fallait absolument que j'en sorte. Je voulais au moins tenter de faire quelque chose de ma vie. Il y a donc un peu plus d'un an, je suis retournée vivre chez ma mère, puis je me suis inscrite à des cours pour passer mon bac et j'ai trouvé un emploi de serveuse au Ship. Je réponds à l'inspectrice d'une petite voix :

— Non, je ne voyais plus trop Grace quand je vivais à Plymouth. Je suis restée quelques années là-bas.

— Eh bien, oui, c'est en partie parce que Cara habitait loin qu'elle voyait moins Grace, ajoute ma mère. Mais c'est aussi parce qu'ils ont commencé à faire tous ces examens du cœur de Grace, à cause de l'arythmie. Et après, ses crises d'épilepsie ont empiré et elle n'arrivait plus à avaler, donc elle s'est beaucoup affaiblie. Avec tout ça, Cara ne pouvait plus faire de sorties avec elle, au cas où il y aurait un souci. On ne voulait pas mettre Cara dans une situation qui pourrait être trop délicate pour elle.

Ma dernière visite chez Grace remonte à un peu plus d'un mois. À cette période-là, j'étais très occupée par mes révisions pour le bac. Comme il faisait très beau, elle m'a suppliée de l'emmener au bord de la mer. Elle voulait qu'on y aille juste elle et moi, mais j'avais entendu parler de la gravité de ses crises : ses yeux roulaient dans leurs orbites et ses poumons refusaient de remplir leur rôle. Une fois, elle avait eu des spasmes si violents qu'elle en était tombée de son fauteuil roulant et s'était cassé une dent sur le trottoir. À cause de sa dystrophie musculaire, son épilepsie devenait plus difficile à gérer. Les crises pouvaient se déclencher sans prévenir, à n'importe quel moment. Quand Meg a gentiment proposé de nous accompagner à la plage, Grace a roulé jusqu'à sa chambre en marmonnant : « Pas la peine. »

J'ai raconté la scène à ma mère un peu plus tard et elle m'a rappelé que l'état de santé de Grace ne l'empêchait pas d'être une ado et de faire la tête comme tout le monde à son âge.

— Donc, en grandissant, vous avez été témoin des problèmes de santé de Grace ?

Upton me regarde, mais encore une fois ma mère prend les devants.

— Oh, Cara s'occupait très bien de Grace quand elle était petite. Elle aidait même Meg avec les médicaments, tu te souviens, Cara ? C'était l'époque où tu disais que tu allais devenir médecin.

Je ne m'en souviens pas. Par contre, je me rappelle bien cette fois où, l'été avant les treize ans de Grace, j'ai dû patienter dans le couloir pendant que Meg allait dans la chambre de sa fille voir si elle était réveillée. Je me sentais mal à l'aise. Grace venait juste d'avoir une crise et Meg m'a dit qu'elle était encore un peu sonnée. Le soleil tapait, ce jour-là. Comme je passais l'après-midi avec Chris et ses amis sur la plage, à flirter et boire de l'alcool bon marché, je portais des tongs et un maillot de bain en dessous de mon short. Dans l'air humide de la maison des Nichols, l'huile de coco que j'avais tartinée sur ma peau commençait à se solidifier et formait des plaques. Je n'avais qu'une envie : sortir de là. Mais tout à coup j'ai entendu Grace sangloter et je me suis aussitôt approchée pour pousser le battant qui s'est ouvert de quelques centimètres. Meg était assise sur le lit, dos à la porte. Derrière le fin tissu orange des rideaux, on devinait toute l'énergie brûlante de l'été. La clochette d'une camionnette de glacier tintait au loin. L'ambiance de la chambre était radicalement différente. Une odeur de sueur et de vomi flottait dans l'air chaud. Meg s'est tournée brièvement vers moi, un petit sourire triste aux lèvres, et a changé son bras de position pour que je puisse voir Grace. Les yeux de mon amie étaient ouverts. Elle m'a jeté un regard furtif, mais son corps décharné avait l'air mou dans les bras de Meg. Il semblait ne plus avoir de forme, comme si tous ses os s'étaient émiettés. Je me suis aperçue alors qu'elle ne pleurait pas : aucune trace de larmes sur ses joues. Un gémissement désespéré lui a échappé. Un son animal. J'étais extrêmement gênée. Il me paraissait impossible qu'elle soit en train de dépérir dans cette chambre étouffante alors que, une demi-heure plus tôt, je passais mes jambes autour de la taille de Chris dans la mer tandis que sa barbe de trois jours effleurait mon visage. La souffrance de Grace me semblait si abstraite ; je ne parvenais pas à la comprendre. Et à ce moment-là, dans sa chambre, je me suis dit qu'il serait plus facile pour moi de ne pas essayer de comprendre ce que Grace vivait. Consciente de mon embarras, Meg a dégagé quelques mèches collées sur le front de sa fille, puis l'a bercée tout doucement avant de dire d'une voix douce : « Je crois que ce n'est pas un bon jour pour les visites, Cara. Je suis désolée. »

J'étais déjà en train de reculer quand elle a parlé, et une vague de soulagement m'a submergée sur-le-champ. Je me suis enfuie au pas de course pour retrouver l'été, la plage, le cidre volé et les baisers salés de Chris. J'aimerais tant pouvoir revenir à cet instant-là pour me secouer, ne pas me montrer si égoïste et voir plus loin que le bout de mon nez. Mon amie souffrait. J'aurais dû faire quelque chose, n'importe quoi, pour rendre sa vie meilleure.

De l'autre côté de la table, l'inspectrice est toujours en train de me fixer, l'air perplexe.

— Je voulais aussi vous parler à toutes les deux du journaliste, Jon Katrin. Il vous a interviewées pour un article dans le *Cornish Chronicle*, c'est bien ça ?

— Il est resté ici dix minutes, je n'appellerais pas ça une interview, réplique ma mère d'un ton dédaigneux. Mais bon, c'est son style de journalisme merdique, excusez ma vulgarité. Il m'a demandé comment étaient Meg et Grace, ce que je pensais de Simon, et c'est tout. Pourquoi vous voulez parler de lui ? C'est sur Simon qu'il faut vous concentrer.

— Pour l'instant, nous explorons toutes les pistes. Et vous, mademoiselle Dorman, qu'avez-vous pensé de Jon Katrin ?

— Cara ne l'a rencontré qu'après l'interview, quand il sortait, hein, Cara ?

Upton ne me quitte pas des yeux. Elle attend une réponse, alors je hausse les épaules et marmonne :

— Je n'ai pas été emballée.

Après avoir passé toute la journée en cours, j'étais rentrée une demi-heure plus tôt que d'habitude pour rencontrer ce fameux journaliste dont Meg et ma mère m'avaient rebattu les oreilles, mais quand je suis arrivée il avait déjà enfilé son manteau et ses Converse, et était prêt à partir. Derrière lui, ma mère affichait un air dépité. Après m'avoir serré la main, il a remarqué le gros livre que je tenais à la main et a grimacé avant de me lancer : « Oh là là, j'ai cru que j'allais devenir dingue quand j'ai étudié *Middlemarch* à la fac ! » Puis notre visiteur nous a adressé un petit signe et s'est volatilisé.

— Son article était une honte ! s'exclame ma mère. Meg m'a confié avoir eu un sacré choc quand elle l'a lu, comme si on l'avait de nouveau poussée dans l'escalier… Elle était anéantie. Rendez-vous compte, elle a perdu son petit garçon, puis elle a consacré sa vie à prendre soin de sa fille malade et tout à coup, sorti de nulle part, cet abruti de journaliste, ce Jon Machin-Chose… Bref, un mec annonce au monde entier qu'elle n'était pas une bonne mère parce qu'elle ne laissait pas ce salaud violent s'approcher de Grace ! Franchement, j'étais hors de moi. Hors de moi, je vous dis !

Upton, qui a apparemment décidé qu'il valait mieux la laisser exprimer sa colère, l'écoute patiemment. En général, quand ma mère a tort, je n'ai aucun problème pour le lui faire remarquer, mais, à cet instant-là, je me rends compte que je ne sais plus ce qui est vrai. Tout me paraît flou. Avant, j'avais compris que le journaliste, Jon Katrin, suggérait que la mort de Danny était un accident et qu'il était injuste que la vie de Simon et sa relation avec sa fille soient complètement détruites à cause de cet événement. Sur le moment, j'étais assez d'accord avec lui. Le problème, c'est qu'ensuite, un peu avant Noël, il est revenu ici, complètement torché, et il a cassé des vitres et bousillé le jardin de la maison d'à côté. Ma mère a réagi comme si c'était la preuve qu'elle avait raison : les hommes comme Jon et Simon sont des salauds égoïstes et dangereux. Point.

— Vous devriez en discuter avec Martin du numéro 37, reprend-elle. Il supervise la surveillance du voisinage et c'est lui qui a appelé la police quand Jon a pété les plombs et a vandalisé la maison de Meg. J'étais au travail à ce moment-là, au salon. Et Dieu merci, Grace était à l'hôpital, donc il n'y avait personne chez elles. N'empêche, ça nous a tous beaucoup secoués, n'est-ce pas, ma chérie ?

Je sais qu'elle veut que je la soutienne, histoire de montrer aux flics à quel point Jon est un type horrible. Comme je ne le connais pas, je me contente de répondre :

— Quelqu'un a posté en ligne une photo de son petit garçon quand il avait le cancer. C'est sûrement ce qui l'a poussé à bout.

Ma mère a cessé d'opiner de la tête pour se tourner vers moi, donc je m'empresse d'ajouter :

— C'était bête, évidemment. De s'en prendre à la maison des Nichols, je veux dire.

— Vous voulez dire que vous avez compris pourquoi il a eu une réaction aussi extrême ? me demande Upton.

Je sens ma mère se hérisser à côté de moi.

— Bien sûr que non ! proteste-t-elle. Mais pourquoi on parle de lui alors qu'on sait tous très bien qui est derrière tout ça ?

Le visage de l'inspectrice demeure impassible.

— Madame Dorman, nous sommes en train de rechercher Simon Davis, comme je vous l'ai déjà dit. Si je pose des questions au sujet de Jon Katrin, c'est parce qu'il a eu un comportement agressif envers les Nichols il n'y a pas si longtemps. Megan ou Grace vous ont-elles parlé de quelqu'un d'autre ? Des compagnons que Megan aurait pu avoir, peut-être, ou de la famille ?

— Non.

— Et Grace, avait-elle des relations amoureuses ? Des amis ?

— Grace a toujours été trop mal en point pour pouvoir aller à l'école, répond ma mère en enroulant une mèche de cheveux autour de son index. Quand son état le permettait, Meg lui faisait l'école à la maison. Cela dit, Grace avait quand même quelques amis sur Internet. Elle discutait tout le temps avec d'autres enfants handicapés pour leur donner des conseils et les encourager.

Elle marque une pause et ferme les yeux pour réfléchir un instant.

— Meg ne parlait jamais vraiment de sa famille. Son père est encore en vie, mais il a la maladie d'Alzheimer. Il habite dans la grande maison de retraite qui est juste à l'extérieur de Plymouth. Resthaven, je crois que ça s'appelle. Meg ne pouvait pas lui rendre visite aussi souvent qu'elle l'aurait voulu. Prendre soin d'un enfant gravement malade à plein temps, c'est difficile, vous vous en doutez. Sa mère est morte d'un cancer du sein. Meg avait vingt et un ans quand c'est arrivé, si je me souviens bien. Son frère est parti s'installer en Australie quelques mois après le décès. Meg a toujours dit que ses amis étaient sa famille.

Tout à coup, un miaulement retentit et Cookie saute sur la table. Brown se penche aussitôt en arrière, une main sur la bouche.

— Allergique, marmonne-t-il avant de se lever.

Je tends la main vers la chatte qui se met à se frotter contre mes doigts.

— Bien sûr qu'on ne t'avait pas oubliée, Cookie, roucoule ma mère. Toi aussi, tu fais partie de la famille.

Sur ces mots, elle fond de nouveau en larmes.

Quand vient le moment d'aller se coucher, je laisse ma mère me border dans le lit de ma chambre d'enfant. Pour la première fois de la journée, elle m'adresse un petit sourire. Je sais qu'elle aime bien avoir l'impression que je redeviens sa petite fille. Elle pose un somnifère sur la table de nuit, à côté d'une tasse de lait chaud.

— Comme ça, tu sais où le trouver.

Elle en a pris un il y a vingt minutes et commence déjà à bredouiller. Après m'avoir embrassée, elle me rappelle que je peux venir la rejoindre dans son lit si j'en ai besoin, puis je me retrouve seule. Enfin.

Je relâche tous mes muscles et je tente de faire taire mes pensées, mais sans succès. Tout me revient d'un coup. Difficile de définir ce que je ressens car les émotions se succèdent les unes après les autres : dès que je suis gagnée par la tristesse, un éclair de rage me traverse, qui est immédiatement remplacé par une écrasante culpabilité. C'est comme si j'étais leur otage. Je vois les yeux exorbités de Meg, j'entends les gouttes de sang qui tombent. Dans la mort, son regard semblait si appuyé qu'on aurait dit qu'elle voulait faire passer un dernier message au monde des vivants. Je sais très bien ce qu'elle voulait nous dire : tout ce qu'elle a toujours souhaité, c'était que Grace soit en sécurité. Les larmes me montent aux yeux. J'essaye de me concentrer sur ma respiration, en vain. Alors je balaye la pièce du regard pour trouver une source de réconfort, mais l'étagère qui ploie sous le poids des manuels scolaires et la commode couverte de bijoux en toc poussiéreux et de déodorants à moitié vides ne m'apportent aucun répit. Le sol est jonché de fringues que j'ai portées ces derniers jours, et des cartons que je n'ai pas encore déballés sont empilés le long du mur. Cette chambre encombrée me donne l'impression d'être ensevelie. Ma peau est couverte d'une fine couche de sueur. Il faut que je sorte d'ici. J'irai courir jusqu'à Angel's Bay ; les vagues m'apaiseront sûrement. Ma mère doit être endormie maintenant, je ne pense pas qu'elle m'entendra.

Une fois levée, je me penche pour ramasser mon jean laissé en boule par terre et mon coude rentre dans quelque chose de doux. Le sac d'habits préparé avec soin à l'intention de Grace se renverse et un objet tombe sur le sol avec un bruit sourd. Je le fixe du regard un instant. C'est le journal intime. Je me rappelle soudain l'avoir trouvé chez les Nichols et glissé dans ce sac. Il m'était complètement sorti de la tête, et du coup je n'en ai pas dit un mot à la police. Est-ce que cet oubli va m'attirer des ennuis ? D'une main tremblante, je m'en empare pour la deuxième fois aujourd'hui. Sur la couverture rose, Grace a inscrit son nom et son adresse et en dessous, en lettres capitales : « PRIVÉ ». Je m'apprête à l'ouvrir quand je suspends mon geste. Je me sens un peu mal à l'aise : j'ai l'impression d'être en train de fouiner. Puis je revois le regard désespéré de Meg et j'imagine Grace, terrifiée, étendue sur le sol froid d'une mine abandonnée. Je caresse la couverture du bout des doigts. Non, Grace comprendrait que je lise son journal. Elle saurait que j'essaye simplement d'aider à la retrouver. Et c'est ce que Meg aurait voulu que je fasse, j'en suis certaine.

Après m'être assise au bord du lit, j'ouvre lentement le carnet, comme s'il s'agissait d'une boîte à musique, et quand je commence ma lecture, c'est la voix enfantine de sa propriétaire que j'entends dans ma tête. Elle se met à me raconter sa petite vie.

10 novembre 2018

Cher journal,

Maman n'arrête pas de me demander quand je vais commencer ce journal intime. Elle dit que Lola (une de ses infirmières préférées) lui en parle chaque fois qu'elles se voient. C'est parce que c'est Lola qui m'a donné ce carnet. Elle m'en a fait cadeau quand nous étions à l'hôpital il y a deux semaines pour consulter un nouveau cardiologue. La théorie de Lola, c'est qu'écrire ce que je ressens « physiquement et émotionnellement » me fera du bien. En plus d'être infirmière, elle est aussi psychologue et parle tout le temps de ce qu'elle appelle « le lien corps-esprit ». Elle connaît d'autres jeunes malades qui ont tenu un journal et qui lui ont dit qu'écrire les avait beaucoup aidés. J'ai demandé qui ils étaient, mais elle a simplement souri et m'a caressé la joue avant de me répondre qu'elle ne pouvait pas me le dire. Si j'ai posé la question, c'est parce que, au service pédiatrique, il y a quelques mois, j'ai vu un garçon atteint d'une paralysie cérébrale qui était tout le temps en train d'écrire dans un cahier avec sa main qui pouvait encore bouger. Maman n'a pas non plus l'air convaincue que ça marchera pour moi, mais elle trouve que ça vaut le coup de tenter tout ce que Lola recommande, donc je vais essayer de tenir ce journal intime pour elle.

Hier, au salon, j'en ai discuté avec Zara. Susie était en train de vernir les ongles de maman en violet vif, une couleur que j'avais choisie pour elle. Elles papotaient toutes les deux, comme d'habitude. Pendant ce temps, je regardais Zara qui balayait les cheveux sur le sol, du côté salon de coiffure. Des mèches brunes, grises et quelques boucles blondes se mélangeaient comme différents parfums de glace qui fondent dans un bol. Voir que des gens ont des chevelures si abondantes qu'ils en abandonnent de grandes touffes sur le sol, comme ça, m'a donné un sentiment d'injustice. J'ai touché ma tête chauve au travers de mon bonnet pour tenter de me souvenir de la sensation que ça fait d'avoir des cheveux, des vrais, et pas seulement un léger duvet sur le crâne.

« Ce ne sont que des cheveux, Grace. Tu es tout aussi belle sans », me dit toujours maman.

Parfois, elle m'emmène essayer des perruques. On se met des cheveux rose pétard, puis on prend des selfies en faisant des grimaces. Ces photos ont des centaines de likes sur Facebook. Maman sait toujours comment me redonner le sourire.

— Zara, tu penses que les gens écrivent quoi dans leur journal intime ? j'ai demandé à la collègue de Susie.

Elle a arrêté de balayer et m'a regardée avec un grand sourire, comme si je venais de dire quelque chose de vraiment adorable.

— Aucune idée. Et toi, tu penses qu'ils y écrivent quoi ?

Bon, j'aurais plutôt dû poser la question à Sylvia. Elle est bénévole à la bibliothèque et elle me fait penser à un livre : elle a tout un tas de connaissances utiles.

— Je ne sais pas. Des secrets, peut-être ?

— Eh bien, oui, je crois que tu as raison.

— Mais qu'est-ce qu'on fait si on n'a pas de secrets ?

— Oh, tout le monde a des secrets, a répondu Zara avec un clin d'œil.

Elle me fait toujours des clins d'œil. J'ignore pourquoi. Ce n'est pas comme si on se faisait des confidences et je ne l'ai jamais vue adresser un clin d'œil à quelqu'un d'autre que moi.

Le téléphone a sonné à ce moment-là et Zara est allée décrocher. Je me suis retrouvée seule au milieu de tous ces cheveux, à me demander si elle avait raison. Est-ce que tout le monde a des secrets ? J'ai regardé maman et Susie qui étaient encore en train de discuter de la rupture de Cara et de Chris, alors que ça fait déjà des mois qu'elle l'a largué. Ces deux-là sont comme des animatrices radio quand elles sont ensemble : tout le temps en train de jacasser, même si personne n'écoute. Garder un secret doit être quasi impossible pour elles. Elles ne savent pas tenir leur langue.

Je crois que je suis un peu jalouse des gens qui gardent précieusement des choses pour eux. Je n'en ai pas, moi, pas vraiment. Mais je vais essayer de m'en trouver. Des secrets, des vrais. Je ne parle pas de ces sujets qu'on n'est pas censés mentionner, comme les pets, la mauvaise haleine du boucher, ou l'existence de mon père. Même la mort de Danny n'est pas un secret, ni la vie de maman avant ma naissance, puisque je ne suis pas la seule à être au courant. Il s'agit simplement de souvenirs tristes et personne n'aime se rappeler ces souvenirs-là. Non, ce que je veux, moi, c'est le genre de secrets qu'on fait jurer à sa meilleure copine de ne jamais révéler. Je comprends maintenant pourquoi Lola m'a offert ce carnet : pour que je puisse lui en faire part, comme s'il était mon nouvel ami. Un ami fidèle qui serait toujours là pour m'écouter. Ça tombe bien, parce que Cara ne vient presque plus me voir et je n'ai personne d'autre à qui me confier. Du coup, la prochaine fois que quelqu'un me dira « Tout le monde a des secrets », je pourrai exprimer mon accord, car ce journal en sera rempli !

Nous sommes parties dès que le vernis de maman a séché. Personne n'a remarqué que j'ai ramassé une boucle de cheveux dorés sur le rebord d'un miroir. Zara l'avait manquée en faisant le ménage. Je l'ai frottée entre mon pouce et mon index avant de la glisser discrètement dans ma poche. Personne ne sait que je l'ai. Secret numéro un.

Affectueusement,
Grace

# 4

# Jon

« Foire d'été d'Ashford : Les projets se concrétisent pour ce qui s'annonce déjà comme la meilleure édition. »

Le curseur clignote sur la page vide en dessous du titre. J'ai l'impression que c'est un moyen pour l'ordinateur de me montrer son impatience, comme s'il était pressé de connaître le premier mot de mon texte. Mes mains planent au-dessus du clavier, alors que je demeure indécis. Je travaille toujours dans la cuisine en écoutant la radio, mais aujourd'hui les mots « enlèvement » et « Grace Nichols » résonnent dans l'appartement, donc je finis par me lever pour éteindre le poste. Le présentateur n'a jamais rencontré Grace, évidemment. Il ne sait pas à quel point elle paraissait minuscule dans son fauteuil ; il ne sait pas non plus que son grand sourire illuminait sa frimousse. Je soulève mes lunettes pour me frotter les yeux avant de repositionner mes mains au-dessus du clavier. Je tente de me souvenir de ce que le maire a dit au sujet de la foire et je commence à taper. Rien à faire, je n'arrive pas à rester concentré.

Mes pensées retournent sans cesse à Meg, Grace et Simon. Leurs visages défilent dans ma tête. Si Grace et Meg se ressemblaient énormément, certaines caractéristiques de la petite me rappelaient son père. Avaient-ils tous les deux les yeux bleus ? Ou était-ce la façon dont Grace parlait, son timbre doux, qui me faisait penser à son père ? Mais maintenant que j'y pense, je n'arrive plus à me souvenir de la voix de Simon… Je retire mes mains du clavier ; peut-être que je pourrais écouter l'enregistrement de son interview… *Non, arrête !* Je me force à lire sur l'écran les mots que je viens de taper et je suis consterné : tout ce que j'ai fait, c'est écrire le titre de nouveau. Quel idiot ! Je pose le front sur la table et pousse un grognement. C'est vraiment nul : pourquoi donc n'ai-je aucune volonté pour travailler, mais une énergie infinie quand il s'agit de m'intéresser précisément à ce que je devrais éviter ?

Dix minutes plus tard, j'ai laissé tomber l'article et je suis en train de fouiller dans une boîte sous mon lit. Je me sens déjà moins crispé. Avant, Ruth disait sur le ton de la plaisanterie que la seule chose avec laquelle je suis méticuleux, ce sont mes cassettes. Maintenant, je crois que ce n'était pas une blague, elle le pensait vraiment. Toutes mes interviews importantes sont enregistrées sur des cassettes. Je les range ensuite soigneusement dans des boîtes en plastique où j'inscris le nom et la date au feutre noir, puis je les classe par ordre alphabétique. De nos jours, tout est numérisé et la plupart des journalistes n'utilisent plus de cassettes, mais je suis à cheval sur les deux générations et je ne peux pas me passer de copies physiques ; je trouve que c'est plus sûr. Je suis du regard la rangée d'entretiens avec des boxeurs, des ex-politiciens, des banquiers tombés en disgrâce et des musiciens, jusqu'à la section « Travail en cours ». La voilà : « Davis, Simon. Nov. 2018. »

L'automne dernier, j'ai eu envie d'enquêter sur les réactions des familles face à une tragédie. Certaines parviennent à surmonter le chagrin, tandis que d'autres s'écroulent. Jakey était en train de subir une nouvelle chimiothérapie à ce moment-là, et notre famille souffrait. Vu ce qu'on était en train de traverser, je ne pouvais pas supporter d'écrire sur la maladie, j'ai donc décidé de m'intéresser aux accidents.

Dès l'instant où l'idée a germé dans mon esprit, l'article a commencé à prendre forme dans ma tête. Je voulais parler de ces instants que la plupart des adultes connaissent, où tout manque de basculer, et de ce qu'on ressent dans ces cas-là. Quand on ne voit pas une personne à vélo dans le rétroviseur, par exemple, ou quand on quitte son enfant des yeux une seconde pour étudier le prix des bananes au supermarché. La plupart d'entre nous connaissent ces sueurs froides, ce cri qui monte comme de la bile dans votre gorge. Mais heureusement le cycliste s'arrête sans crier gare, ou bien vous découvrez votre gamin caché derrière un chariot. Une vague de soulagement vous submerge et vous vous dites alors : « Plus jamais je n'oublierai de vérifier dans le rétroviseur ! » ou : « Plus jamais je ne le quitterai des yeux ! » Malheureusement, certains parents n'ont pas droit à une seconde chance. C'est le cas de Simon Davis.

Une de mes connaissances, qui travaille pour Papas sans frontières, une association qui œuvre pour les droits des pères, m'a suggéré de le rencontrer, puisque Simon vivait à Plymouth, c'est-à-dire à seulement un peu plus d'une heure de route de chez moi. Il m'a averti à son sujet, car le père de Grace avait eu des épisodes dépressifs depuis la mort de son fils et sa santé mentale pouvait parfois ne pas être au beau fixe. À cette période-là, il se sentait plutôt bien et avait donné son accord pour être interviewé. Assis sur mon lit, je glisse la cassette dans le dictaphone puis j'appuie sur « play ».

Les bruits du café aux vitres embuées où a eu lieu notre rendez-vous – des voix et de la vaisselle qui s'entrechoque – sortent du petit haut-parleur et me ramènent aussitôt au jour de notre rencontre. Je me souviens de ses yeux voilés de larmes qui examinaient les lieux et de l'instant où il m'a aperçu, assis à une petite table ronde, en train de lui faire un signe de la main. À sa démarche, on aurait dit qu'il portait le poids du monde sur les épaules. Le dos voûté, Simon fixait le sol comme s'il voulait s'excuser d'être là. Sa chevelure était grise, ce qui est inhabituel pour quelqu'un de son âge, et il paraissait avoir perdu beaucoup de poids, car ses vêtements flottaient autour de sa silhouette. Un homme ordinaire accablé d'une tristesse extraordinaire.

— Pouvez-vous me confirmer, s'il vous plaît, que vous êtes bien Simon Davis et que vous donnez votre accord pour que cette interview soit enregistrée ?

Ma voix est claire, assurée. Je me souviens du soulagement que je ressentais quand je travaillais. Le professionnalisme était une protection contre l'autre moi, celui que je tentais de dissimuler : l'homme vulnérable, père d'un enfant malade.

— Oui, murmure Simon.

Il s'éclaircit ensuite la gorge et fait l'effort de répéter sa réponse plus fort.

— Pouvez-vous, s'il vous plaît, me raconter votre version des événements du 6 juin 1998, le jour du décès de votre fils ?

La voix de Simon est très directe, presque comme s'il énonçait simplement des faits, mais je me souviens très clairement des regards furtifs qu'il lançait autour de nous au cours de son récit.

— C'était l'anniversaire de Meg, alors j'avais pris mon vendredi. J'étais comptable, à l'époque. Je sais, c'est difficile à croire, pourtant c'est vrai. Je nous avais organisé un week-end à la plage, à Port Raynor. Nous séjournions au terrain de caravaning, je ne sais pas s'il existe encore. Vous le connaissez ?

Moins intéressé par la description du décor que par ce qui allait suivre, je me suis probablement contenté de hausser les épaules.

— J'avais entendu parler des plages là-bas, reprend-il. On m'avait dit qu'elles seraient désertes même par un beau week-end de juin. Comme Meg me taquinait souvent en disant que j'étais un comptable ennuyeux, c'était une belle surprise pour elle. Dès que nous sommes arrivés, Danny a voulu aller voir la mer. Il ne parlait plus que de ça. Il n'arrêtait pas de dire qu'il allait attraper une baleine avec son épuisette. (Simon marque une pause et se racle la gorge.) Il aimait les baleines, je ne sais pas pourquoi.

— Et donc vous êtes allés sur la plage ?

Quand j'entends l'impatience dans ma voix, j'aimerais pouvoir me donner une tape sur la tête. Pourtant, mon interlocuteur ne semble pas remarquer mon irritation, ou bien il ne s'en formalise pas.

— Nous y avons pique-niqué. J'avais acheté une bouteille de vin.

Plus tard, Meg a déclaré qu'il était saoul.

— Quand nous avons fini notre repas, j'ai rangé nos affaires pendant que Meg retournait à la caravane pour chercher les brassards de Danny. Il ne tenait plus en place, il avait hâte d'aller se baigner.

— Où se trouvait votre fils à ce moment-là ?

— Il barbotait au bord de l'eau. Il n'arrêtait pas de me crier qu'il voyait une baleine. Je lui ai promis que nous irions dans les vagues ensemble dès que sa mère reviendrait. Danny était un enfant très sage. Patienter ne lui posait aucun problème. Il jouait avec sa pelle dans le sable mouillé en babillant.

— Et que s'est-il passé ensuite ?

Simon se racle de nouveau la gorge. Une serveuse annonce une commande.

— J'ai aperçu deux petits garçons. Ils devaient avoir dans les huit ans et ils se ressemblaient comme deux gouttes d'eau. J'étais étonné de voir des enfants seuls à cet endroit, sans adulte pour veiller sur eux. Ils couraient comme des lièvres sur le sentier de la crique. Quant à Danny il creusait toujours dans le sable. En général, il aimait bien les garçons plus âgés. Je me souviens de l'avoir vu lever les yeux vers eux. Le soleil brillait derrière lui. J'ai crié aux deux frères de venir. Je voulais m'assurer que je pouvais leur faire confiance. Ils étaient timides, je pense. En tout cas, ils n'avaient pas envie de parler à un inconnu. Ils m'ont ignoré et ont rejoint Danny. Ils ont joué ensemble tous les trois, ils s'éclaboussaient. Danny riait. J'ai continué à ranger. Ça me rend malade maintenant, quand j'y pense, de savoir que c'était la dernière fois que j'entendais son rire. Et que j'étais occupé à rassembler nos déchets au moment où il avait le plus besoin de moi… Ça ne m'a pris que deux minutes. Je pensais que c'était bien qu'il joue avec des enfants plus âgés, mais quand j'ai relevé les yeux, les deux frères s'éclaboussaient et je ne voyais plus Danny…

J'éteins le dictaphone. C'est à ce moment-là qu'il a éclaté en sanglots et que j'ai su que ce ne serait pas correct d'insister pour obtenir davantage de détails. En plus, j'ai toujours eu une imagination très fertile pour les catastrophes en tout genre, donc je peux aisément remplir la plupart des blancs. Je me représente Simon qui se rue vers les enfants en cherchant du regard les cheveux de Danny, son maillot de bain, n'importe quoi. Je le vois entrer dans l'eau, désespéré, et crier le prénom de son fils. Mais qu'importe combien de fois il hurle, la mer ne lui donne aucun indice. Les vagues déferlent autour de lui et ne lui prêtent aucune attention tandis qu'elles emportent le corps sans vie du petit garçon de plus en plus loin. Simon a dû se sentir si petit face à une si grande terreur. J'ai eu le même sentiment quand on a pensé qu'on allait perdre Jakey. Et si notre fils a heureusement été épargné, le petit Danny n'a pas eu cette chance. Peut-être ai-je eu tort de compatir à la situation de Simon… Peut-être ai-je laissé ma peur de perdre Jakey affecter mon jugement et pris trop vite la défense de ce père à qui la vie n'avait pas fait de cadeaux.

Après avoir pris une profonde inspiration, je tire un carnet du carton. C'est celui que j'ai utilisé lors de mes recherches pour cet article. Une des pages a un coin replié, un signe pour me rappeler qu'il faut que je la consulte. J'y trouve des notes prises au cours d'un entretien avec un médecin de Plymouth du nom de Nina Rossi. L'une des généralistes du cabinet où Grace était suivie à l'époque où les Nichols résidaient là-bas. En bas de la page, j'ai gribouillé une phrase au stylo à bille : « Mal à l'aise quand je pose des questions sur Meg et Grace. Pourquoi ? »

Je tente de me remémorer cette rencontre. Je savais que le médecin traitant de Grace avait quitté le cabinet pour un autre, mais j'ai pensé qu'il serait tout de même utile de rencontrer le Dr Rossi, pour avoir un point de vue médical sur l'état de la jeune fille. Étant l'un des plus anciens membres du cabinet, elle était chargée de répondre aux questions des médias. Il m'est vite apparu que Nina Rossi, qui m'a semblé être une femme on ne peut plus honnête, n'avait manifestement aucune envie d'échanger avec moi. Nerveuse, elle ne faisait que répéter les faits comme un perroquet, et ses réponses avaient beau être directes, je me souviens d'avoir eu le sentiment qu'elle me cachait quelque chose. Je m'autorise à imaginer un instant que j'écris un article sur le meurtre de Meg et la disparition de sa fille. Quelle serait la meilleure façon de procéder ? Dans un premier temps, j'irais certainement refaire un tour à Plymouth pour interroger à nouveau le Dr Rossi et rechercher d'autres anciennes connaissances des Nichols. À Ashford, plus personne n'accepterait de me parler, mais peut-être que j'aurais plus de chance en m'éloignant… Je n'en ferai rien, bien sûr. La sonnerie stridente de mon téléphone interrompt le flot de mes pensées. C'est Jakey. D'un coup, tout mon univers s'illumine.

— Papa !

Il est hors d'haleine et a l'air excité comme une puce. Avant que je puisse prononcer un seul mot, il poursuit :

— J'ai été pris dans l'équipe, papa ! Dans l'équipe de foot !

Les larmes me montent aux yeux, des larmes de gratitude et de soulagement. Mon fils va bien. Et même mieux que bien : il est heureux et en bonne santé.

— C'est génial, mon grand ! Je suis super fier de toi ! Tu es avant-centre ?

À l'autre bout du fil, j'entends la voix étouffée de Ruth qui l'appelle.

— J'arrive, maman ! lui crie-t-il.

Je me représente la scène qui suivra. Son sac à dos trop grand qui se balancera quand il courra vers elle, son blazer de l'école qui glissera de ses épaules et le grand sourire à trous qu'il lui adressera.

— Désolé, papa, mais il faut que j'y aille. Maman et moi, on va manger une pizza pour fêter ça.

Je m'éclaircis la gorge avant de répondre :

— D'accord, mon grand. Régale-toi ! Je t'aime.

— Je t'aime aussi, papa.

Après cet appel, j'éprouve une sensation de vide. La famille heureuse que nous avons été me manque terriblement. Il y a deux ans, les médecins nous ont conseillé de nous préparer à dire adieu à notre fils, et aujourd'hui il joue dans l'équipe de foot de son école. Sa guérison est la preuve qu'on a parfois droit à une seconde chance. Et notre mariage, à Ruth et moi, ne pourrait-il pas, lui aussi, bénéficier d'une seconde chance ?

Les dix minutes de pause que je m'étais accordées se sont transformées en une demi-heure. Après avoir repoussé la boîte sous le lit, je me force à retourner devant mon ordinateur.

Une heure plus tard, je suis parvenu à rédiger un texte de six cents mots sur les concours de chiens de berger et les compétitions de légumes géants, et il est temps d'aller retrouver Dave. Je quitte mon appartement en quatrième vitesse.

À mon arrivée, je trouve le policier assis à une table dans un coin. Je dois me baisser pour éviter le houblon séché accroché au plafond. The Red Dragon, son pub préféré, est plutôt vieillot. J'ai tout de suite repéré Dave. Il est joufflu et a des traits étonnamment délicats : un petit nez rond et une bouche en bouton de rose qui irait à ravir à une jeune fille mais fait un effet bizarre sur un homme d'environ quarante ans au crâne dégarni. Pour être honnête, s'il ne travaillait pas dans les forces de l'ordre, nous ne nous serions jamais revus après notre première sortie au pub. Comme la plupart des bons reporters le savent, il est indispensable d'avoir un contact au poste de police, donc j'ai fait tout ce qu'il fallait pour sympathiser avec lui. Ce soir, c'est différent : je le vois en tant qu'ami. Dave s'est installé face à la porte. L'air absent, il déchire un sous-verre en carton. Il n'a pas encore commandé de bière car, selon notre arrangement tacite, je paye les pintes et, une fois sa langue déliée, il me parle des affaires de la police locale. Mais cette fois, je veux simplement boire un verre avec lui. Lorsqu'il m'aperçoit, son visage s'éclaire. Après l'avoir salué de la main, je vais commander deux pintes au bar. Dave ne les quitte pas du regard quand je reviens vers sa table.

— Ah, merci, Jon ! dit-il en levant son verre dès que je le dépose devant lui.

— Alors, Dave, comment va ?

Je prends place sur un siège face à lui tandis qu'il boit une gorgée de bière en haussant les épaules.

— Karen a encore frappé fort.

Voilà pourquoi je lui ai envoyé un texto ce soir : Dave est doux comme un agneau et il aime parler de son ex-femme, dont il est toujours amoureux. Pendant qu'il me raconte ses dernières péripéties, je me contente d'opiner et de murmurer mon accord à voix basse de temps en temps. Karen a commencé à rencontrer d'autres hommes et Dave en est très affecté, ce qui se comprend. Je me demande si c'est à cause de sa sensibilité qu'il n'a jamais été promu. Après quinze années de service dans le milieu macho de la police, Dave est toujours simple agent.

Comme il fait une pause pour porter son verre à ses lèvres, je m'apprête à lui parler de Ruth, mais à ce moment-là la barmaid change de chaîne pour mettre les informations – certainement du jamais vu dans l'histoire du Red Dragon. Nous pivotons tous les deux sur nos tabourets pour regarder l'écran où un journaliste s'adresse à la caméra, posté devant le 52, Woodgreen Avenue.

« La police lance un appel à quiconque connaîtrait ou aurait aperçu Simon Davis, un homme blanc de quarante-cinq ans. Veuillez contacter la police au numéro indiqué en bas de l'écran. Si vous voyez M. Davis, ne l'approchez pas et appelez immédiatement les forces de l'ordre. »

Une photo s'affiche ensuite ; elle n'est pas très nette. Si ce cliché est le meilleur qu'ils ont trouvé, Simon n'avait sûrement pas l'habitude d'être photographié. La tête inclinée sur le côté, le père de Grace sourit, les yeux à moitié fermés. À sa posture, on devine qu'il a le bras passé autour des épaules d'une personne qui a été coupée de l'image. Ses cheveux en bataille sont plus longs que dans mon souvenir et son visage plus rond. Le présentateur poursuit son monologue.

« Les équipes de secours se préparent à continuer les recherches cette nuit pour retrouver Grace Nichols. L'inquiétude monte concernant la jeune fille de dix-sept ans dont l'état de santé est complexe et qui souffre notamment d'un type de dystrophie musculaire extrêmement rare. *South-West News* a appris que Grace Nichols a aussi des problèmes cardiaques et souffre d'épilepsie, des pathologies pour lesquelles elle a besoin d'un traitement quotidien et qui empirent avec le stress et l'anxiété. Il est donc d'une importance capitale que Grace Nichols soit secourue le plus rapidement possible. Ses voisins et ses amis demandent à ceux qui auraient des informations sur l'endroit où elle se trouve de se manifester. »

Ils passent ensuite une interview enregistrée plus tôt dans la journée. La femme d'âge moyen interrogée a le visage bouffi et ses cheveux ondulés teints en roux éclatant lui arrivent juste au-dessous des épaules. Ses yeux bleus vont sans cesse du reporter à la caméra et une fossette se creuse dans sa joue quand elle parle. C'est Susan Dorman, la voisine de Meg. Une habituée des forums locaux dont le pseudo est « SummerSusie », et qui est l'une des meneuses du déferlement de haine à mon encontre. Mes doigts se crispent sur mon verre et je détourne les yeux de la télévision. SummerSusie était présente la fois où un délinquant m'a craché dessus et hurlé de rentrer à Londres ; elle observait la scène depuis l'autre côté de la rue. À ce moment-là, quelques jours seulement après la publication, je n'étais pas encore vraiment en colère mais plutôt plongé dans la confusion : pourquoi mon article provoquait-il des réactions aussi violentes ? J'y avais simplement fait remarquer que voir son père de temps en temps pourrait faire du bien à Grace et que Megan avait fait le choix de les séparer sans demander son avis à sa fille. Même si je ne l'exprimerais jamais à voix haute, surtout maintenant, je ne regrette pas de l'avoir écrit. Je n'avais aucune mauvaise intention quand j'ai rédigé ce texte. Ce sont mes actions après la diffusion de la photo de Jakey en ligne dont j'ai honte. Je n'aurais pas dû me saouler et me mettre en rage comme je l'ai fait. Il ne m'était jamais venu à l'idée que mon article pourrait fâcher des gens à ce point-là. Je suis à présent obligé de reconnaître qu'ils avaient tous raison et moi tort : Simon est un homme dangereux, un malade capable d'une violence terrible… Mais quand même, leurs réactions étaient extrêmes, comme si j'avais attaqué personnellement toutes les mères d'Ashford. J'ai même dû me cacher dans la maison de mes beaux-parents pendant les deux jours qui ont suivi cet épisode. Si je suis resté à Ashford après tout ça, c'est parce que je n'avais pas le choix. J'ai imploré Ruth de retourner vivre à Londres avec moi, mais elle n'a rien voulu entendre : pour elle, notre installation en Cornouailles était définitive. Penser à ma femme me rappelle la raison pour laquelle je voulais voir Dave.

— Au fait, Dave, je voulais te dire, Ruth m'oblige à faire une thérapie conjugale…

Le policier ne m'écoute pas. Sans quitter l'écran des yeux, il secoue la tête et me fait signe de me taire. Il veut savoir ce que SummerSusie a à dire.

« Je vis dans la maison à côté de la leur. Mais elles étaient plus que des voisines pour nous. Meg et Grace étaient nos amies, nos meilleures amies, et elles n'ont jamais fait de mal à personne. Tout le monde les aimait.

— Pouvez-vous nous en dire un peu plus sur les réactions de leurs proches et de leurs voisins après ce qu'il s'est passé ?

— Eh bien, tout le monde est anéanti. Totalement anéanti. Mais on sait qu'il faut qu'on se concentre sur Grace pour l'instant, c'est ce que Meg aurait voulu. Jusqu'à ce qu'on la trouve et qu'elle soit de nouveau en sécurité, nous ne pourrons pas pleurer notre amie. C'est pour cette raison que nous organisons nos propres équipes de recherche avec les membres de la communauté locale. Si quelqu'un souhaite rejoindre notre mouvement, “Retrouvons Grace”, le QG se tiendra vingt-quatre heures sur vingt-quatre au salon de beauté The Style Rooms, sur Pembroke Road, dans le lotissement Summervale. Des battues seront organisées en continu, donc si vous voulez nous aider, venez quand vous voulez. »

— Ha ! Ça, c'est sûr que ça va énerver Upton ! Elle ne supporte pas quand les civils se mêlent des affaires de la police. Elle dit que les amateurs ne font que tout bousiller et rendre la tâche plus difficile pour les pros.

En bas de l'écran, je vois défiler cette phrase sur une bande rouge : « Affaire Nichols : la police a révélé qu'environ trois mille livres sterling en liquide, selon leurs estimations, ont été volées sur la scène du crime et de l'enlèvement, au 52, Woodgreen Avenue. »

Dave l'a lue, lui aussi : il opine, un sourire suffisant aux lèvres, histoire de bien montrer que le vol de l'argent n'est pas une nouvelle pour lui. Puis il agite son verre vide en l'air et me lance :

— J'ai encore soif !

Quand je retourne docilement à notre table avec deux nouvelles pintes, j'ai eu le temps de réfléchir à un moyen d'orienter la conversation vers un sujet moins sensible. Malheureusement, Dave est obsédé par l'affaire Nichols. Il regarde toujours la télé en acquiesçant régulièrement d'un signe de tête et semble prêt à me révéler ce qu'il sait. Il faut dire que, d'ordinaire, je le contacte pour en apprendre plus sur les affaires de la police. Je ne voudrais pas être impoli. De plus, je peux difficilement prétendre ne pas être intéressé par les infos qu'il possède… Même s'il ne sait peut-être rien d'important. Je lève les yeux vers le poste, où l'inspectrice principale Upton répond aux questions des médias.

— Tu étais au courant, pour l'argent ? je lui demande en pointant l'écran du doigt.

Dave attendait que je lui pose la question. Il hausse les épaules, puis il fait la moue et dodeline de la tête comme s'il hésitait. C'est un sketch : en réalité, il a terriblement envie de cracher le morceau.

— Oui, tu étais au courant.

Ses lèvres s'étirent en un grand sourire et il se penche au-dessus de sa bière.

— Upton pense que Simon Davis a essayé de faire passer son crime pour un cambriolage qui aurait mal tourné, vu que le liquide et l'ordinateur portable ont disparu.

Apparemment, c'était de notoriété publique que Megan Nichols ne faisait pas confiance aux banques.

Je tente de résister, mais c'est comme si on avait appuyé sur un interrupteur qui m'aurait ramené à la vie. Soudain, je redeviens moi-même, le moi d'avant, le journaliste sur la piste d'un énorme scoop et qui veut convaincre Dave de lui confier tout ce qu'il sait. Et je connais bien ce type : il aime répondre à mes questions, ça lui donne l'impression de représenter les forces de l'ordre à lui tout seul.

— Il n'y a pas d'autres suspects ?

— Non, pas pour l'instant. Simon Davis est un homme violent. Il avait même tenté de kidnapper Grace quand elle était petite et nous savons qu'il a des problèmes d'argent. Il est au chômage depuis des années. Il n'arrive pas à garder un emploi parce qu'il a des troubles mentaux, à ce qu'il dit. Aucun doute, c'était lui chez les Nichols.

La bière a laissé une trace humide sur la lèvre inférieure de Dave.

— Et qu'a découvert le labo ?

— Rien pour le moment. Tout était planifié. Soit il a essuyé la lampe, soit il portait des gants. Le meurtrier ne portait probablement pas de chaussures. Il a dû les enlever pour ne pas faire de bruit. Il savait ce qu'il faisait, ça, c'est clair. On a trouvé des traces d'ADN de la victime et de la fille dans toute la maison, et de plusieurs autres sources aussi. Quand on interroge leurs amis et leurs voisins, on en profite pour prélever leur ADN, histoire de vérifier. J'aime bien dire que « chaque contact laisse une trace ».

Dave marque une pause pour que cette phrase fasse son effet. Il reprend cette expression à son compte comme s'il l'avait inventée, alors que c'est un lieu commun dans la police. Je l'ai déjà entendue, mais je ne le lui fais pas remarquer, bien sûr. Sans crier gare, il brandit son index sous mon nez.

— La chose la plus importante à retenir, Jon, c'est qu'on peut trouver des traces qui prouvent sa culpabilité ailleurs que sur la scène du crime. Par exemple, il pourrait y avoir de l'ADN de la victime sur les vêtements qu'il portait au moment du meurtre.

Sur ces mots, il incline la tête comme pour attendre que j'enregistre ce qu'il vient de m'expliquer. Cet homme-là aurait dû être enseignant plutôt que flic.

— Pour quelqu'un d'aussi instable, Simon Davis semble avoir très soigneusement préparé son coup…

Dave hausse les épaules, puis jette un coup d'œil à la télévision, où passe maintenant l'actualité sportive.

J'ai toujours pesté contre les présomptions de culpabilité, mais dans ce cas précis je ne peux pas protester, car il n'a fait que confirmer ce que je supposais déjà : il n'y a pas d'autre suspect possible. Meg et Grace vivaient cloîtrées. Elles n'étaient impliquées dans aucune affaire louche qui aurait pu leur attirer des ennuis. Et puis, il ne faut surtout pas que j'aie l'air de prendre la défense de Simon, sinon la communauté locale n'a pas fini de me lyncher…

— Apparemment, il avait des hauts et des bas, dit Dave. Il a dû planifier tout ça à une période où il allait bien. Pour être honnête avec toi, il a déjà eu des épisodes suicidaires… et sûrement que, cette fois-ci, il a décidé d'emmener sa fille avec lui. Comme tu l'as dit toi-même dans ton papier, il trouvait injuste que son ex l'empêche de voir sa fille. Je pense qu'il voulait punir Megan de la façon la plus cruelle possible.

Je n'aime pas qu'il exprime la pire des hypothèses à voix haute. C'est comme si, en l'évoquant, il la rendait plus probable. Et en plus, je suis horrifié à l'idée que mon travail puisse être mêlé à un crime, même si ce n'est qu'indirectement…

— Tu peux me rappeler ce qu'il s'est passé la première fois où Simon a tenté d'enlever sa fille ?

Je connais déjà l'histoire mais, vu que Dave semble s'intéresser de plus en plus au foot à la télé, il me faut un moyen de retenir son attention. Dave repose les yeux sur moi, puis boit deux gorgées de bière et étouffe un rot avant de répondre :

— La gamine, Grace, n'avait que six ans quand c'est arrivé et elle venait juste de sortir de l'hôpital. C'était sa première hospitalisation, pour une méningite. À ce moment-là, ses parents s'étaient enfin séparés. Simon Davis était en colère contre son ex parce qu'elle ne l'avait pas laissé rendre visite à Grace à l'hôpital. Il possédait toujours une clé de la maison, celle de la porte de derrière et, quand Megan est allée dans la chambre de sa fille, une nuit, pour vérifier qu'elle allait bien, elle a trouvé le lit vide. La police a vite repéré la voiture de Davis à quelques kilomètres de Plymouth, il allait vers le sud. La pauvre gosse a dû être terrifiée.

— Elle avait six ans ?

— Oui, et ?

— C'est seulement deux ans de plus que Danny quand il s'est noyé.

Dave lève son verre en faisant la moue, puis hausse les épaules d'un air de dire : « Et alors ? » Bien que Simon ait été officiellement blanchi des accusations de mauvaise conduite et de négligence, la plupart des gens le considèrent toujours comme responsable de la mort de son fils, tant d'années après la tragédie. Le regard de mon interlocuteur se redirige vers les scores du foot. Il faut absolument que je continue à le faire parler.

— Donc tu n'as aucune idée de l'endroit où pourrait se trouver Simon Davis ?

— Comme si j'allais te le dire ! s'exclame-t-il avec un ricanement dédaigneux. Cette info vaut plus que ma vie. Mais la vérité, c'est qu'ils pourraient être n'importe où. S'ils sont toujours vivants et s'il lui reste des neurones, il aura déjà quitté le pays.

— Avec Grace ?

Dave m'adresse un sourire en coin, mais il en fait trop : je vois bien qu'il n'en a aucune idée. Tout ce qu'il sait, il le tient des potins de vestiaires au poste, qui sont fondés sur des suppositions, rien de plus. Upton a suffisamment de bon sens pour garder les informations sensibles loin des oreilles indiscrètes. Dave lâche un petit rot dans sa main puis lève les yeux sur moi, curieux.

— C'est quoi ta théorie, à toi ?

— Qu'est-ce que tu veux dire ?

Je prends soin de rester impassible.

— Tu dois bien en avoir une, sinon tu n'aurais pas bu des bières avec moi ce soir, et tu ne t'impliquerais pas dans cette affaire alors que tu es censé garder tes distances avec tout ce qui concerne les Nichols.

— Non, je n'ai pas vraiment de théorie. Pour être honnête, si je t'ai contacté, c'est parce que je voulais parler de cette stupide thérapie de couple que Ruth m'impose, et puis ils ont mis les infos et… c'est difficile de penser à autre chose.

Dave a le nez dans sa pinte et un petit rire grave lui échappe. Il ne croit pas un mot de ce que je viens de dire. Il pense sûrement, comme tout le monde, que je veux prendre la défense de Simon. La situation n'est pourtant plus la même qu'à l'époque où j'ai rédigé mon article. Avant, j'avais pitié du père de Grace. Je voyais bien qu'il aimait sa famille. Depuis ce jour de juin ensoleillé, plus de vingt ans auparavant, son existence entière s'était effondrée et il s'était retrouvé seul avec sa souffrance. Il avait été puni sans cesse pour un moment d'inattention. Cet homme avait perdu tout ce qu'il aimait en un seul instant… Sa vie était mon pire cauchemar et je compatissais. Mais un homme violent qui n'a plus rien à perdre est dangereux et, en plus, il est le seul à avoir un mobile pour le meurtre de Meg et l'enlèvement de Grace.

Dave est toujours en train de m'observer. Le sourire qu'il arborait tout à l'heure a disparu et son verre est de nouveau posé sur la table, signe qu'il s'apprête à redevenir sérieux. Il rote, dans sa barbe cette fois, avant de me déclarer :

— Écoute, nous savons tous les deux d'expérience que c'est vraiment dur de ne pas être autorisé à voir ses enfants tous les jours, et je comprends que tu aies un peu pitié de ce type. Je ne t'en blâme pas, Jon. Mais s'il a réellement fait ça à quelqu'un, à la mère de son enfant…

— Je sais, Dave, je réponds en levant les mains. Je sais que c'est sûrement Simon le meurtrier. Je n'ai rien dit sur lui, là, si ?

— Ouais, mais tu faisais cette tête…

Il plisse les paupières et désigne son visage de la main pour me signifier qu'il imite mon expression.

— Quelle tête ?

— Une tête de mec constipé, celle que tu fais quand tu penses à un truc dingue.

— Écoute, Dave, Simon est sûrement coupable. Il est fort probable qu'il ait tué son ex et enlevé sa fille. C'est vraiment terrible à dire… Ce que j'aimerais savoir, c'est pourquoi, et aussi pourquoi maintenant. Grace, si elle est toujours vivante, aura dix-huit ans dans quelques mois. Si elle avait envie de le voir, comme il l'a prétendu, pourquoi n'a-t-il pas simplement attendu un peu plus longtemps qu'elle décide de le contacter ?

En prononçant ces mots, j'ai l'intuition que, pour une autre raison, il est impossible que Simon soit le coupable, une raison encore plus évidente. Je la sens dans un recoin de mon esprit, mais elle m'échappe dès que j'essaye de me concentrer.

Dave jette une fois de plus un coup d'œil à l'écran par-dessus mon épaule. Je me tourne. Ils remontrent une vidéo de Cara Dorman, les épaules recouvertes d'une couverture grise, qui sort du numéro 52 guidée par les deux policières. Susan Dorman les suit avec le chat de Grace dans les bras, et l'une des flics passe son bras autour de ses épaules secouées par les sanglots.

— Ah, oui, c'est là que je l'ai vue ! s'exclame tout d'un coup Dave en faisant claquer ses doigts potelés. Elle est serveuse au Ship ! Ou en tout cas elle y travaillait l'été dernier. Je savais bien que je l'avais déjà croisée quelque part.

The Ship est un grand pub situé sur le port. Comme la plupart des restaurants et des bars de la Cornouailles, c'est un lieu très calme en hiver et rempli à craquer de touristes en été. L'endroit typique où l'on sert des shots fluorescents pour une livre seulement le week-end. En général, les gens du coin évitent ce genre de pubs, mais ce n'est apparemment pas le cas de Dave.

— Qui travaille au Ship ? La mère ? je demande.

— Non, la mère a un salon de beauté, il me semble, répond-il en ne quittant pas le poste des yeux. Je parle de la fille, Cara, celle qui a trouvé le corps.

— Elle bosse de nouveau là-bas cet été ?

Il hausse les épaules, l'air de dire qu'il n'en a aucune idée. Il boit ensuite une grosse gorgée de sa pinte avant de me regarder.

— Alors, mon vieux, qu'est-ce que tu voulais me dire sur Ruth ?

Mes pensées sont désormais concentrées sur les Nichols et je ne parviens pas à me souvenir de la raison pour laquelle j'avais besoin de parler de ma femme. C'est comme si ma tête était pleine de petites portes et qu'une seule ne pouvait être ouverte à la fois. À cet instant, la porte de Meg et de Grace est grande ouverte, tandis que celle de Ruth est fermée à clé.

— Ça n'a plus d'importance maintenant. C'était sympa de discuter avec toi. On remet ça bientôt ?

Je quitte le pub avant que Dave n'ait fini sa dernière bière, mais il ne semble pas mal le prendre. Le soulagement m'envahit une fois que je me retrouve à marcher seul, dans l'air frais de la nuit. Je tire si fort sur l'élastique à mon poignet qu'il craque.

— Merde !

Je le regarde tomber sur le macadam. Et parce que crier m'a fait du bien, je continue.

— Merde, merde, merde !

Les rues d'Ashford sont désertes comme un lundi à quatre heures du matin. Pourtant, l'agitation de Londres ne me manque pas, pour une fois, ni le sentiment d'être sans cesse en train de courir comme neuf millions de personnes. Le calme est propice à mes réflexions. Je n'ai pas pensé une seconde à toutes ces conneries avec Ruth ni à l'avenir de notre mariage pendant que j'échangeais avec Dave. Durant cette conversation, j'ai compris qui j'étais et je ne souffrais plus, parce que toute mon attention était dirigée vers la vie des Nichols et leur douleur à elles. Si Meg et Grace me donnent un but à atteindre, un objectif qui n'est pas directement le mien, est-ce vraiment si terrible ?

Si j'ai d'abord essayé d'ignorer cette affaire, je n'en suis plus capable désormais. On ne peut plus rien faire pour Meg mais, malgré ce qu'en pense mon contact chez les flics, il se pourrait quand même que Grace soit encore de ce monde et qu'on puisse la sauver. Vu ce que je sais de Dave, la police locale ne m'inspire pas confiance. J'étais un bon journaliste d'investigation – très bon, même. Je dénichais toujours les pistes que personne d'autre ne trouvait. Et si je pouvais découvrir où est retenue Grace ?

Le moment où Ruth m'a lancé d'un ton méprisant que je voulais seulement sauver ma carrière me traverse l'esprit. En réalité, il s'agit de bien plus que ça pour moi : Grace est une jeune fille très malade et très vulnérable, comme mon propre enfant l'a été. Et si c'était Jakey qui avait été kidnappé ? Nous remuerions ciel et terre pour le retrouver. Or je suis l'une des rares personnes à avoir rencontré Grace, Meg et Simon, ainsi que certaines de leurs connaissances d'avant la séparation. Ce qui me place dans une position unique.

L'ordonnance restrictive que Meg a obtenue contre moi me revient soudain en mémoire. Pour les habitants d'Ashford, je suis probablement l'ennemi public numéro deux (le numéro un, c'est bien sûr Simon Davis). La police ne m'a pas encore contacté au sujet du crime, mais elle ne tardera pas à le faire. Quelle chance j'ai, d'avoir un alibi ! J'ai rencontré les organisateurs de la foire d'été le soir du meurtre. Il faudra quand même me montrer prudent et ne rien entreprendre en public. Pour une fois, j'ai hâte d'être de retour à l'appartement : je meurs d'envie de jeter à nouveau un coup d'œil à mon carnet pour vérifier si je n'ai pas corné une autre page, à part celle de la rencontre avec le Dr Rossi.

J'accélère le pas. Après réflexion, je suis d'avis que Simon est impliqué dans le meurtre de son ex et l'enlèvement de sa fille, ce qui rend cet article où je l'ai soutenu encore plus difficile à assumer. Pour la première fois de ma carrière, je remets mon jugement en question. J'ai regardé Simon dans les yeux et j'ai vu un homme perturbé mais innocent. Suis-je le seul à m'être trompé à son sujet ? Comment ai-je pu me planter à ce point ? Je me résous sur-le-champ à me servir de mon expérience et des informations que je détiens pour secourir Grace. J'utiliserai toutes les ressources que je possède pour la retrouver, et ensuite, une fois qu'elle sera en sécurité, j'écrirai un article, meilleur que tout ce que j'ai écrit jusqu'ici. J'y présenterai mes excuses pour mon papier précédent et je raconterai l'histoire de Grace, toute l'histoire. En plus de célébrer le retour de la jeune fille et le fait qu'elle soit saine et sauve, ce sera aussi un hommage à la mémoire de Meg. Les mots prennent déjà forme dans mon esprit… Si seulement j'avais du papier et un stylo sous la main ! Le journaliste qu'on a traîné dans la boue va aider à retrouver la victime la plus vulnérable de Grande-Bretagne, et non seulement lui sauver la vie, mais aussi se sauver lui-même par la même occasion… Merde alors, la voie de la rédemption pourrait s'avérer carrément géniale ! Quand j'aperçois au loin la boutique du bookmaker situé au rez-de-chaussée de mon immeuble, je me mets à marcher encore plus vite. J'aimerais pouvoir appeler Ruth pour lui exposer mon plan et avoir son avis, comme au bon vieux temps. Sauf que c'est la dernière chose à faire, bien sûr. Avant tout, il faut que je retrouve Grace puis que j'écrive un nouvel article, et ensuite, peut-être, mais seulement peut-être, nous pourrons être réunis, Jakey, Ruth et moi.

# 5

# Cara

Ce matin, ma mère a appelé le poste de police pour leur parler du journal intime. L'inspectrice Upton et l'inspecteur Brown ont rappliqué illico.

— Vous l'avez lu ? m'a demandé Upton d'un air soupçonneux.

— Non, bien sûr que non. C'est privé.

Je suis parvenue à la regarder droit dans les yeux sans ciller. Les bracelets de ma mère ont tinté quand elle s'est tortillée sur son siège, à côté de moi. Elle me connaît mieux que l'inspectrice, évidemment, et elle sait très bien que je mens. Personnellement, je considère que, si quelqu'un trouve le journal d'une fille disparue et ne le lit pas, cette personne est soit stupide, soit peu digne de confiance, et d'ailleurs probablement les deux. Chose incroyable, Upton semble avaler mon mensonge.

— Aider la police est la meilleure façon d'aider votre amie, vous savez, me redit-elle.

J'ai alors fait tout ce que j'ai pu pour n'accorder aucune pensée aux photocopies du journal cachées sous mon lit, au cas où elle serait capable de lire la vérité sur mes traits. Hier soir, j'étais trop bouleversée pour lire les confidences de mon amie avec suffisamment d'attention. Et si Grace avait laissé un indice que les flics ne remarqueraient pas ? Moi, contrairement à eux, je la connaissais bien, et je voulais relire le contenu du carnet une fois que j'aurais les idées plus claires.

Après ma première lecture, j'ai pleuré pendant des heures. Grace y avait écrit soixante-treize fois et sa gentillesse était évidente à chaque page. La pire action qu'elle mentionnait, c'était d'avoir chipé une mèche de cheveux au salon ! De tous les gens que je connais, c'est elle qui aurait eu le plus de raisons de se plaindre : elle passait le plus clair de son temps coincée dans son fauteuil roulant à la maison, et en plus son frère était mort et son père complètement taré. Putain, je suis déprimée rien qu'en songeant à sa vie pendant dix secondes… C'est d'ailleurs pour cette raison que j'évite le plus possible d'y penser. Pourtant, dans son journal, Grace se concentrait sur les points positifs : le soutien dont elle bénéficiait, les fois où elle s'amusait avec sa mère, l'amour qu'elles se portaient toutes les deux. Les larmes me montent aux yeux, mais je les retiens parce que je ne veux pas que la policière les remarque.

Quand les deux inspecteurs sortent, l'agent de police en faction devant notre maison les salue. Il ne reste maintenant plus que quelques véhicules des médias devant le numéro 52 et j'ai la drôle d'impression que la rue est presque vide, c'est bizarre. Après avoir refermé la porte derrière Upton et Brown, ma mère se tourne lentement vers moi.

— Jane m'a donné le numéro d'une psychologue qui accompagne les victimes de traumatismes.

Alors comme ça, elle pense que je suis une victime, maintenant ?

— Je sais, maman, tu me l'as déjà dit. Je n'en ai pas envie pour l'instant, d'accord ?

— C'est gratuit, Cara, pour autant de temps que tu en auras besoin, précise-t-elle en me dévisageant comme si j'étais une énigme impossible à résoudre.

— Ouais, tu m'as déjà dit ça aussi.

Elle fronce les sourcils, alors je m'approche pour la prendre dans mes bras. Ses cheveux raidis par la laque caressent ma joue et son corps est tendu comme un arc. Laquelle de nous deux va craquer en premier ? Quand nous relâchons notre étreinte, elle passe le bout de ses doigts sous ses yeux puis fait la moue devant les traces noires laissées par les larmes.

— Oh, merde, il faut vraiment que je me souvienne de rapporter le mascara waterproof du salon.

Après m'avoir tapoté l'épaule, elle prend le chemin de sa chambre en se tamponnant toujours les yeux. Je ne la suis pas, au cas où Meg serait encore dans cette pièce à m'attendre. Avec son sang qui coule, goutte à goutte… Ces souvenirs que je fuis m'obligent donc à patienter dans le couloir devant les photos de moi bébé pendant que ma mère se change.

— Tu vas quand même au salon aujourd'hui ? je lui demande.

Je suis étonnée, car elle n'a pas du tout parlé du travail depuis hier matin. Elle a ouvert son salon de beauté après le décès de mon grand-père, il y a dix ans. Comme la plupart de nos voisins, elle a vendu son cottage victorien situé sur le port – la maison de son enfance – quand un couple de Londres qui cherchait une résidence secondaire lui en a proposé trois cent mille livres. Après avoir acheté notre pavillon, il lui restait une somme suffisante pour lancer son salon de beauté et de coiffure, qu'elle a appelé « The Style Rooms ». J'ai toujours détesté le salon. Non seulement parce qu'on s'est beaucoup moqué de moi à l'école vu mon look grunge, mais aussi parce que je ne comprenais pas l'amour que ma mère portait à tous ces trucs. Elle aimait transformer des femmes tout à fait normales en caricatures. Ses pauvres clientes sortaient de là avec des lèvres si brillantes qu'elles semblaient recouvertes de plastique, une chevelure dangereusement inflammable et le même air pétrifié que les mannequins dans les vitrines des boutiques de fringues. Mais bon, j'ai grandi depuis cette époque-là. Au moins, maintenant, je supporte de prononcer le mot « salon » plutôt que de marmonner « là où travaille ma mère ».

— Oui, j'y vais, mais le salon ne sera évidemment pas ouvert aux clientes, ma chérie. Je t'en ai déjà parlé, il va nous servir de QG. Nous allons y rassembler des équipes pour organiser des battues. On ne peut pas non plus s'attendre à ce que la police se charge de tout. Il faut qu'on rassemble nos forces et qu'on contribue aux recherches. Et puis, il va aussi falloir préparer la veillée. C'est ce que Meg aurait voulu, tu sais.

Pour la première fois depuis la découverte du corps, ma mère ressemble à la femme que je connais. Avoir un projet a l'air de l'aider. Depuis le jour où mon père nous a quittées pour mener une vie de hippie au fin fond de l'Écosse avec sa nouvelle copine, ma mère a toujours eu besoin de s'occuper, comme si elle faisait constamment des efforts pour tenir à distance les émotions qu'elle n'a pas envie de ressentir.

Si c'est Simon qui détient Grace, il pourrait très bien l'avoir enfermée quelque part à des centaines de kilomètres d'ici. Pourtant, je ne fais pas part de cette réflexion à ma mère. Parce que tant qu'il reste une chance, même la plus infime, que Grace se trouve juste au bout de la rue, elle ne s'arrêtera pas tant que tous les environs d'Ashford n'auront pas été passés au peigne fin. Pour ma mère, et pour le reste de la communauté aussi, le plus important désormais est d'être dans l'action.

— On dirait une idée de Martin et Sylvia, lui fais-je remarquer.

Martin est à la tête des Voisins vigilants. Sa femme et lui habitent en face de chez nous. Ils passent la plupart de leurs week-ends assis sur des chaises pliantes au bord de la route, à guetter les excès de vitesse.

— Non, c'est moi qui ai eu l'idée, me lance-t-elle depuis sa chambre. Et Zara a été la première à me rejoindre.

Zara affectionne les boucles d'oreilles géantes et, comme ma mère, elle a un penchant pour les mauvais garçons. Depuis que ma mère l'a embauchée comme coiffeuse au salon, il y a cinq ans, elles ont toujours été de très bonnes amies, mais ces derniers temps leur relation s'est détériorée. En rentrant à la maison un soir, au mois de mars, j'ai trouvé ma mère en pleurs dans la cuisine avec une bouteille de vin blanc à moitié vide. Une cliente avait accusé Zara de lui avoir volé sa bague de fiançailles, qui se trouvait dans son sac à main, pendant qu'elle lui coupait les cheveux. La cliente la lui avait montrée pour avoir son avis sur le sertissage des diamants parce qu'elle avait l'intention de la faire reprendre. Une fois arrivée chez le bijoutier, elle s'était aperçue que le bijou avait disparu. Ma mère avait menacé de virer Zara, avant de se rendre compte que, sans elle comme coiffeuse, elle finirait par mettre la clé sous la porte. Une trêve avait donc été déclarée et, quand j'ai demandé à ma mère quelque temps après si la bague avait été retrouvée, elle m'a tourné le dos en marmonnant que de l'eau avait coulé sous les ponts.

Lorsqu'elle sort de sa chambre, je n'en reviens pas : elle porte un jean et un tee-shirt blanc à l'effigie de Grace.

— Mais maman, tu n'as jamais porté de tee-shirt de toute ta vie !

— Oui, mais je n'ai jamais organisé des recherches pour une personne disparue non plus ! réplique-t-elle, sur la défensive.

Elle secoue sa chevelure en arrière, puis manque de perdre l'équilibre alors qu'elle glisse ses pieds dans ses talons hauts.

— Un imprimeur d'Ashton qui connaissait Meg a passé la nuit à fabriquer ces tee-shirts. C'est vraiment gentil de sa part ! Martin m'a déposé ces deux-là ce matin. Allez, dépêche-toi, Cara, enfile le tien et on y va.

Je n'ai pas besoin de répondre, elle comprend dès qu'elle lève les yeux sur moi.

— Oh, Cara ! Ne me dis pas que tu ne viens pas !

— Je pensais aller bosser aujourd'hui… Seulement quelques heures.

Ses bracelets cliquettent quand elle se redresse, l'air déçu.

— Tu es sûre ? Tu crois que c'est une bonne idée d'y retourner aussi vite ? Et ce soir, alors ? Tu seras là ce soir, quand même ?

— Je ne vais faire que la moitié de la journée, je serai rentrée avant le début de la veillée.

— Je comptais sur toi pour m'aider à préparer mon discours, Cara… Je…

— Allez, maman, tu sais bien que j'ai besoin de cet argent et…

La sonnette de la porte d'entrée m'interrompt. Je n'ai donc pas le temps de lui avouer qu'en fait j'ai vraiment besoin de ne pas être entourée de gens qui me jettent des regards inquiets, m'apportent constamment des tasses de thé et discutent à voix basse des effets possibles d'une expérience traumatique. Il faut absolument que je me change les idées et que j'arrête de penser à ce que Grace pourrait être en train de subir en ce moment. Je voudrais essayer de me sentir normale de nouveau, même si ce n'est que pour une ou deux heures.

Ma mère longe le couloir en trottinant. Elle me fait penser à une mouette qui fuit la marée sur le sable. La porte d'entrée s'ouvre sur Martin et Sylvia, eux aussi affublés du fameux tee-shirt sur lequel ils ont passé leur gilet de sécurité. Ils ont presque soixante-dix ans et pensent qu'il est de leur devoir de remplir le rôle de gardiens du quartier, en quelque sorte. C'est-à-dire qu'ils surveillent tout ce qui se passe à Summervale et voient tous ceux qui y mettent les pieds d'un œil de plus en plus désapprobateur. Martin et Sylvia vivent ici depuis la construction du lotissement et ils adorent parler du bon vieux temps, quand tout était tellement mieux et les gens beaucoup plus honnêtes et respectueux.

— Bonjour, Susan ! Aaah, Cara ! C'est bon de te voir ! s'exclame notre voisin d'en face en m'observant, la tête penchée sur le côté.

Sa femme m'adresse un sourire nerveux avant de franchir le seuil pour me serrer dans ses bras.

— Tu vas te joindre à nous aujourd'hui, n'est-ce pas, Cara ? lance Martin.

Quand je lui explique que je ne suis pas libre, il hausse les sourcils. Il se dit certainement qu'il fallait s'attendre à une telle attitude de la part de quelqu'un de ma génération. Ma mère me tend alors les clés de sa voiture, qu'elle me prête exceptionnellement pour que je n'aie pas à me farcir l'épreuve des trajets en bus aujourd'hui.

À ce moment-là, une camionnette de livraison se gare dans la rue. Un homme en sort pour remonter l'allée vers nous, chargé d'une boîte en carton, le regard fixé sur les reporters qui campent toujours devant le numéro 52.

— Oh, c'est sûrement les tee-shirts, dit ma mère avant de lancer un petit sourire au livreur et de gribouiller son nom sur le petit écran. On les range tout de suite dans ta voiture, Martin ?

— Non, il n'y a déjà plus de place, avec tous les gilets jaunes et les cartes. Mais on en a suffisamment pour aujourd'hui, je pense. Laissons-les ici pour l'instant, je viendrai les chercher demain.

Il enfile des gants en faux cuir brun, avant de pivoter vers son véhicule, prêt à partir. Ma mère enjambe le colis et me lance :

— Cara, tu peux ranger ce carton quelque part, s'il te plaît ?

Je suis déjà en train de me pencher pour le soulever.

— Oui, je vais le mettre dans le débarras.

— Merci, ma chérie.

Elle m'embrasse si fort que je sens la marque collante de son rouge à lèvres sur ma joue, puis ils se casent tous les trois dans la minuscule voiture de Martin.

Le silence qui règne dans la maison m'apaise. Je porte la boîte jusqu'à la petite pièce où ma mère fourre tous les trucs sur lesquels elle ne veut pas poser les yeux au quotidien mais dont elle ne supporterait pas non plus de se séparer. Elle contient quelques valises, une armoire, et surtout des affaires de mon grand-père. Ses vieilles vestes de costume et ses manteaux sont empilés sur son fauteuil préféré, ce qui me donne l'impression qu'il pourrait apparaître à n'importe quel moment pour en enfiler un. Je l'entends encore dire : « Suis-je bête ! J'allais sortir sans manteau ! » J'aimerais tant que ce soit possible… Il est mort il y a dix ans et il me manque bien plus que mon père.

Je dépose le colis par terre, près d'une boîte plus grande où se détache un message au feutre noir : « M. & G. – À emmener à la déchetterie, merci ! Bisous. » Je reconnais l'écriture de Meg. C'est bien elle, ça, d'écrire « bisous » sur un carton ! Je n'ai aucune idée de ce qu'il peut bien faire là. Ma mère a probablement proposé de s'en charger et l'a complètement oublié. Même si la boîte est destinée à la déchetterie, elle est fermée avec du scotch, et ça aussi, c'est typiquement ce que Meg ferait. Elle a toujours été très méticuleuse. D'après ma mère, quelqu'un qui s'occupe d'un enfant malade ne peut pas faire autrement : oublier un cachet ou manquer un rendez-vous médical peut s'avérer très dangereux. Notre voisine n'avait pas droit à l'erreur. En passant le doigt sur ses mots, je me souviens combien j'aimais que Meg me serre fort dans ses bras. C'était chaque fois comme si elle m'offrait un cadeau, parce que je me sentais toujours plus sûre de moi après.

Je glisse l'index le long du carton pour trouver l'extrémité du scotch et, sans vraiment y réfléchir, je tire dessus. J'ignore ce que je pourrais y découvrir au juste. Un petit fragment de Meg, peut-être, qui me donnera l'impression qu'elle est encore là. Mais à l'intérieur, je ne trouve que les détritus habituels qu'on jette à la déchetterie : une vieille bouilloire, quelques outils rouillés, une couverture mangée par les mites, deux paires de chaussures aux semelles trouées, un pot de fleurs en plastique cassé. Après avoir retiré les objets un à un, je découvre qu'ils reposaient sur un carnet à dessin. Grace aimait beaucoup dessiner quand elle était plus jeune. Je ne sais même pas si c'est toujours le cas et, tout à coup, je me sens coupable de ne pas être au courant. Je n'ai pas été une très bonne amie… Le bloc est mince, la plupart des pages ont été détachées. En fait, il n'en reste plus qu'une seule dedans. J'ai un choc quand je m'aperçois qu'il s'agit de l'une de ses fameuses cartes de remerciement.

Il y a quelques années, Grace est passée par une phase obsessionnelle où elle confectionnait des cartes pour remercier tous ceux qui les aidaient de près ou de loin, elle et sa mère. Chaque courrier lui prenait des jours de travail. Elle réfléchissait d'abord longuement à son illustration, puis elle s'entraînait à écrire le petit mot à plusieurs reprises. Toutes les cartes étaient composées d'un dessin au recto, dans lequel Grace intégrait le nom de la personne concernée. Celle que j'ai dans les mains comporte une grappe de ballons. Le coup de crayon est enfantin, j'imagine que Grace l'a dessinée il y a longtemps. Dans chaque ballon, elle a écrit une lettre du nom « Dr Rossi ». Je caresse l'image du bout des doigts et j'imagine Grace qui colorie chaque ballon en chantonnant, la tête penchée sur le côté. Ma gorge se serre tout à coup. À l'intérieur, un message est soigneusement rédigé :

*Chère docteur Rossi,*

*Merci d'avoir donné un travail à ma maman. Elle est très heureuse ! Merci de toujours faire en sorte que nous ne manquions de rien. Nous avons de la chance d'avoir des amis comme vous !*

*Gros bisous,*

*Grace*

Je relis la lettre à voix haute plusieurs fois, jusqu'à ce que ma voix devienne celle de mon amie et qu'elle me semble plus proche. Après avoir soigneusement posé la carte à côté de moi, je lâche le bloc dans la boîte et une petite enveloppe que je n'avais pas remarquée en tombe. Sur le devant, je lis :

*Papi*
*Maison de retraite Resthaven*
*Plymouth*

Grace avait rouvert l'enveloppe après l'avoir fermée. Je glisse un doigt à l'intérieur pour en tirer une petite photo. Ma gorge se noue encore plus. On y voit un homme âgé avec une petite fille sur les genoux. Il est tout recroquevillé sur son fauteuil, mais ses yeux humides pétillent alors qu'il la regarde. Grace a l'air d'avoir environ trois ans. Sa petite tête est tournée vers celle de son grand-père. Derrière eux, une main sur l'épaule du vieil homme et l'autre sur les genoux de la fillette, se tient Meg, plus mince que lorsque je l'ai connue. Contrairement à son habitude, Grace n'a rien écrit au dos de la photo, ni rédigé de lettre pour l'accompagner. Ou alors elle a été égarée… Grace souhaitait manifestement partager ce souvenir avec son grand-père, alors pourquoi ce cliché s'est-il retrouvé ici, avec des objets à jeter ? Assise dans ce cagibi, entourée de chaussures usées et de bouquins poussiéreux, je me dis que j'aimerais vraiment pouvoir faire parvenir un message à mon grand-père. Et Grace, à une époque, l'a aussi souhaité…

Alors que je contemple cette photo d'elle enfant, les vannes s'ouvrent et je me mets à pleurer. J'aurais pu être une bien meilleure amie pour elle. J'aurais dû être plus gentille, faire preuve de plus de bienveillance et de patience envers elle. Être la grande sœur qu'elle avait toujours rêvé que je sois pour elle, la grande sœur dont elle avait tant besoin. Je laisse les larmes couler, même si je sais que ça ne sert à rien, car je ne pourrai pas me débarrasser de mon sentiment de culpabilité.

Une fois calmée, je décide de chercher les adresses de la maison de retraite et du cabinet du médecin pour envoyer ces souvenirs de Grace à ceux à qui elle souhaitait les donner. Je ne peux peut-être pas la sauver, mais je peux faire ce petit geste pour elle. Un coup d'œil à ma montre m'apprend qu'il est déjà dix heures quarante-cinq. *Merde.* Je vais être en retard au boulot. Après être passée par la cuisine pour y prendre deux enveloppes que j'ai fourrées dans mon sac à dos, je sors au pas de course.

Au volant de la voiture de ma mère, je traverse le lotissement et longe la rangée de boutiques aux murs de briques rouges : le marchand de journaux, la poste, The Star Inn et enfin The Style Rooms. Sylvia, équipée d'un bloc-notes, s'adresse à la petite file de gens qui patientent sur le trottoir devant le salon de beauté. À l'intérieur, ma mère gesticule en parlant au téléphone et Martin se penche sur une carte en compagnie d'autres volontaires équipés de gilets de sécurité jaunes. Dans la vitrine, ils ont affiché trois grands posters de Meg et Grace qui se tiennent par la main. Un numéro de téléphone est indiqué en dessous de leurs visages souriants. Je reconnais quelques-unes des personnes qui attendent des instructions dehors, principalement des voisins. Un mec quasi chauve, qui doit avoir dans les quarante ans, me fixe d'un regard froid quand je passe à côté de lui. Je me rends compte tout à coup que, si ce n'est pas Simon qui a kidnappé Grace, la personne qui la retient prisonnière pourrait vraiment être n'importe qui… Aussi bien quelqu'un que je connais que quelqu'un que je n'ai jamais vu de ma vie. Même l'un de ces volontaires pourrait être en train de jouer un double jeu…

Je poursuis mon trajet jusqu'au centre d'Ashford. Il n'y a plus beaucoup de boutiques en ville désormais, à part sur le port. Ça ne m'étonne pas que les touristes ne se donnent plus la peine de venir. Les quelques commerces indépendants qui existaient dans mon enfance ont été remplacés par des chaînes. Le local de la boutique hippie où je me suis fait percer le nez à l'âge de quinze ans est maintenant occupé par un opérateur téléphonique, et un Starbucks a pris la place du Corner Cafe où j'ai un jour emmené Grace boire un chocolat chaud pendant que Meg faisait quelques courses. Même la mer est aussi grise et plate qu'un parking, par ici. Je me gare à l'arrière du pub, qui n'est pas encore ouvert. The Ship est l'un de ces bars sans âme où l'on ne va en général qu'une fois. Vu les circonstances, ça tombe bien : je ne risque pas trop de croiser des têtes connues et je devrais pouvoir bosser tranquillement. Dès que je passe la porte, je me retrouve face à Brian, le propriétaire des lieux, qui me fait penser à une patate avec ses joues rondes et son crâne chauve. Il s'essuie les mains dans le torchon posé sur son épaule avant de m'ouvrir grand les bras, la tête inclinée sur le côté. On dirait que c'est la nouvelle mode : quand les gens me voient, ils penchent la tête sur le côté, puis ils m'étreignent.

— N'oublie pas ce que je t'ai dit au téléphone, Cara. Si ça ne va pas, tu peux rentrer quand tu veux, d'accord ? dit-il avant de se remettre à astiquer les robinets du bar.

Le lieu ne fait pas rêver : la déco n'a pas changé depuis des décennies, de faux filets de pêche pendent au plafond comme de grandes toiles d'araignée, le sol est collant sous mes semelles… Malgré tout, c'est un véritable soulagement d'être ici, parce que cet endroit n'est associé à aucun de mes souvenirs de Grace – Meg ne l'aurait jamais autorisée à se rendre dans un lieu aussi crade. Après avoir rempli un seau d'eau et de produit nettoyant, je sors sur la terrasse du côté du port. La première tâche en arrivant le matin, c'est toujours d'enlever les merdes que les mouettes ont larguées sur les tables depuis la veille. Les volatiles planent loin au-dessus de ma tête en piaillant d'un air moqueur. Une fois, Grace m'avait fait remarquer que leurs cris ressemblaient à mon prénom, comme si elles m'appelaient : « Cara, Cara ! » Je plonge une brosse dans l'eau tiède puis je commence à frotter une table en bois.

— Vous avez un admirateur, on dirait.

Je lève la tête pour découvrir devant moi un homme à la barbe brun-gris qui porte des lunettes d'intello et un anorak. Il doit avoir entre quarante et cinquante ans. Il me faut quelques secondes pour reconnaître Jon Katrin, le journaliste dont l'inspectrice parlait hier. Il me désigne un point à quelques mètres de moi sur le trottoir, où se tient un énorme goéland. L'oiseau bondit soudain sur la table puis, tout fier sur ses pattes fines comme des pailles, me fixe d'un air désapprobateur. Je tape des mains en criant pour le chasser, ce qui ne suscite chez lui que quelques battements d'ailes. Apparemment, je ne suis pas assez effrayante pour le déloger.

— Il est têtu, celui-là, dit Jon Katrin.

Il pousse alors un cri semblable à celui de l'animal en levant les bras. On dirait qu'il va décoller, lui aussi. Le goéland penche la tête comme s'il était amusé, puis il agite ses ailes et saute par terre.

Je remercie le journaliste, même s'il n'a pas fait grand-chose, et je retourne à ma tâche. Que fait-il ici ? Il m'a prise au dépourvu. La police m'a interdit de m'entretenir avec la presse, mais si je parlais avec lui, c'est clair que c'est ma mère qui m'en voudrait le plus...

Je réfléchis à la meilleure façon de lui dire de me laisser tranquille, quand il me lance :

— Une mouette est descendue sur nous en piqué l'autre jour et a arraché des mains de mon fils son cornet de glace. On a eu la peur de notre vie !

— Ça arrive.

Sans lever les yeux, je continue à frotter. J'espère qu'il a bien entendu à mon ton que je n'ai pas envie de bavarder. Même si la première table est couverte de crottes blanches, je passe à une autre pour pouvoir tourner le dos au journaliste. Mais ce mec est comme le goéland : il sait qu'il n'est pas le bienvenu et pourtant il n'hésite pas à s'imposer.

La photo de lui qui a circulé sur les réseaux sociaux il y a six mois me revient à l'esprit. On l'y voit se faire emmener par la police devant la maison des Nichols qu'il venait de vandaliser. Ses cheveux partent dans tous les sens, ses lunettes manquent de tomber de son nez et il fixe l'objectif, furieux, sa bouche figée dans un cri. Après la publication de son article sur Meg et Grace, tout le monde était en rage. Ma mère, Zara et même Sylvia se sont déchaînées sur Internet et ont écrit tout un tas d'horreurs à son sujet. Elles disaient qu'il fallait bien défendre leur amie. Le journaliste n'a répondu à aucune des accusations en ligne, jusqu'à ce que quelqu'un publie anonymement une photo de son gosse malade dans le groupe Facebook de Summervale, avec cette légende : « Au lieu de fourrer son nez dans les affaires des autres, Jon Katrin ferait mieux de s'occuper de son pauvre fils. »

L'image a eu des milliers de likes et des centaines de commentaires du genre : « Je ne sais pas ce qui est le pire pour cet enfant : que Jon Katrin soit son père ou d'avoir un cancer. »

Entre mes cours et mon job au pub, j'étais débordée à cette période-là, et trop obnubilée par ma propre vie pour m'impliquer dans cette histoire. Je me suis contentée d'écouter les diatribes de ma mère et je n'ai rien dit, même si je trouvais que ses amies et elle allaient trop loin. L'auteur de cet horrible article était devenu le principal sujet de conversation au salon et, à vrai dire, j'avais parfois l'impression que cela nourrissait la haine de ma mère à son égard et qu'elle en jubilait… C'est en lisant l'*Ashford Echo* que j'ai appris l'arrestation de Jon Katrin. Le quotidien local titrait : « Un journaliste sous l'emprise de l'alcool se venge de la mère modèle d'Ashford. » On y mentionnait qu'au cours de son arrestation il hurlait le nom de son fils. Ça m'a marquée. Finalement, vu qu'il s'agissait de son premier délit, il s'en est tiré avec une amende, des travaux d'intérêt général et une ordonnance de restriction. Quand ma mère l'a su, elle s'est arraché les cheveux et a maugréé quelque chose comme : « Cette société est en train de dégénérer. »

Si on compare l'homme qui se tient devant moi au mec à la une de l'*Ashford Echo*, il a l'air de s'être bien ressaisi. Nous gardons toujours le silence. Au bout d'un moment, il contourne la table pour se placer face à moi. Quand il se met à parler, j'arrête de nettoyer la table et je lève la tête vers lui, agacée.

— Écoutez, je n'avais pas prévu de venir vous voir, commence-t-il. En fait, j'habite un peu plus haut dans High Street, au-dessus du Ladbrokes. J'essayais de finir un article sur la foire d'été, mais je n'arrivais pas à me concentrer, parce que je n'arrête pas de penser à Megan et à Grace. Alors j'ai décidé de sortir me promener pour m'éclaircir les idées… et je vous ai croisée ici.

— Ouais, je crois que ce n'était pas vraiment un hasard, si on s'est croisés, comme vous dites, je lui lance en me redressant pour le regarder droit dans les yeux. Vous m'avez vue et vous avez décidé de venir me parler, je me trompe ?

— Oui, vous avez raison, je suis désolé… Je me suis mal exprimé. C'est juste que… je ne m'attendais pas à vous voir, c'est tout.

— Je ne parle pas aux journalistes.

— Et aux ex-journalistes ?

Je fais les gros yeux puis je lâche la brosse dans le seau avant de lui tourner le dos, avec la ferme intention de rentrer pour demander à Brian de lui interdire l'accès au pub.

— Écoutez, j'aimerais aider, c'est tout, reprend-il. Je sais que mon article… Je sais que j'ai fait des erreurs et je voudrais me racheter, si c'est possible.

C'est le ton de culpabilité dans sa voix qui m'arrête dans mon mouvement ; je le reconnais parce que je l'entends aussi dans la mienne, et je compatis car je sais combien les remords peuvent peser lourd sur la conscience. Ces dernières années, je n'ai pas été assez présente pour Grace, je n'ai pas été une amie digne de ce nom et, maintenant qu'elle a disparu, les regrets me rongent. Je pose de nouveau les yeux sur Jon Katrin, qui poursuit :

— Je voudrais, moi aussi, mener mon enquête. Je suis, ou plutôt j'étais, un bon journaliste d'investigation. Et je suis le seul à avoir rencontré toutes les personnes concernées. S'il y a une chance pour que je puisse aider Grace, il faut que je fasse tout ce qui est en mon pouvoir pour la secourir. J'ai essayé de ne pas m'en préoccuper, mais je ne supporte pas de rester chez moi à me tourner les pouces alors qu'une jeune fille souffrante a disparu. Je n'arrête pas de penser à mon fils. Si c'est lui qui avait été enlevé…

Il s'arrête, puis lève la tête vers le ciel avant de lâcher un profond soupir.

— Pardon, je ne sais pas pourquoi je vous dis tout ça. Je vais voir un médecin à Plymouth demain, quelqu'un qui les connaissait, mais à part ça… je suis dans le coin, si vous voulez discuter. Je vais vous laisser ma carte de visite sur la table.

— Comment s'appelle ce médecin ?

Je n'ai pas eu la présence d'esprit de prendre un air dégagé en posant la question et Jon Katrin a bien remarqué que je suis intéressée.

— Le Dr Nina Rossi, je l'ai déjà rencontrée une fois…

Mon interlocuteur ne finit pas sa phrase parce qu'il a vu ma réaction, il sait que j'ai reconnu le nom. Quand il l'a prononcé, j'ai visualisé chaque lettre soigneusement tracée dans les ballons, de l'écriture enfantine de Grace, la même à sept ans qu'à dix-sept. Du dos de la main, je repousse ma frange. J'ai laissé une traînée de bulles savonneuses sur mon front, mais je m'en fiche. Je fais de mon mieux pour garder un air décontracté.

— Pourquoi est-ce que vous voulez revoir le Dr Rossi ?

— Je l'ai rencontrée l'an dernier, quand je faisais des recherches pour mon article. Elle ne m'a pas appris grand-chose, mais j'ai eu l'impression qu'elle en savait plus sur Grace qu'elle ne le prétendait. Je me suis dit que ça valait le coup de la revoir, au cas où j'aurais eu raison. Vous la connaissez ?

Je repense au message dans la carte, où mon amie remerciait le Dr Rossi d'avoir donné du travail à sa mère. Je n'étais pas au courant que Meg avait travaillé à l'époque ; il faut dire qu'elle ne mentionnait presque jamais leur vie à Plymouth. D'après ma mère, Meg n'aimait pas en parler, car se remémorer la mort de Danny et la cruauté de son ex était trop douloureux pour elle. Je regarde de nouveau Jon Katrin. Il m'examine avec attention, comme s'il attendait patiemment que je lui révèle ce que je sais.

— Non, je ne la connais pas, je réponds en secouant la tête. Je…

Je vais lui parler de la carte de remerciement quand je me rappelle tout d'un coup que je ne lui dois rien. Je ne devrais même pas lui parler du tout.

— Monsieur Katrin, je vous souhaite bonne chance pour vos projets, mais ne m'adressez plus la parole.

Sur ce, je me précipite vers l'obscurité rassurante du pub. Et cette fois, il n'essaye pas de me retenir. Dans l'agitation, l'eau de mon seau clapote et éclabousse mon jean.

Alors que je traverse la grande salle en direction de la cuisine, j'aperçois les cuisiniers, le plongeur et deux des serveuses assis autour d'une table avec Brian. Ils se taisent tout à coup et se tournent tous pour me dévisager, l'air à la fois fasciné et horrifié. Évidemment, ils étaient en train de parler de moi.

— Oh, la voilà ! s'écrie mon patron avec un grand sourire, comme s'il souhaitait la bienvenue à un petit chien adorable.

J'ai soudain l'impression qu'on vient de me pousser sur scène, sous les projecteurs aveuglants, et que le public me fixe avec curiosité, impatient de découvrir ma performance. Je n'ai qu'une envie : être seule et à l'abri des regards. Sans une pensée pour le tapis, je lâche mon seau qui se renverse par terre puis je cours jusqu'aux toilettes.

Dès que je ferme le verrou, je me sens comme libérée d'un poids, malgré le mélange des odeurs d'alcool bon marché, de vomis et d'eau de Javel qui me donne la nausée. Adossée au battant, je m'accroupis et plonge mon visage dans mes mains. Mes joues sont humides de larmes. Je ne m'étais pas rendu compte que je pleurais.

*Merde, merde, merde.*

Pourquoi est-ce que je craque de nouveau ? C'est la faute de ce journaliste. De sa culpabilité et de sa détermination à faire quelque chose, n'importe quoi, qui puisse aider à retrouver Grace, malgré le risque de s'attirer encore plus d'ennuis. J'étais l'amie de Grace, je suis encore son amie, et qu'est-ce que je fais pour elle, moi ? Rien. Je passe mon temps à nettoyer des tables couvertes de crottes d'oiseau.

On toque à la porte, puis j'entends la voix de Brian, plus aiguë que d'ordinaire – comme pour donner l'illusion qu'il s'inquiète sincèrement...

— Ça va, Cara ?

Je m'essuie les yeux du dos de la main et réponds d'une voix aussi ferme que possible :

— Je ne me sens pas très bien, Brian. Je crois que je vais rentrer chez moi, d'accord ?

— Bien sûr, Cara, prends tout le temps dont tu as besoin.

Quand j'ouvre, mon patron pose sa main moite sur mon bras.

— Cara, tu as entendu parler du stress post-traumatique ? C'est un trouble courant...

Ah, parce que j'ai un trouble, maintenant ?

— Je t'appellerai quand je serai prête à revenir, je lui lance en passant devant lui.

J'ignore tous les regards curieux et, une fois mon sac et mon manteau récupérés derrière le bar, je sors du pub en laissant la porte claquer derrière moi.

Le goéland a repris ses quartiers sur la table que je brossais quelques minutes plus tôt. Un rectangle blanc sous la salière attire mon regard. Je m'empare de la carte de visite pour y lire le nom et les coordonnées de Jon Katrin. Il ne faudrait surtout pas que Brian et les autres sachent que je me suis entretenue avec un journaliste, et en particulier avec celui-là. Je glisse vite la carte dans ma poche puis je m'affale, soulagée, derrière le volant de la voiture de ma mère.

Comme je ne me sens pas encore prête à rentrer à la maison, je prends la route d'Angel's Bay. Quand je croise une boîte aux lettres, je me gare sur le bas-côté pour sortir les deux enveloppes de mon sac. L'une d'elles, qui contient la carte de remerciement, est adressée au Dr Rossi, à son cabinet de Plymouth, et l'autre, avec la photo, à M. Charlie Nichols, à la maison de retraite

Resthaven. Dans chacune d'elles, j'ai glissé un petit mot expliquant que je les ai trouvées par hasard et qu'il me semblait juste de leur transmettre ces messages de Grace. J'ai conclu par la formule « bien cordialement », suivie de ma plus belle signature. Très formel. Mais quand je glisse les courriers dans la fente de la boîte aux lettres, je n'ai tout à coup plus envie de les laisser partir, comme si en lâchant ces enveloppes je laissais une autre part de Grace disparaître. Je retire ma main et fixe les adresses sur le papier. Et si, au lieu de les poster, je les remettais en main propre à leurs destinataires ? Plymouth n'est pas si loin que ça et je n'ai rien d'autre à faire, puisque j'ai décidé de lâcher mon travail pour l'instant. Peut-être que le Dr Rossi me raconterait ses souvenirs de Meg et Grace autour d'un café ? Et ensuite, je pourrais me pelotonner sur le fauteuil en face de celui de Charlie Nichols, comme je le faisais avec mon grand-père, et écouter ses histoires sur l'enfance de mon amie. C'est une bonne action qui est à ma portée, même si ce n'est pas grand-chose. À cette pensée, je me sens un peu mieux, un peu plus légère. Grace serait sûrement très heureuse d'apprendre que je vais rencontrer ces personnes qui, à une époque en tout cas, étaient importantes à ses yeux.

Je passe le reste de ma journée à marcher sur la plage pour passer le temps, et je songe aux bons moments partagés avec Grace au fil des années. Quand je rentre, je trouve ma mère assise à la table de la cuisine. Elle mâchouille le bout d'un stylo-bille, les yeux rivés sur une feuille de papier vierge posée devant elle. Apparemment soulagée d'avoir une distraction, elle se lève pour m'embrasser. Elle recule ensuite pour me regarder, la tête légèrement inclinée sur le côté, avant de me serrer fort dans ses bras, puis de m'embrasser encore une fois.

— Comment ça s'est passé, au pub ?

— Comme d'habitude, je mens.

— Brian t'a ménagée ?

Je hausse les épaules avant de boire cul sec le verre d'eau que je viens de me servir.

— Et de ton côté, tout va bien avec les volontaires ?

— Oui, c'est génial ! Les gens sont venus d'un peu partout pour nous aider, mais ce n'était évidemment pas une surprise, vu que tout le monde adore Meg et Grace. On a eu pas mal de monde de Rêves d'enfants aussi. Si seulement les flics pouvaient être aussi motivés ! Figure-toi qu'Upton m'a téléphoné aujourd'hui pour me demander de tout annuler ! J'ai failli lui répondre que si la police faisait correctement son travail, Grace aurait déjà été retrouvée et serait en sécurité depuis longtemps. Simon est dangereux, oui, c'est vrai, mais d'après ce que Meg m'a dit il est bien trop stupide pour être un génie du crime.

Elle se rassied et pousse un grand soupir en regardant la page blanche, avant de se tourner de nouveau vers moi.

— J'ai aussi eu une conversation avec Jane aujourd'hui, Cara. Elle m'a reparlé de la possibilité de consulter un psy. Elle a dit que…

— Maman, je l'interromps. Est-ce que Meg travaillait, avant ?

Les sourcils froncés, elle fixe le coin du plafond comme si quelque chose venait d'attirer son attention là-haut… ou comme si elle évitait mon regard.

— Pourquoi cette question ?

— Je suis curieuse, c'est tout. Je sais que Meg n'a jamais eu de job ici. Mais avant, je veux dire quand elle et Grace habitaient à Plymouth, elle travaillait peut-être ?

Ma mère s'adosse à sa chaise et pousse un soupir exaspéré.

— Cara, être une mère célibataire est le travail le plus difficile que tu puisses imaginer, dit-elle, sur la défensive. Et quand en plus ton enfant est gravement malade…

— Maman, je la coupe. Ce n'est pas ce que je voulais dire. Je te posais la question parce que j'ai trouvé...

— Et j'essaye de te répondre, mais tu ne m'écoutes pas !

Elle tape du poing sur la table. Toutes les deux surprises par sa réaction disproportionnée, nos regards se fixent sur sa main. Elle ferme brièvement les paupières avant de se mettre debout.

— Écoute, Cara, je suis désolée. Je ne voulais pas crier. C'est ton comportement qui m'inquiète. Comme j'ai essayé de te le dire tout à l'heure, j'ai discuté avec Jane aujourd'hui et elle a dit qu'une thérapie...

— Je ne veux pas aller voir un psy, maman. Ce que je veux, c'est retrouver Grace.

À mon ton, j'ai l'air plus en colère que je ne le suis en réalité.

— Je sais, ma chérie, c'est ce que nous souhaitons tous. Mais tu viens de vivre une expérience traumatisante. Je sais que tu essayes d'avancer, de faire comme si de rien n'était, mais tu ne pourras pas continuer comme ça indéfiniment, Cara. Tu vas finir par te rendre malade.

Elle repousse une mèche de cheveux derrière mon oreille. Le contact de ses longs ongles sur ma peau m'arrache un frisson et je me dégage. Elle est blessée, c'est écrit sur son visage. Sa main se pose alors sur mon épaule.

— C'est pourtant ce que tu fais, toi, non ? je lui rétorque. Tu fais tout ce que tu peux pour avancer. Pourquoi est-ce que je n'ai pas le droit de faire pareil ? je lui demande d'une voix plus calme.

— Ce n'est pas moi qui l'ai trouvée. Et la police ne t'appelle pas pour te demander de me surveiller, si ?

— Les flics te téléphonent pour discuter de moi ? Mais pourquoi ?

— Je t'en ai déjà parlé. Ils s'inquiètent pour toi, Cara, comme nous tous.

— Je vais très bien, maman. Je ne sais pas quoi te dire d'autre.

Je sais que ce n'est pas le meilleur moment pour lui demander une faveur, mais il faut quand même que je tente le coup.

— Je peux emprunter ta voiture pour quelques jours ? Je ne supporte pas l'idée de prendre le bus, il y a encore trop de journalistes qui traînent dans le coin.

Elle retire sa main de mon épaule pour la placer sur sa hanche. Un petit rire exaspéré lui échappe.

— As-tu seulement écouté ce que je viens de te dire ?

— Et si j'acceptais de passer un coup de fil à cette psy ? Tu accepterais de me prêter ta voiture ?

— Je ne fais pas dans le chantage affectif. Si tu avais vraiment peur des reporters, tu n'irais pas travailler. Et de toute façon, j'en ai besoin pour transporter les volontaires qui vont participer aux battues. Je ne pense pas que ce soit une bonne idée de retourner aussi vite au pub, mais si c'est vraiment ce que tu veux, je pourrai t'y déposer.

Elle s'écroule alors sur sa chaise et met la main sur son front, l'air soucieux.

— Je n'ai encore rien écrit pour la veillée de ce soir, murmure-t-elle.

Même si j'en ai envie, je suis trop en colère pour m'asseoir avec elle et l'aider. Je n'ai pas de quoi me payer un taxi jusqu'à Plymouth, et pour s'y rendre en bus, c'est l'enfer. Je vais devoir faire deux changements, ça me prendra des heures et je ne pourrai sûrement pas voir le Dr Rossi et Charlie Nichols dans la même journée. Tout le monde me traite comme une gamine, j'en ai marre. Ils me répètent tous que je suis traumatisée. On dirait presque qu'ils ont envie que je m'effondre ! Peut-être seraient-ils heureux de me voir craquer rien que pour confirmer qu'ils avaient vu juste ? Si ma mère ne m'avait pas coupé la parole, je lui aurais parlé de la carte et de la photo. J'allais même suggérer qu'on aille à Plymouth ensemble pour voir le médecin et M. Nichols. Mais maintenant, c'est hors de question. Les mains dans les poches, je sors de la cuisine en caressant du bout du pouce la carte de visite de Jon Katrin. Il m'a dit qu'il allait à Plymouth demain… Je chasse cette pensée avant même qu'elle ne prenne forme dans mon esprit. Je ne peux pas lui demander de me rendre ce service.

Assise dans ma chambre, le dos contre la tête de lit, je me souviens de la façon dont il m'a regardée ce matin. Presque comme s'il avait reconnu quelque chose en moi… Pour la première fois depuis la découverte du corps de Meg, je n'ai pas eu l'impression d'avoir le rôle principal dans une tragédie écrite par tout le monde sauf moi. Il ne m'a pas prise de haut et ne m'a pas non plus traitée comme si j'étais fragile. Tout ce qu'il souhaite, c'est découvrir la vérité. J'ouvre mon ordinateur portable sur mes genoux pour taper les mots « Jon Katrin journaliste » dans la barre de recherche. Des dizaines de références de Facebook et des forums locaux – en rapport avec son article sur Meg et Grace – apparaissent à l'écran, mais je décide de ne pas y jeter un coup d'œil tout de suite. Je veux savoir qui il était avant de s'installer à Ashford, avant toute cette histoire. D'abord, je lis un texte qu'il a écrit sur le scandale des dépenses des députés, puis j'enchaîne avec un autre à propos de l'islamophobie. Je suis impressionnée : il est de gauche et ses articles sont très réfléchis ; il semble faire des recherches approfondies avant de les rédiger. Avant son départ de Londres, il a gagné une kyrielle de prix et était très bien considéré dans le milieu, mais par la suite sa carrière s'est cassé la figure. Je m'apprête à commencer la lecture d'un troisième article, celui-ci au sujet d'une secte chrétienne, quand on frappe doucement à la porte. Avant même qu'elle ne mette les pieds dans la pièce, je sens son parfum fleuri.

Ma mère s'est maquillée et coiffée pour les photos. Elle me tend un tee-shirt identique au sien.

— Tiens, j'ai pensé que tu aimerais le porter aussi.

— Merci, maman.

Elle me caresse les cheveux et je la laisse faire. C'est notre code, notre façon à nous de se dire qu'on n'est plus fâchées.

Quelques minutes plus tard, je prends ma mère par la main et nous sortons toutes les deux dans la douce lumière rose du début de soirée. Meg et Grace auraient apprécié cette couleur des derniers rayons de soleil. Le silence règne dans notre rue, où une foule un peu fébrile s'est rassemblée. Aucun de nous n'a jamais assisté à une veillée de ce type, où nous exprimons à la fois notre chagrin et notre espoir. Les gens se passent des bougies dans des photophores en s'adressant de petits sourires tristes – que pourraient-ils faire d'autre ? Les flammes dansent dans leurs petites cages, c'est magnifique… Je vois Grace partout autour de moi. Sur la photo qu'ils ont choisie, elle regarde vers le haut, le menton en avant, et sa frimousse est illuminée par un grand sourire. Quand je pense à elle, c'est exactement comme ça que je me la représente. Grace est toujours restée positive et, contrairement à la plupart des filles de son âge, qui aiment faire la moue, elle a toujours le sourire.

Je serre la main de ma mère dans la mienne, puis nous marchons vers l'assemblée.

— Oh, j'ai failli oublier !

Elle s'arrête pour tirer un badge de sa poche, avec la même photo de Grace imprimée dessus.

— C'est Maggie de Rêves d'enfants qui les a commandés, m'explique-t-elle.

Ses mains tremblent alors qu'elle l'épingle au-dessus de mon cœur. Je l'embrasse sur la joue et un flash nous éclaire brièvement.

Je ne m'attendais pas à ce qu'il y ait autant de monde. Les gens se tiennent en petits groupes, comme des moutons qui se blottissent les uns contre les autres sous la pluie. Je repère Martin et Sylvia, bien sûr, et Zara, qui me fait coucou. Le type à côté d'elle lui donne aussitôt un coup de coude pour qu'elle arrête. Lola, une infirmière qui venait souvent chez les Nichols, est aussi là, à côté d'un homme âgé à la chevelure grise. Il s'agit certainement du Dr Parker, le médecin traitant de Grace. Plus loin, je reconnais les anciens voisins de mon grand-père : Barry, qui est aussi jaune et ridé que ses cigarettes, et sa femme, Marie, qui m'adresse un petit sourire hésitant. Barry descend d'une longue lignée de mineurs et il a été forcé de prendre sa retraite jeune, quand toutes les mines d'étain ont fermé, au début des années 1990. Pas une trace de Jon Katrin. Par contre, je vois beaucoup de visages inconnus. Certains sont émus, et d'autres attirés par la tragédie, j'imagine… Et si l'un d'eux savait où se trouve Grace ?

La foule s'écarte pour laisser passer ma mère. Ce soir, c'est un peu comme si elle était une sorte de grande prêtresse à la tête d'une nouvelle confrérie un peu bizarre. Le bruit de quelques appareils photo en action donne le ton : l'atmosphère est électrique, tout le monde semble retenir son souffle. Des portraits de Meg et de Grace sont posés sur des chevalets devant l'assemblée, sur la pelouse du numéro 52. La photo de Meg est celle que toutes les chaînes d'info ont utilisée. Elle doit dater d'il y a quelques années, parce qu'elle n'était plus aussi mince au moment de sa mort. Même si c'est un gros plan, le cliché est flatteur. Son visage, illuminé par un sourire si épanoui qu'elle a l'air d'être en train de rire, est légèrement tourné sur le côté. Ses boucles brunes effleurent ses épaules et on voit bien le grain de beauté sous son œil droit. C'est ma mère qui leur a donné cette photo, elle savait que Meg l'appréciait. Malheureusement, quand je la regarde maintenant, je vois son front se casser, comme un œuf qu'on aurait fait tomber, puis ses yeux perdre leur éclat. Éblouie par un flash, je détourne le regard.

Un homme au visage fin, vêtu d'une veste en polaire noire, une casquette de la même couleur sur la tête, nous attend devant les chevalets. Il vient à notre rencontre et embrasse ma mère sur la joue. Je constate qu'il porte lui aussi un badge « Retrouvons Grace ». Quelqu'un passe son bras autour de mes épaules. C'est Molly. Nous étions de bonnes amies au lycée. Elle fait doucement bouger d'avant en arrière la poussette où dort son bébé, Zack. Comme d'habitude, elle est très maquillée : faux cils, fond de teint… la totale. Parfois, je me dis que ma mère aimerait que je ressemble plus à Molly.

— Cara, ça me fait vraiment plaisir de te revoir ! Comment vas-tu, avec tout ça ?

— Euh…

Je ne sais pas quoi répondre. Ses ongles vernis s'enfoncent dans la chair de mon épaule. De nouveaux flashs crépitent et Molly rentre le ventre pour prendre la pose, juste à temps, avant de pivoter de nouveau vers moi.

— Question stupide. Tu dois avoir l'impression de devenir dingue. Ça te dirait de sortir boire un verre avec moi la semaine prochaine ? On pourrait en parler, toutes les deux… je voudrais juste être sûre que tu vas bien.

C'est du flan, évidemment. Elle n'en a rien à faire de moi, tout ce qu'elle veut, c'est avoir les détails sordides. Elle veut m'entendre décrire le sang de Meg, si foncé qu'il en était presque noir… Pourtant, je ne peux pas lui en vouloir, à sa place j'aurais été curieuse, moi aussi… non ? Le copain de Molly, Paul, est l'un des meilleurs potes de Chris. C'est grâce à eux que Chris et moi nous sommes rencontrés. Mais depuis ma rupture, Molly ne répond plus quand je lui téléphone, parce que j'ai dit que je ne voulais pas vivre en Cornouailles pour le reste de ma vie, avoir trois enfants avant mes vingt-cinq ans et garder un job que je détestais. En gros, j'aurais tout aussi bien pu lui balancer que sa vie n'était pas assez bien pour moi…

Encore un flash. Molly se met immédiatement à chercher le photographe du regard. Au même moment, une femme plus âgée me tend un photophore, puis me désigne la pelouse où l'homme à la veste polaire est monté sur une estrade que je n'avais pas remarquée avant. Il lève les mains pour signaler que ça va commencer. Il n'est pas nécessaire d'attendre le silence, parce qu'il a déjà toute notre attention. Molly retire alors son bras de mes épaules.

— Merci à toutes et à tous d'être venus, déclare l'inconnu. Pour ceux d'entre vous qui ne me connaissent pas, je suis David Raffin, le directeur de l'association Rêves d'enfants. Comme l'enterrement de Meg n'aura pas lieu avant que Grace soit retrouvée, Susan Dorman et moi, ainsi que d'autres amis et membres de cette communauté, avons décidé d'organiser cet événement pour rendre hommage à la vie de Megan Nichols. Si nous sommes ici, c'est aussi pour vous demander, que vous ayez une croyance religieuse ou non, de penser à Megan et à sa fille, de leur envoyer votre amour et votre force dans ce moment si difficile, et de prier pour que Grace soit retrouvée saine et sauve au plus vite. (Quelques applaudissements timides se font entendre.) Je vais maintenant laisser la parole à Susan Dorman, la voisine de Meg, qui était aussi sa meilleure amie.

David Raffin tend la main à ma mère pour l'aider à monter sur l'estrade. Elle déplie une feuille de papier qu'elle maintient ouverte tant bien que mal dans le vent, puis elle lève les yeux sur la foule devant elle. Nous sommes debout là, tous ensemble, bougie en main. Le temps d'une seconde, je lis la crainte dans son regard. Elle baisse rapidement les yeux sur ses notes.

Elle bégaye un peu au début et, contrairement à l'orateur précédent, garde la tête baissée et les yeux fixés sur la page tout au long de son discours.

— J'ai… j'ai rencontré Meg quand nous étions de jeunes mères célibataires toutes les deux. Nous n'avions pas prévu de nous retrouver toutes seules avec un enfant en bas âge et d'avoir du mal à payer les factures. Meg a emménagé dans la maison d'à côté avec sa fille, Grace, pour échapper à un homme violent et dangereux. Nous nous sommes tout de suite rapprochées. Nos filles adoraient jouer ensemble, elles prétendaient même être des sœurs.

Elle marque une pause pour parcourir l'assistance du regard. Sûrement qu'elle me cherche. Je me mets sur la pointe des pieds, mais elle ne me voit toujours pas.

— Je me souviens de la première fois où j'ai vu Grace faire une crise d'épilepsie, poursuit-elle. C'était il y a des années. J'étais très choquée et je me sentais complètement impuissante, mais Meg, elle, savait exactement ce qu'il fallait faire. Elle a calmement maintenu les bras de sa fille pour que la petite ne se fasse pas mal, puis elle a fait tout ce qu'elle pouvait pour l'apaiser en attendant que les spasmes s'arrêtent. J'étais vraiment bouleversée. Une fois Grace au lit, nous en avons parlé, Meg et moi. Je n'avais jamais rencontré quelqu'un qui s'occupait d'un enfant gravement malade vingt-quatre heures sur vingt-quatre, sept jours sur sept. Quand je lui ai demandé comment elle faisait pour s'en sortir toute seule, elle m'a simplement répondu : « Pour moi, Grace est parfaite comme elle est. Quoi qu'il arrive, je l'aimerai et je prendrai soin d'elle. »

Ma mère ferme les yeux et déglutit, avant de conclure d'une voix brisée :

— Voilà qui était ma meilleure amie. Elle n'était qu'amour et considération pour autrui. Il ne fait aucun doute pour moi que Meg a protégé Grace lorsqu'elle a été attaquée si brutalement il y a deux jours, et maintenant c'est à nous de prendre la suite. Nous le devons à Meg. Je promets à ma meilleure amie que je n'arrêterai pas mes efforts avant d'avoir secouru sa fille. Advienne que pourra.

Quelques applaudissements retentissent, mais les gens qui m'entourent ont l'air embarrassés et semblent hésiter : n'est-ce pas déplacé de faire du bruit en pareilles circonstances ? Ma mère fond de nouveau en larmes. David Raffin lui tapote l'épaule avant de la serrer dans ses bras. Les appareils photo sont ressortis. Le directeur de Rêves d'enfants aide ensuite ma mère à descendre de la scène de fortune. Comme je tiens une bougie, je ne peux pas l'étreindre, alors je m'approche pour lui prendre la main et la serrer fort dans la mienne.

— C'était bien ? me demande-t-elle.

— Elles auraient beaucoup aimé.

Et je le pense sincèrement. Ma mère m'adresse un petit sourire, puis nous courbons toutes les deux la tête quand le vicaire prend à son tour place sur l'estrade.

— Prions, commence-t-il.

J'écoute ses paroles sur l'amour et la foi, les yeux fermés. J'imagine Grace qui rit aux éclats, coiffée de son bonnet, les joues rosies. Ensuite, je vois des lumières bleues colorer ses traits, celles de l'ambulance qui venait si souvent la chercher. Comme si son état de santé s'aggravait dès qu'elle goûtait un peu au bonheur…

Après la veillée, quelques voisins et amis se sont retrouvés chez ma mère pour prendre le thé et grignoter. Zara avait suggéré qu'on se cotise tous pour acheter du vin, mais Martin a fait remarquer que ce serait déplacé, car il ne fallait pas que la soirée ressemble à une fête. D'après lui, ce n'était pas ce dont les proches des Nichols avaient besoin.

Une fois que la plupart des invités sont partis, je m'assieds à la table de la cuisine pour boire un thé avec Sylvia et Zara. La femme de Martin nous raconte – à voix basse, pour que son mari ne l'entende pas – son rêve dans lequel elle a vu

Grace sortir de la mer. La collègue de ma mère, qui joue avec ses pendants d'oreille dorés, l'écoute avec fascination avant de nous confier avoir senti, la nuit précédente, l'esprit de Meg qui la suppliait de retrouver Simon. J'écoute d'abord leur échange en gardant le silence, puis je me lève pour voir s'il reste des biscuits. Je réfléchis à ce que je vais bien pouvoir faire demain. Devrais-je téléphoner à Jon Katrin pour lui demander de m'emmener à Plymouth ? Ce ne serait sûrement pas très sage, mais vu que tout le monde pense déjà que je suis tarée… Une fois qu'ils seront tous rentrés chez eux, je vais jeter un coup d'œil à son article sur Meg et Grace, puis je relirai quelques pages du journal intime avant de me décider. Avoir un plan me soulage un peu. Même s'il sera vite accompli, il me distrait temporairement de l'image de Grace qui s'impose tout le temps à mon esprit : allongée sur le sol d'une cave, les yeux bandés et les mains liées, elle crie de toutes ses forces pour appeler au secours, mais en vain : personne ne l'entend.

16 novembre 2018

Cher journal,

Un truc incroyable est arrivé aujourd'hui ! Un truc tellement génial que j'ai du mal à croire que c'est vrai.

Maman se préparait à me donner mes médicaments par Peggy, la sonde qui fait passer la nourriture et les médicaments dans mon estomac (maman lui a donné un nom pour que je me sente mieux, elle sait toujours comment me faire rire), quand le téléphone a sonné. C'était Maggie de Rêves d'enfants. Maman m'a dit de l'ignorer, mais j'attendais cet appel depuis deux semaines ! Je ne pouvais pas le manquer, même si elle s'apprêtait à me donner le traitement qui me maintient en vie. J'ai décroché, désolée, maman !

— Allô, Maggie ?

— Grace ? C'est toi ?

— Vous avez décidé ? Vous savez qui va partir ?

Mon cœur battait si vite que j'ai cru qu'il allait exploser. Malheureusement, à ce moment-là, Cookie a sauté sur le lit en miaulant. J'ai voulu la chasser et je me suis tournée un peu trop brusquement : le mouvement a tiré sur la peau rose autour de l'ouverture dans mon ventre. La douleur m'a arraché un cri et maman m'a aussitôt pris le portable des mains.

— Maggie, je suis navrée, mais ce n'est vraiment pas le bon moment.

— Non ! Maman, maman, s'il te plaît ! Demande-lui pour le grand voyage, s'il te plaît !

J'ai descendu mon haut de pyjama jusqu'à ma taille pour cacher Peggy, au cas où j'aurais commencé à saigner. Parce qu'en voyant ça, maman aurait à coup sûr raccroché sur-le-champ.

Elle m'a regardée, un sourire aux lèvres, puis a rangé la seringue en plastique remplie de comprimés écrasés dans sa boîte en plastique stérile.

— À vrai dire, Maggie, Grace est en train de me rendre cinglée, donc il vaut mieux que vous me disiez tout de suite si elle a été acceptée.

Le temps s'est arrêté.

— Oui... OK. À Hawaï ? Super !

Et c'est à cet instant-là que j'ai su. J'avais pensé au grand voyage au moins vingt fois par jour pendant ces deux dernières semaines. Depuis que Maggie avait rempli le formulaire avec moi et l'avait envoyé au bureau de Rêves d'enfants, à Londres. C'est la dernière année où j'ai la possibilité d'être choisie. Ma dernière chance de partir à l'étranger.

Mon dos a craqué quand je me suis redressée dans le lit pour m'asseoir, mais je l'ai à peine remarqué. Je m'étais convaincue que je ne serais pas retenue, justement parce que j'en avais trop envie et qu'en général, si je désire vraiment quelque chose, ça foire.

Maman a parlé un moment au téléphone avec Maggie.

— D'accord, Maggie, merci. Oui, oui, elle est ravie ! Nous le sommes toutes les deux. Oui, je vais en discuter avec Grace et puis, si elle se sent assez bien, on passera mardi pour discuter des détails. Encore merci.

Elle avait l'air aussi secouée que moi. Après avoir raccroché, elle a fixé le combiné pendant plusieurs secondes, comme si c'était la première fois qu'elle le voyait. Elle est restée là, immobile, en plein milieu de ma chambre, les yeux rivés sur l'appareil, puis elle a secoué la tête, son visage illuminé par un grand sourire.

— Maman ? j'ai dit en tapant sur le côté de mon lit pour la faire revenir sur Terre.

— Gracie, ils ont une place pour toi !

Elle s'est précipitée vers moi et s'est penchée pour me regarder droit dans les yeux. J'ai lu dans son regard que c'était vrai, que c'était bien réel ! Elle souriait jusqu'aux oreilles.

— Oh, ma chérie, enfin !

Elle m'a fait plein de bisous et j'ai tellement ri que mes lunettes sont tombées, ce qui a déclenché un fou rire général.

— Oh, ma souris, qu'est-ce que je vais faire sans toi pendant dix longs jours ? Tu vas tellement me manquer quand tu seras là-bas en train de nager avec les dauphins et de faire bronzette.

Elle m'a fait un clin d'œil et, même si je savais qu'elle plaisantait, je me suis sentie un peu anxieuse. Là-bas, qui s'assurera que j'ai les bons médicaments ? Qui viendra voir si je vais bien au milieu de la nuit ? Je crois que maman a remarqué que j'avais peur. Elle a pris ma main et l'a serrée dans la sienne. Je l'ai pressée deux fois pour lui dire que j'allais bien, parce que nous n'avons pas de code qui signifie :

« J'aimerais que tu m'accompagnes à Hawaï. » Je ne veux pas qu'elle se fasse du souci pour moi. Elle s'inquiète toujours tellement à mon sujet, elle y passe presque tout son temps… Alors, je me suis forcée à sourire et j'ai fait comme si je n'étais pas effrayée à l'idée de partir en vacances sans elle. Un autre petit secret.

Affectueusement,
Grace

# 6

# Jon

— Ça vous dérange si j'allume la radio ? me demande Cara, assise sur le siège passager, tandis que je m'engage sur la route qui mène à Plymouth.

— Non, pas de souci, je réponds en appuyant sur le bouton à sa place.

Quand j'ai déposé ma carte de visite sur la table du pub, je ne pensais pas qu'elle la ramasserait, et encore moins qu'elle me contacterait. J'ai donc été surpris de recevoir ce texto où elle m'apprenait qu'elle avait quelque chose à donner au Dr Rossi et avait besoin qu'on la conduise à Plymouth. J'ai attendu le matin pour lui répondre, car me balader en voiture avec une jeune femme que je connaissais à peine ne me paraissait pas très raisonnable. Et si quelqu'un nous voyait ensemble et nous reconnaissait ? Et si cette personne postait une photo de nous deux en ligne ? Ruth ne perdrait pas une seconde avant d'appeler un avocat pour entamer la procédure de divorce. Sans parler du fait que je n'avais pas arrangé une rencontre avec le Dr Rossi à proprement parler. Pourtant, le journaliste en moi était absolument ravi de cette opportunité d'apprendre à connaître Cara, et peut-être même d'en découvrir un peu plus sur Grace et Meg.

Lorsque j'ai téléphoné au médecin tout à l'heure, je m'attendais à ce qu'elle ignore mon appel, parce que aucun de nous deux n'avait beaucoup apprécié notre dernier entretien. Nina Rossi avait mis fin à l'interview au bout de cinq minutes car, selon elle, elle ne pouvait pas m'aider davantage. Elle m'avait aussi interdit de mentionner son nom et de la citer dans l'article. J'avais prévu de dire à Cara que le Dr Rossi avait annulé notre rendez-vous à la dernière minute, mais que, si elle souhaitait me confier quoi que ce soit au sujet de Meg et Grace, nous pourrions quand même nous voir.

Seulement, contre toute attente, le Dr Rossi a décroché.

— J'enchaîne les rendez-vous avec des patients pendant les deux prochaines semaines, monsieur Katrin, et franchement je ne vois pas pourquoi vous voulez me reparler. Je vous l'ai dit la dernière fois, Megan et moi ne nous sommes pas adressé la parole depuis des années.

Elle s'exprimait d'un ton sec, comme si elle était pressée de se débarrasser de moi pour pouvoir entamer sa dure journée de travail.

— En fait, c'est Cara Dorman, la voisine des Nichols, qui voudrait vous rencontrer. Elle a quelque chose à vous donner, de la part de Megan et Grace.

J'ai entendu le médecin prendre une grande inspiration à l'autre bout du fil. Elle n'a pas répondu tout de suite. J'ai su alors que j'avais toute son attention.

— Et de quoi s'agit-il ?

— Honnêtement, je n'en ai aucune idée. Mais ça doit être quelque chose pour vous en particulier, et elle pense que vous aimeriez l'avoir.

Mon interlocutrice a gardé le silence un moment, comme si elle réfléchissait à la conduite à adopter.

— D'accord. J'ai dix minutes à vous accorder pendant ma pause déjeuner. Je serai sur le terrain de jeux derrière le cabinet.

J'étais sidéré. Clairement, le Dr Rossi était intéressée par ce que Cara avait à lui donner. Même si je ne voyais toujours pas de quoi il pouvait bien s'agir et que l'entreprise comportait des risques, ma décision était prise : j'allais emmener Cara à Plymouth.

Et maintenant que Cara se trouve dans la voiture avec moi, ma méfiance s'est presque évanouie. Mon apparence a beaucoup évolué ces derniers mois : je me suis laissé pousser la barbe et mes cheveux sont plus touffus. Les chances qu'on me reconnaisse sont donc vraiment minces, surtout aussi loin d'Ashford. Par ailleurs, si je suis là, c'est bien pour aider Grace, mais je sens que le journaliste en moi reste aux aguets, prêt à récolter tous les indices qu'il croisera sur son chemin. Nous n'avons pas beaucoup échangé pour l'instant, Cara et moi. Ce n'est pas grave, je ne voudrais surtout pas la brusquer. Elle ne cesse de changer de station de radio, avant de finalement s'arrêter sur un reportage au sujet de la disparition de Grace. Affalée sur le siège passager, Cara garde les yeux fixés droit devant elle tandis qu'elle écoute ces informations qu'elle a pourtant déjà dû entendre des centaines de fois. Elle est très attentive, comme si elle cherchait à déchiffrer une sorte de code caché dans les paroles de l'animateur.

Je reconnais la voix de l'un des voisins de Simon, dont j'ai déjà entendu le témoignage plusieurs fois.

« Simon a toujours été très discret, très réservé. Il a l'air incapable de faire du mal à une mouche, mais bon, c'est souvent ce genre-là qui… »

Écouter ces descriptions du père de Grace avec Cara à mes côtés me met mal à l'aise. Je ne veux pas qu'elle m'associe à lui, comme beaucoup d'autres le font. Je change de station et tombe sur une chanson d'amour, avant de m'arrêter sur les nouvelles d'une radio locale.

« La police concentre toujours ses efforts sur la recherche de Simon Davis, le père de Grace Nichols, la mineure qui a disparu. Des images des caméras de surveillance montrent Davis en train de monter dans un train pour Londres le matin après le meurtre, néanmoins la police ne l'a pas localisé pour l'instant. Nous rappelons au public de ne pas s'approcher de Simon Davis, qui pourrait se montrer dangereux. Si vous le voyez, appelez immédiatement les forces de l'ordre. La police ainsi que des volontaires de la communauté locale poursuivent les recherches autour d'Ashford. Maintenant, je passe la parole à Sabrina pour la météo. Sabrina… »

Cara ne bouge pas d'un cil. Ces informations ne nous apprennent rien de nouveau. Je change de fréquence et reste quelques secondes sur un programme où des parents parlent d'enseigner le cornique à leurs enfants, avant de remettre la chanson d'amour.

— Je peux vous demander ce que vous voulez donner au Dr Rossi ?

Ma passagère regarde son sac à dos posé contre ses Dr. Martens éraflées. Elle se met à tirer sur les petites peaux autour des ongles de sa main gauche. Après m'avoir jeté un rapide coup d'œil, elle répond :

— Grace avait l'habitude de faire des cartes de remerciement personnalisées pour les gens qui les avaient aidées d'une façon ou d'une autre, Meg et elle. Ma mère en a reçu une il y a quelques années parce qu'elle a levé des fonds pour le fauteuil roulant de Grace en courant un semi-marathon. Bref, j'en ai trouvé une adressée au Dr Rossi qu'elle n'a jamais envoyée. Elle avait écrit un message dedans et tout, donc je me suis dit que ce serait bien de la faire parvenir à son destinataire.

Une carte de remerciement ? C'est tout ? Je ne sais pas à quoi je m'attendais, mais certainement à quelque chose de plus important qu'une lettre qu'elle aurait très bien pu envoyer par la poste. Cara semble deviner mes pensées, car elle reprend :

— J'allais la poster, sauf que, comme vous l'avez dit, je ne pouvais pas rester chez moi à ne rien faire comme si Grace n'avait pas été kidnappée. Peut-être que ça ne nous aidera pas à la retrouver, mais au moins je peux faire quelque chose qui lui ferait plaisir.

Le temps de quelques secondes, Cara a l'air sur la défensive. Je me racle la gorge. Ce n'est pas grave si ce qu'elle veut donner au médecin n'a pas beaucoup d'intérêt, puisque le Dr Rossi a quand même été suffisamment intriguée pour accepter de nous voir.

— Alors, comment était Simon quand vous l'avez rencontré ? me lance soudain ma passagère.

Sa question me prend par surprise. Je décide de rester vague.

— Déprimé, solitaire, incompris, ou en tout cas, c'est ce que je croyais à ce moment-là.

— Et maintenant ? Que pensez-vous de lui, maintenant ?

— Eh bien, s'il est derrière tout ça, je dirais que c'est un brillant manipulateur, et je me sens encore plus stupide de l'avoir soutenu dans cet article…

— Et si ce n'est pas lui ?

— Pour être honnête, il y a peu de chances que ce ne soit pas le cas. La police n'a pas d'autre suspect, aucune de leurs autres connaissances n'avait de mobile, et la probabilité qu'il s'agisse d'une attaque et d'un kidnapping au hasard…

— Donc vous croyez que c'est Simon qui a tué Meg ? Que c'est lui qui détient Grace ?

Elle sait que je tourne autour du pot pour gagner du temps. Je me rends compte que les rôles sont inversés : c'est moi qui suis interviewé, cette fois. Je tâtonne pour trouver l'élastique à mon poignet avant de me souvenir qu'il s'est cassé.

— Oui, c'est ce qui semble être l'explication la plus plausible. Rappelez-vous que sa santé mentale s'est détériorée depuis la mort de Danny, et puis il a fait preuve de violence dans le passé… Je pense aussi que, s'il était innocent, il se serait déjà présenté à la police pour se disculper.

Mon interlocutrice acquiesce d'un signe de tête, puis regarde la campagne floue au travers de la vitre.

— Vous avez parlé de notre escapade d'aujourd'hui à votre mère ?

— Bien sûr que non ! Elle pense que je suis au taf. Ne vous en faites pas, elle est tellement sur les nerfs avec toute cette histoire qu'elle ne se rendra compte de rien.

Super. Cara ment à sa mère. Voilà qui donnera à Susan et ses copines une raison supplémentaire pour me détester. Mais bon, Cara est majeure, après tout, elle peut prendre ses propres décisions. Et puis, c'est elle qui a organisé cette expédition. Je n'ai rien à me reprocher.

— Et vous ? Comment ça va « avec toute cette histoire » ? Tomber sur une scène de crime, c'est plutôt violent. Surtout quand on connaît la victime.

Je jette un coup d'œil à ma passagère. Ses yeux sont écarquillés, ses joues sont devenues rouges et elle a l'air d'avoir la nausée.

— Je me sens mieux quand je suis occupée, répond-elle simplement en haussant les épaules.

— Et votre père, il en pense quoi de tout ça ?

On a beaucoup parlé de Susan Dorman aux infos, mais je n'ai rien entendu à propos du père de Cara. La jeune femme regarde toujours droit devant elle et continue à triturer les petites peaux sur ses doigts.

— Je n'en sais rien du tout, il n'est pas resté en contact avec moi. Il habite en Écosse depuis longtemps, avec sa nouvelle famille. Ils sont un peu hippies. Ils n'ont pas la télé, ce genre de délire. Sûrement qu'il ne sait même pas, pour Meg et Grace… (Elle marque une pause.) Il n'a rien en commun avec les pères de votre article, si c'est ce que vous pensez. Je n'ai pas dû demander d'ordonnance restrictive ni rien de ce genre. Il a simplement décidé un jour de ne plus être mon père.

Avant que je puisse dire quoi que ce soit, elle me demande :

— Et vous ? Comment va votre fils ?

Je sens qu'elle m'observe. Elle a forcément vu ma mâchoire se crisper. Je me force à m'exprimer sur un ton léger.

— Très bien. Il vient juste d'être accepté dans l'équipe de foot de l'école. Il joue…

— Il est guéri, alors ? me coupe-t-elle.

Cara ne s'intéresse pas aux performances de Jakey au football, évidemment. Je garde le silence quelques secondes. Elle est douée, je le reconnais : elle détourne mes questions, fait de moi le sujet de la conversation… Je dois dire que je n'aime pas ça. Elle me toise comme si je lui devais quelque chose. Peut-être a-t-elle raison. Qu'est-ce que le Dr Bunce m'a dit l'autre jour, déjà ? « L'honnêteté demande de la réciprocité », je crois. Je me souviens que Ruth a lâché un petit ricanement à ce moment-là. Si je veux que Cara soit sincère avec moi, il faut que je fasse de même en retour. J'aimerais qu'elle m'accorde sa confiance.

— Vous avez lu mon article sur Grace et Megan ?

Du coin de l'œil, je constate qu'elle me dévisage.

— Bien sûr, toute la Cornouailles l'a lu. D'ailleurs, j'y ai de nouveau jeté un coup d'œil hier soir.

J'essaye de ravaler l'angoisse qui me monte à la gorge dès que quelqu'un évoque cet article.

— J'avais oublié le passage où vous dites : « Le rôle d'un parent est de construire de bonnes fondations pour que l'enfant puisse s'épanouir. Parfois, il faut donc prendre des décisions difficiles, des décisions qu'on préférerait ne pas prendre, pour le bonheur de l'enfant. »

— Vous l'avez appris par cœur ?

— En lisant ces phrases, on a l'impression que vous en vouliez à Meg, alors qu'elle faisait de son mieux dans des circonstances vraiment merdiques.

Je sais. Je sais tout ça. Heureusement que je suis en train de conduire, ça me permet d'éviter son regard. Mes mains, crispées sur le volant, sont devenues moites.

— Vous avez raison. J'étais hors de moi. À ce moment-là, les médecins disaient que mon fils n'avait que cinquante pour cent de chances de s'en sortir et mon mariage battait de l'aile. Ma femme et moi, on se parlait à peine. Je ne vous dis pas ça pour me justifier, mais je crois que j'étais sous le choc. J'avais l'impression d'être en train de les perdre tous les deux, Jakey et Ruth, et c'était insupportable. Du coup, quand j'ai rencontré Simon, j'ai eu pitié de lui, et je me suis énervé contre Meg parce qu'elle gardait Grace pour elle et refusait de laisser son père l'approcher...

La vérité me frappe de plein fouet. Je n'avais jamais confié ces pensées à personne et, à vrai dire, je n'avais jamais réussi à les admettre avant cet instant. Les exprimer à voix haute me décharge d'un poids, je me sens plus léger.

Cara ne répond rien. Le silence dure. Je commence à paniquer : et si j'en avais trop dit ? Je m'empresse de préciser :

— J'avais l'habitude de travailler avec de grands journaux nationaux et je ne me rendais pas compte qu'un article pouvait affecter une communauté locale à ce point-là. Si j'avais su, je ne l'aurais jamais envoyé au rédacteur en chef.

— Eh bien, le rédacteur en chef n'aurait sûrement pas dû le publier...

Je passe trop près de l'avant d'un camion en me rangeant sur la voie de gauche. Un klaxon retentit mais nous l'ignorons tous les deux. Cara est toujours en train de m'étudier du regard.

— J'ai fait des recherches sur le métier de journaliste, me confie-t-elle d'une voix soudain timide. J'ai lu que c'est le rédacteur en chef qui est responsable de ce qui est publié, pas les auteurs.

C'est ce que je n'ai jamais osé dire, au cas où on s'imaginerait que je cherche à rejeter la faute sur le jeune rédacteur en chef inexpérimenté du *Cornish Chronicle*. Elle a tout à fait raison. Elle regarde de nouveau la route et le silence règne pendant un moment.

— Vous avez découvert qui a posté la photo de votre fils sur Facebook ? me demande-t-elle soudain.

Des picotements parcourent ma nuque quand je revois Jakey à cette période-là : son teint translucide, sa tête chauve, son corps si maigre qu'on avait l'impression qu'il allait se briser au moindre contact… Sur la photo en question, il sourit, les pouces en l'air, cependant, dès que le cliché a été pris, il s'est réfugié en pleurant dans les bras de Ruth. Cette image me hante toujours. Je baisse la vitre pour prendre une goulée d'air. Il est âcre et pollué, mais je l'inspire quand même. J'en ai besoin pour chasser de mon esprit ce souvenir de Jakey sur son lit d'hôpital. Une fois la vitre remontée, je m'éclaircis la gorge.

— On a trouvé une copie de la photo sur un ordinateur de l'hôpital, donc c'est certainement quelqu'un qui travaillait là-bas. Quelqu'un qui devait connaître Megan et Grace…

— Vous n'aimez pas en parler.

C'est une affirmation, pas une question. Elle sait très bien que je n'ai pas envie de discuter du cancer de Jakey. Si elle mentionne cette histoire de photo, c'est pour me faire passer un message : elle veut que j'arrête de la pousser à se confier au sujet de la découverte du cadavre. J'augmente le volume de la radio.

Le lieu de rendez-vous choisi par le Dr Rossi, l'aire de jeux située derrière le cabinet médical, n'est en réalité qu'un tape-cul déglingué entouré d'un toboggan couvert de graffitis et de deux balançoires qui ont l'air prêtes à envoyer un enfant aux urgences. Autant dire que je ne suis pas étonné que l'endroit soit désert. Cara donne quelques coups de pied dans des cannettes de cidre pour les écarter du chemin, puis nous prenons place sur un banc mouillé qui fait face à l'arrière du cabinet. Après avoir tiré délicatement une enveloppe A5 de son sac à dos, elle me lance :

— Écoutez, ne le prenez pas mal, mais… ce serait peut-être mieux que vous attendiez dans la voiture.

— Quoi ?

J'ai très bien entendu ce qu'elle a dit et elle le sait. Elle poursuit comme si de rien n'était :

— Si je suis seule, sans doute que ça ressemblera moins à… une confrontation. Vous ne croyez pas ?

Je ne sais pas quoi répondre.

— C'est assez personnel, vous savez, précise-t-elle. Ce sera peut-être beaucoup pour elle, émotionnellement. Ça ne me dérange pas si vous voulez vous entretenir avec elle après. Je ne voudrais pas qu'elle pense que vous êtes là pour le travail, c'est tout.

On dirait bien que mon interlocutrice est aussi inquiète à l'idée d'être associée à moi que je le suis à l'idée de l'aider. Quoi qu'il en soit, il est hors de question que je patiente dans la voiture.

— Cara, c'est moi qui ai organisé cette rencontre, et puis je n'ai pas fait tout ce chemin pour…

Je m'interromps, car elle ne m'écoute plus. Elle regarde la femme qui vient vers nous d'un pas ferme. Droite comme un piquet, Nina Rossi a la démarche assurée d'une femme qui sait exactement où elle va. Elle porte le genre de tailleur-pantalon qu'affectionnent les politiciens et les fonctionnaires et ses courts cheveux gris sont impeccablement coiffés. Maintenant qu'elle est un peu plus proche, je remarque son air maussade. On dirait que sa bouche est figée, comme si elle ne souriait plus depuis très longtemps et que c'était irrémédiable.

Cara et moi nous levons en même temps et la nouvelle venue nous salue d'un signe de tête, avant de tendre la main à la jeune femme.

— Bonjour. Vous devez être Cara Dorman.

Cette dernière lui sourit très gentiment en lui serrant la main.

— Oui, bonjour.

— Je suis désolée que vous soyez prise dans une si terrible tragédie, dit le médecin avant de se tourner vers moi. Bonjour, monsieur Katrin.

Elle plisse les yeux, comme si prononcer mon nom la contrariait. Sa peau est plus lisse que celle de la plupart des femmes de son âge, peut-être parce qu'elle en a pris grand soin, mais plus probablement parce qu'elle ne montre jamais ni sa joie ni sa tristesse. Peut-être qu'un jour, il y a longtemps, elle a décidé de garder à tout prix ses émotions à l'abri des regards indiscrets…

— Bon, vous m'avez dit que Cara Dorman avait quelque chose pour moi ?

Elle regarde l'enveloppe que la jeune femme tient dans ses mains.

— C'est ça ?

Son regard passe de Cara à moi et inversement plusieurs fois. On dirait une enseignante à bout de nerfs qui attend une réponse de ses élèves.

— C'est de la part de Grace, dit Cara.

Elle tente de sourire, même si le médecin la fixe d'un regard vide.

— C'est une carte que Grace a dessinée pour vous, pour vous remercier de les avoir aidées, sa mère et elle.

— Vous avez vraiment fait tout ce chemin pour me remettre une carte de remerciement ? me demande le Dr Rossi d'un ton sceptique.

Je hausse les épaules et elle nous jette des regards suspicieux à tous les deux.

— Qu'est-ce que vous savez ?

Avant que je puisse réfléchir à la meilleure façon de répondre pour que le médecin nous révèle ce qui la rend aussi nerveuse, Cara réplique :

— Rien du tout ! J'ai juste pensé que vous aimeriez la recevoir, puisque Grace l'avait faite pour vous. Apparemment, elle voulait vous exprimer sa reconnaissance.

— Eh bien, je ne vois vraiment pas pourquoi. Je n'ai jamais été leur médecin, elles étaient suivies par l'un de mes collègues.

Quelque chose dans le ton de notre interlocutrice me dit qu'elle a déjà prononcé cette phrase à de nombreuses reprises. Elle tend la main pour recevoir la lettre, mais Cara ne bouge pas d'un pouce.

— Grace a écrit un mot à l'intérieur, précise-t-elle. Elle vous remercie d'avoir donné du travail à sa mère.

La main du Dr Rossi retombe.

— Ah, oui, c'est moi qui avais fait son entretien d'embauche. C'était pour un poste de gestionnaire à mi-temps. Ça doit être pour ça.

Pourquoi a-t-elle l'air si soulagée ?

— On ne savait pas que Meg avait eu un job ici, dit Cara.

— Oh, elle n'est restée que quelques mois. Pour être honnête, ça ne valait pas le temps qu'on a passé à la former pour le poste. (Elle regarde sa montre.) Écoutez, je vous avais prévenus que je n'avais que quelques minutes pour m'entretenir avec vous. Je suis vraiment navrée de ce qui est arrivé à vos amies, mais il faut que je retourne m'occuper de mes patients.

Cara semble abattue. Cette rencontre ne correspond pas à ce qu'elle avait espéré.

— Pourquoi ne vous ont-elles pas fait parvenir la carte à l'époque ? demande-t-elle, l'air confus.

Nina Rossi lève brièvement les yeux au ciel, exaspérée, comme si c'était la faute de la jeune femme si les nuages se sont amoncelés au-dessus de nos têtes.

— Je n'en ai pas la moindre idée. Maintenant, donnez-la-moi, s'il vous plaît.

Elle tend la main de nouveau et Cara dépose lentement l'enveloppe dans sa paume.

— Très bien, dit sèchement le médecin. Merci.

On dirait qu'elle vient de mettre fin à une consultation. Nous la regardons s'éloigner d'un pas pressé. Avant de quitter le terrain de jeux, elle fait une courte pause pour ouvrir et lire la carte, avant de la rouler en boule et de la jeter dans la poubelle la plus proche.

— Quelle connasse ! s'exclame Cara en lui emboîtant le pas.

J'ai d'abord peur qu'elle ne la suive jusque dans le cabinet médical, mais la jeune femme s'arrête au niveau de la poubelle pour récupérer la carte. Quand je la rattrape, elle est en train de la lisser entre ses mains.

— C'est quelqu'un d'assez étrange, je dis.

— Plutôt une grosse vache, oui !

Elle fulmine. L'attitude du médecin ne semble pas l'avoir blessée, c'est déjà ça.

— Je pensais qu'elle serait heureuse de recevoir cette carte et que nous parlerions peut-être un peu de Grace toutes les deux. Ça ne m'était pas du tout venu à l'idée qu'elle pourrait ne rien en avoir à faire, et la balancer comme ça… J'y crois pas, je suis vraiment idiote.

— Non, Cara, ce n'est pas vous l'idiote, c'est elle.

Il faut absolument qu'elle me croie. Je pose la main sur son épaule. Elle y jette un œil et je la retire, gêné.

— Mais je trouve que vous avez tort sur un point : elle en avait clairement quelque chose à faire.

— Vous croyez ?

— Oui. Vous avez bien vu qu'elle était sur la défensive. Elle nous a même demandé ce qu'on savait…

J'ai l'impression d'entendre l'ancien moi. Une sensation familière se loge dans mon ventre : c'est l'exaltation de tenir une nouvelle piste. À côté de moi, Cara se mord la lèvre inférieure, les yeux fixés sur le cabinet médical et les sourcils froncés.

— Elle s'est comportée un peu bizarrement, c'est vrai… Comme si elle avait quelque chose à cacher et qu'elle avait peur qu'on ne découvre son secret.

— Je crois que vous avez raison. Vous avez de bonnes intuitions, vous savez.

Elle tente de réprimer son sourire mais n'est pas assez rapide.

— Vous trouvez ?

— Oui. L'instinct, c'est nécessaire pour être un journaliste digne de ce nom, et soit on l'a, soit on ne l'a pas.

Son visage s'illumine. Soudain, je sens quelques gouttes de pluie sur ma peau.

— On y va ?

Elle acquiesce d'un signe de tête et nous commençons à marcher en silence. Au bout de quelques mètres, elle se fige et me demande de but en blanc :

— Pourquoi vous faites tout ça ?

— Je vous l'ai déjà dit : je veux secourir Grace, ou en tout cas faire tout ce que je peux pour la retrouver.

— Parce que vous avez merdé avec l'article ?

— Oui, en partie. Mais surtout parce que j'ai envie de faire ma part.

— Vous n'avez pas l'intention d'écrire un autre article, alors ?

J'observe le ciel pour ne pas avoir à la regarder en face.

— Je veux trouver Grace. Je veux la trouver rapidement, tant qu'elle est encore en vie.

— Je peux vous aider ?

— Cara, je ne suis pas sûr que ce soit…

— Vous l'avez dit vous-même à l'instant. J'ai de bonnes intuitions !

— Cara… Je n'ai pas envie de vous impliquer dans tout ça…

Elle semble vraiment déçue. Et là, sous la pluie, je m'aperçois aussi qu'elle est fragile.

— Il va vraiment tomber des cordes, je dis. Allons nous mettre à l'abri dans la voiture.

La jeune femme cligne des paupières plusieurs fois, comme si elle essayait de chasser une idée de ses pensées, puis elle hausse les épaules et se met en marche vers ma bagnole.

Sur le trajet pour la maison de retraite Resthaven, la circulation est dense tout du long. Il y a des bouchons sur toutes les routes à cette heure-ci. Au moment où nous rejoignons une file de véhicules à l'arrêt, Cara allume de nouveau la radio. Il pleut maintenant à verse et les gouttes martèlent le pare-brise. Elle semble perdue dans la contemplation du paysage quand tout à coup mon téléphone se met à vibrer. Je retire maladroitement mon portable de ma poche et le pose en équilibre sur ma cuisse avant d'appuyer sur l'icône du haut-parleur.

— Papa ? Papa ? Tu es là ?

— Salut, mon grand ! Tu vas bien ?

— Papa, maman dit que je n'ai plus le droit de jouer à World of Warcraft, mais c'est vraiment pas juste parce que tout le monde à l'école y joue et en plus je venais de commencer à discuter avec un garçon qui habite à Hong Kong et il allait me dire comment faire pour passer…

— Oh là là ! Du calme, Jakey.

Cara a oublié ce qui avait attiré son attention dehors. Elle regarde maintenant droit devant, un petit sourire aux lèvres.

— Désolé, je chuchote.

Elle secoue la tête pour me signifier que ça ne la dérange pas. Elle nous écoute, comment pourrait-elle faire autrement ? J'ai déjà eu une amende de deux cent cinquante livres et perdu trois points parce que j'ai parlé au téléphone avec Jakey en étant au volant. Pourtant, je suis incapable de lui raccrocher au nez. C'est le meilleur moment de ma journée !

— Jakey, mon grand, si ta mère ne veut pas que tu joues à ce jeu, elle doit avoir de bonnes raisons. Comment c'était à l'école, aujourd'hui ?

— Non, papa, rétorque-t-il en ignorant complètement ma question. Maman ne sait pas de quoi elle parle. Elle a piqué une crise et elle a mis un mot de passe pour accéder au wifi, du coup je ne peux plus me connecter sans lui demander.

Même s'il ne faisait que se plaindre, je pourrais l'écouter parler toute la journée.

— Ta mère n'a pas tort, Jakey... je veux dire, tu sais qu'il faut faire très attention aux inconnus sur Internet, nous en avons déjà parlé. Elle veut simplement te protéger.

— Peut-être, mais il a douze ans et il vit à Hong Kong !

Il énonce lentement les mots comme si on ne parlait pas la même langue.

— Tu ne peux pas en être certain. Et puis, ta mère doit être plus inquiète que d'habitude en ce moment. Tu as entendu parler de ce qu'il s'est passé ?

— Ouais..., répond-il d'une voix plus douce. Tu parles de la fille. Elle est malade, c'est ça ?

— Oui, Jakey, elle est malade.

Même s'il est en rémission maintenant, Jakey n'aime pas entendre parler d'autres enfants qui sont gravement malades. Il sait mieux que quiconque que la maladie, la vraie, frappe au hasard.

— Tu la connaissais, la fille qui a disparu, hein ? Est-ce que tu aides la police à la retrouver ?

Je sens Cara remuer à côté de moi, mais je ne la regarde pas.

— Oui, en quelque sorte.

Au loin, j'entends Ruth appeler notre fils. Je l'imagine en bas de l'escalier, un pied posé sur la première marche, ses boucles courtes tenues en arrière par des épingles à cheveux. Je la vois portant un jean et un tee-shirt blanc tout simple, c'est la tenue que je préfère. Elle l'appelle une deuxième fois.

— Elle a de la chance que tu l'aides. Je dois y aller. On se parle demain, d'accord ?

— D'accord, Jakey.

Ruth ignore qu'il me téléphone tous les jours.

— Je t'aime, j'ajoute.

Trop tard, il a déjà raccroché. Je range vite fait mon portable dans la portière. Cara s'est tournée entièrement vers moi. Elle m'examine comme si un museau avait soudain poussé sur mon visage ou que des ailes étaient sorties de mes oreilles.

— Qu'est-ce qu'il y a ?

Je lui jette un autre regard furtif avant de me concentrer sur la route. Elle ne bronche pas. Une miette de mon sandwich est restée collée sur ma joue ou quoi ? Je me regarde dans le rétroviseur, mais je ne vois rien à cause de ma barbe, et puis je ne voudrais pas risquer d'emboutir la voiture de devant.

— Qu'est-ce qu'il y a ? je répète.

Ma passagère se contente de secouer la tête, les yeux de nouveau rivés sur le pare-brise. Je reconnais cette attitude et j'ai comme l'impression qu'elle vient d'avoir une idée. D'après Ruth, quand je fais une découverte que je ne suis pas encore prêt à partager, je deviens silencieux et j'ai le regard fixe. C'est drôle de retrouver cela chez cette jeune femme. Elle est déterminée à découvrir la vérité et n'hésite pas à prendre des risques – un trait de caractère que j'ai toujours possédé. Je m'aperçois que je suis content d'avoir Cara à mes côtés et, pour la première fois depuis longtemps, je me sens un peu moins seul.

# 7

## Cara

C'est quand j'ai entendu Jakey parler de son jeu vidéo et du Hongkongais qu'un souvenir m'est revenu en mémoire et que certaines pièces du puzzle ont commencé à s'assembler. Tout en contemplant les gouttes d'eau qui glissent sur la vitre de la voiture, je me remémore le dernier anniversaire de ma mère. C'était en février. Nous avions prévu de prendre le thé et de déguster son gâteau entre amies, mais Meg nous a annoncé que sa fille passait une mauvaise journée. Elle venait de commencer un nouveau traitement et était restée éveillée toute la nuit à cause des nausées et de la diarrhée. J'ai toujours trouvé ça étrange, cette façon qu'on avait de traiter le corps de Grace, comme si les pincettes qu'on prenait pour parler du corps des autres ne s'appliquaient pas au sien : Grace avait toujours « la diarrhée », et jamais « mal au ventre » comme le reste d'entre nous.

— Eh bien, si vous ne pouvez pas venir au gâteau, le gâteau viendra à vous ! a dit ma mère à Meg d'une voix enjouée.

Et c'est comme ça que nous nous sommes toutes retrouvées chez les Nichols. Ma mère, suivie par Sylvia et Zara qui papotaient, portait la pâtisserie au glaçage élaboré, confectionnée par sa collègue, avec la même révérence que s'il s'agissait d'une sculpture. Une mauvaise odeur de renfermé nous a accueillies dans la maison d'à côté et j'en avais mal au cœur, mais personne n'a rien fait remarquer. Meg nous a étreintes les unes après les autres.

— Ah, Cara, comme je suis heureuse de te voir ! s'est-elle exclamée en m'attirant dans ses bras.

Elle m'a serrée si fort que je me suis sentie aussi rassurée et soutenue que si elle m'avait dit : « Je te tiens. Quoi qu'il arrive, je serai là pour toi. »

— Salut, Meg.

— Grace disait justement tout à l'heure qu'elle espérait vraiment te voir aujourd'hui.

Meg m'a adressé un sourire éblouissant avant de tenir brièvement mes joues dans ses mains tièdes. Son visage rond était si joli, ses traits si doux… Je n'ai jamais pu ne pas lui rendre son sourire.

— Je viens juste de sortir Grace du lit. Tu peux aller voir où elle se cache, Cara ?

J'ai opiné, puis elle a ajouté :

— Et gronde-la de ma part si elle a toujours le nez collé à son écran, d'accord ?

J'avais l'intention de rester avec Grace le plus longtemps possible, histoire de repousser le moment où, une fois que nous serions toutes réunies dans le salon, je serais assaillie de questions à propos de mes petits copains et de mes candidatures à l'université.

La chambre de Grace ressemblait à celle d'un enfant, avec tous ces posters de Harry Potter aux murs et la collection de peluches qui trônait sur la couette. Et en même temps elle me rappelait aussi celle de mon grand-père, à cause de la bombonne d'oxygène, des flacons de comprimés disposés près du lit, des barres d'appui et de la chaise percée, installée discrètement à côté de la bibliothèque. Je me suis sentie nerveuse, tout à coup, comme c'était en général le cas quand je la voyais ces derniers temps, parce qu'en sa présence j'avais l'impression de ne pas être quelqu'un de bien. Coiffée d'un bonnet à pompon bleu,

Grace tournait le dos à la porte. Assise dans son fauteuil roulant, elle semblait absorbée par son ordinateur placé sur un petit bureau contre le mur. J'ai su qu'elle avait senti ma présence sur le seuil quand j'ai vu son dos se raidir.

Elle a rapidement fermé la page qu'elle consultait et son écran est devenu blanc. J'ai quand même eu le temps de voir qu'elle lisait un message sur un forum, écrit par quelqu'un qui répondait au pseudo de « GoodSam », dont l'avatar était un dessin représentant un garçon grand et maigre aux cheveux ébouriffés. Grace souhaitait apparemment garder cette conversation secrète.

— Je sais, maman, je sais ! Je vais l'éteindre.

Elle a ensuite fait tourner son fauteuil roulant pour se retrouver face à moi.

— Cara ! s'est-elle écriée, surprise.

Ses yeux brillaient derrière ses lunettes rondes. Elle portait un de mes vieux pyjamas, celui avec le bonhomme de neige brodé sur le devant. Je ne l'avais plus vu depuis des années. À dix-sept ans, Grace n'avait toujours pas de seins. Elle paraissait ne pas avoir d'âge, comme si la maladie avait figé son corps à un certain stade. C'était bizarre. Je me suis rappelé la sortie scolaire au musée de la Médecine, à laquelle j'avais participé des années auparavant. Notre prof de bio nous y avait montré un bébé qui avait été conservé dans un bocal par un chirurgien de l'époque victorienne. Comme ce bébé, Grace me semblait toujours à la fois ancienne et incroyablement jeune…

— J'ai cru que c'était ma mère !

Elle a tourné son fauteuil un peu sur la droite, puis un peu sur la gauche, ce qu'elle faisait quand elle était mal à l'aise. Je me suis approchée. Depuis que nous avions arrêté de passer du temps ensemble régulièrement, je ne savais plus comment la saluer. Si je me baissais pour l'embrasser, j'avais l'impression de faire un bisou à ma grand-mère. La serrer dans mes bras me faisait un drôle d'effet, et poser simplement la main sur son épaule semblait trop formel. J'ai donc fait comme d'habitude : je l'ai laissée décider. Les manches de mon vieux pyjama flottaient autour de ses bras maigres, qui étaient généralement couverts de petits bleus causés par les injections. Mon amie a levé une de ses petites mains délicates pour trouver la mienne. Au travers de son toucher, le temps de quelques secondes, j'ai senti tout ce qui nous unissait.

— Ta mère voulait que je te gronde de sa part si tu avais le nez collé à ton ordi…

Elle a levé les yeux au ciel.

— C'est encore une de ses théories. Ma mère croit que c'est mauvais pour mes maux de tête de regarder un écran, du coup je n'ai le droit d'aller que sur le forum de Rêves d'enfants. Elle dit que je devrais encourager d'autres jeunes qui ont des maladies graves, que c'est une façon de rendre quelque chose à l'asso, vu qu'ils nous ont tellement aidées…

Elle a haussé les épaules, comme si elle était déjà résignée à éviter les écrans. Après tout, elle avait l'habitude de se tenir déjà à distance de tout un tas de choses, qui allaient du crin de cheval à Internet.

— Oh ! ai-je répondu.

Je ne savais pas quoi dire d'autre. Je n'arrivais tout simplement pas à imaginer à quoi sa vie pouvait ressembler. Alors, j'ai décidé qu'il valait mieux changer de sujet.

— C'est qui ce GoodSam ? ai-je demandé sur le même ton que je prenais au lycée, quand avec mes copines on parlait des garçons qui nous faisaient craquer.

Elle évita mon regard, l'air très gêné. Je connaissais cette sensation, je savais ce que c'était de paniquer parce que des secrets que je ne voulais pas partager allaient être mis à nu.

— C'est juste un garçon, c'est tout. Un garçon avec qui je tchate sur le forum.

— Tu as un faible pour lui, hein ?

— N'en parle à personne, Cara, s'il te plaît ! Il est malade, comme moi, et j'essaye juste de l'aider, c'est tout.

Elle était rouge comme une pivoine et je me suis rendu compte avec horreur que ses yeux se remplissaient de larmes. J'ai aussitôt posé la main sur son épaule pour la rassurer, mais elle a sursauté et s'est dégagée.

— Grace, plein de mecs me plaisaient quand j'avais dix-sept ans… C'est normal, tu sais. Ne t'inquiète pas, je garderai ça pour moi.

— Tu me promets que tu ne diras rien à personne ? a-t-elle demandé, l'air soulagé.

— Oui, c'est promis, j'ai dit en me perchant au bord du lit. Tu es bien sûre que ce n'est pas un de ces tarés qui traînent sur Internet pour manipuler des filles ?

— Oh oui, j'en suis sûre. Il est adorable… Il voudrait me rencontrer, mais…

— Mais quoi ?

— Regarde-moi, Cara !

Elle a levé ses bras squelettiques pour me désigner ses jambes inertes comme si je ne les avais jamais vues de ma vie.

— Il ne sera jamais attiré par moi !

J'ai essayé, vraiment essayé de trouver quelque chose à lui répondre. Je voulais lui dire que c'étaient des conneries, toutes ces histoires d'apparence, et qu'elle était la fille la plus gentille et la plus mignonne que je connaissais… Je n'ai pas été assez rapide, car la voix de Meg a retenti à cet instant-là depuis l'autre bout du couloir.

— Grace ! Cara !

Mon amie est passée à côté de moi pour s'approcher de la porte.

— On arrive, maman !

Et on est allées les retrouver dans le salon. Grace a chanté « Joyeux anniversaire » plus fort que toutes les autres, puis a gardé le silence pendant qu'on dégustait le gâteau plein de glaçage au chocolat. Elle suivait les parts généreuses du regard quand on les portait à nos bouches. Meg en a mis une petite de côté pour elle, au cas où sa diarrhée passerait plus tard et qu'elle serait capable d'avaler un peu de dessert. J'avais terriblement envie de discuter de GoodSam avec elle, de lui dire que, si c'était un mec bien, il n'en aurait rien à faire du fauteuil roulant, de l'épilepsie et de tout le reste. Mais même si j'avais réussi à trouver les mots justes, nous n'avons plus eu l'occasion d'être seules par la suite, donc elle ne l'a jamais su.

Jon garde le silence pendant le reste du trajet. Je lui en suis reconnaissante, ça me laisse le temps de sortir mon portable pour faire un tour sur le site de Rêves d'enfants. Une photo de Meg et Grace s'affiche à l'écran. La même que celle accrochée par ma mère dans la vitrine du salon de beauté. Quand je clique sur l'icône du forum, la voiture ralentit.

— Nous y sommes, m'annonce mon chauffeur.

Un large panneau au bord de la route indique que nous arrivons à la maison de retraite Resthaven. Un bâtiment trapu aux murs gris se dresse devant nous. Le parking est quasi vide, les visiteurs ne doivent pas être très nombreux. Après s'être garé, Jon se tourne vers moi.

— Tu sais quoi, Cara ? On va se tutoyer si tu veux bien. Si ça ne te dérange pas, je vais te laisser y aller seule. Mon père a vécu dans ce genre d'endroit pendant un temps et je ne suis pas super fan.

— OK.

Ça me va. De toute façon, tout ce à quoi je pense maintenant, c'est à rentrer chez moi pour retrouver mon ordi et tenter de découvrir qui est GoodSam. J'ai soudain l'impression de ne plus avoir de temps pour la longue conversation intime que j'attendais avec le grand-père de Grace…

La porte s'ouvre avant même que j'appuie sur la sonnette, et je suis accueillie par une infirmière très mince qui doit avoir la soixantaine.

— Bonjour, que puis-je faire pour vous ?

— Je voudrais voir M. Nichols, s'il vous plaît.

— Charlie, vous voulez dire ?

— Oui, Charlie Nichols. Je suis, ou plutôt j'étais une amie de sa fille, et de sa petite-fille. Je passais par ici et j'ai eu envie de venir lui dire bonjour.

Mon interlocutrice porte la main à sa bouche.

— Vous connaissiez cette pauvre femme ? Nous l'avons tous vue aux infos… C'est horrible, vraiment horrible…

Elle s'arrête pour me dévisager, l'air intrigué.

— Vous ne seriez pas la voisine d'à côté, par hasard ? La fille qui l'a trouvée ?

Je détourne le regard et j'acquiesce d'un signe de tête. En deux secondes, je me retrouve à signer le registre des visites pendant qu'elle me tapote le dos comme pour me consoler. Elle m'entraîne ensuite dans un long couloir.

— Charlie n'est pas au courant de ce qui est arrivé, bien entendu. Pour tout vous dire, il ne sort plus beaucoup de sa chambre… Il n'est pas très sociable. Bonjour, Cynthia, dit-elle au passage à une dame édentée.

Les personnes âgées que nous croisons m'examinent, bouche bée. Un peu comme le font les enfants quand ils oublient que ce n'est pas poli de dévisager les gens.

— Il n'est pas méchant mais, à cause de sa maladie, il lui arrive d'être très confus. S'il commence à chahuter, vous appuyez sur le bouton pour nous appeler et vous sortez, d'accord ?

L'infirmière s'arrête devant une porte beige, identique à toutes les autres.

— De toute façon, je viendrai voir si tout va bien dans quelques minutes.

Elle toque une fois, puis ouvre lentement la porte sans avoir attendu la réponse.

— Charlie, vous avez une visite !

La pièce est petite ; elle me fait penser à une boîte. Elle ressemble plus à une chambre d'hôpital qu'à une chambre à coucher. Les murs sont nus, comme s'il venait d'emménager. Tout, des draps au mobilier, rappelle l'équipement hospitalier typique.

Le grand-père de Grace est assis dans un fauteuil face à la fenêtre, mais il ne peut pas être en train de contempler le paysage, vu que son menton est baissé sur sa poitrine. Ses cheveux forment un nuage blanc autour de son visage dont la peau est ridée et parcheminée. Il ouvre un peu les paupières, puis bouge sa mâchoire comme s'il se préparait à s'exprimer après avoir gardé longtemps le silence. Il a l'air renfrogné. Tout à coup, je ne sais plus du tout pourquoi je suis là.

— Qui est-ce ?

Sa voix faible me confirme qu'il ne doit pas souvent parler.

— Venez ici, que je puisse vous voir, puisque vous semblez avoir perdu l'usage de la parole !

J'ai l'impression d'avancer vers un vieux chien qui pourrait me mordre sur un coup de tête. Quand ses yeux humides glissent sur moi, je tente d'esquisser un sourire, puis je me force à prendre un ton chaleureux.

— Je m'appelle Cara.

— Vous êtes de ma famille ?

— Non. Je suis là parce que je connais… parce que je suis la voisine de votre fille, Megan. Et de Grace.

Le coin gauche de sa bouche se relève involontairement et il remue de nouveau la mâchoire.

— Je n'ai pas de fille, répond-il sèchement.

Sa voix s'est éclaircie, maintenant. Je n'ai pas envie de le détromper parce que j'ai peur de le fâcher. Peut-être que l'infirmière m'a montré la mauvaise chambre ? Non, cet homme est bien celui de la photo. C'est bien lui, Charlie.

— Vous m'entendez ? J'ai dit que je n'ai pas de fille. Et je ne connais pas de Grace.

Il semble agacé. Je tire la deuxième enveloppe de mon sac pour en sortir le portrait de famille.

— Regardez, c'est elle, Megan. C'est votre fille.

Je me rapproche de lui pour qu'il la voie bien. Sa chair tremble quand il tend la main. Le coin de la photo se tord alors qu'il contemple ce cliché de lui plus jeune. Il fronce encore plus les sourcils. Comme il ne dit pas un mot, je pointe de nouveau Meg du doigt.

— C'est Megan, votre fille. Et ça, c'est Grace, la fille de Megan, votre petite-fille.

Elles sont toutes les deux rayonnantes sur cette photo. Il semble impossible que ces deux visages souriants aient un lien de parenté avec cet homme qui, même s'il est petit et qu'il a la tremblote, a l'air d'avoir un cœur dur comme la pierre. Il tressaille, puis désigne le portrait d'un doigt noueux qui frémit comme s'il jetait un sort.

— Ce n'est pas Grace, déclare-t-il d'un ton définitif.

Il siffle ensuite un mot que je ne comprends pas. On dirait un nom mais, avant que je ne puisse lui demander de bien vouloir répéter, il se penche brusquement. De la salive s'amoncelle aux coins de ses lèvres et il lève son regard voilé vers moi.

— Elle est malade ! Vous ne comprenez pas ? Elle n'aurait jamais dû naître ! Elle est malade !

Sa bouche se tord quand il prononce ces paroles monstrueuses. Je lui cache aussitôt le cliché. Je ne veux plus qu'il les voie. J'ai envie de le secouer et de le frapper pour avoir dit de telles horreurs sur Grace, mais tout son corps s'agite déjà alors qu'il continue à hurler et cracher sa haine. Affligée, je ne peux pas supporter de rester une seconde de plus près de cet homme plein d'amertume, donc je tourne les talons pour me précipiter hors de la pièce. Je croise l'infirmière qui se dirigeait déjà vers sa chambre, probablement alertée par les cris. Elle a l'air sombre et résignée.

— Que s'est-il passé ? me demande-t-elle au passage.

Mais je ne m'arrête pas. J'en suis incapable parce que je l'entends encore. Ses mots me poursuivent tout au long du couloir, alors que les larmes me montent aux yeux.

— Elle est malade ! Elle n'aurait jamais dû naître !

Quand je rejoins la voiture en courant, j'y trouve Jon plongé dans ses pensées, le regard dans le vague. Je suis trop bouleversée pour me soucier de ce qu'il va penser en me voyant pleurer comme ça devant lui. Il se montre très compréhensif et me tend des mouchoirs.

— Mon père avait la maladie d'Alzheimer, me confie-t-il. Vers la fin, j'ai fait tout ce que j'ai pu pour empêcher ma mère de lui rendre visite. Elle rentrait toujours en larmes parce qu'il l'avait appelée en se trompant de prénom ou parce qu'il avait eu des paroles blessantes. Mais tu sais, c'est la maladie qui est cruelle, pas Charlie lui-même. Il ne faut pas prendre ce qu'il dit au sérieux.

Et je sais qu'il a raison. Encore secouée de sanglots, je lui adresse un petit sourire et je le remercie. Nous gardons le silence durant le trajet du retour, et je suis plus que soulagée de laisser Charlie et ses délires malveillants derrière nous.

La maison est vide. Ma mère doit encore être au travail. Une fois dans ma chambre, je lisse la carte froissée autant que possible, puis je la pose avec la photo contre le verre d'eau sur ma table de chevet. J'étais stupide de penser que le Dr Rossi et Charlie seraient heureux de les avoir. Jon doit vraiment me voir comme une gamine naïve. J'ai quand même pleuré toutes les larmes de mon corps devant lui parce que mon petit projet avait échoué… Pour être honnête, je suis surprise qu'il ne se soit pas moqué de moi ouvertement.

Assise sur mon lit, j'attrape mon ordinateur portable pour retourner jeter un œil à ce forum. Je suis curieuse d'en apprendre plus sur GoodSam. Était-il simplement l'un des jeunes que Grace encourageait en ligne, ou leur relation allait-elle plus loin ?

Pour pouvoir accéder au forum, il faut que je crée un profil. Je choisis de m'appeler « StillSearching », c'est exactement le genre de pseudo que j'aurais apprécié quand j'étais une ado torturée en quête de sens. Pour trouver GoodSam, il va falloir que je me comporte le plus possible comme Grace, en espérant que le site me fera les mêmes suggestions d'amis. StillSearching est une fille handicapée de dix-sept ans qui vit en Cornouailles et dont les intérêts incluent la peinture, le cinéma et aller à la plage. Elle s'est inscrite sur ce forum pour se faire de nouveaux amis qui comprendront ce qu'elle vit. Comme avatar, j'utilise une photo trouvée sur le Net, d'une fille jolie, mais qui ne sort pas trop du lot non plus.

*Salut, StillSearching ! Bienvenue sur le forum de Rêves d'enfants à destination des ados !*

*SE FAIRE DES AMIS – CRÉER – PARTAGER !*

Je clique sur « se faire des amis » et je tape « GoodSam » dans la barre de recherche. Un seul résultat. Je reconnais immédiatement le dessin du garçon souriant aux cheveux mi-longs qui apparaît sur la page aux couleurs vives. GoodSam est toujours inscrit ! Son profil est privé, donc il doit d'abord m'accepter comme amie avant que je ne puisse en apprendre plus sur lui. Tout ce que je peux voir pour l'instant, c'est sa dernière date de connexion. J'ai soudain la bouche sèche et mon cœur se met à battre la chamade. La dernière date indiquée est le 2 juin, c'est-à-dire le jour du meurtre de Meg et du kidnapping de Grace ! Il pourrait tout à fait s'agir d'un hasard, bien sûr, ou peut-être qu'il était justement trop bouleversé par la nouvelle pour retourner sur le forum… Et si ce n'était pas une coïncidence ? Grace n'a jamais eu de petit ami et n'a jamais vraiment eu de modèle masculin dans sa vie… Et si ce GoodSam s'en servait pour la manipuler ? Et si c'était lui qui l'avait enlevée ? À cette pensée, je cherche rapidement mon téléphone et fais défiler mes contacts jusqu'au numéro d'Upton. Je tombe directement sur le répondeur.

— Bonjour, inspectrice Upton. C'est Cara Dorman. Pouvez-vous me rappeler quand vous aurez ce message ? Merci.

Après avoir raccroché, j'entends la clé dans la porte d'entrée, puis la voix de ma mère qui m'appelle.

— Cara ?

Je vais l'accueillir dans l'entrée. Elle est trempée. Ses cheveux ont beau être couverts de laque, ils pendent lamentablement autour de son visage. Ma mère déteste quand sa chevelure n'est pas parfaitement coiffée, mais elle n'en aura plus rien à faire une fois que je lui aurai parlé de GoodSam. Je me précipite vers elle.

— Maman, tu te souviens que Grace tchatait avec d'autres jeunes handicapés sur le forum de Rêves d'enfants ?

Elle lève lentement la tête pour me regarder. Les cercles sombres sous ses yeux m'indiquent qu'elle a de nouveau pleuré. Elle a l'air exténuée.

— Laisse-moi juste enlever mes chaussures, Cara, murmure-t-elle.

Elle s'appuie sur moi pour garder l'équilibre pendant qu'elle retire ses talons hauts, puis elle trottine jusqu'au salon, où elle allume la télé. Les actualités passent désormais en continu dans notre maison.

« En plus de redoubler d'efforts en ce qui concerne les battues, la police visionne des centaines d'heures de vidéos capturées par les caméras de surveillance dans l'espoir de retrouver Grace Nichols. Si vous détenez des informations sur l'endroit où se trouve Simon Davis, vous êtes prié de contacter… »

Ma mère coupe le son.

— Tu as eu mon SMS ? Tu nous as rapporté quelque chose pour le dîner ?

Effectivement, je m'en souviens maintenant : elle m'a envoyé un texto quand j'étais dans la voiture avec Jon, mais j'étais trop occupée à tenter de me rappeler tout ce que Grace m'avait dit de GoodSam à ce moment-là…

— Tu as oublié, c'est ça ?

Elle me fait les gros yeux et ses épaules s'affaissent encore un peu plus. Elle pose ses mains sur ses tempes avant de poursuivre :

— Je n'ai rien mangé depuis le petit déjeuner. Je suis tellement affamée que je n'arrive plus à réfléchir.

Elle passe devant moi en tirant son téléphone de sa poche pour le coller à son oreille.

— Bonsoir. Oui, j'aimerais une grande pizza jambon et champignons, s'il vous plaît.

Elle se retourne pour me consulter du regard et je secoue la tête : je n'ai aucune envie de manger une pizza. Je n'arriverai pas à penser à la bouffe avant d'avoir parlé avec quelqu'un de ce que je viens de découvrir. Pourtant, maintenant que ma mère est devant moi, j'ai de moins en moins envie de me confier à elle. Je n'ai pas l'impression que ce soit une bonne idée. Nous n'avons jamais été proches comme elle l'aurait aimé… Elle aurait voulu que nous soyons les meilleures amies du monde, le genre d'amies qui partagent tous leurs secrets, mais nous ne sommes pas Meg et Grace… Elle pense que c'est parce que je ressemble trop à mon père, qui est quelqu'un de très indépendant, une sorte de loup solitaire.

Et puis, je vois bien qu'elle est épuisée. Elle a déjà suffisamment de soucis comme ça ; elle n'a pas besoin que je lui en rajoute. En plus, GoodSam n'a peut-être rien à voir avec le crime et l'enlèvement. Je ne voudrais pas alarmer ma mère pour rien. Avec un soupçon de culpabilité, je me rends compte que je préférerais en discuter avec Jon… Après tout, il est journaliste, donc il sera capable de considérer la situation de manière rationnelle et d'évaluer si c'est une piste à suivre ou non. De retour dans ma chambre, je m'empare des photocopies du journal intime que j'avais dissimulées sous mon lit et les range dans une grande enveloppe en kraft. Après l'avoir glissée dans mon sac à dos, je descends le couloir au pas de course.

— Je vais faire un petit tour, maman ! Je n'en ai pas pour longtemps.

— Tu vas où ?

Je fais comme si je ne l'avais pas entendue et referme vite la porte derrière moi.

Les galets crissent sous les pas de Jon alors qu'il marche vers moi sur la plage d'Angel's Bay. Je me suis assise près de l'endroit où Grace et moi avions l'habitude de faire voler nos cerfs-volants. Il ne pleut plus, mais les averses ont adouci les couleurs vives de l'été et le ciel du début de soirée est comme une vaste aquarelle au-dessus de nos têtes.

Quand je l'ai appelé, Jon ne m'a pas semblé très surpris. Je lui ai simplement dit qu'il fallait que je lui parle. Il n'a même pas voulu savoir de quoi je voulais discuter, il s'est contenté de demander : « Où est-ce que je te retrouve ? »

Je me sens moins tendue depuis que je sais qu'il est en route. J'ai vraiment besoin de quelqu'un qui a plus d'expérience que moi pour décider de la stratégie à adopter avec GoodSam.

— Tout va bien, Cara ?

Le journaliste m'observe attentivement avant de prendre place sur les cailloux encore mouillés à côté de moi. Je n'en peux plus d'attendre. Je souffle un grand coup, puis je me lance et je lui raconte tout. Il écoute mon récit sans m'interrompre. Il lève de temps en temps un sourcil sous le coup de la surprise, c'est tout. J'aime bien qu'on m'écoute, qu'on m'écoute vraiment, et je m'aperçois que je n'arrive plus à m'arrêter de parler. Je lui fais aussi part de mes interrogations :

— Est-ce que GoodSam aurait pu aider Simon à trouver Grace ? Ou, encore pire, peut-être que c'est Simon qui se cache derrière ce pseudo. Je ne sais pas quoi penser. Et il y a aussi ça…

Je m'empare de mon sac et Jon se trémousse, mal à l'aise sur les galets froids et inconfortables, mais il ne se plaint pas. Il patiente pendant que je sors l'enveloppe brune pour la lui tendre, avant d'en tirer lentement le paquet de feuilles. Il prend une profonde inspiration, puis tressaille quand il lit le nom de Grace suivi du mot « privé » sur la couverture. Il fait glisser ses doigts sur la page sans la quitter des yeux, comme s'il craignait qu'elle ne disparaisse si jamais il détournait le regard.

— Où as-tu…

— Le journal était chez elle ce matin-là. Il était tombé de son fauteuil roulant. Je l'ai photocopié avant de donner l'original à Upton.

Jon secoue lentement la tête et son visage s'éclaire d'un grand sourire.

— Bon sang, Cara, c'est une idée de génie !

L'excitation rend sa voix plus aiguë. Un petit rire m'échappe. Je crois que de toute ma vie on ne m'a jamais dit que j'étais intelligente, et personne n'a certainement jamais trouvé que j'avais des idées de génie.

— Sérieusement, ramasser le journal puis en faire une copie, c'est…

La sonnerie de mon portable le coupe. Le nom d'Upton s'affiche sur l'écran. Je le montre à Jon et il grimace.

— Tu sais pourquoi elle te téléphone ?

— Je lui ai laissé un message tout à l'heure. J'allais lui parler de GoodSam, avant de t'appeler, toi.

Le temps d'une seconde, l'expression de mon interlocuteur s'assombrit.

— Ne réponds pas. Il faut d'abord qu'on réfléchisse à tout ça.

J'aime l'entendre parler de nous comme d'une équipe, bien plus que l'idée de donner ces infos à l'inspectrice, qui ne m'inspire pas vraiment confiance. J'opine et je mets mon smartphone sur silencieux avant de le ranger dans ma poche. Je la rappellerai tout à l'heure. Jon examine à nouveau le journal. Les feuilles tremblent dans ses mains tellement il est impatient. Il passe à la première page. C'est vraiment bizarre de voir sa grande main à côté des petits cœurs gribouillés par Grace dans les marges. Il s'autorise à lire les quelques premières lignes, puis se force à arrêter et se lève en faisant bien attention à ne pas plier les photocopies.

— Bon, je crois qu'il faut bien réfléchir à la stratégie qui a le plus de chance de nous conduire jusqu'à Grace. Upton pourrait très bien être déjà au courant, pour GoodSam... Ce dont on est sûrs, c'est que GoodSam ne sait pas du tout qui tu es, ou plutôt qui est StillSearching. C'est un gros avantage qui pourrait nous permettre de secourir Grace. Tu as bien géré, Cara. Vraiment.

Il baisse les yeux vers moi et me sourit. Je regarde alors mes jambes pour qu'il ne voie pas que j'ai à la fois envie de rire et de pleurer. Je sais bien qu'il est un peu condescendant avec moi, mais je m'en fiche. Je suis en train de contribuer à l'enquête pour retrouver mon amie disparue, c'est tout ce qui compte. Jon continue sa tirade et je ne l'interromps pas, parce que j'ai envie d'en entendre plus. Je veux croire tout ce qu'il dit de moi. Je veux croire que je suis la fille intelligente et perspicace qu'il voit en moi, que je ne suis pas destinée à vivre la même existence que Molly, ma mère et tous les autres habitants de Summervale.

— C'était vraiment une bonne idée de créer ce profil. Une très bonne idée. Mais si nous en parlons aux flics, ils iront tout de suite trouver GoodSam sur le forum, et tu sais ce qu'ils feront ? D'abord, ils supprimeront ton compte et ne te laisseront plus y aller, puis dix policiers essayeront tout à coup de tchater avec GoodSam. Ça lui fichera la trouille et il disparaîtra de la circulation. Je te le garantis !

— Mais...

— Cara, j'ai déjà vu ça, poursuit-il sans me quitter des yeux. Fais-moi confiance. Tu te souviens d'Adam Rufton, ce petit garçon qui a disparu à Southampton ? La famille poursuit la police en justice pour négligence, et je n'aime pas le reconnaître, mais elle n'a pas tort. Si les flics n'avaient pas eu la main aussi lourde, Adam ne serait peut-être pas mort. Le type qui l'avait kidnappé, Todd Maher, n'était pas bien dans sa tête, et ils le savaient très bien. Tous les médecins de Todd, toutes ses connaissances, tous les experts ont dit à la police qu'il fallait prendre des pincettes avec ce type, lui parler et le rassurer. Ils ont fait savoir aux inspecteurs que c'était quand Todd se sentait vulnérable et menacé qu'il y avait le plus de risques qu'il pète les plombs et devienne violent. Mais quand ils ont trouvé la vieille ferme où Adam et son kidnappeur se trouvaient, qu'est-ce qu'ils ont fait ? Ils ont lancé un raid, ont enfoncé la porte et ont débarqué avec des flingues. Ils ont foutu la trouille de sa vie à Todd. C'est pour ça qu'il a tué Adam, puis qu'il s'est suicidé, et c'est exactement pour cette raison que je pense qu'il vaut mieux que ce soit nous qui prenions contact avec GoodSam pour découvrir son identité et ce qu'il y avait entre lui et Grace, s'il y avait quelque chose. Ensuite seulement, nous partagerons nos découvertes avec les flics.

Même si je n'ai jamais eu de raison de douter de la police, je m'aperçois que je suis d'accord avec lui.

— OK, on fait ça. Du coup, qu'est-ce que je raconte à Upton ?

Jon regarde la mer comme si les vagues allaient lui souffler la réponse.

— Tu pourrais dire que tu appelais pour avoir les dernières nouvelles, que tu voulais savoir s'ils en avaient appris plus depuis votre dernière conversation. Tout simplement.

Mon incertitude doit s'afficher sur mes traits parce qu'il reprend :

— Souviens-toi que nous ne savons pas qui est GoodSam. Il pourrait très bien ne rien avoir à faire avec le kidnapping de Grace. Il vaut mieux ne pas faire perdre son temps à Upton avant d'en savoir plus. Qu'est-ce que Grace a écrit sur lui dans son journal intime ?

Il feuillette soigneusement quelques pages avant de me regarder. Je suis gênée. Je l'ai lu plusieurs fois déjà mais je n'ai rien remarqué : Grace n'y parle pas du tout de GoodSam.

— Comment ça, il n'y a pas un mot à son sujet ?

Jon fait défiler toutes les photocopies dans ses mains. Je secoue la tête. Il fixe alors l'horizon pendant un moment. Après s'être gratté le menton, il se tourne vers moi.

— C'est surprenant. Vous parliez beaucoup de garçons, toutes les deux ?

— Non…

Les histoires de cœur, c'était plutôt un sujet de conversation avec Meg. Je n'ai jamais vraiment pensé que nous pourrions discuter de nos vies amoureuses, Grace et moi. Après tout, elle n'a jamais embrassé personne. En tout cas… c'est ce que j'ai toujours cru. Je m'aperçois tout à coup que j'ai envie d'impressionner Jon. Je veux absolument lui donner quelque chose.

— Mais elle parle quand même de quelqu'un qui appelle leur ligne fixe. Regarde.

Je lui prends le paquet de feuilles des mains pour chercher le passage concerné.

— Là. Elle dit que Meg était vraiment en colère contre la personne qui n'arrêtait pas de leur téléphoner. La fois où nous étions chez elles pour l'anniversaire de ma mère, je me souviens que le téléphone a sonné et que Meg est allée décrocher dans la cuisine. J'ai trouvé ça étrange. Comme les invitées parlaient fort, je n'ai pas entendu ce que Meg a dit, mais elle a raccroché rapidement. Et quand elle est revenue dans le salon, ses joues étaient toutes rouges, comme si elle était embarrassée, ou furieuse, je ne sais pas. Je me souviens que Grace l'a regardée en souriant et que Meg ne lui a pas adressé de sourire en retour. C'était bizarre comme réaction, parce que tout le monde souriait toujours à Grace. Peut-être que le coup de fil était de GoodSam et que Grace le savait ? Ça expliquerait pourquoi elle et sa mère n'étaient pas sur la même longueur d'onde, non ? Il essayait peut-être de prendre contact avec elle…

Jon lève les sourcils d'un air étonné.

— C'était peut-être lui, mais ça aurait aussi pu être son père, dit-il d'un ton hésitant. Megan n'aurait pas été heureuse de recevoir des appels de son ex…

Il se rassied à côté de moi et aucun de nous deux ne parle pendant quelques minutes.

— Et maintenant, qu'est-ce qu'on fait ? je finis par demander.

— Eh bien, j'aimerais emporter le journal chez moi et le garder quelque temps pour pouvoir le lire attentivement. Si tu es d'accord.

L'idée d'en être séparée me déplaît. C'est tout ce qu'il me reste d'elle et je déteste savoir que quelqu'un d'autre peut lire ses secrets… Mais bon, Jon verra peut-être quelque chose qui m'a échappé. Sauver Grace passe avant le respect de sa vie privée.

— C'est d'accord. Et pour GoodSam, on fait quoi ?

— Continue à regarder ce qu'il se passe sur le forum, s'il se reconnecte. Et si jamais il le fait, appelle-moi tout de suite, OK ?

J'acquiesce d'un signe de tête et je remarque qu'il est impatient de partir. Il a hâte de lire le journal intime. Je ne peux pas lui en vouloir : quand j'ai ouvert le carnet de Grace la première fois, ma curiosité était à son comble.

— Je te passerai un coup de fil, d'accord ?

Jon déclenche une petite avalanche de galets en se levant. Je hoche de nouveau la tête et, après avoir coincé soigneusement l'enveloppe sous son bras, il me fait un signe de la main avant de s'éloigner d'un bon pas. Je garde un œil sur la copie du journal jusqu'à ce qu'il sorte de mon champ de vision.

30 novembre 2018

Cher journal,

Aujourd'hui, j'ai passé une très mauvaise journée. Quand maman est venue me chercher, une heure après ma première seringue de nourriture et de médicaments, je l'entendais, mais c'est tout. Je ne pouvais pas la voir, tout simplement parce que mes yeux ne s'ouvraient pas.

— Réveille-toi, belle endormie, a-t-elle dit en repoussant ma couette.

Derrière mes paupières, tout est devenu un peu plus brillant. Je l'ai entendue prendre une grande inspiration.

— OK, Gracie, ma chérie, tout va bien.

J'ai reconnu le bruit du téléphone quand elle a composé le numéro pour appeler l'ambulance. Ensuite, j'ai senti l'écume qui sortait de ma bouche, puis mon esprit s'est comme détaché de mon corps et j'ai eu l'impression de monter vers le plafond comme un ballon de baudruche.

J'avais envie de crier : « Pas ça ! Pas aujourd'hui ! », mais ma langue était engourdie et je n'y arrivais pas.

C'était le grand jour, aujourd'hui. J'allais rencontrer les autres jeunes qui partaient à Hawaï. J'allais passer toute la journée avec eux et peut-être me faire de nouveaux amis. Maman et moi avions tout prévu : j'allais porter mon nouveau jean et un pull qui avait appartenu à Cara, celui avec le drapeau américain brodé sur la poitrine. Aujourd'hui, j'allais être marrante, amicale, gentille... Bref, une ado normale. Sauf qu'à la place je me suis retrouvée encore une fois dans une salle d'hôpital, entourée de deux vieilles dames qui me regardaient d'un air désapprobateur, car il n'y avait plus de place pour moi au service pédiatrique. Tous mes muscles me faisaient souffrir à cause de la crise d'épilepsie et une de mes molaires s'était fissurée parce que j'avais trop serré les dents. Et encore une fois, un nouveau médecin s'est gratté la tête et a suggéré de faire plus d'analyses, comme si j'étais une grille de mots croisés qu'il ne comprenait pas.

Au début, les docteurs pensaient que l'épilepsie était une conséquence de la méningite bactérienne que j'avais eue quand j'étais petite. Maintenant, ils estiment, compte tenu de mon arythmie cardiaque, que quelque chose d'autre se passe au niveau de mon cœur. Je n'ai pas reconnu ce médecin, mais maman si. Elle se souvient toujours d'eux. Elle trouve que ça aide, de créer des liens avec le personnel médical. J'ai fait semblant d'être endormie parce que j'avais peur de fondre en larmes si je tentais de parler, et ça aurait fait pleurer maman, ce qui est pire que tout. De toute façon, elle est plus douée pour le bavardage que moi.

— Ça va, Megan ?

Le docteur parlait à voix basse et elle avait un accent très snob.

— Oh, ne vous inquiétez pas pour moi, c'est seulement que je suis terriblement déçue pour Gracie. Elle devait partir à Hawaï avec Rêves d'enfants la semaine prochaine. Elle n'est jamais allée à l'étranger, ni nulle part d'ailleurs. Elle ne parlait que de ça. Je suis triste pour elle, c'est tout.

— Je suis vraiment désolée, Megan, vraiment. Il se pourrait bien que son cœur soit la source de ces nouvelles crises. Tant que nous n'en sommes pas certains, nous ne pouvons pas prendre le risque de la laisser partir en voyage. Le vol pour Hawaï est très long.

— C'est ce que je craignais...

Maman renifle. Elle a beau faire tout ce qu'elle peut pour ne pas pleurer devant le personnel médical, parfois elle n'arrive pas à s'en empêcher.

— Elle sera anéantie, mais vous avez raison. Ça ne vaut pas le coup de prendre des risques. Je vais tout de suite passer un coup de fil à l'association pour régler cette histoire.

— Peut-être qu'ils pourraient la mettre sur la liste pour le voyage de l'an prochain ?

À travers mes cils, j'ai vu maman secouer la tête. J'en ai eu le ventre noué. Évidemment qu'ils n'allaient pas changer les règles uniquement pour moi. J'aurai dix-huit ans l'année prochaine, et cette année, c'était ma dernière chance ; malheureusement, mon corps débile avait encore une fois tout gâché. Quand on m'a laissée seule quelques minutes, j'ai serré le poing sous les draps et frappé ma poitrine pour montrer à mon fichu cœur comment il devrait battre : lentement et régulièrement, comme tous les autres cœurs. Sauf qu'avec ce mouvement, j'ai tiré sur le cathéter de la perfusion dans ma main. La douleur m'a coupé le souffle, j'ai grimacé. Puis je me suis autorisée un instant à penser aux dauphins, à imaginer ce que j'éprouverais si j'étais entourée de nouveaux amis, sous le soleil, avant de refermer cette porte pour de bon. Je ne laisserai plus jamais ces rêveries pénétrer dans mes pensées. Maman n'aime pas qu'on s'apitoie sur son sort, elle dit toujours qu'il faut se concentrer sur le positif. En réalité, beaucoup de gens ont une vie bien plus dure que la mienne. Même si je ne peux pas bouger mes jambes, que mes crises sont douloureuses et que je viens de vivre une grosse déception, j'ai plus d'amour dans ma vie que la plupart des gens. Grâce à ma mère.

— Ils vont venir te donner quelque chose pour t'aider à dormir, ma chérie.

Maman a rapproché le fauteuil près de mon lit en prenant bien soin de ne pas tirer sur les petits tuyaux qui sortaient de moi. J'ai remarqué qu'elle avait gratté son vernis à ongles. Elle fait souvent ça quand elle est nerveuse.

— Ma souris, je viens d'avoir une conversation avec Maggie.

Je n'ai pas bougé. J'ai serré fort la mâchoire pour que la douleur m'empêche de distinguer clairement ses paroles, mais maman a vu clair dans mon jeu et elle a pris ma main dans la sienne avant de me dire de bien l'écouter. Je lui ai obéi.

— Maggie a parlé de toi avec David, le directeur de l'association, et ils ont eu une idée. Un journaliste qui s'appelle Jon quelque chose aimerait écrire un article à ton sujet. Il est très connu, à ce qu'ils m'ont dit. Je ne sais pas exactement de quoi il s'agit, mais s'il a contacté Rêves d'enfants, c'est qu'il doit vouloir écrire sur le courage des jeunes comme toi, qui ont de belles vies malgré les choses difficiles qui leur arrivent. David pense que ce Jon serait très heureux de t'interviewer. C'est super, ma chérie, tu ne trouves pas ? Et il y aura aussi un photographe !

Je n'ai rien répondu. Maman m'a regardée avec une expression pleine d'espoir. Elle essayait de me remonter le moral, comme elle le fait toujours.

— Pense à tous les gens que tu pourrais aider, ma souris, tellement plus de gens que si tu étais partie en voyage ! Tu serais une source d'inspiration pour des centaines, voire des milliers de jeunes et leurs parents. Imagine un peu, un gamin qui vient d'apprendre qu'il souffre de dystrophie musculaire ou d'épilepsie pourrait lire cet article et il serait tout de suite rassuré et encouragé ! Ce serait génial, tu ne trouves pas ?

Je devrais essayer d'être plus comme maman et de penser aux autres avant de penser à moi. Quand même, j'aurais cent fois préféré aller à Hawaï ! Voilà encore un autre secret : je ne suis pas aussi altruiste que maman.

À ce moment-là, une infirmière est venue nous voir. Nous ne l'avions encore jamais vue, mais à l'hôpital tout le monde sait qui nous sommes.

— Bonjour, Grace. Je m'appelle Faye. Je vais garder un œil sur toi cette nuit. Enchantée de vous rencontrer, madame Nichols.

Elle a adressé un sourire à maman qui lui a tout de suite demandé de l'appeler par son prénom, comme elle le fait toujours.

J'étais incapable de me tourner toute seule, donc j'ai patienté en gardant le sourire pendant qu'elles discutaient de ce dont j'aurais besoin au cours de la nuit, de l'heure à laquelle le médecin passerait le lendemain matin et de l'endroit où dormirait maman. Elle a passé tellement de nuits à l'hôpital qu'elle appelle parfois en rigolant le fauteuil pour les visiteurs sa « résidence secondaire ». La pauvre.

Affectueusement,
Grace

# 8

## Jon

Je repousse les couvertures avant de me tourner sur le côté. Changer de position m'aidera peut-être à m'endormir. Malheureusement, non : mes pensées s'obstinent à partir dans tous les sens. La lecture du journal intime était plus pénible que je ne m'y attendais. Ses pages témoignent de la grande gentillesse de Grace, et leur lien mère-fille était hors du commun. Pourquoi n'ai-je pas écrit un article qui célébrait leur relation au lieu de remettre en question la façon dont Meg avait traité Simon ? Je comprends, à présent, pourquoi ce que j'ai écrit a provoqué une telle colère.

Trois jours se sont déjà écoulés depuis la disparition de la jeune fille, trois jours sans qu'on lui administre son traitement. Chaque fois que je ferme les yeux, je vois un petit corps frêle sous les draps blancs d'un lit d'hôpital. Le visage de l'enfant alterne entre celui de Grace et celui de Jakey. Je me redresse pour boire un grand verre d'eau. De l'air frais, voilà ce qu'il me faut. J'ai besoin de me rappeler que la vie existe en dehors de mon petit deux-pièces, en dehors de ma tête. La fenêtre de ma chambre donne sur la rue principale, la brise n'y souffle pas. Celle du salon est plus large et, de ce côté-là, une série de champs de blé s'étend jusqu'à la mer. Je traverse donc la pièce à pas feutrés pour ouvrir en grand. Mes poumons se gonflent d'air.

*Ressaisis-toi, Jon, merde.*

J'inspire une autre grande bouffée d'air quand un cri fantomatique me parvient dans la nuit tiède. Il se répète comme une supplication. Le visage de Meg me vient à l'esprit, puis celui de Grace. L'appel retentit de nouveau dans la nuit, plus clairement cette fois. C'est comme si l'esprit de Meg implorait sa fille de rentrer chez elle.

*Merde, je perds la boule ou quoi ?*

Les cris se font de plus en plus forts. J'aperçois au loin des petites lumières qui me font penser à des lucioles. Je comprends alors que ces voix qui résonnent dans l'obscurité sont tout simplement celles d'un groupe de personnes affublées de gilets de sécurité et équipées de lampes torches. Des volontaires qui sont certainement en train de parcourir tous les champs qui vont de la ville à la plage.

— Grace ! Grace !

Sans réfléchir, je ramasse mon jean sur le sol de ma chambre puis j'enfile un tee-shirt. Tandis que je glisse mes pieds dans mes Converse, j'en profite pour jeter un coup d'œil dans le miroir de l'entrée. J'ai vraiment beaucoup changé depuis Noël : ma barbe a poussé, mes nouvelles lunettes ont une grosse monture et j'ai repris quelques kilos quand Jakey a recommencé à aller à l'école. Même si je croise Susan et ses comparses, là-dehors, il y a peu de risques qu'ils me reconnaissent, surtout dans l'obscurité. Je mets quand même une casquette de base-ball bleue sur ma tête, au cas où, avant de sortir.

La lune éclaire le chemin des volontaires qui cherchent la jeune fille disparue, comme si elle aussi souhaitait que Grace soit secourue. J'ai lu quelques articles dans les quotidiens nationaux qui prétendent que les battues organisées par des civils peuvent être un frein pour les enquêtes officielles. D'après eux, les recherches organisées autour d'Ashford ont beau partir d'un bon sentiment, elles ne sont pas menées de façon sérieuse : les bénévoles balayent la campagne, les mines abandonnées et les anciennes fermes au hasard, mais des indices pourraient leur échapper. Étant donné que ni la police ni les civils n'ont trouvé quoi que ce soit pour l'instant, je considère qu'il est trop tôt pour tirer une conclusion à ce sujet. En tout cas, je constate que, contrairement à ce que les journaux laissent entendre, la battue a l'air bien organisée. Les participants marchent au même rythme et ils restent relativement bien alignés. Tandis que la plupart sont munis de lampes torches, seuls quelques-uns ont pour tâche d'appeler Grace. Ils traversent le champ de blé doré en observant attentivement le sol. Il semble très improbable que le ravisseur ait emmené sa captive ici, car de nombreux riverains promènent leur chien dans ce coin très proche de la rue principale, mais peut-être que les volontaires ont décidé de ratisser les zones les plus fréquentées de nuit. Statistiquement, Grace n'a plus beaucoup de temps à vivre et il doit bien rester encore des centaines de mètres carrés à passer au peigne fin… Quand j'arrive à leur niveau, je me place à côté d'une femme en bout de file. Elle a environ l'âge de ma mère et porte une veste Barbour sous son gilet jaune.

— Vous voulez vous joindre à nous ? me dit-elle lorsqu'elle m'aperçoit.

— Oui, c'est possible ?

— Bien sûr ! Grace a besoin de nous tous. Venez là, je vais demander à Martin de se décaler un peu.

Elle me jette un gilet de sécurité tiré de sa poche, avant de lancer à l'homme le plus proche :

— Nous avons une nouvelle recrue, décalez-vous !

La nouvelle se répand parmi les participants et un espace se forme pour m'accueillir. Et voilà, je fais partie du groupe. Le blé me gratte les jambes et, alors que j'avance tranquillement en compagnie de ces gens déterminés à faire tout ce qu'ils peuvent pour venir en aide à Grace, j'éprouve une sensation de paix.

Lorsque nous atteignons le bout du champ, ma voisine soupire et, après avoir dézippé sa veste, s'assied sur un tronc d'arbre. Elle m'adresse un sourire puis tapote l'écorce à côté d'elle comme si elle s'attendait à ce qu'un petit chien saute dessus pour s'y rouler en boule. Après quoi elle sort une thermos de l'une des grandes poches de sa veste.

— Ah, enfin une pause ! s'exclame-t-elle en gloussant.

Je prends place à côté d'elle. Elle me tend une tasse en plastique.

— Oh, non, non ! Vous avez marché bien plus longtemps que moi…

— Allons donc, me coupe-t-elle. Il y en a bien assez pour deux.

J'accepte alors le thé et le goûte sans attendre. Il est très bon, sucré à souhait.

— Pardonnez-moi, mais vous aviez l'air un peu embrumé quand vous nous avez rejoints tout à l'heure. Est-ce que nous vous avons réveillé ? me demande-t-elle d'une voix où perce un léger accent cornique.

— Oh, non ! j'ai toujours cette tête-là, je réponds en souriant. Vous ne m'avez pas réveillé. En fait, je n'arrivais pas à m'endormir, donc je me suis dit que j'allais me rendre utile.

— Eh bien, je vous félicite ! dit-elle en reprenant mon mug vide. Nous avons besoin de toute l'aide disponible, d'autant plus que la police ne sert fichtrement à rien. Ils n'ont vraiment pas l'air de se rendre compte de la gravité de la situation. Grace doit vraiment souffrir après trois jours passés sans ses médicaments. (Elle secoue la tête, l'air accablé.) Désolée, je suis vraiment bouleversée par tout ça… Je m'appelle Maggie, au fait, ajoute-t-elle en levant sa tasse comme pour trinquer, avant de boire une gorgée.

Maggie… Ça me rappelle quelque chose, mais je suis trop crevé pour chercher.

— Moi, c'est Jon. Alors, vous connaissiez Grace ?

Elle prend soudain un air sévère.

— Oh non, mon cher, ne parlons pas d'elle au passé ! Je connais Grace, oui, et je connaissais aussi sa mère.

Elle se penche un peu en avant et je remarque le logo de Rêves d'enfants sur son tee-shirt. Ça me revient tout à coup : Grace parle d'une Maggie dans son journal… mon interlocutrice n'est autre que Maggie de Rêves d'enfants ! Je me suis entretenu avec elle l'an dernier, quand j'ai téléphoné à l'association pour lui demander de me mettre en relation avec des familles. Même si j'ai immédiatement indiqué à Maggie que je travaillais avec Papas sans frontières, je me souviens m'être demandé à ce moment-là si elle avait compris le vrai sujet de mon article et donc saisi que je me positionnais du côté des pères privés de leurs enfants et non des mères. Elle s'est tout de suite mise à me parler des Nichols et de l'appel de Meg qu'elle avait reçu quelques heures plus tôt. Elle m'a confié que la mère de Grace était dévastée parce que sa fille ne pouvait pas partir à Hawaï, puis m'a assuré qu'un article à leur sujet serait justement la distraction dont elles avaient besoin toutes les deux. J'aurais dû lui expliquer mes intentions plus en détail mais, comme tout le monde à Ashford, j'avais entendu parler de leur histoire et j'avais autant envie qu'elles de faire cette interview… Et comme j'avais besoin d'elles, choisir d'ignorer mes scrupules n'a pas été bien compliqué. J'ai donc demandé à l'employée de Rêves d'enfants de leur passer un coup de fil.

Je dois redoubler de prudence car, même si nous ne nous sommes jamais rencontrés auparavant, Maggie pourrait m'avoir vu en photo dans la presse et se souvenir de ma voix au téléphone. Malgré tout, il faut que je poursuive cette conversation : elle pourrait détenir des informations cruciales, étant donné qu'elle était proche de Meg.

— Vous êtes Maggie qui travaille pour Rêves d'enfants ?

Elle semble déconcertée.

— Oui, c'est moi, répond-elle en me dévisageant. J'ai l'impression de vous avoir déjà croisé quelque part, mais je n'arrive pas à me rappeler où...

J'essaye de ne pas paniquer.

— Oh, vous savez, j'ai ce genre de tête... Ma femme, Ruth, était une amie de Meg. C'est comme ça que je les ai rencontrées.

Maggie m'écoute attentivement en sirotant sa boisson chaude.

— Je me souviens d'avoir entendu Ruth parler du voyage à Hawaï, qu'elles étaient toutes les deux très déçues que Grace ne puisse pas y participer, dis-je d'un ton léger.

— Oh, oui, la pauvre petite. Elle aurait adoré cette expérience ! Tout ce soleil, ce magnifique hôtel... Mais bon, ça devait arriver. D'abord, il y a eu ce souci avec le passeport, puis elle a de nouveau fait un séjour à l'hôpital. Il n'y avait pas moyen qu'elle puisse y aller...

— Son passeport ?

— Oui, c'était bête, vraiment.

Maggie me tend à nouveau un gobelet plein, avant de se mettre à observer les autres participants qui ont formé des petits groupes pour parler à voix basse. Certains grignotent des barres de chocolat, d'autres en profitent pour fumer une cigarette.

— J'ai honte de le dire, mais je m'étais un peu énervée contre Meg, à l'époque, reprend-elle. Ce n'était pas sa faute, la pauvre femme était submergée... Il faut dire pour sa défense qu'en général elle gérait très bien la paperasse. C'était quelqu'un de très ordonné. Enfin, cette histoire de passeport n'a plus aucune importance, à présent...

Elle jette de nouveau un regard du côté des autres volontaires alors qu'un murmure d'indignation parcourt le groupe. Je ne les entends pas très bien, mais ils sont clairement en train de discuter de l'absence de résultats du côté de la police. En effet, les flics n'ont toujours aucune idée de l'endroit où Simon pourrait avoir emmené sa fille… J'ai l'impression que Maggie est le genre de personne qui continuera à parler si je lui pose les bonnes questions. Il faut absolument que je garde son attention.

— Ruth et moi, on voudrait faire une demande de passeport pour notre fils. C'est vraiment si compliqué que ça ? Je suis tellement nul avec les trucs administratifs.

— Oh, ce n'est pas si terrible. Il suffit de réunir toutes les pièces et de bien vérifier qu'on a tout rempli. Le problème, pour celui de Grace, c'était seulement que Meg n'a jamais réussi à mettre la main sur l'acte de naissance. Le reste était prêt : j'avais l'argent, tous les formulaires et toutes les signatures qu'il fallait. Je lui ai demandé je ne sais pas combien de fois de me le rapporter, je lui ai même donné le numéro qu'elle pouvait appeler pour obtenir un double. Elle aurait bien fini par s'en occuper, j'en suis certaine. Mais comme je vous l'ai dit, le projet est tombé à l'eau quand Grace…

Un homme vêtu d'un pantalon et d'une veste de sécurité jaunes, une carte plastifiée autour du cou, donne un coup de sifflet et les gens commencent à se regrouper. Après avoir versé son reste de thé sur la terre maintenant parsemée de mégots, Maggie me donne un petit coup de coude.

— C'est Martin, l'un des organisateurs. Ignorez-le à vos risques et périls ! me lance-t-elle avec un clin d'œil.

Une fois debout, je lui tends la main pour l'aider à se lever à son tour. Je suis surpris de voir M. Leeson, l'éleveur de moutons, à côté de Martin, et je reconnais aussi Zara, un peu plus loin, une collègue de Susan qui porte de gros anneaux aux oreilles et semble frigorifiée. Tous les journaux d'information disent à quel point Meg et Grace étaient aimées et en voilà la preuve.

— Je crois qu'il vaut mieux que je rentre pour essayer de dormir quelques heures avant la sonnerie du réveil. Je suis content d'avoir fait votre connaissance, Maggie.

— De même, Jon. Merci d'être venu, répond-elle en me tapotant le dos avant de rejoindre les autres.

En rebroussant chemin, je réfléchis à ce que Maggie m'a révélé. Je comprends très bien qu'un parent soit nerveux à l'idée que son enfant quitte la maison pour la première fois, surtout si l'enfant est gravement malade. D'après ce que j'ai entendu dire de Meg, elle faisait toujours passer Grace avant tout le reste, quoi qu'il arrive. Qu'a-t-il donc bien pu se passer cette fois-là ? Y a-t-il un rapport avec Simon ? Meg a-t-elle eu peur de laisser partir sa fille à l'étranger ? Ou bien craignait-elle plutôt que, si Grace possédait un passeport, quelqu'un puisse plus facilement l'emmener quelque part contre sa volonté ? Quand je repense à l'acte de naissance, une idée germe dans ma tête. Les premiers rayons du soleil commencent à éclairer le ciel au moment où Ashford apparaît dans mon champ de vision. J'accélère le pas.

Dès que je suis de retour à l'appartement, je me prépare une cafetière entière, puis j'allume mon ordinateur. Les sites de généalogie qui se disent gratuits ne veulent pas me fournir d'informations détaillées si je ne leur communique pas le numéro de ma carte de crédit. Comme je n'ai toujours pas versé le minimum mensuel et que je suis presque à la limite de mon découvert autorisé, je décide d'appeler le seul numéro que je connais par cœur. Je laisse le téléphone sonner jusqu'à ce qu'elle décroche enfin.

— Maman ?

— Qu'y a-t-il, Jon ? C'est Jakey ? répond-elle d'un ton affolé.

Quel idiot ! La dernière fois que je l'ai réveillée de si bon matin, c'était le jour où j'avais dû emmener mon fils à l'hôpital à cause d'une infection. J'avais eu besoin d'entendre sa voix.

— Non, maman, non. Il va bien. Je suis désolé de t'appeler aussi tôt. J'ai quelque chose à te demander.

— Mais, Jon, il est cinq heures du matin !

Je l'imagine dans le couloir carrelé de sa demeure victorienne à Islington. En se levant, elle a sûrement passé sa robe de chambre bordeaux et chaussé ses pantoufles. Agnes, le scottish-terrier qu'elle a trouvé dans un refuge, doit être couchée à ses pieds. Alors que tout Londres change autour d'elle, aussi vite que la météo, j'aime l'idée que le monde de ma mère reste le même.

— Désolé, maman. J'ai oublié l'heure…

— N'importe quoi. Tu as eu une idée et tu t'es dit que tu ne pouvais absolument pas attendre une heure décente pour me téléphoner. Bon, de toute façon je suis réveillée, maintenant, alors dis-moi : de quoi s'agit-il ?

J'ai soudain l'irrépressible envie d'être en sa compagnie, dans la maison chaleureuse de mon enfance.

— Je voulais te poser quelques questions sur ces histoires d'arbres de famille auxquels tu t'étais intéressée il y a quelque temps.

— Le terme exact, c'est « généalogie », mon chéri.

— Oui, bon. Comment tu t'y es prise ? Est-ce que tu as un compte en ligne pour faire des recherches d'actes de naissance et ce genre de documents ?

Malgré l'heure matinale, je sens qu'elle sourit à l'autre bout du fil. C'est rare qu'on lui demande d'expliquer comment quelque chose fonctionne. Elle utilise toujours un agenda de poche et ne ferait jamais confiance à un GPS. Tout comme son domicile, ma mère a arrêté d'évoluer au milieu des années 1980.

— Comment va Ruth ? me demande-t-elle avant de raccrocher.

— Elle va bien, elle te passe le bonjour.

— Comment ça va, entre vous ?

J'entends l'espoir dans sa voix et, pour une fois, j'ai vraiment envie de lui donner de bonnes nouvelles.

— Je crois qu'on va mieux, tous les deux. Je pense qu'on va s'en sortir, maman.

— Oh ! je suis vraiment heureuse de l'apprendre, mon chéri.

Je l'entends étouffer un bâillement. Après lui avoir dit de retourner au lit, j'ajoute un : « Je t'aime », puis je raccroche.

Dehors, les mouettes volent déjà en cercle dans le ciel coloré de rose. Je n'entends plus les voix de Maggie et des autres volontaires. Peut-être ont-ils finalement décidé qu'il était temps de rentrer dormir. Je me ressers du café avant de rentrer le nom d'utilisateur de ma mère ainsi que son mot de passe sur le site de généalogie qu'elle m'a communiqué. Je ne sais pas exactement ce que je vais trouver, mais cet acte de naissance manquant est mon unique piste pour l'instant. Je tape le nom complet de Grace et son lieu de naissance : Plymouth. Aucun résultat. J'essaye avec « Nichols » et « Plymouth » et je me retrouve avec plus de deux cents entrées. Je les survole rapidement. L'une d'elles attire mon attention au moment où je m'apprête à faire une dernière recherche :

*Nom : Nichols, Zoe Grace Megan*

*Lieu de naissance : Hôpital Derriford, Plymouth*

*Date de naissance : 10/09/1998*

Le prénom et l'année de naissance ne sont pas les bons : je n'ai jamais entendu quoi que ce soit qui pourrait indiquer que Grace s'appelle Zoe, et puis elle a dix-sept ans, pas vingt. Elle est née le 10 septembre 2001, et non le 10 septembre 1998. Impossible, pourtant, qu'il s'agisse d'une coïncidence… Je m'approche si près de l'écran que je distingue chaque pixel. Je soulève mes lunettes pour me frotter les paupières avant de relancer une recherche pour Grace Megan Nichols née en 2001. Aucun résultat, de nouveau. Puis je tape « Grace Megan Nichols 1998 ». Un résultat, le même qu'avant.

Ça n'a aucun sens… Grace aurait changé de prénom ? Et pourquoi cacher sa vraie date de naissance ? Si ces informations sont fiables, et je crois bien que c'est le cas, nous nous sommes trompés… Nous nous sommes tous trompés. Nous n'allons jamais retrouver Grace Megan Nichols, tout bonnement parce qu'elle n'existe pas. Mais d'après ces archives, une jeune femme de vingt ans répondant au nom de Zoe Grace Megan Nichols existe bel et bien.

Au cours de l'heure suivante, je reste assis sur mon divan, sous le choc. Une pellicule se forme à la surface de mon café auquel je n'ai pas touché. La voix aiguë de Grace tourne en boucle dans ma tête. Elle a toujours semblé jeune pour son âge. Il me paraît impossible qu'elle soit une adulte, à peine plus jeune que Cara. Pourquoi diable Meg a-t-elle menti ? Et Simon, lui, connaissait certainement la véritable identité de sa fille, alors pourquoi n'en a-t-il parlé à personne ? Peut-être qu'ils protégeaient tous les deux Grace en la gardant dans le système pédiatrique le plus longtemps possible… Oui, voilà : quelqu'un à l'hôpital pourrait avoir fait une erreur administrative, et Meg et Simon se sont aperçus que leur fille bénéficierait d'une meilleure prise en charge sur une plus longue période s'ils ne la faisaient pas rectifier. Cette hypothèse est plausible, je pourrais comprendre que des parents prennent une telle décision… Mais Grace, alors ? Était-elle leur complice, ou n'a-t-elle jamais connu son vrai prénom ? Et son âge réel, aurait-elle vraiment pu l'ignorer ? Tellement de questions me viennent… Néanmoins, plus j'essaye d'y réfléchir, plus j'ai l'impression que toute cette histoire a encore moins de sens qu'avant.

Quand la sonnerie de mon téléphone résonne dans le silence et me tire de ma torpeur, le soleil s'est levé depuis un petit moment déjà.

— Jon ? T'es là ?

Ben a l'air de manquer de souffle, comme s'il était en train de courir.

— Oui, je… je suis là.

Je suis surpris par ma propre voix.

— Désolé de te réveiller, mec, mais j'ai pensé que tu voudrais être au courant. Je vais à Grey's Point. À ce qu'il paraît, la police a trouvé des fringues sur les rochers en contrebas de la falaise. Une robe, je crois. Le bruit circule que ça correspondrait à la tenue portée par la petite Nichols la dernière fois qu'elle a été vue.

La ligne se met à grésiller. Ben continue à me parler, mais je ne comprends plus rien. Aucune importance : j'ai déjà toutes les infos dont j'ai besoin. J'attrape les clés, mon portefeuille et la casquette bleue puis, comme j'ai complètement oublié l'heure qu'il est et l'existence de mes voisins, je claque brutalement la porte derrière moi.

# 9

## Cara

Le soleil me réveille parce que j'ai oublié de fermer les rideaux avant de me mettre au lit. Mes paupières ne sont même pas encore complètement ouvertes que je m'empare déjà de mon portable pour jeter un coup d'œil au forum. GoodSam n'a toujours pas répondu au message que je lui ai envoyé hier soir sur un coup de tête :

Salut GoodSam, je viens de m'inscrire sur le forum. Ton avatar est cool. Parfois j'aimerais bien être une version dessin animé de moi-même. Tu l'as trouvé où ?

J'ai l'impression d'être une adulte coincée qui tente de se faire passer pour une ado, même si le ton me semble à peu près juste. Je sais bien que Jon m'a seulement dit d'attendre de voir si GoodSam se reconnecte, pas de lui envoyer un message… Mais bon, il ne m'a pas non plus déconseillé de le faire. Je vais tirer les rideaux avant de me recoucher, pour tenter de dormir un peu plus. Au moment où je ferme les yeux, j'entends le grincement de la porte qui s'ouvre.

— Maman ? je m'étonne en levant la tête de l'oreiller.

Ses joues sont creuses et ses traits plus anguleux en l'absence du maquillage dont elle se tartine le visage en général.

— Que se passe-t-il, maman ? Ça va ?

Elle s'assied au bord de mon lit, comme au ralenti, puis se mordille la lèvre inférieure avant de m'apprendre que la police a retrouvé une robe bleu marine rejetée sur les rochers à Grey's Point. Quand j'étais plus jeune, je possédais une robe bleu marine avec des petites étoiles argentées. Je ne savais pas que ma mère en avait fait don à Grace avant de la voir sur elle un jour. C'était sa robe préférée… et si elle l'avait portée le jour de son enlèvement ?

La première pensée qui me vient en tête, c'est que la mer effrayait vraiment Grace. Elle tremblait de tout son corps si on s'approchait trop du rivage. Elle craignait que l'eau ne se referme sur elle, ne remplisse de sel ses poumons. Elle était terrifiée par ce qui était arrivé à son frère.

Ma mère ne veut pas aller à Grey's Point, elle dit qu'elle ne le supporterait pas. Elle va plutôt se réfugier au salon pour retrouver la compagnie de Zara. Et comme elle est trop bouleversée pour conduire, je peux prendre la voiture.

— N'y va pas, Cara. Pourquoi ne viens-tu pas avec moi, plutôt ? me supplie-t-elle.

Je me suis déjà levée et j'enfile mes fringues. Ma mère sait très bien que je n'irai pas avec elle, alors elle se remet à mordiller sa lèvre inférieure et ne dit pas un mot quand j'attrape les clés de sa bagnole. Avant de sortir, je l'embrasse et lui promets de passer la voir au salon plus tard.

Alors que je suis en route pour Grey's Point, Upton m'appelle. Si je ne décroche pas cette fois, elle va téléphoner à ma mère. Il vaut mieux que je réponde.

— Je suis désolée que nous n'ayons pas pu nous parler hier, mademoiselle Dorman. Que vouliez-vous me dire ?

J'entends le vent à l'autre bout de la ligne. Elle doit déjà être à Grey's Point.

— C'est la robe de Grace qu'ils ont trouvée ? Il y a des étoiles dessus ?

— Je ne peux rien vous dire à ce sujet. Je suis désolée. De quoi vouliez-vous discuter hier ?

Alors comme ça, elle refuse de me dire si la robe est celle de mon amie, mais elle veut que moi, je partage tout ce que je sais avec elle ? Ce que Jon m'a raconté hier sur ce gosse, Adam, me revient en tête. Il a été assassiné parce que la police a merdé. Je ne vais pas laisser la même chose arriver à Grace.

— J'appelais juste pour avoir les dernières nouvelles.

— Vous êtes sûre ? Souvenez-vous que même le plus petit détail pourrait nous être d'une grande aide.

— Oui.

Elle soupire comme si je rendais sa journée encore plus pourrie qu'elle ne l'est déjà. Je m'en fiche : j'en ai marre que tout le monde, sauf Jon, me traite comme une gamine traumatisée. Après avoir raccroché, je me remets en route pour Grey's Point. Je m'aperçois que plus grand-chose ne compte pour moi à ce stade : je n'en ai plus rien à faire des résultats de mes exams, d'être acceptée à l'université, d'être célibataire… Plus rien de tout ça ne m'inquiète. Grace est devenue le centre de mes préoccupations.

Les vagues s'écrasent contre la paroi rocheuse de Grey's Point comme si la mer était en colère. Mon grand-père m'a dit une fois que des gens sautaient dans le vide ici depuis le Moyen Âge, et aujourd'hui encore il y a plusieurs morts par an. Je comprends pourquoi ils choisissent cet endroit : Grey's Point a vraiment l'air d'être le lieu idéal. La falaise fait au moins soixante mètres de haut, des rochers acérés dépassent de l'écume en contrebas, et les teintes douces du ciel, là où il rencontre l'eau, donnent l'impression que le paradis n'est qu'à un pas. Un panneau publicitaire des Samaritains, une association qui soutient les personnes en dépression, se dresse sur le parking déjà bien rempli pour une heure si matinale. Parmi les voitures familiales, je remarque une ambulance et deux véhicules de police. J'essaye de ne pas les regarder. J'ai déjà vu trop souvent les secours monter Grace à bord d'une ambulance, et je n'ai aucune envie de revoir une scène pareille, même si c'est la dernière fois. Au moment où j'ouvre la portière, mon portable fait un bruit que je n'ai jamais entendu avant. J'ai téléchargé l'application de Rêves d'enfants hier soir. GoodSam s'est connecté au forum et la case à côté de mon message est cochée, ce qui m'indique qu'il l'a lu. Une heure plus tôt, ce garçon semblait si important… Mais là, tout de suite, mes pensées sont concentrées sur Grace.

Des promeneurs qui tiennent leur chien en laisse ont formé un petit attroupement et sont en train de bavarder. Quelques reporters se trouvent aussi déjà sur place. Un seul policier vêtu de jaune fluorescent les empêche de s'avancer sur Grey's Point. Jon m'a envoyé un texto pendant que je conduisais. Je sais qu'il est déjà là quelque part, et je le repère rapidement. Il se tient à l'écart, dans un coin où l'herbe est constellée de pâquerettes. Un homme à la chevelure sombre lui parle avec animation, un appareil photo avec un immense téléobjectif en main. Jon n'a pas l'air de l'écouter. Il est bien trop immobile et, sous sa casquette, je vois que ses yeux sont fixés sur la mer. Je m'approche un peu et l'inconnu lui donne un coup de coude pour qu'il me remarque. Sans me sourire, le journaliste me salue d'un hochement de tête, avant de se mettre à marcher vers moi. Quand son compagnon lui emboîte le pas, Jon le regarde en secouant la tête avant de lui désigner discrètement l'agent de police. L'homme à l'appareil photo comprend et fait aussitôt demi-tour. Jon me fait ensuite signe d'avancer devant lui sur le chemin qui s'éloigne de Grey's Point. Il a raison : il vaut mieux qu'on ne nous aperçoive pas ensemble, la situation est déjà bien assez compliquée. Après m'être enveloppée dans mon gilet, je mets ma capuche. Nous sommes les seuls à aller dans cette direction. J'ai peur de ce qu'il va m'apprendre. Je crois que je m'apprête à vivre un moment où tout va changer. Plus tard, je repenserai à cet instant où je marchais sur le sentier côtier, quand mon univers n'était pas encore brisé, et je souhaiterai pouvoir y revenir… C'est bizarre d'éprouver de la tristesse pour mon moi futur, de pleurer pour ce qui n'est pas encore arrivé mais qui me paraît inévitable.

Le chemin rétrécit, deux personnes ne pourraient pas y avancer de front. Les jolies fleurs jaunes des ajoncs semblent se tendre vers nous des deux côtés du sentier. Quand j'approche d'un portillon de bois, Jon me devance puis le tient ouvert pour moi. Ses yeux sont rouges. A-t-il pleuré ?

— Ça va ? me demande-t-il alors que je passe devant lui.

Je m'aperçois que non, ça ne va pas du tout. Rien ne va. Je ne trouve pas les mots, mais je veux qu'il comprenne que je suis en train de craquer. Je ne veux pas connaître un monde où Grace n'existerait pas. Je veux une seconde chance, une chance d'être de nouveau son amie, une chance pour que tout soit comme avant… Quand il pose sa main sur mon épaule, je fais tout ce que je peux pour ne pas me mettre à pleurer.

— Elle est morte, hein ? je murmure.

Jon m'entraîne hors du chemin, derrière un buisson d'ajoncs. Il entoure mes épaules de son bras avant d'incliner la tête. Je me demande s'il réconforte Jakey de la même manière.

— Je ne vais pas te mentir, Cara. Quand tu es arrivée, je discutais avec Ben, un ami photographe, et d'après lui, la police pense que cette robe bleue qui a été rejetée sur le rivage est celle que Grace portait la dernière fois qu'elle a été vue. Elle est déchirée, ils ne savent pas si c'est à cause des rochers ou si c'est l'œuvre de son kidnappeur… Je suis vraiment désolé.

— Il y avait des étoiles sur la robe ?

Je pleure à chaudes larmes, à présent.

— Des étoiles ? Je ne sais pas, il n'en a pas parlé.

Voilà qui rallume une petite étincelle d'espoir. Si la robe en question n'est pas la sienne, il reste une possibilité qu'elle soit encore vivante, non ?

Jon retire son bras de mes épaules, puis jette un coup d'œil à la mer.

— Ben a une connaissance dans la police qui lui a confié qu'aucune trace de l'ADN de Simon Davis ou d'un individu qui aurait un casier judiciaire n'a été retrouvée sur la scène du crime. Simon devait être suffisamment lucide pour bien se renseigner et rester couvert quand il était dans la maison. Et Ben a aussi appris que les analyses de l'autopsie de Megan sont revenues avec un résultat négatif. À part les traces de lutte, ils n'ont rien trouvé : pas de drogue dans son organisme, aucun signe d'agression sexuelle…

Sa voix devient inaudible. Heureusement, parce que je n'ai vraiment plus envie d'entendre parler d'autopsie. Ce n'est ni le moment ni l'endroit. Jon est agité, il lance des regards furtifs çà et là. Je vois bien qu'il a encore quelque chose à me confier.

— Qu'est-ce qu'il y a ? Tu ne m'as pas tout dit. Ils ont découvert autre chose ?

— Non, non, seulement la robe.

— C'est Simon ? Ils savent où il est ?

— Non, toujours aucun signe de lui.

Je m'essuie les yeux avec ma manche.

— Alors quoi ? Jon ! Dis-moi ! je crie presque.

— OK, mais d'abord il faut que je sache si Grace utilisait parfois un autre prénom.

— Non. Enfin, Meg lui disait parfois « ma souris »… Sinon, tout le monde l'appelait Grace. Pourquoi ?

Il me parle alors d'une demande de passeport que Meg n'a jamais terminée parce qu'elle n'arrivait pas à mettre la main sur l'acte de naissance de Grace. Je ne comprends pas où

Jon veut en venir et je m'apprête à lui couper la parole, quand il me pose une question :

— Tu connais la date de naissance de Grace ?

— C'est le 10 septembre, je crois.

À chacun de ses anniversaires, Meg lui préparait un beau gâteau rose parce que Grace aimait souffler les bougies, même si elle ne pouvait pas manger de dessert.

— Et l'année ?

Il me faut quelques secondes pour y réfléchir. J'ai manqué les derniers anniversaires de Grace…

— 2001, je dirais.

Jon secoue la tête puis me montre une capture d'écran. Il me faut un instant pour comprendre ce que je lis. C'est la date de naissance de quelqu'un qui s'appelle Zoe Grace Megan Nichols. Zoe ? J'ai entendu ce prénom récemment… Ça me revient d'un coup : l'air étouffant de la maison de retraite, la bouche ridée de Charlie Nichols qui siffle un mot que je ne comprends pas… Il se pourrait bien que ce soit ça. « Zoe. »

Pourtant, cette Zoe ne peut pas être Grace. C'est impossible : la date n'est pas la bonne.

— C'est sûrement juste une fille qui a un nom similaire.

— Une fille qui aurait les mêmes deuxième et troisième prénoms qu'elle ? Née le même jour, dans la même ville ? Il n'y a pas de trace dans les archives d'une Grace Megan Nichols qui serait née à Plymouth le 10 septembre 2001, j'ai vérifié. La coïncidence est trop improbable pour qu'on l'ignore !

J'ai un goût de cendres dans la bouche. Je déglutis avant de lui parler de ce que j'ai cru entendre à la maison de retraite. Il a raison, ça ne peut pas être un hasard. Jon me regarde avec des yeux ronds.

— C'est bien elle, alors ! s'exclame-t-il. Grace n'est pas Grace. Elle a vingt ans et elle s'appelle Zoe…

Soudain, j'ai les jambes en coton. J'entends Jon qui m'appelle, mais sa voix paraît lointaine. Je m'effondre. Je veux m'étaler dans l'herbe, toucher quelque chose de réel, sentir la solidité de la terre sous mon corps. Et rester là quelque temps, jusqu'à ce que je démêle ce sac de nœuds. Jon s'assied à côté de moi et me tend une bouteille d'eau. Il me dit de boire. Je suis son conseil. Ça me fait du bien.

— Grace a vingt ans ?

— Oui.

— Elle a presque le même âge que moi, alors.

J'avais l'habitude de l'appeler « ma petite sœur ». Elle était si minuscule… J'essaye de me représenter Grace plus âgée – une jeune femme souriante dans un fauteuil roulant –, mais je n'y parviens pas. Je me rends compte que je n'ai jamais imaginé à quoi elle ressemblerait en grandissant, quand elle serait adulte.

— Pourquoi ? je dis d'une petite voix. Pourquoi aurait-elle voulu être plus jeune ?

— J'y ai réfléchi. Prétendre qu'elle était plus jeune lui permettait de bénéficier plus longtemps des soins pédiatriques, qui ont tendance à être bien meilleurs que ceux prodigués aux majeurs, surtout à Plymouth. Peut-être que c'était un mensonge sans importance au départ, un petit bobard sur un formulaire, et qu'ensuite Meg a décidé qu'il valait mieux continuer… Il se peut qu'elle ait eu peur de reconnaître qu'elle avait menti. Et pour le prénom… peut-être qu'elles préféraient toutes les deux « Grace » ? Si ça se trouve, Grace trouvait que Zoe ne lui allait pas et elle ne voyait pas l'intérêt d'en parler. C'est tout à fait probable. Les gens choisissent parfois de changer de prénom.

Oui, c'est bien, ça, comme explication. Ce raisonnement me paraît plausible.

— C'est vrai que Meg faisait absolument tout ce qu'elle pouvait pour que Grace ait les meilleurs traitements possibles.

Ma mère disait toujours que Meg connaissait mieux les maladies de sa fille que les experts. Il lui arrivait de faire l'aller-retour Ashford-Londres en voiture dans la même journée juste pour une analyse. La santé de Grace était leur priorité absolue à toutes les deux. Meg ne reculait devant rien pour obtenir ce dont sa fille avait besoin et je ne serais pas étonnée si elle avait menti pendant des années sur son âge. Je ne pourrais pas mal la juger d'avoir pris une telle décision.

— Du coup, je me dis que ça pourrait expliquer la méfiance du Dr Rossi, hier, dit Jon. Elle savait sûrement que Meg mentait et ne voulait pas être impliquée.

Oui, il a raison. Elle a probablement pensé qu'on savait qu'elle connaissait le véritable âge de Grace (je ne crois pas que je pourrai un jour l'appeler Zoe). Elle devait craindre que ça ait des conséquences négatives pour sa carrière… Elle a dû se sentir soulagée quand elle a découvert que je voulais seulement lui remettre une carte de remerciement.

— Qu'est-ce qu'on fait, maintenant ? je demande.

Jon ne répond pas. Il est en train de fixer son téléphone qui vibre dans sa main. Son pouce est au-dessus de l'icône « répondre », mais il semble hésiter à prendre l'appel. Il finit quand même par décrocher. La voix de la femme n'est pas assez forte pour que je puisse comprendre ses propos, mais elle semble tendue, comme si elle était sur le point de craquer.

— Évidemment que je n'ai pas oublié que nous avons avancé l'heure du rendez-vous ! Je suis en route. (Après avoir regardé sa montre, il se lève d'un bond et soulève ses lunettes pour se frotter les yeux.) J'en ai pour vingt minutes max.

Jon grimace, puis jette de nouveau un coup d'œil à sa montre. J'entends un cri de colère à l'autre bout du fil, puis plus rien. Elle a raccroché.

— Merde ! crie Jon avant de se pencher vers moi. Cara, je suis vraiment désolé, mais il faut que je file. J'ai un rendez-vous avec ma femme et je suis à la bourre.

Sa main serre mon bras trop fort pour que le geste soit rassurant. En fait, on dirait que c'est son tour d'avoir besoin de s'appuyer sur quelque chose de stable. Je me tortille un peu et il relâche sa prise.

— Pardon. Promets-moi de ne rien entreprendre sans me consulter et de ne pas parler à la police.

Il grimace derrière sa barbe, la tête ailleurs.

— D'accord, c'est promis.

— Super. On se reparle plus tard, dit-il avant de se lever pour rebrousser chemin au pas de course.

Je touche mes joues : elles sont mouillées de larmes. Je m'allonge sur le sol. Si seulement je pouvais disparaître et ne plus me soucier de tout ça. Mon corps est secoué par les sanglots. La frimousse souriante de Grace est si nette dans mon esprit que j'ai presque l'impression de pouvoir la toucher. Je pleure parce que je ne l'ai jamais vraiment connue. Je me laisse aller jusqu'à ce que ma gorge soit irritée et mon visage tout gonflé, jusqu'à ce que je me sente complètement vidée. Après m'être relevée, je me dirige vers le bord de la falaise. Mon corps est lourd ; j'ai l'impression que la terre m'attire comme un aimant. J'entends les mouettes qui volent là-haut dans le ciel, et le petit rire de Grace, la fois où elle m'a fait remarquer que leurs cris ressemblaient à mon prénom. Je contemple la houle tout en bas. Il serait si facile de se laisser tomber. Quand je ferme les paupières, je revois Grace, tout sourire, qui tend les bras vers moi.

— Euh, vous me rendez un peu nerveux, là. Vous voulez bien reculer un chouïa ?

J'ouvre les yeux. Le photographe à qui Jon parlait tout à l'heure se tient juste derrière moi. Il me fait signe de le rejoindre. Je me rends compte tout à coup de quoi j'ai l'air, en pleurs au bord du précipice. Après m'être essuyé les joues, je recule pour me placer à côté de lui.

— Voilà, c'est mieux, dit-il en m'adressant un sourire. Je m'appelle Ben.

Il me tend la main et je la serre. Elle est chaude.

— Cara.

Il opine. Il connaissait déjà mon prénom.

— Vous croyez que Grace est morte ? je lui demande.

Il regarde ses vieilles baskets qui ont un jour été blanches, puis cogne son pied gauche contre son pied droit.

— Putain, je sais pas. Probablement. C'est ce que disent les flics. À ce qu'il paraît, ils ont envoyé un bateau avec une équipe de plongée en mer. Je vois pas pourquoi ils s'embêtent, vu que les corps devraient être rejetés sur le rivage avec la marée.

— « Les » corps ?

Il détourne le regard, comme s'il s'était aperçu qu'il n'aurait pas dû dire ça.

— Ouais. La police pense que Simon Davis s'est sûrement jeté de la falaise avec elle. Il n'était pas très bien dans sa tête et apparemment son état empirait toujours en été, à l'approche de l'anniversaire du décès de son fils…

Ben continue de parler mais je ne l'écoute plus. Je viens d'avoir une idée.

— On est quel jour, aujourd'hui ? je le coupe.

— Pardon ?

— La date d'aujourd'hui, c'est quoi ?

— On est le 6, je crois.

— Le même jour…

J'ai oublié la présence de Ben et j'ai prononcé ces mots à voix haute.

— Pardon ? dit-il en protégeant son oreille du vent.

Je n'ai aucune envie de lui parler de ce que je crois comprendre. Il se pourrait que Simon ait choisi cette date exprès, qu'il ait sauté du haut de Grey's Point avec Grace le jour de la mort de Danny…

— C'était sympa de vous rencontrer, Ben.

J'ai envie d'être seule pour réfléchir. Je m'apprête à retourner à la voiture lorsque j'entends le bourdonnement d'un moteur de hors-bord au loin. Ben aussi l'a remarqué et il empoigne aussitôt son appareil photo. Une volée de mouettes se met à crier comme pour nous prévenir. Le bruit provient d'une vedette de la police qui se rapproche à toute allure de la côte, si vite que sa coque se cabre contre les vagues. Quelqu'un hurle, mais je ne distingue pas les mots. Soudain, des ambulanciers traversent l'attroupement au pas de course avant de s'engager sur le chemin qui mène vers la plage en contrebas, suivis par une équipe de policiers. Les flics essayent immédiatement d'écarter du sentier les badauds et la presse, forçant les plus curieux qui s'étaient déjà approchés du bord à s'en éloigner.

— Reculez ! N'avancez pas !

Les agents s'accrochent les uns aux autres en se prenant par le bras pour former une barrière. Ben se précipite vers la foule, puis joue des coudes pour avoir une place tout devant, tandis que moi, je reste clouée sur place. C'est comme si mes pieds avaient soudain pris racine. Le bateau orange vif a presque atteint le rivage quand je vois deux personnes en combinaison noire sauter dans les vagues pour tirer l'embarcation sur le sable. À l'arrière de la vedette, un troisième individu se penche au-dessus de quelque chose, ou de quelqu'un. Au moment même où le premier secouriste arrive sur la plage, la personne à la poupe soulève un petit corps blanc tout en gardant la tête baissée. Même de là où je suis, je constate que son bras pend anormalement. Il est clair que, là où il devrait y avoir un pouls qui bat, plus rien ne bouge. Là où il devrait y avoir de la vie, il n'y a plus rien.

12 décembre 2018

Cher journal,

Jon Katrin est venu la semaine dernière, avec un photographe qui s'appelle Ben. Je n'avais pas vraiment envie d'être prise en photo, même si je portais mon nouveau bonnet gris. Avant ma méningite, j'avais d'épais cheveux blonds. Maintenant, quand ils poussent, ils sont très fins. Ils ressemblent aux plumes duveteuses des oisillons dans les documentaires animaliers que maman aime regarder. C'est toujours mieux que rien. Ils ont recommencé à tomber le mois dernier, je ne sais pas pourquoi. J'ai essayé de le cacher à maman mais, l'autre soir, elle a regardé ma tête quand j'étais dans mon bain. Elle avait l'air soucieuse.

— Je suis vraiment désolée que ça t'arrive de nouveau, ma souris.

— Ce n'est pas si terrible, maman, ils couvrent toujours ma tête.

— S'il te plaît, ne rends pas ça plus difficile que ça ne l'est déjà, ma chérie. Ne m'oblige pas à aller chercher les photos, je t'en prie.

J'ai essayé de lui cacher mes larmes quand la lame du rasoir a touché mon cuir chevelu. Je sais que c'est mieux ainsi. Comme je déteste me regarder dans un miroir, maman a un jour pris des photos de moi quand je perdais mes cheveux. Elle voulait me montrer de quoi j'avais l'air et me faire comprendre qu'il valait mieux me raser la tête. Quelques mèches clairsemées pendaient mollement de mon crâne. Je ne ressemblais plus à une fille. En fait, je ne ressemblais même plus à un être humain, mais plutôt à une créature qu'on aurait exhumée. Maman avait raison : autant être chauve.

Elle m'a acheté le bonnet par la suite, comme un cadeau pour récompenser mon courage. J'espère qu'elle n'a pas remarqué à quel point j'étais triste. La semaine avant l'interview, elle a passé tout son temps à préparer la maison. Elle a acheté des fleurs et aspiré sous tous les meubles. Cookie et moi sommes restées barricadées dans ma chambre pour lui laisser le champ libre. Je discutais sur le forum de Rêves d'enfants avec un gamin qui souffre de dystrophie musculaire. La plupart des jeunes sur les forums au sujet de la DM sont des garçons. Zara me taquine en disant qu'ils sont tous mes petits copains, mais ce n'est pas vrai. Ils sont simplement contents que quelqu'un d'autre qu'eux sache ce que ça fait d'être bloqué en bas des escaliers dans les lieux publics. C'est vrai ce que maman dit : ça fait du bien d'avoir l'impression d'aider les autres.

— Tu es très jolie, Gracie, m'a-t-elle complimentée le matin de l'interview. Le bonnet te va très bien.

Elle a ensuite déposé un bisou sur mon nez comme elle le fait toujours quand elle est contente, puis je l'ai suivie dans toute la maison pendant qu'elle s'occupait des tâches de dernière minute : redresser des cadres qui sont déjà droits et secouer des coussins qui sont déjà parfaitement rebondis.

— Maggie t'a dit quel genre de questions il allait poser ?

— Pas vraiment. Elle a seulement précisé que son article était au sujet des familles monoparentales et des enfants qui ont des maladies graves. Il voudra sûrement en savoir plus sur tes traitements et ta vie quotidienne. Bref, ce qu'on te...

La sonnette l'a coupée. Elle s'est redressée comme si elle était montée sur ressorts.

— Oh, mon Dieu, ma souris. Le voilà !

Jon Katrin est un grand brun. Ses cheveux un peu bouclés sont parsemés de mèches grises. Sa tenue ressemblait un peu à celle d'un ado : un jean et un imperméable. Il a retiré ses Converse près de la porte et j'ai su que maman, qui se tenait derrière moi, levait un sourcil désapprobateur. Elle n'aime pas quand les hommes portent des baskets.

— Il est cool, ton bonnet, m'a-t-il lancé.

Je ne rencontre pas souvent de nouvelles personnes, et presque jamais des hommes qui ont l'âge de mon père, donc je lui ai posé plein de questions. Il nous a raconté que sa femme avait grandi à côté d'Ashford et que, s'ils avaient quitté Londres pour s'installer ici, c'était entre autres pour avoir une meilleure qualité de vie. Je ne l'ai pas cru quand il a dit qu'il aimait vivre ici. Puis il a demandé si ce n'était pas lui qui était censé poser les questions. Maman a ri et m'a serré la main, alors j'ai su que tout allait bien, qu'il ne faisait que plaisanter.

Tout s'est très bien déroulé jusqu'à ce que le journaliste mentionne mon père. Nous ne parlons jamais de lui ni de Danny. Nous ne prononçons jamais leur prénom, parce que ça fait trop de peine à maman. Et parce que ça me rend triste, moi aussi. Même si nous n'évoquons jamais mon père, je sais qu'il rend maman anxieuse. Surtout depuis qu'il s'est mis à nous appeler. La semaine dernière, j'ai débranché le téléphone pour qu'elle puisse avoir un peu la paix.

Comme la question de Jon sur mon père a jeté un froid, j'ai tenté de le distraire. Je lui ai remontré les photos prises à l'hôpital, puis je lui ai parlé de ma sonde d'alimentation et de mes médicaments. Il était très impressionné que j'arrive à tous me les rappeler. Je me suis sentie fière sur le moment, mais plus tard maman m'a fait remarquer qu'il n'aurait pas dû être aussi désinvolte.

— Quand on dit une chose pareille, c'est qu'on ne comprend pas qu'un seul comprimé peut faire la différence entre la vie et la mort.

Maman a plus apprécié Ben que Jon, et moi, même si je ne l'ai avoué à personne, j'ai préféré le journaliste, parce qu'il aimait bien mon bonnet.

Mais son article stupide a tout changé. Maintenant, on déteste Jon. Il a été publié dans le journal d'aujourd'hui, que maman est sortie acheter exprès. Ça fait des heures qu'elle pleure. Elle n'arrête pas de me demander si elle est une bonne mère. Je n'aime vraiment pas quand elle me demande ça, parce que j'ai beau répéter qu'elle est la meilleure maman du monde, ça ne suffit jamais. Maman est déprimée et c'est la faute de Jon Katrin. C'est pour ça que je le hais. Il a écrit dans son article que mon père devrait être autorisé à me voir, alors qu'il ne sait rien de nous ! En vrai, je n'ai pas besoin de mon père, j'ai seulement besoin de maman.

J'ai lu l'article vite fait quand Susie est venue réconforter maman. J'avais la peau si rose sur la photo que je ressemblais à une fraise, et le bonnet n'était pas cool du tout, il me donnait plutôt l'air bête. À la place de mes yeux, il n'y avait que deux petites fentes, et je ne voyais aucun des traits de mon visage. Voilà la raison pour laquelle je ne me regarde jamais dans un miroir. J'ai jeté ce torchon à travers la pièce.

Susie a passé beaucoup de temps chez nous. Elle a juré qu'elle n'allait pas le laisser s'en sortir comme ça et que, avec Zara, elles avaient déjà un plan. Je restais à côté de maman et je lui tenais la main pendant qu'elle sanglotait. C'était horrible. Et puis, Cara est passée. Elle m'a adressé un sourire timide. On aurait dit qu'elle craignait de me blesser rien qu'en me souriant. Elle se comporte toujours comme ça avec moi, ces derniers temps... Sa chevelure a poussé depuis la dernière fois. Elle est très sombre, épaisse et brillante. J'ai tenté d'imaginer la sensation que ça donne, d'avoir cette douceur qui vous tombe sur les épaules.

— Ça va, Grace ?

— Ouais.

— Quelle histoire avec cet article, hein ? Ma mère est enragée.

— Je n'aurais pas dû mettre ce bonnet ridicule.

Cara m'a souri comme si elle était soulagée que j'aie exprimé ce qu'elle pensait. Elle et moi, on ne se voit plus aussi souvent qu'avant, alors, quand elle vient, j'essaye de parler de trucs normaux : de ce qu'on regarde à la télé, de shopping… J'aimerais pouvoir lui poser plus de questions sur Chris et sur les garçons en général, mais je ne le fais pas parce que je sais qu'elle trouverait ça bizarre.

— Ça te dirait d'aller manger des frites ? m'a demandé Cara.

J'ai acquiescé en essayant de ne pas montrer à quel point cette proposition me réjouissait.

— Je vais demander à ta mère si c'est d'accord.

Je me suis un peu affaissée dans mon fauteuil, déçue : je sais que maman a besoin que je reste à ses côtés quand elle est triste. J'ai suivi ma copine dans la cuisine. Quand elle l'a vue, maman s'est levée pour l'étreindre.

— Tu deviens de plus en plus belle, Cara, lui a-t-elle dit.

Cara l'a remerciée d'un sourire, comme si ce n'était rien.

— Grace et moi, on va sortir manger des frites.

J'ai vu l'inquiétude se poser comme une ombre sur le visage de maman. Susie a tout de suite entouré d'un bras ses épaules.

— Je ne suis pas sûre que ce soit une très bonne idée de sortir maintenant, les filles. Pourquoi est-ce que Cara n'irait pas nous chercher quatre barquettes à emporter ? Qu'en penses-tu, Cara ?

Mon amie m'a consultée du regard. J'ai haussé les épaules.

— Ça me va, a-t-elle répondu.

Susie lui a donné de l'argent, puis Cara est sortie. Et me revoilà toute seule dans ma chambre, encore une fois. J'ai mis mon casque pour ne plus entendre les pleurs qui viennent de la cuisine.

Affectueusement,
Grace

# 10

# Jon

Quand j'arrive enfin, je suis en sueur et plus de quarante minutes en retard au rendez-vous. Le Dr Bunce ouvre la porte avec une lenteur atroce.

— Merci, je dis en passant devant elle.

La fumée d'encens dans le couloir me fait tousser.

— Vos chaussures ! lance-t-elle.

Je retourne quelques pas en arrière pour me débarrasser de mes Converse, que je laisse tomber à côté des sandales de Ruth. Elle est assise en silence dans le bureau de la psy. Elle ne me crie pas dessus. Ce n'est pas bon signe. Elle secoue la tête et, quand je me penche pour déposer un baiser sur sa joue, elle m'évite.

— Ruth, ne réagis pas comme ça, s'il te plaît. Je travaillais. Je suis désolé, vraiment. Tu sais à quel point tu comptes pour moi.

Ma femme attend que la thérapeute ait pris place dans son fauteuil avant de dire d'une voix calme :

— Jon, je veux qu'on se sépare officiellement.

Mon regard passe de Ruth au Dr Bunce, puis je repose les yeux sur ma femme.

— Ruth, n'en fais pas des tonnes. Je suis en retard, c'est tout !

Elle secoue lentement la tête, comme si elle était à bout de forces.

— Non. Je t'ai dit à quel point cette thérapie était importante pour moi et par conséquent pour notre mariage. Tu as préféré m'ignorer complètement, ce qui est symptomatique de toute notre relation. Tu m'as mise dans une situation insupportable. Maintenant, j'ai une décision à prendre : soit je reste avec quelqu'un en qui je n'ai plus confiance, soit j'espère pouvoir trouver mieux. J'ai choisi la seconde option.

— Non, Ruth, je t'assure que tu es ce qui compte le plus pour…

Je suis interrompu par la sonnerie du réveil de la psy.

— Le rendez-vous est terminé, annonce-t-elle.

— Oh, allez ! je supplie le Dr Bunce.

Elle arque un sourcil d'un air désapprobateur. On dirait une directrice d'école face à un élève récalcitrant. Ma femme se lève.

— Merci pour votre aide, dit-elle à la thérapeute.

Elles échangent un sourire, comme si elles se comprenaient. Le sang-froid dont Ruth fait preuve est exaspérant. Toute cette putain de situation, jusqu'à l'odeur d'encens qui flotte dans la pièce et le poster de lotus encadré au mur, m'irrite au plus haut point.

— Mais c'est du délire, tout ça ! je m'écrie avec l'espoir fou que l'une d'elles va revenir à la raison et exprimer son accord.

Malheureusement, aucune des deux ne m'écoute. La psy chaussée de pantoufles escorte Ruth dans l'entrée. Je les talonne, puis m'échine à faire rentrer mes pieds dans mes tennis, qui sont encore tièdes. Je parlerai à ma femme une fois dehors, quand nous serons seuls. Mais Ruth ouvre déjà la porte. Pour ne pas perdre une seconde, je décide de la suivre en chaussettes. Mes chaussures à la main, j'ignore le Dr Bunce qui me demande de laisser ma femme partir et je sors.

— Ruth ! Ruth, attends !

Sa démarche est si rapide et effrénée qu'elle rend la scène encore plus théâtrale que si elle s'était éloignée au pas de course. Elle est plusieurs mètres devant moi. Comme les petits cailloux sur le trottoir me font mal, j'avance sur la pointe des pieds. La distance entre nous se réduit quand elle s'arrête pour chercher ses clés dans son sac. Lorsqu'elle ouvre sa voiture, je me rue sur la portière côté passager, puis me jette à l'intérieur, à côté d'elle. Elle ne m'accorde pas un regard. Ruth est pourtant du genre à trouver le drame amusant. Quand elle essaye de passer un savon à Jakey, il arrive toujours à la faire rigoler. Cet air grave qu'elle affiche est nouveau. Elle paraît trop exténuée pour rire. Je vois que les tendons de sa gorge palpitent : elle est vraiment en colère.

— Ruth, je suis vraiment désolé. J'étais retenu par mon travail.

— J'ai écouté les nouvelles en venant ici, Jon. Je sais que les vêtements de cette pauvre fille ont été retrouvés. Je sais que tu es allé à Grey's Point et que c'est la raison de ton retard. Tu les choisis encore, même s'ils sont probablement tous morts à cette heure-ci. Tu les choisis, eux, plutôt que nous.

— Non, je ne les choisis pas, j'ai simplement fait quelques découvertes qui suggèrent que les choses ne sont pas telles qu'elles semblaient être… Ils ont menti, Ruth, ils ont tous menti et il faut que je découvre pourquoi. Aujourd'hui, ça fait quatre jours que Grace ne prend plus ses médicaments…

— Mais elle est sûrement déjà morte, Jon ! Ils doivent l'être tous les deux, elle et son père, et ils n'ont plus besoin qu'on s'inquiète pour eux désormais, parce qu'ils n'existent plus ! Ton fils et moi, par contre, nous sommes vivants, et nos problèmes sont on ne peut plus réels. Et pourtant, tu persistes à leur accorder ton temps, à eux, plutôt que de te préoccuper de nous !

C'est presque un soulagement de l'entendre me crier dessus. Elle va fondre en larmes d'un moment à l'autre, je le sens.

— Ruth, écoute, je crois que je vais pouvoir découvrir ce qui est arrivé à Meg et Grace cette nuit-là…

— Ah, parce que tu l'appelles Meg, maintenant ? Comme si vous étiez amis, c'est ça ? Sors ! me crache-t-elle en faisant bien attention à toujours éviter mon regard. Sors de ma voiture sur-le-champ ou j'appelle les flics !

— Ruth, sois raisonnable…

Elle farfouille dans son sac à main, en sort son portable, et je la vois composer le 999. Elle va vraiment le faire.

— Merde. C'est bon, je m'en vais.

J'entrouvre la portière tandis que Ruth tourne la clé de contact. Elle conduit toujours en écoutant la radio, et la voix du présentateur retentit soudain dans l'habitacle.

« Flash info. Cet après-midi, la police du Sud-Ouest a confirmé qu'après une chasse à l'homme de grande envergure, Simon Davis a été emmené au poste de police d'Ashford afin d'être interrogé au sujet du meurtre de Megan Nichols et de la disparition de leur fille, Grace Nichols… »

Ruth éteint la radio, puis m'adresse un petit sourire triste.

— Regarde-toi. Maintenant, tu n'as plus qu'une chose en tête : sortir de cette bagnole pour aller demander des détails à tes potes de la police. Pourquoi es-tu aussi obsédé par ces gens, Jon ? C'est une famille comme une autre, un couple qui n'a pas survécu à la mort de leur fils. Cette terrible tragédie a tout foutu en l'air pour eux. Ça arrive tous les jours, Jon. C'est étrange comme c'est clair quand il s'agit d'une autre famille, alors que c'est si difficile à comprendre quand il s'agit de la nôtre…

— Qu'est-ce que tu veux dire ? Ruth, on n'a rien en commun avec eux.

— Va-t'en, Jon. S'il te plaît. Va-t'en.

Je suis trop fatigué pour me battre, alors je sors du véhicule et je reste planté là, en plein milieu de ce paisible cul-de-sac, à la regarder s'éloigner. Simon a enfin été retrouvé, ce qui signifie que Grace – ou plutôt Zoe – sera peut-être bientôt secourue, et Ruth veut me quitter pour de bon. Tant de changements en si peu de temps… Je suis conscient que le Dr Bunce nous a observés tout au long de notre échange et doit continuer à regarder par la fenêtre en ce moment même, mais je m'en fiche. Quand je pense qu'elle a sans doute incité Ruth à me quitter alors qu'elle ne me connaît pas, qu'elle ne nous connaît pas, ça me rend dingue. Je me rappelle soudain la sensation si agréable que j'ai éprouvée à l'instant où, le vieux club de golf de mon père en main, j'ai cassé la vitre de Megan. Le bruit du verre qui se brise était le plus beau son que j'avais jamais entendu. Évidemment, commettre un acte de vandalisme était stupide de ma part, mais, bon sang, ça m'a fait un bien fou !

Je jette un dernier regard à la maison de la psy, puis je me force à souffler un bon coup avant de m'asseoir au bord du trottoir pour remettre mes chaussures et prendre le temps de me calmer. Je n'ai pas envie d'aller tout de suite dans ma voiture, comme si rester ici un peu plus longtemps allait me permettre de démêler ce qui vient de se dérouler. Dans le ciel, des martinets piaillent et descendent en piqué pour attraper des insectes invisibles. Je comprends le point de vue de Ruth plus que je ne veux bien l'admettre. Et je pense qu'elle le sait, c'est pour cette raison qu'elle est aussi enragée. Notre mariage ne tient plus qu'à un fil et l'unique chose qu'elle me demande de faire pour le sauver, je la foire magistralement. Cependant, quand je pense à arrêter mon enquête, comme ma femme le veut, je me rends compte que j'ai trop de raisons de continuer. Au début, je voulais simplement que Grace soit retrouvée saine et sauve et, si je suis totalement honnête avec moi-même, je dois reconnaître que je souhaitais aussi obtenir ma rédemption.

Mais, à présent, je commence à comprendre l'influence que les Nichols ont sur toute la ville. Je pense à M. Leeson, Zara et Maggie, qui participaient à la battue de nuit. Ces gens ont été rassemblés par Meg et Grace. Toute la communauté protégeait cette jeune fille gravement malade et sa mère, et prenait soin d'elles. Elles étaient une cause commune, une petite famille pour laquelle tous pouvaient se battre et que tous pouvaient aimer. Je ne l'avais pas compris à l'époque. Mon article n'a pas fait que blesser les Nichols, il a insulté tous leurs voisins. Ils ont alors riposté avec cette campagne de diffamation et m'ont provoqué en utilisant mon point faible : mon fils. Je ne crois pas que leur réaction était justifiée. Cela dit, peut-être que mon article ne l'était pas non plus… Cette histoire ne concerne pas que Simon, Meg et Grace, mais il s'agit aussi de la famille au sens plus large. Des gens qui se battent pour la communauté et l'identité qu'ils ont perdues. Voilà pourquoi cette affaire a pris autant d'importance. Et je ne peux pas l'expliquer à Ruth, parce qu'elle ne comprendrait pas : elle a grandi juste à côté de Summervale, elle est l'une d'entre eux. Quand j'ai pris la défense de Simon, j'ai attaqué les habitants d'Ashford qui soutenaient Meg et Grace, et au fond je ne crois pas qu'elle me l'ait pardonné.

Le fil de mes pensées est interrompu par mon téléphone qui se met à vibrer dans ma poche. J'ai trois appels manqués et un texto, tous de Cara : *Appelle-moi.*

Elle veut sûrement discuter de l'arrestation de Simon. Peut-être qu'elle aimerait que je la rassure, que je lui dise qu'on va certainement bientôt retrouver Grace, enfin, Zoe. Mais je n'ai pas d'espoir à lui donner tant que je n'aurai pas contacté Dave pour obtenir des précisions… Pourquoi Cara est-elle différente des autres gens du coin ? Je vois bien qu'elle est vulnérable. À la façon dont elle me regarde, on dirait que je suis à la fois son sauveur tant attendu et la réponse déconcertante à ses prières. Elle est intelligente et elle a de l'instinct. Je ne mentais pas quand je lui ai dit qu'elle ferait une bonne journaliste. Comme elle a grandi aux côtés de Grace, elle en a vu plus que quiconque. Nous savons tous les deux, je crois, que Grace est bien Zoe et que ce secret n'est que le premier d'une longue série. Je pense qu'elle a autant envie que moi de découvrir tous les autres.

Mes articulations craquent quand je me lève lentement du trottoir. Je suis lessivé. C'est comme si ces derniers jours m'avaient vieilli d'une décennie. Je ne sais pas trop où aller, mais je rejoins quand même ma voiture d'un pas traînant. Rentrer chez moi, voilà ce que je vais faire. Ensuite, je passerai un coup de fil à Dave pour voir s'il veut boire une bière ce soir. Je jette un dernier coup d'œil à la maison du Dr Bunce et résiste à l'envie de lui faire un signe de la main quand je vois ses rideaux bouger. Le soleil est maintenant haut dans le ciel. À l'horizon, des nuages sombres se rassemblent vers l'ouest, du côté de Grey's Point.

Sur la route, ma tête se fait lourde sous le coup de la fatigue. Il faut que je me repose pour être lucide quant à Ruth, à Zoe et à tout le reste. Une fois que j'aurai dormi un peu, je relirai le journal intime.

Je suis arrêté à un feu rouge, les yeux écarquillés pour éviter qu'ils se ferment, quand mon portable sonne. Je lui jette un regard furtif. Je m'attends à voir le nom de Cara à l'écran. Mais non, il s'agit d'un numéro caché, ce qui pourrait signifier deux choses : soit c'est du démarchage, soit c'est un appel important.

— Allô ?

— Monsieur Katrin ?

La femme au bout du fil s'exprime d'une voix claire, professionnelle.

— Lui-même, je réponds pour adopter le même registre que mon interlocutrice.

— Monsieur Katrin, c'est l'inspectrice principale Upton à l'appareil. Je vous appelle du poste de police d'Ashford.

— Pouvez-vous patienter quelques secondes, s'il vous plaît ?

Le feu est passé au vert. Il faut que je me gare pour pouvoir me concentrer sur cette conversation. Je me fais klaxonner parce que j'ai oublié d'actionner le clignotant. Je coupe le moteur avant de reprendre l'appel.

— Merci d'avoir attendu.

Pas de réponse. Upton ne me téléphone pas pour recevoir des remerciements.

— Monsieur Katrin, vous savez peut-être que je suis chargée de l'enquête concernant le meurtre de Megan Nichols ainsi que la disparition de sa fille, Grace.

— Oui, je vous ai vue à la télé.

Je grimace dès que ces mots sortent de ma bouche.

— D'accord. Bon, vous avez peut-être vu que nous avons arrêté Simon Davis aujourd'hui.

— Je viens de l'entendre à la radio. Où était…

— Comme vous le savez certainement, il a pris un train pour Londres le lendemain du crime, me répond-elle avant que je puisse poser la question. Nous avons collaboré avec la police de Londres pour tenter de le localiser, et aujourd'hui quelqu'un l'a identifié dans un train à destination de Plymouth, où il a été arrêté. Deux de mes officiers sont en train d'interroger M. Davis en ce moment. Malheureusement, il ne se montre pas très coopératif. Il a fait une demande… inhabituelle. Il dit que c'est à vous qu'il souhaite parler.

Je me laisse aller sur l'appuie-tête. C'est une blague ?

— À moi ?

— Si les circonstances étaient différentes, je rejetterais ses exigences, mais, voyez-vous, c'est assez délicat. Je vous expliquerai tout une fois que vous serez ici.

Je me rappelle notre rencontre dans le café. À son allure, on aurait dit que Simon souffrait du simple fait d'être en vie. Notre échange m'avait fait prendre conscience de la fragilité de l'existence. Mon fils avait failli mourir, comme le sien : j'étais passé à un cheveu de la même tragédie et j'aurais très bien pu finir à cette même place. C'était un peu comme me retrouver face à une version cauchemardesque de moi-même. À ce moment-là, j'ai eu l'impression d'avoir une sorte de lien tragique avec cet homme. Comment allais-je réagir quand je le verrais, maintenant que je savais qu'il avait probablement tué Meg et peut-être aussi sa propre fille ?

— Quand souhaitez-vous que je vienne ?

— Immédiatement, si possible. Je peux envoyer une voiture vous chercher, si vous voulez.

— Pas la peine. Je serai là dans vingt minutes.

J'appuie sur le champignon et, avec la montée d'adrénaline, l'épuisement que j'éprouvais il y a seulement quelques instants disparaît. Et si la robe retrouvée n'appartenait pas à Grace ? Et si Grace était toujours vivante ? Si je ne foire pas tout, je pourrai aider la police à la sauver. Et, dans le fond, je me dis aussi qu'il pourrait s'agir là de l'interview la plus importante de ma carrière. Une histoire qui serait réimprimée pendant des années, et même traduite dans plusieurs langues…

Simon veut me voir. Il ne veut parler à personne d'autre que moi. Il doit penser que j'ai de l'influence… Peut-être qu'il souhaite que je révèle au monde ce qu'il a fait. Si ça se trouve, je suis le seul journaliste qu'il connaît. Ou alors, il aimerait s'entretenir avec moi parce que je suis le seul à l'avoir écouté… Je ne sais pas. En tout cas, on dirait bien que c'est une chance : il s'agit probablement de ma seule véritable opportunité d'aider Grace et il est hors de question que je la laisse tomber.

Tandis que je file sur la voie rapide, j'ai l'impression que le monde s'ouvre devant moi. Comme si je laissais les ruines de mon ancienne vie derrière moi pour me mettre en route vers un avenir meilleur.

# 11

## Cara

Sur la plage, là en bas, la police l'a abritée sous une tente. Ils ne veulent rien nous dire. Les curieux se bousculent autour de moi. Ils chuchotent.

— Que s'est-il passé ?

— C'est la fille handicapée ?

J'ai envie de me cacher. Il faut que je parte d'ici, j'ai besoin d'être avec ma mère. Mon corps se met en marche comme si j'étais en pilotage automatique. Il m'amène à la voiture, puis me conduit au salon de beauté.

Il est à peine moins fréquenté que le reste de la semaine. Sur le trottoir, un petit attroupement contemple les photos de Meg et Grace dans la vitrine. Je n'ai jamais rencontré la plupart de ces gens. Le seul que je reconnais, c'est Brian, mon patron. Je fais comme si je ne l'avais pas vu, même si je sais qu'il m'a aperçue. Tout ce que je veux à cet instant, c'est rejoindre ma mère. À l'intérieur, des ballons sont accrochés aux coins de la pièce, attachés aux sèche-cheveux ou collés aux miroirs. Malgré la foule qui a répondu présent, l'atmosphère est lourde. Ça fait un peu le même effet que d'arriver à la fin d'une fête décevante. Les gens se donnent des coups de coude quand ils me remarquent et me dévisagent. Dennis, le boucher, est debout près de la porte, en compagnie de Barry et Marie. Il passe illico son gros bras autour de mes épaules.

— Martin nous a appelés, il était aussi à Grey's Point. On est vraiment désolés, me dit-il à l'oreille.

Je l'imagine dans son tablier blanc, les mains dans la cage thoracique d'un cochon. L'odeur piquante du sang me revient en mémoire… Je m'écarte de lui instinctivement.

Quelqu'un, sûrement Zara ou ma mère, a affiché des cartes des environs sur les murs, mais plus personne ne les étudie à présent. À quoi bon ? Tout le monde est épuisé. Leurs tee-shirts « Retrouvons Grace » sont tout chiffonnés. Une bonne partie de ces volontaires a passé les trois dernières nuits à faire des battues. Parmi eux, certains, dont le vieux Dr Parker, sont si anéantis qu'ils ont l'air apathiques. Peut-être sont-ils aussi secrètement soulagés de ne plus avoir à poursuivre les recherches. D'autres, comme Zara, ont les joues humides et leur regard brille de colère.

— Cara !

L'amie de ma mère m'appelle dès qu'elle pose les yeux sur moi, avant de s'approcher pour m'étreindre. Elle me guide ensuite à travers la salle en me tenant fermement par la main, comme Meg en avait l'habitude. On passe devant Molly, qui me sourit tout en berçant Zack dans sa poussette, puis à côté de M. Leeson, l'éleveur de moutons. Après avoir croisé Sylvia, qui me serre le bras, on dépasse le vicaire qui a prié à la veillée, ainsi que quelques inconnus. Ma mère est assise au bout d'une table à tréteaux. Elle se tient toute droite, ne bouge pas d'un cil. Elle a essuyé son maquillage, ou alors il est parti avec les larmes. Elle ressemble plus à elle-même que d'ordinaire et, malgré les traces mouillées sur son visage, je la trouve très belle. J'ai envie de m'effondrer, de poser ma tête sur ses genoux, mais quelque chose me retient. Je crois que ma mère essaye à tout prix de garder son sang-froid, car elle sait que, si elle se laisse aller au désespoir, tous les autres la suivront. Le directeur de Rêves d'enfants, David Raffin, est assis à côté d'elle, la tête dans les mains. Un gâteau rose à peine entamé est posé sur la table.

— Cara, ma chérie, je suis heureuse que tu sois là, dit-elle en tendant ses mains tremblantes vers moi.

Elle voit que je regarde le gâteau, et m'explique aussitôt :

— Zara l'a préparé pour l'anniversaire de Meg. C'est aujourd'hui. Elle ne le fêtait jamais de son vivant. Il était toujours éclipsé par l'anniversaire de la mort de Danny. On a pensé… Oh, je ne sais pas… On a pensé que ce serait une bonne surprise pour tout le monde. Que ça remonterait le moral des gens, tu vois. C'était bête.

Je remarque alors les bols de chips et les sandwichs faits maison disposés un peu plus loin. On dirait que personne n'y a touché. Je pense à Danny et à Grace. Alors que je me tiens là, les yeux fixés sur le goûter d'anniversaire de Meg, la main de ma mère dans la mienne. Je me rends compte que ça y est : on est sur le point de perdre tout espoir.

— Maman, je suis allée à Grey's Point et…

Ma mère ferme les yeux. Elle n'a pas envie de me l'entendre dire.

— On sait, ma chérie. La cousine de Zara, Remi, sort avec un policier et il lui a appris qu'ils ont trouvé un corps et qu'ils essayent de l'identifier. Ils se dépêchent parce qu'ils veulent faire une déclaration avant que les gens n'en parlent sur les réseaux sociaux.

Dans un coin, une femme plus âgée qui porte une veste Barbour se met à pleurer. Le directeur de Rêves d'enfants se lève aussitôt pour aller la réconforter.

— Cette pauvre Maggie est restée debout toute la nuit à marcher dans les champs, lâche ma mère avant de se mordre la lèvre inférieure.

On regarde toutes les deux fixement David Raffin qui murmure à l'oreille de la femme pendant quelques secondes. Puis mes yeux se posent sur Zara, qui inspecte les cuticules de Molly pendant que Dennis, à côté d'elles, s'empare d'une grosse part de gâteau. Je me rends soudain compte qu'aucune des personnes présentes ne savait vraiment qui était Grace. On se comporte tous comme si c'était le cas, bien sûr, mais est-ce que certains d'entre nous la comprenaient réellement ? Ou est-ce qu'on aimait juste penser qu'on connaissait la fille dans le fauteuil roulant ? On n'avait aucune envie de penser à la complexité de son existence, de voir autre chose en elle que la gentille petite malade, toujours souriante. Grâce à elle, on se sentait mieux par rapport à nos propres situations.

— Je sais que c'est horrible à dire, mais je suis contente que Meg ne soit plus là, murmure ma mère, comme si elle se parlait à elle-même. Comme ça, elle n'assistera pas à l'enterrement de Grace, et elle n'aura pas à revivre la perte d'un enfant et à endurer toute cette souffrance…

Mon ventre se noue. A-t-elle déjà abandonné ? Si elle le fait, tous ceux présents dans cette pièce la suivront… Elle presse ma main plus fort en secouant à nouveau la tête, puis lève enfin les yeux vers moi.

— Tes mains sont gelées, ma chérie ! Viens là, assieds-toi à côté de moi pour que je puisse te réchauffer.

Elle désigne la chaise vide à côté de la sienne. Je la rapproche un peu et ma mère décroise les jambes avant de se mettre à frotter mes mains dans les siennes, en silence. Nous nous regardons dans les yeux et j'ai l'impression de vraiment la voir, à cet instant-là, de la connaître bien mieux qu'avant. Ma mère. Elle est bien plus que ce que la plupart des gens voient.

— Tu sais, Cara, chaque fois qu'on s'engueulait, j'allais voir Meg, me confie-t-elle à voix basse. Elle était toujours de très bon conseil, même si Grace était plus jeune que toi. C'était comme si elle savait instinctivement comment être la mère d'une ado. Elle faisait toujours preuve de sagesse avec Grace… elle gardait son calme en toutes circonstances.

Nous fixons toutes les deux ses mains qui réchauffent et revigorent les miennes. Tant que je continue à les regarder, c'est presque comme si on était seules.

— Maman… Meg et toi, vous vous disiez toujours tout ?

— Meg était ma meilleure amie, ma chérie. Je ne lui ai jamais rien caché.

— Mais ça t'est arrivé d'avoir l'impression qu'elle, elle te cachait des trucs ? Qu'il y avait des éléments de son passé dont elle ne parlait pas ?

Les mots sont sortis de ma bouche sans que je puisse les retenir. Maman arrête de me frotter les mains et les lâche. Je lève le regard sur elle. À force d'être mordillée, sa lèvre inférieure est devenue toute rouge.

— De quoi tu parles, Cara ?

— C'est juste que… Tu as dit que Meg connaissait bien les ados. Je me demandais s'il t'était arrivé de penser que Grace faisait plus que son âge.

Ma mère me dévisage comme si elle ne me reconnaissait pas. Comme si j'étais une étrangère. Puis la panique la sort de sa torpeur.

— Qu'est-ce que tu sais que tu ne me dis pas ? me lance-t-elle d'une voix perçante. Cara, je ne sais pas de quoi tu veux parler, mais j'arrive à peine à garder mon calme, donc, s'il te plaît, ne…

Elle se lève si brusquement que sa chaise se renverse derrière elle. Le fracas nous fait toutes les deux sursauter. Toutes les têtes se tournent vers nous. Ma mère s'empresse de s'excuser, mais sa voix est étouffée parce qu'elle s'est couvert le visage des mains. Martin s'approche pour relever sa chaise, mais elle dit, plus à elle-même qu'à lui :

— Non, c'est bon, ça va.

C'est à ce moment-là que les vannes s'ouvrent : elle est secouée par des sanglots profonds et gutturaux, le genre de pleurs qui sont rarement publics. Des bruits que je n'ai jamais entendus de ma vie sortent de sa bouche, comme les cris d'un animal.

Zara abandonne les ongles de Molly pour venir vers nous. Toute l'assemblée semble retenir son souffle. Je n'ai jamais vu ma mère dans un tel état. Je ne l'ai jamais vue aussi vulnérable. J'ai envie de m'approcher d'elle, de la prendre dans mes bras, mais je ne bouge pas, parce que c'est ma faute si elle a perdu ses moyens. Je l'ai contrariée, j'ai aggravé la situation. Je n'aurais pas dû venir. Il faut que je me tire d'ici, vite. Alors que je traverse la salle, je sens une main se poser sur mon bras pour me retenir et je la repousse brusquement. Je ne connais pas bien ces gens, je ne veux pas qu'on me touche. Les volontaires reculent alors que je me précipite en trébuchant vers la porte, aveuglée par les larmes. Je cherche les clés de ma mère dans mon sac, puis je traverse la rue en courant, sans prendre le temps de regarder si la voie est libre. Une voiture s'arrête dans un crissement de pneus à quelques mètres de moi. Un klaxon retentit.

— Putain, t'es débile ou quoi ? crie l'homme qui a sorti la tête par la fenêtre du côté passager.

Je l'entends à peine. Une fois au volant, je m'éloigne avec l'impression que le monde entier me scrute.

Puisque je ne sais pas où aller, je prends la direction de la côte. Tout comme Grace, je veux sentir le vent sur ma peau, entendre les vagues s'écraser contre les rochers. Je veux connaître ce monde solide et réel. Et, surtout, ne plus penser au chagrin terrible de ma mère.

À un carrefour, un panneau attire mon attention : « CIMETIÈRE ET CRÉMATORIUM PEACEWAYS ». J'ai beau avoir emprunté cette route des centaines de fois, je n'ai jamais pris à gauche à ce croisement. Danny est enterré là-bas, j'en suis quasi certaine. À part ma mère, personne n'a mentionné le frère de Grace aujourd'hui.

C'est comme s'il était mort une seconde fois avec sa mère et sa sœur. Je me souviens qu'un jour Grace m'a parlé de leurs visites au cimetière. Meg avait acheté tous les emplacements à côté de la tombe de son fils. Mon amie trouvait ça bizarre de savoir qu'à sa mort elle serait mise en terre là, près de son frère. Elle m'a montré une photo sur le téléphone de Meg. À la vue des peluches qu'elles avaient disposées contre la pierre tombale, un frisson m'a parcourue. J'ai rapidement détourné les yeux, c'était trop pour moi. Maintenant, j'essaye de me souvenir d'autres détails, mais tout ce qui me revient, c'est le saule pleureur dans un coin de l'image.

Je me décide à prendre à gauche. La longue route qui mène au cimetière est bien entretenue. Je me gare près de l'entrée, à côté d'un corbillard vide. Puisque j'ai besoin d'un peu de paix, je laisse mon portable dans la voiture. Les nuages se sont de nouveau amassés dans le ciel, on dirait bien qu'il va pleuvoir. Avant de sortir dans l'air frais, je m'empare de l'imper de ma mère qui traîne sur le siège passager. Même en juin on a l'impression d'être en hiver, ici. Je frissonne. Le cimetière, divisé en plusieurs sections qui semblent interminables, me fait penser à une sorte de labyrinthe de la mort. Certaines des sépultures les plus anciennes, recouvertes de mousse verte, se sont inclinées sur le côté au fil des ans. Les plus récentes se dressent, robustes et fières, comme si ceux enterrés dessous étaient encore en train d'essayer de se battre contre la mort. Les allées pavées de briques rouges sont glissantes, et les marches qui relient les différents niveaux aussi. Partout où je pose les yeux, je découvre des voies qui mènent à davantage de tombeaux. J'avance au hasard et je m'arrête de temps en temps pour lire les noms inscrits sur les stèles qui attirent mon regard.

Quand il se met à pleuvoir, je mets le capuchon de l'imper de ma mère, mais le bruit de la pluie qui tombe dessus est trop fort : il me rappelle celui des gouttes de sang.

Alors, je me découvre la tête et laisse mes cheveux se faire mouiller. Une odeur de moisissure et d'herbe fraîchement coupée flotte dans l'air. Quelques mouettes piaillent là-haut dans le ciel, si assombri par les nuages qu'on se croirait au crépuscule. Soudain, je prends conscience que je suis seule dans un cimetière. J'ai même l'impression d'être la seule personne vivante à des kilomètres à la ronde. Normalement, je devrais être effrayée, pourtant je ressens au contraire un calme étrange au milieu de toutes ces tombes. Je suis vraiment claquée. J'aimerais tellement m'allonger dans l'herbe douce pour plonger moi aussi dans un profond sommeil, le temps de quelques minutes…

L'averse redouble d'intensité, et je me dirige vers la bordure du cimetière pour m'abriter sous les arbres. Une goutte froide descend le long de mon dos. Un frisson me traverse et je replace aussitôt la capuche sur ma tête. La lumière blafarde, étouffée peu à peu par les nuages, a pris une teinte jaune. Je jette un coup d'œil derrière moi, vers le crématorium, en quête de réconfort. Vu d'ici, on dirait un modèle réduit. Une nouvelle voiture stationne sur le parking, les phares allumés. Au moment où je décide de rebrousser chemin, quelque chose attire mon attention. Je reconnais cette silhouette, ces branches qui pendent. Il pourrait bien y avoir une centaine de saules pleureurs ici, mais celui-ci n'est pas très loin de moi. Il marque l'entrée d'un petit bois qui borde le cimetière. Comme je me suis donné la peine de venir jusqu'ici, j'ai envie de trouver la tombe de Danny. J'ai besoin de voir cet endroit où Grace pourrait bientôt être inhumée à son tour. Les larmes me montent aux yeux et je me mords la lèvre. Je ne veux pas pleurer maintenant.

Je me rapproche. J'en suis certaine à présent : il s'agit bien de la sépulture que j'ai vue en photo. À l'écart des autres, elle a l'air étrangement solitaire. Alors que je marche vers elle, je ressens une sorte de pression dans mon dos, un picotement qui me met mal à l'aise. J'ai comme l'impression que des centaines d'yeux me surveillent. Malgré la pluie battante, je ne m'arrête pas. Mes pieds glissent dans mes tongs et la boue fait des bulles entre mes orteils. L'averse résonne à mes oreilles comme du tonnerre. Les mouettes crient. Je garde la tête baissée parce que les gouttes m'aveuglent. C'est seulement quand j'arrive à côté de la tombe que je relève les yeux et que je la vois. Une personne est agenouillée à côté de la stèle de Danny. Elle fait bien attention à ne pas mettre de poids sur sa minuscule sépulture, comme si elle craignait de lui faire du mal. Une petite main maculée de terre caresse la courbe de la pierre tombale. L'inconnu porte un imperméable d'homme trop grand. Je m'arrête sur-le-champ, comme paralysée, mais mes pensées tourbillonnent. L'individu est d'abord trop distrait pour remarquer ma présence. Il farfouille dans la terre en murmurant quelque chose à Danny, jusqu'à ce qu'il sente que quelqu'un l'observe et lève les yeux sur moi. Dans la seconde où nos regards se croisent, le monde que je croyais connaître disparaît pour toujours, parce que ce regard m'est familier. Ces yeux, je les ai vus rire et je les ai aussi vus se remplir de larmes et de souffrance. Les yeux de Grace. Elle se lève d'un coup et lâche un grognement. C'est Grace, et en même temps ce n'est pas elle. Elle n'est pas effrayée. À vrai dire, elle n'a pas l'air de me reconnaître, et son regard est dur. La pluie tombe à verse autour de nous. Après avoir secoué la tête, la fille qui n'était pas censée pouvoir marcher me tourne le dos et s'enfuit en courant.

15 décembre 2018

Cher journal,

David, le directeur de Rêves d'enfants, a envoyé le minivan de l'association nous chercher à l'hôpital pour nous ramener à la maison. J'ai observé le conducteur pendant que maman regardait par la fenêtre. Elle croit que David s'en veut de nous avoir présentées à Jon Katrin et pense que tout ce qui est arrivé est de sa faute. J'ai entendu maman en parler avec Lola tout à l'heure, quand elle était en train de ranger toutes les cartes de vœux que nous avions reçues de nos amis à l'hôpital.

— David est même en train de voir s'il peut allouer une partie du budget de l'association à l'achat d'une voiture pour nous. Un monospace assez grand pour y mettre le fauteuil roulant.

— Il vous doit bien ça, franchement. Rien de tout ça ne serait arrivé s'il ne vous avait pas suggéré de faire cette interview.

Maman n'a rien répondu. Je ne crois pas qu'elle en veuille à David, seulement à Jon Katrin. Comme elle l'a dit au Dr Parker après « l'incident » : David n'a pas forcé le journaliste à se saouler et à vandaliser notre maison. Jon est le seul responsable.

Pour le minivan, on m'avait prévenue, mais par contre, je ne savais pas que j'allais trouver plein de gens dans notre salon, levant leurs verres de vin chaud à notre arrivée. C'était une vraie surprise ! J'ai tout de suite repéré Susie, Zara, Martin et Sylvia. Tous les voisins que nous connaissons étaient présents, et aussi quelques habitants de la rue que nous n'avions jamais rencontrés. Quelqu'un avait accroché à la fenêtre de devant une jolie bannière « BIENVENUE À LA MAISON, MEG ET GRACE ! ». Elle dissimulait le trou que le journaliste y avait fait avec son club de golf. Dans le coin près de la cuisine, un sapin de Noël brillait de mille feux, j'en étais tout éblouie. Il y avait de la musique de Noël, mais le volume des haut-parleurs qui diffusaient *Rocking around the Christmas Tree* était trop fort pour moi. J'ai compris à la façon dont maman me regardait qu'elle était au courant pour la fête. Je ne me sentais pas bien et j'avais envie d'aller au lit. Elle a pris ma main dans la sienne, puis l'a serrée deux fois, comme pour me dire : « Ne t'en fais pas, je suis là. »

Tous les invités ont applaudi quand je suis entrée dans la pièce, mais, ensuite, ils ne semblaient plus trop savoir quelle attitude adopter. Ils ne pouvaient pas vraiment me féliciter comme si j'avais accompli quelque chose. J'étais simplement restée en vie, et c'est un peu bizarre de dire à quelqu'un : « Bravo, tu as encore une fois réussi à ne pas mourir ! » Susie a été la première à s'approcher de moi. Avec son bonnet de père Noël, elle ressemblait à une poupée. Après m'avoir coiffée d'un chapeau de lutin qui gratte, elle a déposé un bisou sur ma joue.

— Bienvenue chez toi, Grace !

Même si j'adore Susie, c'était sa fille que j'avais le plus envie de voir. Je lui ai demandé si elle viendrait plus tard.

— Oh, Cara est en cours, ma chérie, je suis désolée. Elle passe son bac blanc d'anglais aujourd'hui, a-t-elle précisé en croisant ses doigts manucurés.

Debout à côté des tartelettes de Noël, le Dr Parker m'a lancé un regard malicieux en remuant ses sourcils gris, un grand sourire aux lèvres. Maman m'a serré la main et j'ai souri. Tous les autres sont alors venus m'embrasser, comme si j'étais un genre de mascotte qu'ils avaient tous envie de toucher. Mais ce n'était pas insurmontable. Maman n'a pas lâché ma main, donc je savais que je m'en sortais bien.

David a déclaré que Martin était un véritable héros parce qu'il surveillait la rue le soir où le journaliste a pété les plombs. Quand il l'a vu sortir de sa voiture et l'a entendu crier le nom de maman, il a tout de suite appelé la police. Martin avait l'air de passer un bon moment. Il aime qu'on le félicite. Chaque fois que quelqu'un lui demandait de raconter les événements, les mots sortaient de sa bouche aussi vite que le Coca s'échappe d'une cannette trop secouée. Quand le photographe (pas Ben, un autre) a pris une photo de Martin avec maman et moi, notre voisin s'est placé de l'autre côté du fauteuil roulant et a posé sa main sur ma nuque. On nous a dit que le *Cornish Chronicle* allait publier des excuses pour l'article. Susie est d'avis que le rédacteur en chef aurait dû être viré, mais maman est contente qu'il ait droit à une seconde chance. Apparemment, il a une famille à nourrir. À part moi, tout le monde a mangé du gâteau et bu des boissons pétillantes. L'incident avec Jon était au cœur des conversations et ils ont tous décrété que c'était un vrai connard. Maman n'a pas cessé de me serrer la main. Elle avait l'air heureuse et je l'ai trouvée très jolie.

Après la fête, Sylvia, Zara et Susie ont débarrassé et fait la vaisselle pendant que maman m'accompagnait enfin dans ma chambre. J'ai trouvé Cookie endormie sur ma couette, comme si elle n'avait pas bougé en attendant mon retour. Pendant que maman rangeait mes affaires, j'en ai profité pour lire les cartes que j'avais reçues à l'hôpital, qui me souhaitaient un bon rétablissement et de joyeuses fêtes. Beaucoup d'entre elles avaient été envoyées par des inconnus. Toutes les enveloppes étaient ouvertes, ce qui veut dire que maman les avait lues. Elle avait sûrement déjà rangé tout l'argent qu'elles contenaient dans la boîte rouge au fond de son armoire, comme toujours. Les banques ont arnaqué papi et lui ont piqué des tonnes de fric, donc on ne leur fait plus confiance. On nous a écrit les mêmes trucs que d'habitude. Les gens nous trouvent très courageuses et ils sont désolés que nos vies soient aussi dures. Certains nous confient que leur père ou leur mari était un homme violent. Une femme nous raconte même avoir été battue avec une poêle. Ils veulent nous dire qu'ils savent ce que c'est, qu'on est pareils. Mais personne ne nous dit que leur père a tué leur frère, donc aucun d'entre eux ne peut savoir ce que nous avons vraiment vécu…

Une fois que j'ai été prête à me coucher, maman m'a laissée me connecter sur notre page Facebook pour me faire plaisir. La page « Meg et Grace » a plus de trois mille abonnés et maman dit qu'ils nous apportent beaucoup de soutien. C'est par ce biais qu'elle fait la plupart de nos levées de fonds. J'ai écrit un petit message afin de remercier les gens pour tous leurs mots gentils :

« Enfin rentrée à la maison ! Merci à vous tous pour votre aide. C'est vraiment très encourageant pour nous deux dans ces moments difficiles. Un grand merci aussi à ma maman qui est toujours à mes côtés. Joyeux Noël ! »

J'ai ajouté « Je t'aime, maman » à la fin, sans même qu'elle me le demande. Je savais qu'elle apprécierait. C'est à cet instant-là que la sonnerie du téléphone a retenti. Nous avons toutes les deux gardé le silence. C'est plus facile de prétendre qu'on ne l'entend pas. Mais il n'a pas arrêté de sonner.

— Pourquoi ne peut-il pas nous laisser en paix ? s'est écriée maman.

Je l'ai haï encore plus, parce qu'il faisait de la peine à maman alors qu'elle était si heureuse un instant plus tôt.

— Je pense que je vais dormir près de toi ce soir, ma souris.

Elle est allée vérifier que toutes les portes et les fenêtres étaient bien fermées, avant de traîner le matelas d'appoint jusque dans ma chambre. On sait très bien, toutes les deux, qui continue à nous appeler sans cesse. C'est le plus grand de tous nos secrets.

Affectueusement,
Grace

# 12

# Jon

La dernière fois que je me suis retrouvé au poste de police d'Ashford, c'était après mon arrestation sur la pelouse de Meg, quand les flics avaient dû m'arracher le club de golf des mains. L'odeur des lieux, semblable à celle d'un hôpital ou d'une école, m'est familière. Un mélange d'eau de Javel et de désodorisant. Je songe un instant à parler à Upton de l'existence de GoodSam et de ce que j'ai appris sur l'identité de Grace, mais je me ravise en moins de deux : ça reviendrait à lui avouer que j'ai caché des informations à la police… Je suis trop sur les nerfs pour réfléchir à toutes les conséquences qui pourraient découler d'une telle action. De toute façon, les forces de l'ordre sont peut-être déjà au courant. Et je n'ai surtout pas envie d'offrir plus de munitions à Ruth ni de lui donner une raison de vouloir me tenir éloigné de Jakey. Je ne vais donc pas prendre ce risque. Pas pour l'instant, en tout cas.

L'inspectrice principale m'accompagne jusqu'à une salle d'interrogatoire aux murs gris, sans fenêtre. Une table en métal est fixée au sol, près d'un mur. De même pour les quatre chaises qui l'entourent. La pièce dispose d'une seconde porte, dans le coin le plus éloigné de la première. Après avoir pris place sur l'un des sièges, Upton me désigne celui qui lui fait face.

— Asseyez-vous, je vous prie.

Je m'exécute. Je m'attendais à ce qu'elle me donne des instructions, mais vu la façon dont elle se penche au-dessus de la table, les mains jointes, j'ai l'impression qu'elle s'apprête plutôt à me faire une révélation de première importance. Elle prend une profonde inspiration avant de se lancer.

— Mes collègues en feront part à la presse sous peu, toutefois je voulais que vous l'appreniez de ma bouche : le corps d'une jeune fille a été retrouvé ce matin, près de Grey's Point…

Elle s'interrompt en voyant ma grimace.

— Vous ne le saviez pas ?

Je secoue la tête. J'avais seulement entendu parler de la robe, pas d'un cadavre. Tous ces appels manqués de la part de Cara me reviennent en tête : voilà pourquoi elle souhaitait tant me joindre.

— J'étais occupé, ce matin. Est-ce que c'est…

Prononcer son nom est au-dessus de mes forces.

— Des civils ont aperçu le corps, donc nous avons dû aller très vite pour éviter qu'il y ait trop de spéculations sur les réseaux sociaux, reprend-elle, très professionnelle. Nous avons pu faire passer les analyses en priorité et le labo vient de nous apprendre que le groupe sanguin n'est pas le bon. Ce n'est pas Grace.

À ces mots, j'ai l'impression de pouvoir de nouveau respirer librement. Il reste donc une chance qu'elle soit encore en vie.

Je remarque alors les fines veines rouges qui forment comme des toiles d'araignée dans les yeux d'Upton et je prends conscience qu'elle doit être dans le même état que moi, tendue et exténuée.

— Nous passons encore la zone au peigne fin, reprend-elle avant de lancer un coup d'œil à sa montre. Monsieur Katrin, Simon Davis va être amené ici d'un instant à l'autre et j'aimerais être sortie de la pièce à ce moment-là. (Elle pose les coudes sur la table.) Je suis certaine que vous savez déjà à quel point il est inhabituel de laisser un suspect échanger avec quelqu'un d'extérieur aux forces de police, mais il nous a donné des raisons de croire que Grace pourrait être encore vivante. C'est pourquoi nous prenons ces dispositions exceptionnelles.

Adam Rufton me revient en tête. On a accusé les forces de l'ordre d'avoir été négligentes et trop rigides dans cette affaire. On dirait bien que l'inspectrice Upton essaye d'apprendre des erreurs de ses collègues.

— Je sais que vous avez déjà rencontré Simon Davis, donc vous savez qu'il a des tendances paranoïaques et qu'il est aisément distrait. Vous êtes le seul auquel il accepte de se confier. Nous ne savons pas du tout ce qu'il veut vous dire, ni même s'il a réellement une information à vous transmettre, alors essayez simplement de l'empêcher de se disperser et ne lui mettez pas trop de pression. La conversation sera enregistrée.

J'opine et Upton poursuit :

— Mes supérieurs s'inquiètent qu'un journaliste rencontre notre principal suspect…

— Je ne vais pas écrire sur le sujet, en tout cas pas avant que Grace ne soit secourue, si c'est ce que vous sous-entendez.

Les épaules de mon interlocutrice se relâchent avant de se contracter à nouveau quand quelqu'un frappe bruyamment à la porte par laquelle nous sommes entrés.

— Bonne chance, monsieur Katrin, me souhaite-t-elle à voix basse.

Sur ce, elle se lève et sort par la seconde porte, si rapidement que je n'ai pas le temps de l'interpeller, de lui dire que je ne suis pas prêt. On toque de nouveau. Je ne sais pas ce que je suis censé faire, alors je crie :

— Entrez !

Le battant s'entrouvre. Mes jambes se mettent immédiatement à trembler. J'imagine aussitôt les flics qui regardent la vidéo dans la pièce adjacente, leurs commentaires sur ma nervosité, et je force mes membres à s'immobiliser. Tout à coup, la tâche qui m'attend me paraît très intimidante. Je ne suis pas un intervieweur à strictement parler, et le peu de technique que je possède en la matière est assez rouillé. Upton ne m'a même pas suggéré de questions à poser. Je pensais qu'elle me préparerait davantage, mais clairement le temps presse. Je ferme les yeux brièvement et me représente le visage de Grace. Je me rappelle que cette rencontre est une chance de l'aider. Elle a besoin de moi ; je ne peux pas échouer.

Un grand bruit métallique retentit quand la porte s'ouvre finalement, et Simon, menotté à un petit gardien trapu, s'avance d'un pas traînant. Le prisonnier garde la tête baissée, docile comme un chien battu. Il porte un jean crasseux trop grand pour lui et un pull bleu marine. Il prend place sur la chaise en face de moi. Pour m'empêcher de le scruter, je nous verse de l'eau dans des gobelets en plastique. C'est seulement une fois que le gardien a quitté les lieux que le père de Grace lève le regard sur moi. Il a des rides profondes autour de la bouche et des yeux. Toutes les peines qui le poursuivent depuis de nombreuses années sont inscrites sur ses traits. Ses cheveux sont emmêlés et sa courte barbe est mal taillée. Il a l'air blasé, comme s'il avait perdu toute foi en la bonté du monde ; j'ai l'impression que rien ne peut le toucher. Si je lui mettais une droite, il ne bougerait pas d'un cil.

Je ne me souviens plus de l'approche que j'avais choisie car, maintenant qu'il est devant moi, je me rends compte que je me suis trompé : ce n'est pas en tant qu'intervieweur que je suis ici. Cette rencontre a été organisée à la demande de Simon et j'ignore pourquoi il souhaite me parler à moi… Peut-être parce que je suis père, moi aussi. Il est même possible qu'il soit au courant pour le cancer de Jakey, toute cette merde sur les réseaux et mon arrestation. Il sait peut-être que, pendant quelque temps en tout cas, je n'ai pas été loin de me retrouver à la place où il est maintenant.

— Bonjour, Jon, dit-il d'une voix rauque.

Il m'adresse un bref sourire, comme si nous étions de retour dans ce café à Plymouth, au lieu de nous trouver dans la salle d'interrogatoire d'un poste de police.

— Comment va votre fils ? C'est quoi son nom, déjà ?

La bile me monte à la gorge et je déglutis. Je jette un regard furtif à la caméra. Je n'ai pas envie de prononcer son nom dans cette petite pièce qui respire la tristesse et les regrets. Je m'éclaircis la gorge.

— Ja…

Je tousse. Ma bouche a un goût âcre.

— Jacob, je reprends.

Simon garde ses yeux vides rivés sur moi et un coin de sa bouche tressaille comme s'il retenait un sourire.

— C'est ça, Jacob. Il va mieux ?

J'acquiesce d'un signe de tête. Je sens la chaleur me monter aux joues.

— Vous avez l'air gêné, Jon.

Tout à coup, ses yeux roulent dans leurs orbites d'une façon vraiment étrange. Une sorte de frémissement aussi rapide que le mouvement de la langue d'un serpent.

— Non, c'est juste que…

— Vous n'avez pas l'habitude que ce soit à vous qu'on pose des questions, c'est ça ?

Et encore une fois, ses yeux tressautent. Il ne m'a pas l'air d'aller très bien. Sa bouche tremblote de nouveau et je me rends compte qu'il ne s'efforce pas de réprimer un sourire, mais plutôt de s'empêcher de marmonner quelque chose. Il y a vraiment un truc qui cloche chez lui.

Je m'aperçois que je le dévisage, alors je baisse le regard sur la table et m'empare de mon gobelet. Simon remarque

que ma main tremble. J'espère que les gens qui nous observent ne le voient pas, eux. Mon interlocuteur attend une réponse.

— Non, je ne pensais pas que les questions me concerneraient.

Simon hausse les épaules.

— Je comprends. Tout le monde veut poser les questions, mais personne n'a envie d'être celui qui doit y répondre. Vous avez déjà remarqué ça ?

Après avoir porté son gobelet à ses lèvres de ses deux mains pour boire, il se lèche les lèvres. Le coin de sa bouche se tord à nouveau. Même si je crois deviner trois syllabes, je ne comprends pas le mot. Il ferme brièvement les paupières, comme pour retrouver la maîtrise de lui-même, avant de demander :

— Vous connaissez la date d'aujourd'hui ?

Je jette un œil à ma montre par réflexe, alors qu'en fait je sais très bien quel jour on est.

— Le 6 juin, j'énonce lentement. C'est l'anniversaire du décès de Danny.

Il fixe ses doigts écartés devant lui comme s'il en avait besoin pour compter les années, puis il lève la tête, les yeux écarquillés.

— Vingt et un ans... Vingt et un ans à revivre cette journée. Une vie entière à souhaiter être mort à la place de mon fils.

Sa voix ne flanche pas, mais il pince les lèvres le temps d'une seconde. Au fil des ans, le chagrin de cet homme a grandi jusqu'à l'étouffer. Je jette un coup d'œil à la caméra. Upton a dit que je n'avais que dix minutes... Il faut que je fasse tout mon possible pour le pousser à se confier.

— Simon, il faut qu'on parle de Grace.

Je tourne la tête pour qu'on ne voie pas mes lèvres bouger sur la vidéo et j'ajoute à voix basse :

— Ou de Zoe.

Il écarquille les yeux quand je prononce ce nom. Il est surpris que je le connaisse.

— Grace ? murmure-t-il, les sourcils froncés.

Il ne veut pas l'appeler par son vrai prénom ici. Ses yeux parcourent la petite salle. On dirait qu'il s'attend à découvrir sa fille cachée quelque part. Il s'arrête soudain et me fixe du regard, avant d'esquisser un petit sourire en coin.

— Elle a toujours été si petite. Quand elle est née, elle était si minuscule que je pouvais la soulever d'une seule main.

Simon lève sa main droite comme pour me faire une démonstration et je suis terrifié pour le bébé imaginaire qui y repose.

— Mais je n'avais pas le droit de la voir. Elle a dit que je ne pouvais pas l'approcher parce que j'étais trop dangereux.

— Qui a dit ça ? Meg ?

Ses yeux examinent de nouveau la pièce, comme si toute sa famille décédée se trouvait ici avec nous, puis son regard se pose sur moi.

— Elle a dit qu'après ce qui était arrivé à Danny, je ne devrais plus m'approcher d'enfants, parce que j'étais dangereux, que je leur ferais du mal même si je ne le voulais pas... Elle a aussi dit que je l'ai poussée dans l'escalier.

— Et vous l'avez fait ? Vous avez poussé Meg dans l'escalier ?

Le coin de sa bouche frémit de nouveau. On dirait qu'il n'arrive plus à retenir les mots ni à les libérer. Trois syllabes s'échappent soudain de ses lèvres, mais je ne parviens toujours pas à comprendre leur signification.

— Non, non, dit-il en secouant la tête.

D'abord, je pense qu'il pleure, puis je comprends que, si ses épaules tressaillent, c'est parce qu'il rit.

— Je ne sais pas. Je ne me rappelle pas...

Il se tire les cheveux violemment.

— Mais ces derniers temps vous avez souvent appelé leur ligne fixe, c'était pour essayer de parler à votre fille, non ?

— Grace voulait que je lui téléphone, donc j'ai appelé... Je n'ai pas arrêté d'essayer de lui parler.

— Comment saviez-vous qu'elle souhaitait s'entretenir avec vous ?

— Je ne sais pas, je ne sais pas...

Simon éclate alors en sanglots bruyants, un peu comme si son rire s'était transformé en pleurs. Il ne verse pourtant pas une larme. Et puis, tout à coup, il se fige et recouvre son calme. C'est très étrange, j'ai l'impression de m'adresser à plusieurs personnes. Il se racle la gorge, comme s'il était resté parfaitement posé tout au long de notre échange, mais je vois bien que son regard est fébrile et que ses dents s'entrechoquent par moments comme pour retenir ces mots qu'il ne prononce pas. Quand il se met enfin à parler, c'est pourtant avec une clarté presque alarmante.

— Écoutez, après la mort de Danny, j'étais une épave. Meg n'arrêtait pas de me répéter que tout était ma faute, et je n'ai pas eu de mal à la croire... Le sentiment de culpabilité que j'éprouvais était insupportable. Et puis Grace est née prématurément et Meg a décrété que c'était à cause de moi, à cause du stress qu'elle avait subi suite à la mort de notre fils. Pour elle, j'étais donc responsable des maladies de Grace. Et je l'ai crue. J'ai pensé que ce serait mieux pour ma fille que je me tienne éloigné d'elle.

Il balaye de nouveau les lieux du regard et je crains de perdre son attention.

— Racontez-moi ce qu'il s'est passé ensuite.

— Un soir, j'ai eu un coup de téléphone de l'hôpital, reprend-il, les yeux écarquillés. Ils n'arrivaient pas à joindre Meg et ils avaient trouvé mon numéro dans le dossier de Grace, il y était toujours indiqué. Ils m'ont appris que ma fille était malade, qu'elle avait une méningite. Je suis tout de suite allé à l'hôpital et on m'a dit que Meg avait déjà emmené Grace à la maison. Comme je possédais toujours une clé de la porte de derrière, je suis entré. Je voulais seulement lui parler, c'est tout.

— Mais vous avez emmené Grace avec vous.

— Je... je voulais seulement lui parler, pour m'assurer qu'elle allait bien..., dit-il en secouant énergiquement la tête.

— Vous ne pouviez pas les laisser tranquilles, c'est ça ? Vous n'avez pas arrêté d'appeler leur ligne fixe, mais elles vous ont ignoré, alors vous avez enlevé Grace de nouveau, n'est-ce pas, Simon ? Vous l'avez prise avec vous après avoir tué Meg.

Il devient aussi immobile qu'une statue. Ses pupilles sont noires et paraissent sans fond. Puis, subitement, il regarde par-dessus mon épaule et déclare d'un ton aussi calme que si nous parlions de la pluie et du beau temps :

— Je n'ai jamais eu envie de faire du mal à Meg.

— Ce n'est pas pareil que de dire que vous ne l'avez pas fait.

Il se met à secouer frénétiquement la tête. Je pense alors à prononcer de nouveau le véritable prénom de sa fille ou à lui révéler que je connais sa vraie date de naissance, mais je n'en fais rien, car je crains de le pousser à bout. Simon cesse tout à coup de s'agiter, cligne des yeux, puis semble se détendre.

— Il faut que vous la retrouviez, Jon. Retrouvez-la.

— D'accord, mais j'ai besoin de votre aide. Dites-moi exactement où elle se trouve.

— Pourquoi j'aurais demandé qu'on vous fasse venir ici si je savais où elle était ?

Je ne sais pas quoi répondre à ça.

— Pourquoi moi ?

— Parce que vous savez ce que c'est d'avoir un enfant gravement malade, et vous savez aussi ce qu'on ressent quand le monde entier vous hait. On a ça en commun, vous et moi.

Je palpe mon poignet en quête de l'élastique et, comme il n'y est plus, je presse l'ongle de mon pouce dans la partie molle de ma paume pour m'empêcher de lui hurler que je n'ai rien à voir avec lui. Il lève les mains et pointe son index vers moi.

— Mais il y a aussi une grosse différence entre nous, ajoute-t-il. Vous, vous avez le pouvoir de dire la vérité au monde.

— Et c'est quoi, la vérité, Simon ?

Le père de Grace ferme les yeux très fort et se met à secouer la tête d'avant en arrière en marmonnant des paroles qui n'ont aucun sens, puis il se tire rageusement les cheveux. Sans crier gare, il se lève brutalement pour se pencher au-dessus de la table. Son visage est tout près du mien, et je peux lire la colère et la douleur dans son regard.

— La vérité, c'est... La vérité, c'est que je ne me souviens pas de ce qui est vrai... c'est tout... Je ne m'en souviens pas ! crie-t-il avant de s'effondrer, secoué par les sanglots.

J'entends la clé dans la serrure. Simon se cache le visage dans les mains et, après s'être tourné dos aux caméras, s'essuie les joues. À ce moment-là, il lève un peu la main et je vois que ses lèvres sont serrées en une ligne dure. Il grommelle encore une fois ces trois syllabes, mais cette fois assez clairement et assez fort pour que je puisse les entendre :

— Les jumeaux.

Fébrile, je suis en train de faire les cent pas quand Upton pénètre dans la salle d'interrogatoire.

— Vous auriez pu me prévenir qu'il avait complètement perdu la boule, merde !

Ma voix trahit plus de colère que je n'en ressens en réalité. « Les jumeaux »... Que voulait-il dire par là ?

— Oui, vous avez raison, reconnaît-elle, les mains levées en signe d'apaisement.

— Alors, pourquoi vous ne m'en avez pas parlé ?

— Il a fallu faire un choix : prendre le risque soit que vous vous mettiez en colère, soit que vous vous comportiez différemment avec lui. Deux psychiatres ont confirmé qu'il est en train de sortir d'un épisode psychotique et qu'il est paranoïaque. Si on lui fait remarquer qu'il ne va pas bien, il se fait du mal. C'est comme de la torture pour lui. Nous voulions que vous soyez le plus naturel possible avec lui. C'est ce dont il a besoin, et nous pensons que c'est la raison pour laquelle il a demandé à vous voir. Vous l'aviez traité comme quelqu'un de normal la dernière fois et vous l'avez fait de nouveau aujourd'hui. Nous essayons de retenir les leçons de l'affaire Adam Rufton, nous ne voulons pas refaire les mêmes erreurs.

— Adam Rufton a été tué parce que vous, la police, vous n'avez pas écouté ce qu'on vous a dit.

— Et je fais tous les efforts possibles pour que cela ne se reproduise jamais. Je veux écouter. Et je veux savoir comment vous saviez que Simon Davis téléphonait aux Nichols.

Il ne faut surtout pas qu'elle comprenne que j'ai lu le journal intime de Grace. J'essaye de prendre un air détaché.

— Si ma femme m'empêchait de voir mon fils, j'appellerais toutes les deux minutes pour tenter de lui parler. C'était juste une intuition.

Je hausse les épaules ; elles sont douloureuses tellement j'ai été crispé pendant l'entretien. L'inspectrice opine lentement, les yeux rivés sur moi. On dirait qu'elle fait tout ce qu'elle peut pour deviner les raisons qui me poussent à mentir.

— Il est clairement mal en point, je fais remarquer. Que va-t-il lui arriver, maintenant ?

— Il va être transféré sans délai dans un hôpital psychiatrique sécurisé. Je continuerai à l'interroger autant que possible. Il faut que je fasse attention à ce qu'il ne devienne pas stressé au point de refouler totalement ce qui est arrivé à Grace.

— Et s'il ne peut pas vous aider ?

L'inspectrice détourne le regard. Elle ne peut pas me répondre.

— Merci d'être venu, monsieur Katrin.

Nous nous serrons la main. Je suis soulagé. Je veux sortir d'ici le plus vite possible. L'odeur d'eau de Javel me donne la nausée ; j'ai l'impression qu'elle recouvre le fond de ma gorge. Il faut que je prenne l'air et que je réfléchisse à tout ce qu'il vient de se passer.

Il pleut des cordes quand je m'éloigne du poste de police au volant de ma voiture. Je n'ai pas dormi depuis trente-six heures, mais je n'ai pas envie de rentrer à l'appart tout de suite. J'ai besoin d'espace. La plage la plus proche est à un peu moins de dix kilomètres. Ruth m'a dit un jour que les habitants des environs l'appellent Goat Beach. Ce n'est pas un coin très charmant : des usines la surplombent et les galets sont toujours parsemés de cannettes vides et de capotes usagées. L'avantage, c'est que j'y serai seul. Après la grosse averse, le ciel s'est obscurci et les lampadaires qui encerclent les bâtiments cubiques sont déjà allumés et éclairent le début de la plage. Je trébuche sur les galets et glisse sur quelques algues qui ressemblent à de longues mèches de cheveux mouillés. Je n'ai jamais croisé personne ici, c'est le lieu idéal. J'ignore mon téléphone qui vibre dans ma poche. Il faut avant tout que je me vide l'esprit, que je me débarrasse de l'impression que m'a faite la folie de Simon. J'expose mon corps au vent, comme Ruth a l'habitude de le faire, pour le laisser pénétrer sous mon tee-shirt et le long de mon dos. Je laisse l'air froid du large me rafraîchir, et je pousse un grand cri, avant d'être rattrapé par l'embarras. Je m'étends alors sur les galets pour observer le ciel. Mon portable vibre de nouveau. J'envisage de ne pas y répondre, et puis je me dis qu'il pourrait s'agir de Jakey, donc je décide de jeter quand même un coup d'œil à l'écran.

C'est Cara. Malgré mon désir d'être seul, je ne peux pas m'empêcher de répondre. J'ai trop envie de lui raconter ma conversation avec Simon.

— Salut, Cara.

— Tu étais où, putain ?

Elle est à bout de souffle, on dirait qu'elle a couru.

— C'est une longue histoire. Je viens juste d'apprendre que la police a retrouvé un corps, mais…

— Je sais que ce n'est pas Grace, me coupe-t-elle.

Je pensais qu'elle serait soulagée. Au contraire, elle a l'air tendue.

— Tout va bien ?

— Je ne peux pas en parler au téléphone. On peut se voir ?

— Oui. Tu connais Goat Beach ?

— Cette petite plage merdique à côté de la zone industrielle ?

— Ouais.

— J'y serai dans dix minutes.

Je décide d'attendre Cara en haut de la plage, à côté d'une poussette abandonnée. Je l'aperçois au loin, vêtue d'un imper rouge, les bras serrés sur la poitrine. À mesure qu'elle s'approche, je remarque qu'elle frissonne, puis qu'elle a de la boue sur ses pieds chaussés de tongs. Elle semble troublée et ses yeux étincellent. Je pense un instant qu'elle a pris quelque chose, pourtant, dès qu'elle se met à parler, je constate qu'elle est sobre.

— J'ai vu Grace.

— Cara, tu grelottes. Prends ça.

Elle me regarde retirer mon pull et le lui tendre, puis attend quelques secondes avant de s'en emparer. Elle a l'air vraiment à l'ouest.

— Viens, on va s'asseoir dans ma voiture, il y fera plus chaud et ce sera mieux pour discuter.

Elle secoue la tête et elle serre mon pull contre elle.

— Je l'ai vraiment vue, Jon. J'ai vu Grace. Ou Zoe, ou je ne sais pas comment elle s'appelle maintenant. Je suis sûre que c'était bien Grace, mais c'était comme si elle était devenue quelqu'un d'autre. Elle… Je l'ai vue courir. Elle a couru, Jon.

De toutes les choses dingues que j'ai entendues aujourd'hui, celle-ci remporte la palme. Je la laisse me raconter toute son histoire sans intervenir. Elle me parle du cimetière, de la tombe de Danny, de Grace qui s'est enfuie dans les bois. Cara pense que Grace a emprunté un sentier, mais elle n'en est pas certaine car son amie est partie très rapidement.

— Elle devait savoir où elle allait, parce qu'elle s'est volatilisée. C'était vraiment elle, Jon, j'en suis sûre. (Cara s'arrête pour prendre une profonde inspiration.) Pas besoin de me dire que j'ai l'air d'une folle, je sais bien que c'est le cas… Dis-moi que tu me crois, s'il te plaît. Je sais que personne d'autre que toi ne me croira.

Ses yeux brillent dans l'obscurité. Tout ce qu'il s'est passé aujourd'hui, la découverte du corps… C'est trop pour elle. Je n'aurais jamais dû l'impliquer.

— Cara, s'il te plaît, allons nous mettre au chaud. On parlera de tout ça ensuite.

Elle se met à trembler de nouveau, sauf que, cette fois, ce n'est pas seulement le froid qui la fait frissonner. Elle est secouée de sanglots qui déferlent comme des vagues.

— Dis-moi d'abord que tu me crois, bredouille-t-elle en claquant des dents.

Je ne réponds pas assez vite. Elle sait que je ne peux pas prendre son récit pour argent comptant. Avant que je ne trouve quoi lui dire, elle me tourne le dos et se rue vers son véhicule.

— Cara, attends ! Je n'ai pas dit que tu avais tort, je voudrais juste qu'on prenne le temps de se calmer tous les deux. C'était quand la dernière fois que tu as eu une bonne nuit de sommeil ou mangé quelque chose ?

Elle s'arrête et pivote brusquement pour me regarder droit dans les yeux avec un air de défi.

— Grace n'est pas morte, Jon, et elle n'est pas retenue prisonnière quelque part.

— Mais Cara, Grace ne marche plus depuis des années et ça fait déjà quatre jours qu'elle n'a pas pris ses médicaments. C'est impossible qu'elle soit sur pied, sans parler de courir.

— Très bien, tu as le droit de ne pas me croire. Par contre, je récupère le journal, me lance-t-elle alors que les larmes lui montent aux yeux.

Par réflexe, je jette un coup d'œil à ma bagnole, où j'ai planqué les photocopies. La jeune femme suit mon regard et se met aussitôt en marche. Elle ne veut pas que je la voie pleurer. Je l'appelle, mais elle m'ignore. Je la vois regarder par la fenêtre côté passager et, quand elle ouvre la portière pour ramasser l'enveloppe brune qui contient la copie du journal intime, je me maudis de ne pas avoir fermé la voiture. Il vaut mieux la laisser partir. Elle a besoin de se calmer et de se reposer, et moi, de temps pour réfléchir à la tactique qu'on devrait adopter dorénavant.

Il est cinq heures du matin. Je suis affalé sur mon divan, où je me suis réveillé il y a une heure, après une courte nuit de sommeil agité. Même si mes membres sont toujours engourdis, j'ai trop d'adrénaline pour continuer à dormir. La fenêtre est grande ouverte sur l'aube et tout ce que j'entends, cette fois, c'est le chant des oiseaux. Plus personne n'appelle Grace, là-dehors. Je ferme les yeux, puis me frotte le visage. Après avoir allumé la télé, je cherche un programme banal qui pourrait m'aider à m'assoupir. Comme je ne trouve rien, je zappe sur YouTube. Sur le côté de l'écran, je passe en revue la section « Vidéos recommandées pour vous ». La première, c'est un petit reportage que Rêves d'enfants a réalisé quand ils ont terminé les rénovations du pavillon des Nichols. Je clique dessus, même si je l'ai déjà vu. Ma vision se brouille à mesure que je regarde Grace descendre le couloir dans son fauteuil roulant, suivie par la caméra.

« Et voilà notre nouvelle salle de bains, dit-elle de sa voix aiguë. Elle est incroyable ! Regardez, la baignoire a des jets. C'est super, parce que j'ai les muscles tendus, vu que je suis toujours assise… »

Je me redresse sur le canapé. C'est ridicule de regarder cette vidéo encore une fois, et à une heure pareille. Allez, Jon, il est temps d'aller au lit.

« Et ça, c'est notre armoire à pharmacie sur mesure. »

Grace compose un code et les portes de la plus grande armoire à pharmacie que j'aie jamais vue s'ouvrent avec un petit « clic ». J'appuie sur le bouton rouge de la télécommande pour éteindre le téléviseur, mais il ne se passe rien. Les piles sont sûrement presque vides.

« Ce placard, c'était l'idée de maman. Elle connaît mieux que moi tous mes médicaments… »

Je m'approche de l'écran avant de le viser de nouveau avec la télécommande et de presser le bouton à plusieurs reprises. Rien. Truc de merde.

« Heureusement que l'une de nous a le sens de l'organisation ! Moi, je suis tellement tête en l'air que… »

La caméra zoome sur les étagères remplies de boîtes de comprimés soigneusement organisées. Les étiquettes sont tournées vers l'extérieur pour qu'on puisse aisément trouver ce qu'on cherche. Quelque chose sur le côté, juste derrière les flacons, attire mon œil. Il s'agit d'un petit morceau de papier vert clair, plié en deux et glissé dans un coin du placard. Une ordonnance renouvelée à l'attention de Meg. J'ai un choc quand je reconnais un autre nom qui m'est familier, un nom que j'ai entendu et prononcé plusieurs fois dernièrement.

« Et maintenant, je vais vous montrer mon lit spécial, qui est vraiment cool. »

Elle manœuvre pour sortir de la pièce, puis se dirige vers sa chambre, la caméra toujours braquée sur elle. Je ne bouge pas d'un cil tandis que mon cerveau mouline à plein tube. Je suis certain de ce que j'ai vu. J'ai reconnu le nom du médecin sur ce bout de papier : Nina Rossi. Pourquoi a-t-elle prescrit un médicament à Meg ? Elle nous a pourtant assuré que les Nichols n'avaient jamais été ses patientes… Après avoir éteint la télévision en appuyant directement sur l'interrupteur du poste, je cherche la vidéo sur mon ordinateur et je clique sur pause quand l'ordonnance apparaît à l'écran. Même si l'image est très petite, j'arrive à distinguer clairement les deux noms : le Dr Rossi prescrivait à Meg de l'OxyContin, un opioïde très puissant. Peut-être que c'était pour soulager son mal de dos, mais dans ce cas, pourquoi ne pas l'avoir plutôt demandé à son médecin traitant ? Je consulte ma montre. J'envisageais d'aller faire un saut au cabinet de Nina Rossi ce matin, histoire de découvrir si elle connaissait le véritable nom de Grace ainsi que son âge. Maintenant, ce n'est plus seulement une option : il faut absolument que j'aille l'interroger, et le plus tôt sera le mieux. Si je me mets en route dans deux heures, j'éviterai les bouchons du matin. Je n'aurai qu'à attendre son arrivée devant le cabinet médical. Ce plan a beau être un peu dingue, je m'en fiche : je me sens de nouveau vivant, j'ai retrouvé mon énergie, et il faut absolument que je découvre pourquoi la généraliste a menti.

## 13

## Cara

Quand je rentre à la maison, j'y trouve ma mère toute seule, dans le salon. Elle a balancé son tee-shirt « Retrouvons Grace » sur un fauteuil. Un grand verre de vin rouge en main, elle est assise sur le canapé, en peignoir. Une bouteille vide trône sur la table basse devant elle. Elle est complètement débraillée. Lentement, elle tourne la tête vers moi, le menton levé d'un air de défi. Ses yeux rouges sont troubles, signe qu'elle est ivre. Sa chevelure s'est aplatie à l'arrière de son crâne, là où sa tête s'est appuyée contre le dossier. Rien ne paraît réel dans cette scène. J'ai l'impression que nous sommes de mauvaises actrices dans l'un de ces feuilletons mélodramatiques que ma mère adore.

— Je me demandais si tu allais prendre la peine de rentrer, me lance-t-elle.

Le vin a coloré ses dents, on dirait qu'elles sont pourries.

— Tu voudrais une tasse de thé, maman ?

Si seulement je pouvais lui révéler que Grace est vivante et, encore mieux, qu'elle va bien… Je ne peux pas lui en parler, parce que je sais qu'elle ne me croira pas, et je ne supporterais pas d'être humiliée encore une fois. Et puis, ça ne ferait que lui donner une autre raison de s'inquiéter et elle n'en a vraiment pas besoin : elle semble presque étouffée par son chagrin. Je vois bien qu'elle n'arrive plus à se battre. J'essaye de trouver quelque chose à dire, des mots réconfortants… Malheureusement, rien ne me vient. Elle se redresse tant bien que mal sur le divan.

— Qu'est-ce que t'as foutu, Cara ?

Je suis son regard et baisse la tête : j'avais oublié que mes pieds étaient pleins de boue. La peau de mes bras est toute rouge et j'ai la chair de poule.

— Je me suis promenée. Pour m'éclaircir les idées.

— Tu es retournée à Grey's Point ? demande-t-elle en me scrutant d'un air soupçonneux.

— Oui, je lui mens.

Maman aime avoir raison, surtout quand elle est saoule. Elle se mordille la lèvre inférieure.

— Tu es plus courageuse que moi. Je n'ai aucune envie de m'approcher de cet endroit. (Sa voix s'affaiblit et elle frissonne.) Cette pauvre fille… Ils pensent qu'elle s'est suicidée, tu as entendu ?

J'opine. Elle parle de l'inconnue à qui les vagues et les rochers ont arraché cette robe bleue qui n'avait pas d'étoiles. Nous ne connaissons même pas son nom. Peut-être que demain, une fois le choc passé, ma mère trouvera une forme de soulagement dans le fait que le corps retrouvé n'était pas celui de Grace. Mais bon, une fille s'est quand même noyée, on ne peut évidemment pas s'en réjouir.

Ma mère cligne des yeux puis, après une autre gorgée de vin, se lève maladroitement du canapé en s'appuyant sur le dossier pour garder son équilibre. Elle est plus bourrée que je ne le pensais. Elle a tendance à devenir agressive quand elle a bu. C'est peine perdue de la raisonner lorsqu'elle est dans cet état.

— Je suis désolée pour tout à l'heure, maman. Je n'aurais pas dû t'en parler alors qu'il y avait tous ces gens autour…

— Je me suis rendu compte d'un truc horrible après ton départ du salon. Tu veux savoir ce que c'est ?

Pas la peine de répondre ; je sais qu'elle va me le dire de toute façon, même si je n'en ai pas envie. Sa mauvaise haleine agresse mes narines.

— J'étais jalouse de Meg. Tu le crois, ça ? Malgré toute la merde qu'elle a traversée, la mort de Danny, Simon qui était un connard sans cœur et l'état de santé de sa fille, je l'enviais. Et tu sais pourquoi ? Tu sais pourquoi j'étais jalouse ?

Je fais non de la tête. J'ai peur de ce qu'elle va dire.

— Parce qu'elle et Grace étaient si proches. Meg connaissait tout de sa fille, et Grace adorait sa mère. Elles passaient tout leur temps ensemble, faisaient des blagues que personne d'autre qu'elles ne comprenait, n'arrêtaient pas de dire qu'elles étaient les meilleures amies du monde…

Elle se met à pleurer au cours de sa tirade. Les larmes suivant le même chemin que beaucoup d'autres plus tôt dans la journée. Elle s'essuie les yeux avec un mouchoir déjà utilisé sorti de sa poche, avant de boire un peu de vin.

— Je sais bien que c'est horrible, Cara, pas la peine de me regarder comme ça ! Je sais à quel point j'ai de la chance de t'avoir, et que tu sois en bonne santé. Seulement, des fois, j'aurais aimé que tu ne sois pas aussi indépendante, que tu aies besoin de moi…

Ma gorge se serre. Je suis assaillie par la culpabilité et les regrets, et je ne sais pas comment exprimer ces sentiments.

— Mais j'ai besoin de toi, maman, lui dis-je d'une voix douce.

Je tends la main vers la sienne. Elle la serre une fois, puis la relâche presque aussitôt.

— Non, Cara, tu n'as pas vraiment besoin de moi, pas autant que, moi, j'ai besoin de toi. Tu tiens ça de ton père. Il était toujours à faire des trucs tout seul. Lui non plus n'avait jamais besoin de moi.

Sa voix devient dure chaque fois qu'elle parle de lui, et encore plus quand elle est torchée. Je n'ai aucune envie de me disputer avec elle au sujet de mon père. Surtout pas après la journée qu'on vient de vivre.

— Tu ferais mieux d'aller te coucher, maman, tu parais crevée.

Elle hausse les épaules d'un air résigné, comme si par cette réponse je venais de prouver qu'elle a raison : encore une fois, je la rejette. D'un pas chancelant, elle va se réinstaller sur le canapé.

— Tu n'as qu'à aller au lit, toi, déclare-t-elle d'une voix traînante. Je vais rester ici pour finir mon verre en me demandant comment je me suis débrouillée pour tout foirer dans ma vie.

Je sais qu'elle aimerait que je me précipite vers elle pour la serrer dans mes bras et lui dire qu'elle a tort et qu'elle est la meilleure maman du monde. C'est ce que Grace ferait à ma place. L'ancienne Grace. Mais là, je me sens vide. Je n'ai rien de bon à lui donner, et en plus je sais qu'elle ne se souviendra pas de cette scène demain matin. Elle se remet à sangloter.

— Bonne nuit, maman, je lui souhaite en sortant de la pièce.

Assise sur mon lit, je regarde fixement la page d'accueil du forum de Rêves d'enfants sur mon téléphone. Ma mère a allumé la télé dans le salon et les rires d'un talk-show particulièrement bruyant remplissent le silence. Je suis encore blessée par la réaction de Jon. Pourtant, ce n'est pas parce qu'il ne m'a pas crue que je me suis trompée et qu'il ne s'est rien passé… Je vais donc devoir poursuivre mon enquête toute seule. Et je ne vois qu'une seule chose à faire : contacter GoodSam. J'ai passé le trajet du retour à composer ce message dans ma tête, mais maintenant que j'ai ouvert la fenêtre sur mon portable pour le rédiger, j'hésite… Et si celui qui se cache derrière ce pseudo ne savait rien du tout au sujet de Grace et qu'il me dénonçait à la police ? Deux possibilités : soit les flics m'emmèneraient au poste pour me cuisiner, soit ils m'enfermeraient directement dans un hôpital psychiatrique. Autrement dit, je préférerais vraiment ne pas me tromper… Il est tout à fait possible que GoodSam détienne des informations importantes qui pourraient me mener à Grace, donc il faut que je prenne le risque. Je commence à taper :

Salut. Si je t'ai écrit, c'est parce que je sais que tu connaissais Grace Nichols. Tu sais, la fille qui a disparu. Je crois que je l'ai vue aujourd'hui. Je sais que ça paraît complètement dingue et que personne ne me croira, mais…

J'avais prévu de dire quoi, ensuite ? Je me souviens de l'expression de Grace quand elle m'a parlé de lui. Elle avait les joues rouges et ses yeux brillaient. Je ne l'avais jamais vue dans un tel état avant. Peut-être que ce n'était qu'un béguin passager… mais peut-être que c'était plus que ça.

Je crois que Grace tenait à toi, et j'espère que c'était réciproque. Si tu sais quoi que ce soit, contacte-moi. Je t'en prie. Je te promets que je ne dirai rien à personne. Je voudrais seulement la retrouver.
C.

J'appuie sur « envoyer » avant d'avoir le temps de changer d'avis, puis je m'allonge sur la couette, le portable serré contre mon cœur. Jon serait carrément en colère s'il savait que j'ai écrit à GoodSam sans lui en parler. Je m'applique à faire comme si son avis n'avait pas d'importance pour moi. Après tout, c'est lui qui a tort. Je devrais être énervée contre lui, pas l'inverse. Le truc, c'est qu'en réalité j'aurais préféré en discuter avec lui et connaître son point de vue avant d'agir… Mais oublions tout ça. Jon m'a laissée tomber.

Ma mère me rappelle sans cesse que je suis comme mon père. Selon elle, je n'ai pas besoin des autres, contrairement à la plupart des gens. Et si c'était vrai… est-ce que ce serait si grave ? L'indépendance est peut-être plus un atout qu'un défaut, dans le fond… Peut-être que je suis capable de retrouver mon amie toute seule, sans l'aide de Jon ni de personne. Je ne peux pas m'empêcher de songer à ce que ma mère m'a balancé tout à l'heure : elle était jalouse de Meg et aurait souhaité que je sois plus comme Grace… Il va absolument falloir que je m'endurcisse : je dois arrêter de me prendre la tête avec ma mère et Jon, et surtout rester concentrée sur Grace. Mon amie a besoin de moi.

Dans l'attente d'une réponse, je garde les yeux rivés sur l'écran. Vingt minutes s'écoulent. Je pense à la nouvelle Grace, ou plutôt à Zoe. Cette fille habillée d'un manteau trop grand que j'ai aperçue fugitivement. Je revois la grimace sur ses lèvres d'ordinaire si souriantes… Le regard qu'elle a posé sur moi était froid, comme si elle m'en voulait. C'était le regard d'une étrangère. Je ne pouvais pas bouger ni même prononcer son prénom. J'avais l'impression que mes pieds enfoncés dans la terre molle ne pouvaient plus s'en extirper, que mon corps ne m'obéissait plus. Elle connaissait bien la forêt ; elle savait exactement par où passer. Que serait-il arrivé si j'avais retrouvé mon courage et abandonné mes tongs pour la poursuivre dans l'herbe trempée puis parmi les arbres ? La scène passe en boucle dans ma tête. Je me vois courir sur ses talons, crier son prénom… Et si elle s'était arrêtée et m'avait dévoilé qui elle était vraiment ? Peut-être qu'elle m'aurait même raconté les événements de cette nuit terrible et révélé l'identité du meurtrier de sa mère. Je sors ma copie du journal intime et cherche le dernier passage qu'elle a rédigé, celui du 19 décembre. La fin abrupte ne lui ressemble pas, ou en tout cas ne ressemble pas à la fille que je croyais connaître. Et si Grace avait arrêté d'écrire parce qu'elle voulait se confier au sujet de GoodSam mais ne le pouvait pas, pour une raison que j'ignore ? Mon cerveau turbine à cent à l'heure quand mon portable vibre tout à coup sur ma poitrine.

Salut, Cara. Retrouve-moi à cinq heures trente demain matin, là où tu avais l'habitude de faire du cerf-volant avec Grace.

Mon cœur bat la chamade. Je relis le message pour m'assurer qu'il ne s'agit pas du fruit de mon imagination. Je vois très bien de quel endroit il parle : c'est une étendue d'herbe qui surplombe Angel's Bay. La dernière fois que nous nous y sommes rendues, Grace et moi, c'était il y a environ deux ans. Elle s'est approchée si près du bord avec son fauteuil roulant qu'elle m'a fichu la trouille de ma vie.

— Tu as déjà pensé à ce qu'on ressent quand on se noie ? a-t-elle demandé, les yeux rivés sur l'écume grise tout en bas.

— Je croyais que tu avais peur de la mer ?

— Non, la mer ne m'effraye pas. C'est l'idée de me noyer qui me terrifie, a-t-elle précisé avant de s'éloigner du précipice.

D'ordinaire, elle n'était pas d'humeur aussi sombre. Ce soir-là, j'ai raconté notre sortie à ma mère alors qu'on mangeait des *fish and chips* sur le divan. Elle a dû en parler à Meg, parce que après cet épisode Meg n'a plus voulu que j'emmène Grace à Angel's Bay.

Si GoodSam connaît cet endroit et sait qu'on y allait pour jouer au cerf-volant, Grace et lui doivent être vraiment proches. Peut-être est-il même à ses côtés en ce moment. Je ne sais pas si cette pensée devrait me réconforter ou, au contraire, m'inquiéter. Tout ce que je désire, c'est pouvoir la retrouver et lui parler… J'ai l'impression d'être tombée dans un univers inconnu, une réalité parallèle où tout ce que je croyais est faux. Un monde de miracles, où les personnes en fauteuil roulant peuvent marcher et où les morts reviennent à la vie. Mais tant qu'on ne m'explique pas les règles du jeu, je ne peux pas faire confiance à cette nouvelle réalité.

Je réponds machinalement : J'y serai.

19 décembre 2018

Cher journal,

La vitre du salon a été remplacée. On dirait la même, comme s'il ne l'avait jamais cassée. Les planches qu'on avait installées en attendant empêchaient la lumière de passer, donc c'est quand même un grand changement ! Un peu comme si la maison avait été opérée et qu'elle avait recouvré la vue. Ce matin, je me suis installée à la fenêtre pour patienter pendant que maman s'habillait. Il y avait beaucoup de vent. J'ai vu une cannette vide rouler jusque sous la haie de Martin et Sylvia, en face. Puis j'ai aperçu quelques-uns de nos voisins. D'abord Sylvia, vêtue d'un manteau en laine beige et d'une écharpe assortie. Elle se rendait à la bibliothèque, un sac en plastique plein de livres en main. Quand elle a remarqué la nouvelle vitre, elle a levé les deux pouces, et j'en ai levé un en réponse. Ensuite, j'ai repéré Susie. Elle maintenait sa coiffure d'une main alors qu'elle avançait contre le vent, tête baissée, tout en cherchant ses clés dans son sac à main en cuir rouge. Une fois en voiture, elle a coincé son portable sous son menton pour passer un coup de fil pendant qu'elle sortait de l'allée en marche arrière. Après, c'est Dennis qui est passé devant chez nous. Très prévoyant, il avait un parapluie accroché à son bras. On aurait dit qu'il allait travailler dans une banque plutôt que derrière un étal d'animaux morts toute la journée. À la fête organisée pour mon retour à la maison, il avait dit à maman qu'il allait au travail à pied tous les jours. Après son passage, il s'est mis à pleuvoir. C'est à ce moment-là que Cara a claqué la porte de la maison d'à côté derrière elle. Je ne l'avais pas vue depuis au moins deux semaines. Quand je me suis penchée en avant pour toquer à la fenêtre, la sonde a tiré sur la peau de mon ventre et la douleur m'a coupé le souffle. J'avais envie de crier son prénom, mais je ne l'ai pas fait, car maman se serait inquiétée et aurait rappliqué sur-le-champ.

Cara était pressée. Comme elle ne m'a pas entendue, je me suis adossée à mon fauteuil et je me suis contentée de la regarder. Elle portait un jean, une écharpe en maille noire, une vieille veste militaire et les Dr. Martens qu'elle a toujours aux pieds depuis qu'elle ne travaille plus comme réceptionniste. Elle s'était fait un chignon négligé au sommet de son crâne. Quand elle a commencé à courir pour attraper le bus de neuf heures seize en direction de Plymouth, sa coiffure oscillait d'un côté et de l'autre de sa tête. Son sac à dos plein à craquer s'est mis à s'ouvrir peu à peu durant sa course. Le poids n'a pas tardé à basculer et, d'un coup, la fermeture Éclair est descendue jusqu'en bas, ce qui a provoqué la chute de ses livres sur le trottoir. De la buée s'est formée autour de mes mains pressées contre la vitre froide pendant que j'observais mon amie qui levait la tête vers le ciel et criait des gros mots. Son souffle formait de petits nuages blancs. Elle a donné un coup de pied dans un bouquin, ce qui m'a fait rigoler, puis elle s'est accroupie pour les ramasser. Elle marmonnait dans sa barbe. J'avais envie de sortir pour l'aider. Peut-être qu'elle pourrait passer un coup de fil pour dire qu'elle est malade et qu'on pourrait aller à la plage, toutes les deux, comme on en avait l'habitude avant...

À cet instant-là, maman m'a appelée et m'a dit de me dépêcher parce qu'il ne restait plus beaucoup de temps pour me préparer avant ma séance de kiné. Toute la journée, je me suis inventé des histoires sur ce qui serait arrivé si j'avais pu sortir dans la rue retrouver mon amie. Dans mon scénario préféré, Cara et moi étions de nouveau comme des sœurs, papa était définitivement sorti de nos vies et maman avait toujours le sourire parce que j'étais guérie.

Chaque semaine, qu'il pleuve ou qu'il vente, nous allons au cimetière après le rendez-vous chez le kiné. Le ciel était gris aujourd'hui, mais au moins il ne tombait pas une goutte. Maman a coincé des couvertures autour de mes jambes pour que je ne prenne pas froid, puis j'ai parcouru l'allée pendant qu'elle parlait à mon frère. Elle dit que certaines choses doivent rester entre une mère et son fils, et que je le comprendrai un jour, peut-être, si je peux avoir des enfants. Elle a l'air de s'exprimer si librement avec lui... J'ai déjà essayé de m'adresser à Danny, moi aussi, mais rien ne sort de ma bouche.

Ce matin, je me suis donc promenée toute seule sur les chemins inégaux et j'ai lu des épitaphes que je connais déjà par cœur. « PENELOPE GRAY, AIMÉE DE TOUS, 2 OCTOBRE 1882-28 DÉCEMBRE 1899 » est l'une de mes préférées. Elle avait seulement dix-sept ans à sa mort. J'imagine que son fantôme est plutôt grognon, car elle doit être fâchée d'être décédée juste avant le début du nouveau siècle. Et j'aime bien aussi « WILLIAM KETTERIDGE, PÈRE, MARI ET FRÈRE AIMANT, 10 MAI 1921-22 NOVEMBRE 1963 ». Je m'arrête toujours devant sa tombe pour caresser son nom gravé dans la pierre froide. Je me le représente comme un homme bon, un homme qui pensait qu'être un père aimant était son rôle le plus important dans la vie et qui voulait que le mot « père » soit inscrit avant tous les autres sur sa pierre tombale pour le prouver.

Après, j'ai joué à un nouveau jeu : trouver le plus possible de tombes dont les occupants étaient morts à mon âge. Comme je n'en trouvais aucune, j'ai fini par faire demi-tour pour aller voir si maman avait terminé. Elle n'était plus en train de se confier à Danny quand je suis arrivée. À genoux, elle agrippait la stèle comme si elle craignait de s'affaler sur la tombe. Alors que nous quittions le cimetière, elle a tendu la main pour prendre la mienne et j'ai remarqué de la terre sous ses ongles rose pâle. Elle avait arraché des mauvaises herbes.

Je ne peux pas l'avouer à maman, mais je déteste qu'elle pleure Danny comme ça, parce que ça me rappelle qu'une partie de son cœur que je ne peux pas connaître appartiendra toujours à mon frère et ne guérira jamais. Voilà un autre secret.

Affectueusement,
Grace

## 14

## Jon

Mes yeux me brûlent quand je m'étends sur le canapé pour tenter de dormir un peu. Tout un tas d'hypothèses prennent forme dans ma tête. Mon cerveau ne veut apparemment pas me laisser me reposer. J'ai fait quelques recherches sur l'OxyContin : on surnomme ce médicament « l'héroïne des péquenauds » et c'est l'un des plus puissants antidouleurs qu'un médecin généraliste est autorisé à prescrire. Je n'ai réussi à déchiffrer ni la dose ni la durée du traitement sur l'ordonnance de Meg, mais dans tous les cas le sevrage a l'air brutal.

Je sors un peu après six heures trente. Le ciel matinal est d'un bleu très clair et on dirait que tout un orchestre d'oiseaux célèbre l'arrivée du jour. Comme je suis bien conscient de ne pas avoir assez dormi, je conduis lentement sur les routes encore désertes. J'allume la radio, puis je l'éteins presque aussitôt : il y a déjà suffisamment de blabla dans ma tête, aucun besoin d'en rajouter. À mon arrivée devant le cabinet médical, il n'est que sept heures et demie. Vu qu'il reste une heure avant l'ouverture, je rabaisse le siège côté conducteur pour faire un petit somme. Mes paupières grattent comme du papier de verre contre mes yeux quand je les ferme.

Quarante-cinq minutes plus tard, je me réveille en sursaut. Une femme aux cheveux gris est en train de toquer à la vitre de ma voiture. Ses traits sont tirés et elle a l'air contrariée. Je lui adresse un sourire avant de pointer le cabinet du doigt pour qu'elle comprenne que j'attends l'ouverture. Elle scrute l'intérieur de mon véhicule, puis finit par se redresser et se diriger vers la porte d'entrée pour l'ouvrir d'une main tremblante. Après m'être acheté un café à emporter de l'autre côté de la rue, je m'installe sur le parking pour attendre Nina Rossi. J'ai du mal à tenir en place.

Elle arrive vingt minutes plus tard au volant de sa vieille Saab rouge et se dirige vers une place au fond à gauche. Certainement sa place de stationnement habituelle. Le médecin porte de nouveau un tailleur sobre et des chaussures noires. Elle a l'air préoccupée, comme si elle passait en revue sa liste de choses à faire dans la journée, et ne me voit pas. Quand je me place sur son chemin, elle s'arrête brusquement.

— Bonjour, docteur Rossi, je la salue d'un ton léger.

Elle cligne des yeux plusieurs fois avant de me reconnaître, puis elle prononce mon nom comme s'il s'agissait de la réponse à une question sur laquelle elle méditait.

— Monsieur Katrin ! Qu'est-ce que vous faites là ?

Elle essaye de prendre le même ton que moi, mais l'expression de son visage la trahit : elle est loin d'être heureuse de me voir. Je fais un pas vers la généraliste. Certainement pour vérifier qu'il n'y a personne d'autre, elle tourne vivement la tête d'un côté puis de l'autre, et sa courte chevelure grise se déploie en éventail autour d'elle.

— Il faut qu'on parle.

— Je n'ai rien à vous dire, répond-elle en fronçant les sourcils.

— Je sais que vous faisiez des ordonnances pour Meg, qui n'était pourtant pas votre patiente. Et je sais qu'à une époque Megan prenait de l'OxyContin que vous lui aviez prescrit.

Elle devient écarlate, du cou à la racine des cheveux. Elle jette un regard furtif au bâtiment où elle travaille avant de reposer les yeux sur moi.

— Je ne sais pas de quoi vous parlez.

— J'ai une preuve. Une preuve que je pourrais très facilement donner à la police, et c'est ce que je ferai si vous ne suivez pas mes instructions. C'est compris ?

Elle serre fort les paupières comme si elle tentait de se réveiller. J'ouvre les mains et les tends vers elle.

— C'est à vous de choisir. Soit c'est moi, soit c'est les flics.

— Oui, oui, je comprends.

— Très bien. Je vous donne quelques minutes pour demander à votre réceptionniste d'annuler votre premier rendez-vous. Je vous attendrai dans ma voiture, elle est garée là-bas, dans la rue à gauche du café. Si vous n'y êtes pas dans cinq minutes, j'appellerai la police et je leur donnerai la preuve qui vous lie à Megan. C'est clair ?

Nina Rossi serre les dents, puis opine.

— J'y serai dans cinq minutes, dit-elle sèchement avant de pivoter et de se diriger d'un pas vif vers l'entrée du cabinet médical.

Quatre minutes et quarante secondes plus tard, la portière côté passager s'ouvre. Une grimace déforme le visage du Dr Rossi tandis qu'elle pousse du pied les détritus qui jonchent le sol du véhicule pour se faire de la place. J'attends qu'elle ferme la portière et attache sa ceinture pour faire démarrer la voiture. Nous gardons tous les deux le silence. Au bout de quelques minutes, je m'arrête dans une rue bordée d'arbres d'un quartier résidentiel. Elle a l'air surprise.

— Ici ? Vous voulez qu'on parle ici ?

— Cet endroit ou un autre, quelle différence ? je réplique en haussant les épaules. À moins que vous ne préfériez aller dans un endroit plus fréquenté ?

Elle secoue la tête. Ses poings sont serrés, mais sinon elle a l'air plutôt calme.

— OK. Vous êtes prête à me raconter pourquoi vous donniez ces médicaments à Meg ?

Elle soupire et scrute le ciel à travers la vitre un instant avant de me regarder. Son visage ne montre aucune émotion.

— C'est arrivé il y a si longtemps que j'ai l'impression que c'était dans une autre vie. Grace et sa mère étaient des patientes de mon confrère, le Dr Marsh, mais comme le cas de Grace était complexe, tout le monde au cabinet les connaissait… Nous avions tous entendu parler du fils décédé, évidemment, et elles étaient toujours si gentilles, si souriantes… Elles apportaient des muffins pour nous, ce genre de chose. Donc, comme vous pouvez l'imaginer, on les appréciait beaucoup. Megan et l'administratrice du cabinet se sont rapprochées, et c'est cette dernière qui a proposé qu'on l'embauche comme secrétaire à mi-temps. Tous ceux qui travaillaient au cabinet ont trouvé que c'était une excellente idée. On pensait que ce serait un moyen efficace de les soutenir toutes les deux. (Elle regarde de nouveau par la fenêtre et pousse un grand soupir avant de poursuivre.) Un soir, le Dr Marsh était en congés et je faisais des consultations assez tard. Le Dr Brannagh, Jeremy Brannagh, travaillait aussi. Le dernier rendez-vous de Jeremy avait été avec Grace. Nous pensions que les Nichols étaient parties depuis longtemps, mais Megan avait oublié quelque chose et elle est retournée dans le bureau de Jeremy. Nous croyions être seuls et nous n'avions pas fermé la porte correctement. (Les jointures des mains du Dr Rossi sont blanches.) Elle a vu… Eh bien, elle nous a vus. Ensemble.

L'idée que Nina Rossi ait pu avoir une liaison est si éloignée de mes suppositions que je dois retenir une exclamation de surprise. Apparemment déterminée à ne pas me regarder, elle garde les yeux fixés droit devant elle.

— J'étais mariée, évidemment. C'était une erreur stupide. J'ai été imprudente, une telle chose n'aurait jamais dû se produire… Megan était suffisamment intelligente pour comprendre que les conséquences pouvaient être très sérieuses pour nous, autant d'un point de vue personnel que professionnel.

Elle s'interrompt abruptement.

— Alors elle vous a fait chanter pour obtenir de l'OxyContin ?

Elle se pince les lèvres.

— Il faut que vous compreniez… Elle aurait pu tout détruire : mon mariage, ma relation avec mes enfants, ma carrière, ma réputation… Ma vie entière ruinée par cette erreur, cet unique moment de folie…

Je comprends à présent pourquoi elle semble si robotique, si tendue : elle cherche à éviter de céder à nouveau à ses impulsions.

— Oui, c'était du chantage. Elle m'a obligée à lui prescrire de l'OxyContin.

— A-t-elle expliqué pour quelle raison elle en voulait ?

— Non. Elle a toujours dit qu'elle souffrait de maux de dos chroniques à cause de sa chute dans l'escalier. Les douleurs ont dû s'aggraver avec le temps, vu qu'elle devait porter Grace pour la mettre dans son fauteuil et l'en sortir. Je suppose qu'elle a développé une dépendance.

— Elle était accro ?

— Oui, elle en a pris pendant des années. Quand vous m'avez appelée après son meurtre, j'étais sûre que Cara était au courant. Megan m'avait dit qu'elle avait conservé l'ordonnance comme preuve de mon implication, c'est comme ça qu'elle continuait à faire pression sur moi. C'est pour ça que j'ai accepté de vous rencontrer, vous et Cara. Je croyais que vous l'aviez découvert je ne sais trop comment…

Nous regardons tous les deux à travers le pare-brise. Le silence est pesant. J'ai tellement de questions en tête que j'ai du mal à en choisir une.

— Vous avez dit que Meg avait un poste de secrétaire au cabinet, elle devait donc sans doute avoir accès aux dossiers des patients ?

— Oui, elle a été formée pour utiliser et mettre à jour ces dossiers.

— Donc elle aurait pu en modifier un ?

— Bien sûr. Pourquoi cette question ? Pensez-vous qu'elle...

Je l'interromps en secouant la tête. Il est clair qu'elle ne sait rien au sujet de l'âge de Grace et de sa véritable identité, et ça ne sert à rien de lui en faire part maintenant. Meg aurait donc pu changer elle-même ces détails dans le dossier de sa fille. Le cabinet doit avoir des milliers de dossiers de patients, et dans l'éventualité très improbable où une personne poserait des questions sur celui de Grace, il aurait été facile pour Meg, cette mère merveilleuse, de les convaincre que celle-ci se trompait...

Maintenant que j'ai le Dr Rossi sous la main, il faut que j'obtienne le plus d'informations possible.

— Vous avez dit que Meg était tombée dans l'escalier, mais elle a toujours dit que Simon l'avait poussée.

Elle se tourne vers moi.

— Je ne croyais pas un seul mot qui sortait de la bouche de cette femme.

Comme je ne veux pas que la tension retombe et qu'elle trouve une excuse pour arrêter de parler, je continue à la bombarder de questions.

— Et Simon Davis savait que Meg vous faisait chanter ?

— Aucune idée. Après leur départ de Plymouth, il a pris rendez-vous avec moi sous un faux nom. Il voulait voir le dossier médical de sa fille.

— Pourquoi ?

— Franchement, je pense qu'ils étaient tous les deux aussi fous l'un que l'autre, lui et Megan… Et non, avant que vous ne posiez la question, je ne lui ai évidemment pas laissé voir le dossier.

— A-t-il dit autre chose ?

— Il n'en a pas eu le temps, pour être honnête. Dès que j'ai compris qui il était, je lui ai dit de partir. Il ne voulait pas, n'arrêtait pas de demander à voir le dossier de Grace. Il est devenu agressif et il répétait sans cesse qu'il avait quelque chose d'important à me dire au sujet de sa fille. Il a agrippé mon poignet, alors j'ai appelé au secours.

— A-t-il mentionné quoi que ce soit d'autre ? Peut-être quelque chose au sujet de l'âge de Grace, de son acte de naissance ?

— Non. Il continuait à radoter sur le dossier médical, même quand mon collègue a appelé la police. Mais je ne vois vraiment pas pourquoi c'est important…

— Vous croyez que Simon Davis a tué Meg ?

Nina Rossi détourne vivement le regard.

— Qui sait ? C'est la conclusion la plus probable. Megan était une toxicomane, elle l'a probablement maltraité pendant des années, l'a rendu fou jusqu'à ce qu'il craque. Ou peut-être qu'ils étaient tous les deux dépendants. Je n'en serais pas étonnée.

— Et Grace ? Comment se comportait-elle avec Grace ?

— C'est le seul point sur lequel je ne lui trouvais aucun défaut. Même si elle était perturbée et qu'elle prenait je ne sais trop quelles substances, elle semblait toujours être une mère impeccable. Elle faisait des recherches sur les maladies de sa fille, se tenait au courant de l'apparition de nouveaux traitements… Et elle ne manquait jamais un rendez-vous. D'après le Dr Marsh, Megan était toujours pleinement présente lors des consultations. Elle prenait même parfois des notes. Il a dit qu'il avait l'impression qu'elle sacrifiait sa vie pour cette petite. Je supposais qu'elle se droguait pour tenir le coup.

— Mais alors, que s'est-il passé ? Si elle avait deux médecins à sa botte, pourquoi est-elle partie ?

Le Dr Rossi étire ses doigts avant de serrer de nouveau les poings.

— Des infirmières du cabinet ont signalé que du matériel et des médicaments disparaissaient. Nous avons eu une réunion à ce sujet. Jeremy et moi savions que la coupable était Megan, bien sûr. Elle fauchait tout ce qu'elle pouvait une fois les salles vides. On pensait qu'elle revendait le fruit de ses larcins. La situation a dégénéré quand la fille d'une dame âgée atteinte de démence a signalé que la montre de sa mère avait disparu au cours d'une consultation avec le Dr Marsh. J'avais vu Megan s'entretenir avec cette patiente, donc je l'ai tout de suite soupçonnée, mais nous n'avions aucun moyen de prouver qu'elle était impliquée. Comme la fille ne pouvait pas démontrer que sa mère avait perdu sa montre au cabinet, il n'y a pas eu de suites. Entre le vol des médicaments et l'accusation de la patiente, Jeremy et moi pensions quand même avoir trouvé un moyen de nous débarrasser d'elle. Puis un beau jour, elle a disparu sans un mot, sans prévenir. Le Dr Marsh était inquiet, il trouvait que ça ne lui ressemblait pas, alors Jeremy et moi l'avons convaincu de ne pas chercher plus loin. Nous étions vraiment soulagés de reprendre la main sur nos vies.

— Et où est Jeremy, à présent ?

Elle déglutit.

— Crise cardiaque, il y a trois ans.

— Et maintenant que Megan est morte, vous n'avez pas pensé à aller voir la police pour leur parler de tout ça ?

Je ne prends pas la peine de lui cacher ma colère.

— J'y ai pensé, bien sûr. Mais nous avions gardé ce secret si longtemps… Nous avions tellement à protéger tous les deux, et maintenant que Jeremy est mort, je ne pouvais pas faire ça à sa veuve, à ses enfants. Je ne peux pas détruire les souvenirs qu'ils ont de lui.

— Je pense que c'est vous-même que vous protégez, je lance d'une voix amère.

— Oh, allez, monsieur Katrin, vous en particulier devriez comprendre qu'on peut faire des choses extrêmes quand les gens qu'on aime sont menacés.

Ses joues sont rouges d'embarras mais son regard est dur. Elle a sûrement fait des recherches sur moi. Elle doit savoir pour la photo de Jakey, le whisky, le club de golf… Elle sait que je n'ai aucun droit de me poser en champion de la morale.

— Qu'est-ce que vous allez faire avec tout ce que je vous ai confié ? me demande-t-elle.

— Je ne sais pas encore. J'ai déjà posé beaucoup de questions autour de moi, mais personne n'a dit que les résultats des analyses toxicologiques de Megan montraient quoi que ce soit d'anormal.

Le Dr Rossi lève les sourcils, l'air stupéfait.

— Vous êtes surprise, je fais remarquer.

— Oui, je ne pensais vraiment pas qu'elle finirait par arrêter de se droguer, vu la quantité qu'elle a prise pendant toutes ces années.

Un silence pesant s'installe.

— Quels sont les principaux effets secondaires de l'OxyContin ?

— Eh bien, à court terme, le médicament peut causer des vomissements, des maux d'estomac, des maux de tête… ce genre de choses.

— Et si quelqu'un en prend trop ?

— Alors, ça devient plus grave : des problèmes respiratoires, le gonflement du visage, de la gorge et de la langue, de l'arythmie cardiaque, des crises d'épilepsie… C'est vraiment mauvais.

À ces mots, une sensation étrange me saisit. Je mets un petit moment à la reconnaître, car elle ne m'est plus si familière : c'est ce qu'on éprouve quand on fait une découverte. Un peu comme si je m'apercevais soudain que j'avais regardé la situation à l'envers et que je l'observais pour la première fois dans le bon sens. Je suis incapable de bouger ; je peux à peine respirer.

— Monsieur Katrin ? Ça ne va pas ?

— Il faut que j'y aille. Tout de suite, je réponds en tournant la clé de contact.

Après l'avoir déposée devant le cabinet, je roule quelques minutes, puis je me gare dans une rue tranquille. J'ai besoin de calme pour remettre de l'ordre dans mes idées. Je me prends la tête dans les mains. Simon connaissait-il le vrai nom de Grace ? Savait-il pour son âge ? Si oui, pourquoi ne pas en avoir touché mot à quelqu'un ? Est-ce que Meg le faisait chanter, lui aussi ? Ou bien avait-il une autre raison de ne pas révéler la vérité au monde ? La police scientifique n'a trouvé aucune trace de drogues dans l'organisme de Meg et aucun de ses proches n'a mentionné qu'elle avait des symptômes de manque. Lors de notre rencontre, elle n'avait vraiment pas l'air d'être une toxicomane. Et puis, quand aurait-elle pu trouver le temps de se sevrer alors qu'elle s'occupait de sa fille vingt-quatre heures sur vingt-quatre ? Le Dr Rossi pense que Simon aurait lui aussi pu prendre de l'OxyContin… Pourtant, si je me représente quelqu'un qui souffre d'une addiction, ce n'est ni Meg que je vois, ni son ex, mais quelqu'un de très différent.

Mes pensées me ramènent à une chambre d'hôpital exiguë et surchauffée. C'est la nuit et Ruth s'est endormie dans le fauteuil à côté du lit de Jakey. Il est si minuscule sous ses couvertures que je me lève pour vérifier s'il est bien encore là. Je suis surpris de trouver mon fils réveillé. Il est trop faible pour parler, ou même pleurer. Il me regarde simplement d'un air résigné, comme s'il avait déjà accepté de mourir, et je comprends que tout ce qu'il souhaite, c'est que ça s'arrête. Je me souviens d'avoir eu l'impression qu'il m'implorait de faire cesser la douleur. Et à ce moment-là j'aurais fait n'importe quoi pour l'aider, pour mettre un terme à cette souffrance. Heureusement, Ruth s'est réveillée. Elle m'a regardé caresser la joue de notre fils d'un doigt, jusqu'à ce que ses grands yeux vides se ferment enfin, comme s'il ne pouvait plus supporter de voir le monde. Je chasse ce souvenir, puis j'imagine Meg au chevet de sa fille. Grace qui regarde sa mère avec les mêmes yeux implorants. Son corps frêle saturé de substances chimiques. Elle la supplie de l'aider, de faire en sorte que ça s'arrête, et quand son corps tout maigre est secoué par la douleur, Meg tend la main vers un flacon de comprimés.

## 15

## Cara

Mon rendez-vous avec GoodSam est dans quelques heures seulement et, comme je sais très bien que je n'arriverai pas à m'endormir, je ne me donne même pas la peine d'essayer. Assise en tailleur sur mon lit, j'ouvre mon ordinateur portable et je tape « Grace portée disparue » sur Google pour lire les dernières nouvelles. Je clique sur une nouvelle vidéo : une série d'interviews des habitants de Summervale. Tout à coup, j'entends Cookie miauler, puis elle saute sur la couette pour venir s'installer en boule dans l'espace entre mes jambes. Elle avait l'habitude de dormir sur les genoux de sa maîtresse. Je lui gratouille l'oreille et je me penche pour écouter son ronronnement.

— Toi, tu en sais plus que tout le monde, hein, Cookie ? je lui chuchote.

La vidéo commence avec Sylvia et Zara côte à côte devant The Style Rooms. La collègue de ma mère porte ses grands anneaux en or aux oreilles et du fard à paupières doré. C'est elle qui parle. Sylvia ne fait que lui jeter de petits regards timides de temps en temps et hocher la tête pour exprimer son accord.

« Grace était, eh bien… Grace était un vrai rayon de soleil. Je n'ai jamais vu une petite fille sourire autant qu'elle. Elle devait souvent souffrir terriblement, et malgré tout je l'ai toujours vue sourire. Chaque fois qu'elle venait au salon, elle nous faisait rire. Elle nous remontait le moral. »

Sauf que, si Jon avait raison, Grace n'était pas une petite fille mais une jeune femme. Et aucune des deux voisines interrogées ne la connaissait vraiment. Elles ne la voyaient que comme elles avaient envie de la voir : une sorte de personnage de Walt Disney toujours joyeux. C'était tellement plus agréable pour tout le monde que la fille handicapée soit heureuse... Je revois Grace sous la pluie, à côté de la tombe de son frère. Elle se déplaçait avec une telle aisance, comme si elle n'avait jamais été en fauteuil roulant. Zara et Sylvia ne savent pas que la douce Grace dont elles parlent dans cette vidéo n'existe pas. Par contre, Zoe, elle, est bien réelle. C'est elle, l'énigme que je dois résoudre.

Dennis est le prochain à être interviewé par le journaliste, devant sa boucherie. Il porte son tablier blanc et a les mains posées sur les hanches.

« Quand elles ont emménagé ici, Grace avait un fauteuil roulant manuel, mais on voyait bien qu'elle n'avait pas la force nécessaire pour se déplacer toute seule. Ses bras étaient aussi fins que des brindilles, vous savez. Bref, tout le monde s'est cotisé et on a organisé des levées de fonds, couru des marathons et je ne sais quoi d'autre. Finalement, nous avons rassemblé plus de deux mille livres pour lui acheter un fauteuil roulant motorisé qu'elle puisse diriger elle-même avec un joystick. Comme ça, elle n'avait plus besoin qu'on la pousse quand elle montait sur une colline. »

Le reporter dit quelque chose que je ne comprends pas. Dennis lui adresse un grand sourire, il a l'air fier.

« Oui, les gens sont vraiment proches les uns des autres, ici. On veille sur tout le monde, on fait les courses pour les personnes âgées, on rend visite aux convalescents... On aime se filer un coup de main, quoi, faire ce qu'on peut pour nos voisins. »

Le boucher débite ses bobards avec un aplomb hallucinant. D'où sort-il tout ça ? Je ne me souviens pas que quelqu'un ait rendu visite à mon grand-père quand il était alité à la suite de son attaque cérébrale, et l'an dernier j'ai entendu parler d'un retraité qui est mort de froid chez lui sans que personne le remarque avant le printemps. La plupart des trucs que Dennis raconte dans cet entretien sont des conneries. Avant l'arrivée de Meg et de Grace dans le quartier, les gens ne se saluaient même pas dans la rue. On parlait de Dennis en l'appelant « le boucher » jusqu'à ce que Meg nous apprenne son nom. Les Nichols nous ont changés. Quand cette mère si courageuse poussait le fauteuil roulant de sa fille handicapée sur le trottoir, tout le monde s'arrêtait pour dire bonjour et demander comment allait Grace. Comme si les ignorer aurait été une faute morale. Meg accueillait les soupirs, les sourires et les gestes affectueux telle une prima donna qui reçoit des fleurs à la fin d'un opéra. En fait, on pourrait presque se dire que les Nichols avaient tout fait pour nous séduire, comme si elles savaient qu'un jour des reporters nous demanderaient de révéler au monde à quel point elles étaient merveilleuses.

Ensuite, la devanture du salon de beauté apparaît de nouveau à l'écran. J'examine le portrait de Grace et Meg affiché dans la vitrine, celui où mon amie tient sa perfusion et où sa mère a une main posée sur son épaule. Ce cliché me rappelle celui que j'ai montré à Charlie Nichols et, soudain, sa voix pâteuse résonne dans ma tête. Je me souviens de son doigt qui tremblait au-dessus de la photo avant qu'il ne se mette à crier : « Elle est malade ! Vous ne comprenez pas ? Elle n'aurait jamais dû naître ! Elle est malade ! »

Grace n'est pas malade. Je l'ai vue debout, et je l'ai même vue courir. Peut-être qu'elle a été souffrante et que maintenant elle est guérie ? Ou bien les médecins auraient pu se tromper dans leur diagnostic, je suppose… Nina Rossi me revient alors en mémoire. Elle avait vraiment l'air méfiante quand elle nous a demandé ce qu'on savait. Et si elle pensait qu'on avait découvert une faute professionnelle ? Une erreur dont elle pouvait être tenue responsable ? Mais si Grace n'avait pas reçu le bon diagnostic et qu'elle n'était pas aussi gravement malade qu'on le pensait, pourquoi ne pas avoir dévoilé la vérité à tout le monde ? Pourquoi, plutôt que d'être en deuil, ne sommes-nous pas en train de faire la fête ?

Le réveil me tire de mon sommeil à quatre heures quarante-cinq. Mon ordi a glissé de mes genoux et Cookie s'est volatilisée. Mon cœur fait un bond dans ma poitrine. C'est le moment d'y aller.

Je m'habille à la vitesse de l'éclair : un jean, un vieux gilet et mes Dr. Martens. Juste avant de sortir, je fouille dans un tiroir pour mettre la main sur l'alarme anti-viol que ma mère avait reçue au cours de self-défense organisé par Meg au foyer municipal, il y a quelques années. Je la glisse dans ma poche avec mon portable.

Dans le salon, la télé est encore allumée. Ma mère s'est assoupie devant. Son verre de vin, vide, est tombé par terre. Elle ronfle doucement et une odeur aigre flotte autour d'elle. Je pense une seconde à la couvrir d'un plaid, mais j'ai trop peur qu'elle se réveille et me demande ce que je vais foutre dehors à une heure pareille, donc je me contente de ramasser le verre. Comme ça, au moins, quand elle verra que je ne suis plus là, elle saura que je lui ai accordé une petite attention. À la dernière minute, je me retourne pour lui murmurer « je t'aime » à l'oreille avant de quitter la pièce.

Quand je sors dans l'air frais du matin, le chant des oiseaux m'accueille. Angel's Bay n'est qu'à dix minutes à pied. Au bout de notre rue, je m'engage dans un passage qui débouche sur un sentier public. Un peu plus loin, le chemin se dédouble et mène d'un côté sur la plage, et de l'autre dans un pré qui surplombe la mer. Avant que Grace ait son fauteuil motorisé, je la poussais jusqu'en haut de la colline. Elle faisait semblant de m'aider, mais en général elle était trop emballée par ce qu'elle voyait tout autour pour être efficace. Je m'en fichais ; j'étais contente de faire ça pour elle. Si je me souviens bien d'avoir vu la partie supérieure de son corps bouger et même danser dans son fauteuil, je suis certaine de n'avoir jamais vu ses jambes remuer. C'était comme si elles ne faisaient pas du tout partie de Grace. Nous avait-elle caché pendant tout ce temps qu'elle était capable de marcher ?

Quand j'arrive au lieu du rendez-vous, je suis heureuse de constater que GoodSam n'est pas encore là. Une fine clôture de fil barbelé sépare la pelouse du vide. Même si je suis trop loin de la falaise pour apercevoir les vagues, je devine à leur bruit qu'elles sont fortes. Ici, les cris des mouettes couvrent le chant des passereaux. Personne en vue. Un peu inquiète, je me mets à taper nerveusement du pied. Il faudra absolument faire attention à rester bien éloignée du bord quand il sera là. Pour me rassurer, je me rappelle que je connais bien ce coin et que je sais où aller me cacher si besoin. Je tente d'ignorer la voix qui chuchote dans ma tête : « Peut-être que lui aussi… »

Il ne tarde pas à me rejoindre. Quand je l'aperçois au loin, je devine tout de suite que c'est lui. Non seulement parce que je n'ai croisé personne d'autre ce matin, mais aussi parce qu'on voit à sa démarche qu'il n'est pas simplement en train de faire une promenade. Les yeux rivés sur ses chaussures noires, le garçon ne prête pas du tout attention au paysage et garde ses deux mains fourrées dans ses poches. Il porte un bonnet noir et un blouson d'aviateur dont la fermeture Éclair est tirée jusqu'en haut. Il est grand et maigre ; sa silhouette me fait penser à celle d'un lévrier. Ce n'est qu'une fois arrivé devant moi qu'il relève la tête. Je remarque un petit anneau en or à l'un de ses lobes. Deux lignes d'un tatouage dépassent du col de sa veste, qui me rappellent la fourche d'une langue de serpent. Ses traits sont anguleux et ses lèvres tordues comme s'il était écœuré par le goût de sa propre bouche. Il ne ressemble pas au personnage souriant qui lui sert d'avatar sur le forum et n'a rien à voir avec le genre de mec gentil, voire timide, que j'imaginais être le type de Grace. Au moment où son regard froid se pose sur moi, j'ai tout à coup la sensation d'être toute petite dans l'imper rouge de ma mère. Un mince sourire se dessine sur ses lèvres, comme s'il me trouvait drôle. Je repense à la fille que j'ai vue dans le cimetière : elle avait la même dureté dans le regard. Je me force à entamer la conversation.

— J'ai vu Grace, hier.

Son sourire s'agrandit.

— Non, tu as cru la voir.

Sa voix est grave. Je remarque à la manière dont il prononce les voyelles qu'il est de Cornouailles ; son accent est très proche du mien.

— Tu ne serais pas là si ce n'était pas elle. Et comment tu sais qu'on venait ici, Grace et moi ?

GoodSam hausse les épaules.

— Tu as vécu des trucs difficiles, récemment, Cara. Tu n'en parles peut-être pas à tes proches, mais je sais que tu es secouée. Tu ne crois pas plutôt que tu as simplement aperçu une fille qui ressemblait un peu à ton amie et que tu t'es fait un film ?

Ses yeux sont si plissés qu'ils ne forment plus que deux fentes, comme si les couleurs claires du petit matin l'aveuglaient. Je secoue la tête.

— Si c'est vraiment le cas, pourquoi tu m'as demandé de venir ici ? Pourquoi tu ne m'as pas simplement ignorée ?

Je suis sûre que tu sais quelque chose. Et c'est Grace que j'ai vue, j'en suis certaine.

— Tu te rends compte que tu as l'air folle quand tu dis ça ? Une fille handicapée a disparu, et toi, tu l'as vue courir dans un cimetière ? (Sa voix n'est plus qu'un murmure.) Tu penses vraiment que quelqu'un va te croire ? Tu as des preuves, Cara ?

On dirait qu'il se retient de rire. Comment peut-il savoir tout ça ? C'est Grace qui a dû lui donner ces informations… Les lui a-t-elle données de son plein gré ?

— Oui, j'en ai, des preuves.

J'espère que ce petit mensonge suffira à l'impressionner, mais mon interlocuteur ne cille même pas.

— Ne me raconte pas de conneries. Nous savons tous les deux que tu n'en as pas.

— Et comment tu pourrais le savoir ? C'est Grace qui te raconte tout ça ?

Les mains toujours dans les poches, il avance d'un pas vers moi. Sa haute taille m'effraye, j'ai l'impression d'étouffer. Je recule.

— Il faut que tu arrêtes de fouiner, Cara. Grace ne voudrait pas que tu te mettes en danger, tu ne crois pas ?

Il est si proche de moi que je peux voir sa pomme d'Adam bouger derrière le col de sa veste. Dès que je cède du terrain, il me suit. Je ne suis plus très loin de la barrière. Il essaye de me coincer.

Je fais un autre pas en arrière et je sens au travers du fin tissu de mon imper les barbelés dans mon dos. J'entends la mer qui bouillonne en contrebas. GoodSam jette un œil par-dessus mon épaule.

— Tu sais, je me souviens qu'il y avait une bande de jeunes qui faisaient les cons par ici. Ils sautaient de la falaise. Et puis un jour, l'un d'entre eux s'est ramassé sur un rocher. Ses jambes et sa colonne vertébrale ont été réduites en miettes.

Il est si proche que je vois mon reflet en miniature dans ses prunelles. Je m'éloigne de lui autant que possible, je ne supporterais pas qu'il me touche. Je crie, mais il m'ignore et le fil piquant mord dans la chair de mon dos.

— La leçon, c'est qu'il faut te méfier de ce que tu ne peux pas voir, parce que ce qui se cache sous la surface pourrait être pire, bien pire, que tu ne l'aurais jamais imaginé.

— J'irai voir les flics.

Ma voix tremblante lui arrache un nouveau sourire.

— Non, je ne crois pas. Tu leur dirais quoi ? Que tu as vu une fille handicapée s'enfuir en courant ? Ils se ficheraient de toi. Ils penseraient que tu es traumatisée et que tu es en train de craquer. Si elle avait envie d'être secourue, pourquoi elle aurait pris la fuite ? Allez, Cara, réfléchis ! On sait tout de toi. On sait où tu habites, où tu travailles. Je viens juste de passer devant chez ta mère. Elle est toute seule, non ? Tu as vu ce qu'il se passe quand on se met en colère. Ne fais pas ça à ta mère, tu es tout ce qu'il lui reste, maintenant.

À ses mots, mon sang se glace.

— Je n'arrête pas de penser à un bidon d'essence et à une allumette, murmure-t-il. Ce serait un sacré spectacle.

J'imagine ma mère endormie sur le canapé. Ses yeux s'ouvrent brusquement, affolés, et sa peau commence à faire des cloques et à fondre. Je m'appuie des deux mains sur la clôture, mais elle m'échappe et le choc me fait paniquer. Alors que je tente de m'écarter du précipice, il me retient. Je recule de nouveau contre le fil barbelé qui s'enfonce dans mon dos. Il continue à parler. Ses paroles prononcées à voix basse me remplissent d'effroi. J'essaye de détourner la tête, mais il est partout.

— Je sais tout de toi et tu ne connais même pas mon prénom.

Il sourit de nouveau. Je couvre mon visage de mes mains, alors il me murmure à l'oreille :

— C'est ça, Cara. Sois raisonnable. Ferme les yeux, ferme ton clapet et tout ira bien. Si tu caftes, je te jure que tu regretteras de ne pas m'avoir écouté.

Même si je sens qu'il s'éloigne, je ne bouge pas d'un pouce. Je suis bien trop effrayée pour ouvrir les yeux. Je me retrouve à genoux sur le sol, pliée en deux. Ma respiration est irrégulière et mes poumons me font mal. Je sens un filet de sang couler le long de mon dos. L'odeur de la terre mouillée par la rosée emplit mes narines. Je revois Grace qui pousse un grognement avant de partir en courant parmi les arbres. Puis le front défoncé de Meg, son sang sombre et collant. Les yeux de ma mère qui s'ouvrent en grand. Je me roule en boule et je prie pour que ce cauchemar s'arrête. Je ne sais pas combien de temps je reste là, sur le sol, comme si le soleil du matin allait faire disparaître mon angoisse.

4 juin 2019

Si quelqu'un lit ces mots, c'est que j'ai été arrêtée, ou bien que je suis morte. Quoi qu'il en soit, une personne au moins connaîtra ma véritable histoire. La véritable histoire de Zoe Grace Megan Nichols. Tout ce que les gens croient savoir à mon sujet est un mensonge. La vérité, la voilà : je n'ai jamais été malade. C'était elle qui l'était.

Ces mots sont les seuls que j'ai réellement envie d'écrire. Je pourrais les écrire mille fois sans m'en lasser. Mais ce n'est pas pour moi que je rédige ce texte, c'est pour vous, qui que vous soyez. Je voudrais vous expliquer qui elle était réellement. Elle m'a rendue malade et elle a retardé ma croissance pour que je reste toute petite. Pour que je reste son éternelle petite fille. Je veux que vous sachiez que lorsqu'elle serrait ma main, c'était pour me contrôler, pas pour me réconforter. Quand elle lisait des journaux médicaux, elle cherchait des moyens de perturber mon métabolisme, pas de me soigner. Elle m'a gardée dans un fauteuil roulant jusqu'à ce que mes muscles deviennent si faibles qu'ils ne fonctionnaient plus, et tout du long elle a dit qu'elle le faisait par amour. J'ai besoin que quelqu'un sache tout ce que j'ai vécu.

Avant ma méningite, je crois que je ne l'avais jamais vue sourire et que je n'avais jamais entendu son rire. Nous passions nos journées dans le silence, comme si Danny était mort la veille. Elle rejetait la faute de cette tristesse infinie sur mon père. Elle s'était jetée dans l'escalier devant lui, même si elle a raconté plus tard qu'il l'avait poussée. Il l'a traitée de cinglée le jour où elle lui a claqué la porte au nez pour la dernière fois. Après ça, ma mère ne me sortait de l'appartement que pour aller sur la tombe de mon frère. Je mangeais des sandwichs au sucre que je me préparais moi-même. Je ne grandissais pas. Je dessinais des petits visages sur mes doigts et je leur parlais comme s'ils étaient mes amis. Et puis, un matin, j'ai eu l'impression que ma peau était couverte de fourmis rouges. Une éruption, un peu comme des écailles, grandissait sur mon bras, et je ne pouvais pas bouger mon cou. Tout est devenu noir. Quand je me suis réveillée, j'étais bouillante dans les bras de ma mère, qui courait en hurlant dans l'hôpital. Ma vie a changé du tout au tout. Elle me remarquait enfin. Elle me caressait les cheveux. Quand j'avalais les médicaments qu'elle me donnait, elle me disait que j'étais une petite fille très sage. Elle m'embrassait. Quand nous voyions des médecins, elle leur racontait des bobards au sujet de mes symptômes. Il lui arrivait de ne pas me laisser sortir de mon lit pendant des semaines. Je me souviens d'avoir entendu des infirmières s'étonner de ma taille si petite pour mon âge et louer ma mère pour son courage. Je me suis souvent demandé si c'est à ce moment-là qu'elle a commencé à mentir et à prétendre que j'avais trois ans de moins. C'était facile : personne ne se méfiait d'une mère si aimante et dévouée. J'avais presque neuf ans quand pour la première fois elle m'a dit qu'elle m'aimait et j'ai su à cet instant-là que je ferais n'importe quoi pour l'entendre à nouveau. Même cacher ma véritable identité à tout le monde.

Le temps a passé, mais mon corps ne grandissait pas. Je savais que si j'essayais, si j'essayais vraiment, je pouvais remuer les jambes bien plus qu'aucun des médecins ne m'en pensait capable. Pour éviter de provoquer la colère de ma mère, j'ai imaginé qu'elles étaient aussi lourdes que de la pierre et j'ai complètement cessé de les bouger. Mon corps s'arrêtait désormais à ma taille. Elle me disait que mes muscles ne fonctionnaient pas comme ils le devraient, et que ce n'était pas ma faute. Ma mère était tout mon univers. Je la croyais, et les spécialistes aussi. Ils m'ont examinée, ont fait davantage d'analyses et nous ont appris que j'avais un taux élevé de créatine kinase dans le sang, ce qui signifiait probablement que je souffrais d'une pathologie musculaire. Ça peut aussi être un signe qu'on vous a fait avaler des statines de force, mais les médecins n'y ont pas pensé. Pourquoi l'auraient-ils fait ? Ma mère était parfaite. Personne ne se pose de questions sur la mère d'un enfant gravement malade. Alors, à la place, ils ont secoué la tête, étudié les faux résultats d'analyses que ma mère avait trouvés sur Internet, puis ont manipulé encore un peu mon corps affaibli et l'un d'eux a fini par déclarer : « Le diagnostic le plus exact que nous pouvons établir, c'est que Grace souffre de dystrophie musculaire. C'est très rare chez une femme, mais ça peut arriver. Je suis désolé. » Ce soir-là, ma mère nous a fait de la mousse au chocolat et on a regardé des films de Walt Disney. Comme si c'était mon anniversaire.

Quand nous nous sommes installées à Ashford, je croyais être heureuse. Ma mère a dit à tout le monde que j'avais sept ans. Je savais qu'elle mentait et qu'en réalité j'étais plus âgée, mais on ne pouvait pas le deviner, car à ce moment-là je passais déjà tout mon temps dans mon fauteuil roulant, et puis j'avais la tête rasée et j'étais toute maigre, comme une toxicomane. Car j'en étais devenue une. Elle m'a rebaptisée Grace, elle trouvait que ça m'allait mieux que Zoe. C'est ainsi que je suis devenue Grace. Encore une fois, personne ne s'est douté de rien. Ma mère disait que, si j'étais plus jeune, je pouvais rester sa petite fille quelques années de plus. Et le changement de prénom permettait de brouiller les pistes pour que mon père ne me retrouve pas et qu'elle puisse me garder en sécurité.

Les années se sont écoulées. J'ai passé de longues périodes alitée. Elle a commencé à me donner un nouveau médicament. Un comprimé rose vif. Je salivais tellement que je n'arrivais plus à avaler de nourriture. Le Dr Parker a dit que je faisais de la dysphagie et ma mère a fait semblant de pleurer quand un autre médecin a décidé qu'il faudrait mettre une sonde d'alimentation dans mon estomac. J'ai jeté un de ces cachets roses à travers la pièce et pour me punir elle m'a enfermée dans ma chambre sans rien à boire ni à manger. Elle a hurlé qu'elle ne m'aimerait jamais autant qu'elle l'aimait, lui. Au bout de deux jours, j'ai accepté de prendre le médicament, et quelques mois plus tard j'ai été opérée.

Après la pose de la sonde, la situation a de nouveau commencé à changer. Nos connaissances n'arrêtaient pas de me répéter que j'allais bientôt devenir une adulte, que je serais capable de prendre mes propres décisions. J'essayais de les faire taire, car je remarquais la mâchoire crispée de ma mère. À la suite de ces conversations, elle broyait encore plus de comprimés. J'ai alors compris qu'il fallait que je m'échappe. Je commençais peu à peu à prendre conscience du fait que ma mère était accro à l'attention. Et qui reçoit plus d'attention qu'une mère qui a perdu deux de ses enfants ? Enfin, elle et moi désirions la même chose. Nous souhaitions toutes les deux la mort de Grace Nichols.

# 16

# Jon

Il me faut un petit moment pour recouvrer mon sang-froid avant d'être prêt à repartir pour Ashford. J'ai du mal à chasser de mon esprit ces visions effroyables de Meg en train d'administrer à sa fille des médicaments dont elle n'a pas besoin. Une fois que je reprends la route, conduire m'apaise. Mon téléphone sonne au moment où j'entre sur l'autoroute. Je le sors de ma poche en pensant y voir le nom de Cara, mais l'appel vient de Jakey.

— Salut, mon grand.

— Salut, papa.

— Tu ne devrais pas être à l'école ?

— Si, mais j'ai rendez-vous chez le dentiste ce matin, alors maman m'y déposera plus tard.

Sa voix est monotone, ça n'a pas l'air d'aller fort.

— Tout va bien ? On dirait que tu n'as pas trop le moral.

— Emma était chez nous hier soir.

Ah. Emma est la meilleure amie de Ruth. Célibataire depuis peu, elle a été mariée deux fois et elle est dans une phase où elle est déterminée à haïr tous les êtres de sexe masculin. Je parie cent livres que je suis la cible du moment.

— Maman pensait que j'étais au lit. Elles buvaient du vin et je les ai entendues parler de toi. Elles racontaient des conneries sur toi, papa.

— Jakey, pas de gros mots.

— Mais tu en dis tout le temps, et maman et Emma aussi !

Sa voix qui s'éraille me rappelle que l'adolescence n'est pas bien loin.

— Ouais, eh bien, quand tu auras la quarantaine passée, tu pourras dire autant de grossièretés que tu veux. Écoute, mon grand, j'aimerais vraiment te voir pour discuter de tout ça. Ça te dirait que je vienne te chercher ce soir, après l'école ? On pourrait aller manger des burgers au nouveau restau américain que ta mère déteste.

— Maman et toi, vous allez divorcer ?

— Bien sûr que non ! je lui réponds comme si c'était la chose la plus absurde que j'aie jamais entendue. Nous traversons une période difficile, c'est tout. Tu te souviens quand toi et Fred, vous vous étiez brouillés ? C'est pareil.

— Fred n'est plus mon ami.

— OK, bon, alors ce n'est pas pareil… Je vais prévenir ta mère. Je viendrai te chercher vers six heures et on pourra avoir une vraie conversation, ça te va ?

— Ouais, d'accord.

Je sens qu'il a envie de parler d'autre chose.

— Papa… tu fais des progrès dans ton enquête sur la fille qui a disparu ?

— Je crois que oui, Jakey.

— Mais tu vas la retrouver, hein ? dit-il d'une voix légèrement tremblante.

— Oui, on finira par la retrouver.

— Tu me le promets ?

— Oui, c'est promis.

Je regrette ces mots dès que je les prononce. Mon fils pousse un soupir de soulagement.

— OK.

— À tout à l'heure, alors, mon grand. Je t'aime.

— Je t'aime aussi, papa.

J'ai le cœur gros en entendant ces mots.

Je viens de rentrer à l'appartement quand je reçois un appel de Cara. Je suis intrigué, car je n'ai plus de ses nouvelles depuis qu'elle m'a laissé en plan sur Goat Beach.

— Il faut qu'on parle, dit-elle d'une voix tendue. Je viens chez toi.

Il s'est passé quelque chose. Elle n'a plus l'air d'être fâchée contre moi et on dirait plutôt qu'elle est terrifiée. Ce n'est probablement pas une bonne idée qu'elle vienne ici, quelqu'un pourrait la voir, mais je comprends bien qu'elle n'est pas d'humeur à écouter mes objections. Et puis, je suis moi aussi nerveux depuis mon échange avec le Dr Rossi, et ça me fera du bien de vider mon sac. J'en profiterai pour lui demander si elle a vu quoi que ce soit qui pourrait confirmer ma suspicion au sujet de Meg.

Cinq minutes plus tard, on sonne à la porte. Ça fait tellement longtemps que personne n'est venu qu'il me faut un moment pour trouver le combiné de l'interphone derrière les vieux manteaux accrochés dans le couloir. La jeune femme entre dans mon appartement comme si elle y était déjà venue une centaine de fois. Elle observe à peine les lieux. Je me mets à parler dès qu'elle passe le seuil ; j'ai hâte de lui raconter tout ce que j'ai appris.

— Cara, je suis content que tu m'aies appelé. Tu ne vas pas croire ce que j'ai découvert ! J'avais raison au sujet du nom et de l'âge de Grace. Je regardais cette vidéo, tu dois la connaître, celle où Grace montre l'armoire à pharmacie à la caméra, et j'ai vu un nom sur l'une des ordonnances… Merde, Cara, ça ne va pas ?

Elle s'est arrêtée au milieu de mon couloir étroit et tout son corps est secoué de tremblements. Je remarque alors que son imper est couvert de boue, ainsi que son jean, au niveau des genoux. Elle a aussi une tache en travers du visage. Son teint est d'une couleur étrange, presque bleu. Elle a l'air gelée et encore plus mal en point que sur la plage. Ma première supposition est qu'elle a dû se disputer avec sa mère, et que Cara, fidèle à elle-même, a dormi dehors par esprit de contradiction. Je la guide vers le canapé en velours marron que l'ancien locataire a laissé dans l'appart. Après avoir enlevé les piles de vieux journaux qui traînent dessus, je l'invite à prendre place pendant que je fais chauffer la bouilloire. Je n'ai ni plaid ni châle, tout ça, c'était le domaine de Ruth… Comme ce serait trop bizarre de lui prêter ma couette, je déniche mon sac de couchage et le lui passe autour des épaules. Puis je l'observe tandis qu'elle boit le thé sucré que je lui ai préparé, et je suis soulagé de constater que les secousses se transforment peu à peu en frissons.

Je vais chercher une chaise dans la cuisine pour m'installer en face d'elle. Les yeux fermés, elle se réchauffe au contact de la tasse. Je prends mon mal en patience pour lui laisser le temps de se remettre, jusqu'à ce que je n'en puisse plus.

— Cara, tu peux me dire ce qui t'est arrivé ?

— Il faut qu'on arrête, Jon. Il faut qu'on arrête tout. C'est trop dangereux, on ne sait pas dans quoi on se lance… Il faut vraiment qu'on arrête.

Ses lèvres sèches tremblent quand elle parle, les yeux fixés sur son thé.

— J'ai rencontré GoodSam, dit-elle à voix basse comme si elle s'adressait à la tasse dans ses mains.

— Tu as fait quoi ?

Je ne m'attendais pas à ça.

— J'ai vu Grace, Jon, je l'ai vraiment vue et je ne pouvais pas rester là à me tourner les pouces et prétendre que ce n'était pas arrivé. Il fallait que je fasse quelque chose.

J'ai vraiment été con sur ce coup-là. J'aurais dû me douter qu'elle allait faire une bêtise. Pour être honnête, à sa place, j'aurais probablement aussi contacté GoodSam, si ça m'était venu à l'esprit, mais je suis trop furieux contre Cara pour le lui avouer. Elle n'aurait jamais dû prendre de tels risques !

— Et tu t'es dit que c'était une bonne idée de rencontrer un potentiel suspect toute seule, sans même m'en parler ? Bon sang, Cara, on ne sait absolument rien de lui ! C'est peut-être un kidnappeur !

Simon a été transféré dans un hôpital psychiatrique sécurisé et les flics sont toujours en train de le cuisiner. Pour ma part, je pense que le père de Grace en sait plus qu'il ne le reconnaît, mais, par ailleurs, j'ai l'instinct qu'il dit vrai : il ignore vraiment où sa fille se trouve. Et je me souviens bien de la clarté de sa voix lorsqu'il a affirmé : « Je n'ai jamais eu envie de faire du mal à Meg. » Je le crois. Le tueur est donc toujours en train de courir, et GoodSam pourrait non seulement savoir où Grace se trouve, mais aussi être quelqu'un de très dangereux.

— Eh bien, en fait, je ne crois pas qu'il ait enlevé Grace, dit Cara. Je ne crois pas qu'on l'ait enlevée du tout.

Je la dévisage. Ses traits sont crispés. Cara est-elle aussi en train de remettre en question l'authenticité des maladies de Grace ? Si j'ai raison et que la jeune fille n'était pas aussi souffrante que nous le pensions, c'est tout à fait possible qu'elle puisse marcher, et même courir. Cara a pu effectivement l'apercevoir dans ce cimetière.

Elle finit par baisser la tête et se met à sangloter. Je m'assieds à ses côtés sur le divan, mal à l'aise.

— Oh, merde, Cara. Je suis vraiment, vraiment désolé de ne pas t'avoir crue.

— Jon, il faut qu'on arrête de chercher. Ce… ce mec que j'ai rencontré… Il a dit des trucs sur ma mère, sur ce qu'il ferait si on continuait à…

Sa voix faiblit. Elle lève le regard sur moi et je lis la peur dans ses yeux.

— Il a dit que, si on allait voir la police, il ferait du mal à ma mère. Alors, il… il faut vraiment qu'on arrête tout. D'accord ?

Elle a besoin que je la rassure. Je tourne la tête, car je sais que je vais devoir mentir.

— OK, si c'est ce que tu veux.

— Je suis sérieuse, Jon.

— Je sais.

Je me rends compte que ma voix est pleine de colère, de frustration, donc je répète plus doucement :

— Je sais.

Je lui tapote l'épaule et elle reprend une gorgée de thé.

— Tu es certaine que cet homme était GoodSam ?

— Non… mais en tout cas il connaissait Grace.

— Tu peux m'en dire un peu plus sur lui ? Il ressemblait à quoi ?

Cara se frotte les yeux, puis garde les paupières closes pour me répondre, comme si ça l'aidait à se souvenir de l'apparence de l'inconnu.

— Il devait avoir dans les trente ans. Il était blanc, grand, et très maigre.

— C'est bien, Cara. Tu te rappelles ce qu'il portait ?

— Du noir, que du noir. Il avait un tatouage sur son cou, mais je ne voyais pas ce qu'il représentait parce que sa veste était zippée très haut comme s'il essayait de le cacher. En tout cas, c'était un long tatouage noir, ici.

Elle me montre l'emplacement sur sa gorge fine.

— À gauche ?

Elle y réfléchit quelques secondes avant d'ouvrir les yeux.

— Oui, à gauche. Jon, qui que ce soit, c'est quelqu'un de violent. Il ne faut pas s'en approcher.

— Cara, si on ne fait rien, un homme innocent ira en prison, et si on ne peut pas aller voir la police, alors quel choix avons-nous ?

— C'est ce que je dis : on n'a pas le choix. On doit tout arrêter. Tu me l'as promis.

Elle hausse la voix, de plus en plus anxieuse : elle est vraiment effrayée.

— D'accord, d'accord.

J'essaye de prendre le ton le plus calme possible pour l'apaiser. J'ai envie de lui faire remarquer que je n'ai rien promis, mais je n'ai pas envie de paraître tatillon. Et puis, elle est trop épuisée et traumatisée pour en entendre plus pour l'instant.

— Tu as envie de grignoter quelque chose ? Je pourrais te faire des toasts.

J'oublie un instant que je n'ai pas de pain. Ni rien d'autre à manger, d'ailleurs.

— Non, merci. Ça ne te dérange pas si je reste ici pour essayer de dormir un peu sur ton canapé ? Je ne me sens pas d'attaque pour rentrer à la maison tout de suite.

Ce n'est pas idéal… J'ai l'intention d'appeler Dave sans tarder pour lui proposer de l'argent que je n'ai pas et voir ce qu'il a à dire sur ce type au tatouage. Mais Cara s'allonge déjà sous le sac de couchage en bâillant.

— Je vais peut-être sortir un peu, je dis.

— Je claquerai la porte derrière moi en partant, marmonne la jeune femme.

Elle pousse un profond soupir, puis se couvre du sac de couchage et cesse de remuer.

Après avoir fermé doucement la porte du salon, je vais dans la cuisine pour envoyer un texto à Dave.

*Il faut que je te parle. C'est urgent.* Le policier, certainement motivé par l'idée d'une autre sortie au pub payée par mes soins, me téléphone seulement quelques minutes plus tard. Sa voix résonne. On dirait qu'il est dans un vestiaire ou des toilettes. Il doit être au travail et a dû trouver un endroit à l'écart pour s'entretenir avec moi.

— Merci de m'avoir rappelé, Dave.

— Tu as dit que c'était une urgence, donc je suppose que tu aimerais aller boire une bière tout à l'heure ?

Il lâche un petit rire immature. Soudain, une tristesse effroyable me saisit. J'ai manipulé cet homme solitaire qui confond maintenant travail et amitié…

— Non… enfin, peut-être. Écoute, j'ai besoin d'aide. Je payerai. Cent livres ?

— Je t'écoute.

— J'ai besoin que tu identifies quelqu'un pour moi. C'est un gars du coin, blanc, il doit avoir entre vingt et trente-cinq ans. Il est grand, élancé, et il a un tatouage dans le cou, sur le côté gauche. Il a sûrement déjà un casier.

Un long silence s'installe. C'est très gênant, même si on n'est pas face à face.

— Je ne sais pas, Jon, ce n'est pas vraiment…

— Fais juste quelques recherches et demande vite fait autour de toi si quelqu'un le connaît. Il est d'ici et vous avez certainement déjà dû avoir affaire à lui.

Dave prend de nouveau un temps fou avant de répondre. Comme ça me met mal à l'aise, je reprends :

— D'accord, deux cents. Je te donnerai deux cents balles juste pour poser quelques questions.

— Deux cents et quelques bières quand je sors du boulot, à dix-sept heures ?

— OK, ça marche. Je te retrouve à dix-sept heures trente.

Je passe la majeure partie de l'après-midi à relire des articles trouvés en ligne au sujet de la mort de Danny. Ils sont vieux et ne donnent pas beaucoup de détails. Les journalistes mentionnent la famille de Plymouth qui séjournait sur le terrain de caravaning de Port Raynor mais s'intéressent davantage à ce que le conseil municipal va faire pour éviter les accidents à l'avenir. Je parcours également les quelques photos que Ben m'a envoyées, qu'il a trouvées dans les archives du *Cornish Chronicle*. Elles s'avèrent plus utiles. Il y en a quelques-unes de Simon et Meg. Le père de Grace a l'air beaucoup plus jeune et en bien meilleure santé. Il a le bras passé autour des épaules de la jeune femme comme s'il voulait la protéger. Il devait faire très chaud ce jour-là. Meg porte un caftan fluide et sur la plupart des clichés on ne montre que le haut de son corps, mais sur l'un d'eux on voit quand même son ventre rond, qu'elle encercle de son bras droit, un peu comme si elle l'enlaçait. Grace est née en septembre cette année-là, donc Meg devait être enceinte d'environ six mois. Je tente de me souvenir de la taille du ventre de Ruth à ce stade de la grossesse, sans succès. Je regarde fixement l'abdomen de Meg jusqu'à ce que ma vision se brouille. Deux heures plus tard, je me réveille avec un torticolis et les lunettes de traviole. J'étais si exténué que j'ai dû poser la tête sur la table au bout d'un moment…

Je me rends alors dans le salon sur la pointe des pieds pour découvrir le sac de couchage bien enroulé au bout du canapé. Cara est déjà partie. J'ai beau comprendre ses craintes, si j'ai raison et que Meg donnait des médicaments à sa fille pour la rendre malade, ça change tout. Grace pourrait ne pas avoir été kidnappée. Il est possible qu'elle se soit enfuie. Dans ce cas, elle n'a pas besoin d'être secourue, mais il faut quand même qu'on la retrouve afin de pouvoir l'interroger sur ce qu'il s'est déroulé la nuit de la mort de sa mère. La vie de son père est en jeu et, dans une moindre mesure, la mienne aussi. Je me suis trop investi dans cette affaire pour en rester là.

The Red Dragon est un endroit très paisible à cinq heures et demie de l'après-midi. Les quelques buveurs solitaires fixent d'un air morne le contenu de leur verre comme s'ils y cherchaient des réponses. La banque ne m'a pas laissé retirer plus de cent livres sterling, donc je vais devoir convaincre Dave que je pourrai lui fournir le reste plus tard. Il est déjà assis à une table ronde, les jambes courbées sous son tabouret. Dans cette position, il ressemble à un jockey en surpoids. J'aimerais pouvoir discuter tout de suite de l'enveloppe qui est posée devant lui, mais Dave aura d'abord envie de bavarder et il faut que je fasse tout pour le garder de mon côté.

— Salut, Dave. Une pinte ?

Je vais chercher nos boissons, puis je le laisse parler de foot. Au bout de quelques minutes, il me voit jeter un coup d'œil à l'enveloppe entre nous, qui m'attire irrésistiblement.

— OK, je comprends ce que tu veux, dit-il, mais d'abord…

Il me montre son pouce et son index qu'il frotte ensemble pour réclamer son dû. Je lui tends donc les cent livres.

— Je te ferai parvenir le reste demain.

Dave regarde les billets dans sa main et lève un sourcil, interloqué.

— Et moi qui croyais que vous, les gens de la ville, vous étiez tous pleins aux as.

— Tu les auras demain, Dave, c'est promis.

— Pour être honnête, mec, j'ai déjà l'impression de te faucher ces cent livres. On n'a qu'à en rester là.

Je me contente d'opiner en réponse. Les actes de gentillesse me prennent toujours par surprise. Ruth me trouve cynique, elle dit que c'est mon côté londonien, mais je préfère être étonné par la bienveillance plutôt que de m'y attendre et de finir par être déçu.

— Alors, quelqu'un dans les registres de la police ressemble à la description que je t'ai donnée ?

Le tabouret de Dave gémit quand il se penche en avant.

— Pas exactement.

— Comment ça, « pas exactement » ?

— Eh bien, personne ne correspond à ta description. Aucun jeune homme avec un tatouage dans le cou.

Mon cœur se serre. Je me rends compte que j'espérais vraiment le trouver. Dave brandit alors son index et poursuit :

— Mais grâce à une remarque d'un de mes collègues, je me suis souvenu des Craig.

Il boit une gorgée de bière pour savourer ce moment, puis essuie la mousse sur sa lèvre supérieure du revers de sa main boudinée.

— Les Craig ?

— La famille est connue de la police d'Ashford depuis un bail. Elle faisait déjà des siennes avant que je devienne flic. On dirait qu'ils ont toujours été des délinquants. Du vol à l'étalage et ce genre de délits. Ils voyagent un peu, mais toujours dans le Sud-Ouest, et principalement en Cornouailles, même s'il leur est parfois arrivé d'aller vers le nord jusqu'à Taunton. Difficile de savoir exactement où ils habitent. Ils nous ont déjà fait courir plusieurs fois.

— Ce gars avec le tatouage est donc connu de la police ? C'est l'un de ces Craig ?

— Pas tout à fait, Jon. Un peu de patience, laisse-moi te raconter.

Je sens mon téléphone vibrer dans ma poche. J'ignore l'appel : tout ce qui m'importe, c'est ce qui se déroule ici et maintenant. Après avoir repris nonchalamment une gorgée de bière, Dave glisse l'index sous le rabat de l'enveloppe pour en tirer une photo d'identité judiciaire. Celle d'un jeune homme aux yeux écarquillés. S'il a l'air d'avoir entre vingt-cinq et trente ans, il se pourrait aussi très bien qu'il soit plus âgé. Son cou est maigre et long comme celui d'un cormoran. Il a une pomme d'Adam prononcée et des pommettes saillantes. Son regard est plein de regrets. On dirait un écolier qui viendrait de se faire réprimander par la directrice.

— Donc il s'est fait tatouer après son arrestation ?

La lenteur de Dave m'agace. Il me sourit et secoue la tête.

— Non. Ça, c'est Anthony Craig, que nous avons arrêté douze fois depuis ses seize ans pour ivresse, usage de stupéfiants et pour quelques bagarres. Je l'ai arrêté moi-même une fois, et il m'a plutôt eu l'air d'une mauviette, en fait. C'était pour coups et blessures volontaires. Il avait passé un type à tabac devant un pub. Il a plaidé coupable et a écopé de six mois, mais il s'en est tiré avec quatre.

Le policier fronce le nez et jette un coup d'œil derrière lui, comme s'il pensait que l'un des vieux poivrots assis au bar pourrait écouter notre échange.

— Je n'ai pas de photo de Robert, ou Robbie Craig, reprend-il en montrant du doigt la poitrine décharnée du jeune sur la photo. Le frère jumeau d'Anthony Craig.

Ce seul mot déclenche comme une décharge électrique dans mes veines.

« Les jumeaux. »

J'ai cru que les mots de Simon n'étaient que des divagations dues à sa psychose. Il ne m'est jamais venu à l'esprit qu'il pouvait être en train de me communiquer un indice.

— Robbie Craig a travaillé au salon de tatouage d'Ashford, continue mon interlocuteur. D'après mes collègues, il est du genre à penser que se faire tatouer est un bon passe-temps. Je ne l'ai jamais rencontré, mais il paraît que c'est sur lui qu'il faut garder un œil. Certains des gars au boulot pensent que c'était Robbie, et pas Tony, qui a tabassé ce type. Tony aurait payé à la place de son frère, on ne sait pas trop pourquoi.

Les Craig sont les jumeaux dont parlait Simon, j'en suis persuadé. Je bois une gorgée pour dissimuler mon excitation.

— Donc ils sont d'Ashford ?

— Non, ils viennent de Rainstead, à environ deux heures au nord d'ici. Leurs parents bossaient dans le tourisme, ils avaient une auberge de jeunesse ou quelque chose comme ça. Puis leur mère est décédée d'un cancer quand ils étaient encore petits. Le père n'a pas réussi à gérer tout seul et leur affaire s'est cassé la figure. Il s'est endetté et a fini par déménager en Espagne quand ses fils n'avaient même pas encore dix ans. Les garçons ont été placés dans un foyer, et c'est à ce moment-là qu'ils ont commencé à s'attirer des ennuis.

Simon était-il resté en contact avec ces jumeaux pendant toutes ces années ? C'était peut-être grâce à eux que Grace communiquait avec son père et qu'elle lui avait demandé d'essayer de l'appeler. Je lève de nouveau mon verre pour cacher le sourire que je sens venir sur mes lèvres, mais trop tard : Dave l'a remarqué et il me fixe, les yeux plissés. Il a l'air de se sentir coupable, comme s'il venait de raconter le secret de quelqu'un d'autre.

— Pourquoi tu avais besoin de ces infos, Jon ? Il ne s'agit pas d'une affaire dans laquelle nous devrions être impliqués, j'espère ?

Je secoue la tête, comme si une telle suggestion était totalement absurde. Dans ma poche, mon téléphone se remet à vibrer et je l'ignore de nouveau.

— Je voulais ces renseignements pour filer un coup de main à M. Leeson, de Franton Farm. Il croit avoir vu quelqu'un correspondant à cette description avec des gros chiens dans l'un de ses champs, et il pense qu'il pourrait s'agir de ceux qui attaquent ses moutons.

Dave glousse, amusé que je perde mon temps avec l'éleveur.

— Mieux vaut que ce soit toi que moi, mon vieux.

— Et ce Robbie travaille toujours au salon de tatouage ?

— Il semblerait que non. Un de mes potes croit se rappeler que Robbie tentait sa chance comme camionneur depuis quelque temps, qu'il avait passé le permis l'an dernier. J'ai vérifié vite fait et c'est vrai, il travaille pour une petite boîte de transport routier près de Rainstead, sur la côte nord. JPH & Sons, ou quelque chose comme ça. Mais pourquoi tu te donnes tant de mal pour le vieux Leeson, Jon ?

Je hausse les épaules et tente de prendre un air dégagé, alors que mon cerveau turbine à tout berzingue.

— Il fallait bien que quelqu'un finisse par le prendre au sérieux, je réponds.

Mon portable vibre pour la troisième fois. Ce coup-ci, le timing est parfait, car je suis certain que Dave m'a révélé tout ce qu'il sait et il me faut un prétexte pour quitter le pub le plus vite possible. Quand je vois le numéro de la ligne fixe de New Barn Cottage à l'écran, ma gorge se noue.

— Mais t'es où, putain ?

Ruth est furax. Elle ne crie pas mais sa voix tremble de rage. Je me représente le tendon de son cou qui palpite. Je réfléchis quelques secondes à l'endroit où j'aurais apparemment dû me trouver, mais rien ne me vient. Je croyais que nos rendez-vous avec le Dr Bunce n'étaient plus à l'ordre du jour… Je regarde Dave et lui désigne mon téléphone avant de me diriger vers les toilettes. À l'autre bout du fil, ma femme laisse échapper un rire sans joie.

— Tu as oublié, c'est ça ? Ça fait quarante-cinq minutes que notre fils t'attend, Jon. Il a dit que tu l'emmenais « manger un burger entre hommes » après l'école.

— Ah, merde…

J'imagine Jakey en train de patienter devant notre maison, de regarder l'heure sur son portable, de guetter l'arrivée de ma voiture au bout de la rue, puis de revérifier l'heure. Mon cœur tombe en miettes.

— Tu peux me le passer ?

Ruth ne répond pas tout de suite. Elle sait à quel point c'est important que nous ayons une bonne relation tous les deux, Jakey et moi.

— Attends une minute.

J'entends le bruit de ses pas alors qu'elle monte l'escalier couvert de moquette. Je vois sa main pousser la porte de la chambre de notre fils. Il doit être assis sur son lit, tête baissée, bouillant de colère. J'entends la voix étouffée de ma femme qui le prie de prendre l'appel. La réponse de Jakey est courte et sèche ; je sais qu'il ne va pas accepter de discuter avec moi.

— Il ne veut pas te parler pour le moment, dit Ruth.

Elle mérite des bons points pour jouer si bien ce rôle de conciliatrice.

— D'accord, ça se comprend. Pourrais-tu juste lui transmettre quelque chose de ma part ?

Ruth pousse un grognement agacé, comme si elle était sur le point de s'énerver franchement avec moi.

— S'il te plaît, Ruth, une seule chose. Dis-lui que je suis désolé et que je vais retrouver Grace. Comme je le lui ai promis.

J'entends un reniflement de dédain. Elle redescend les marches.

— Merde, tu es en train de perdre la boule, ou quoi ? Tu n'es même pas capable de te souvenir d'un rendez-vous que tu as pris avec ton fils le jour même et tu prétends jouer au héros ?

Elle s'attend à ce que je pète un câble en retour, mais je tiens ma langue.

— Tu es en plein délire, Jon, me lance-t-elle avant de me raccrocher au nez.

Dix minutes plus tard, après avoir laissé Dave au pub avec ses cent balles, je suis en route pour rentrer. Je m'en veux terriblement d'avoir oublié la sortie avec Jakey, mais la pensée que je vais certainement réussir à tenir la promesse plus importante que je lui ai faite me réconforte un peu. Il y a de fortes chances que je parvienne à retrouver Grace, ou au moins à découvrir ce qu'il lui est arrivé. Je fais donc tout mon possible pour ignorer mon sentiment de culpabilité. Il faut absolument que je reste concentré. Le temps du trajet en voiture, une boucle sans fin de questions tourne dans ma tête, au sujet des jumeaux, mais aussi de Grace. Comment et pourquoi s'est-elle retrouvée mêlée à leurs histoires ? Grace a vécu toute sa vie dans un cocon, elle serait la dernière personne à croiser des criminels comme les Craig. Pourquoi l'un des frères se serait-il intéressé à une gamine handicapée ? Y a-t-il un élément qui les relie, que je n'arrive pas à voir ? Et s'il y avait un rapport avec les médocs prescrits par le Dr Rossi ? Simon savait pour les jumeaux, donc il ne peut pas s'agir d'une coïncidence... Était-il au courant que les frères Craig avaient quelque chose à voir avec la disparition de sa fille ? La façon dont il a prononcé ces mots, « les jumeaux », c'était comme s'il pensait que je les connaissais déjà. Mais bon, il faut aussi dire que ce que Simon racontait à ce moment-là n'avait pas beaucoup de sens... Je ne sais vraiment pas du tout si on peut lui faire confiance ou non.

« Les jumeaux. » Je repense à notre première rencontre, dans ce café bondé. M'a-t-il parlé d'eux ce jour-là ? Mon article occupait toutes mes pensées, alors peut-être que je n'avais rien remarqué... Ça vaut le coup de réécouter l'enregistrement pour vérifier.

Dès que la porte d'entrée se referme derrière moi, je parcours l'appart en quête de mon dictaphone. La cassette de Simon est restée dedans. Je finis par le dénicher sur la table de la cuisine, sous une pile de courrier. Je rembobine la cassette jusqu'au moment où il parlait du jour où Danny est mort. Sa voix grésille tout à coup dans la pièce.

« J'ai vu ces deux garçons. Ils devaient avoir dans les huit ans et ils se ressemblaient comme deux gouttes d'eau. J'étais étonné de voir des enfants seuls à cet endroit, sans adulte pour veiller sur eux. Ils couraient comme des lièvres sur le sentier de la crique. »

Je reviens un peu en arrière et appuie de nouveau sur « play » : « Ils devaient avoir dans les huit ans et ils se ressemblaient comme deux gouttes d'eau. » Et je rembobine encore : « Ils se ressemblaient comme deux gouttes d'eau. » Je réécoute machinalement ces paroles plusieurs fois et, peu à peu, tout commence à faire sens. Si Grace est entrée en relation avec les Craig, c'est parce qu'ils sont les petits garçons de huit ans qui étaient sur cette plage le 6 juin 1998. Les petits garçons qui ont vu son frère se noyer.

# 17

## Cara

Après avoir quitté l'appart de Jon, je prends le bus pour rentrer. Je n'aime pas être dehors, ça me donne l'impression d'être vulnérable. Je vois le visage fin de GoodSam partout. Pour la première fois depuis ma découverte du corps de Meg, j'ai juste envie d'être chez moi.

Quand je lui tombe dans les bras, ma mère paraît à la fois surprise et contente. J'inspire son parfum, un mélange bien particulier de vernis à ongles et de laque pour cheveux. Ses caresses apaisent un peu mon angoisse. Elle ne me demande pas où je suis allée et aucune de nous deux ne fait allusion à notre dispute. Ma mère savait peut-être que les Nichols mentaient au sujet de l'âge et du nom de Grace, mais je m'en fiche, maintenant. Si elle a gardé le secret, c'était pour protéger son amie et il n'y a rien de mal à ça. Et puis, ce ne sont que des détails, comparé au fait que Grace peut marcher, et même courir. La seule chose qui compte pour moi désormais, c'est qu'on soit ensemble, ma mère et moi, et qu'on soit toutes les deux en sécurité. C'est une journée ensoleillée, aujourd'hui, alors elle ferme les rideaux du salon. Ensuite, elle m'apporte des boissons chaudes et je reste couchée sur le divan, longtemps. Je garde malgré tout les yeux ouverts, parce que, dès que je les ferme, je le vois. Il me sourit toujours. Je suis reconnaissante à ma mère de ne pas me poser de questions. Elle a simplement l'air soulagée que je sois à la maison. À un moment, je l'entends qui chuchote au téléphone dans la cuisine.

— Bien vu, Zara, elle avait juste besoin de temps. Elle a refoulé son traumatisme. (J'imagine Zara qui se félicite d'avoir eu raison, un grand sourire aux lèvres.) Je vais garder un œil sur elle. Elle a besoin d'être rassurée, de savoir que Simon ne peut pas nous atteindre. Il faut dire que toute cette histoire a été encore plus dure pour cette pauvre chérie que pour nous autres. Je vais prendre quelques jours de congé pour rester avec elle, si ça va pour toi.

Je vais lui faire croire que c'est Simon qui m'effraye, et pas GoodSam avec son regard cruel et moqueur. Ça me démange dans le dos, là où le fil barbelé m'a égratignée. En position fœtale, je serre mes bras encore plus fort autour de mes genoux. J'ai envie de me faire toute petite et de rester ici pour toujours, à l'abri du monde. Je tente de ne pas trop réfléchir, mais, malgré mes efforts, je n'arrive pas à contrôler ma peur. Elle surgit toujours sans prévenir et me laisse pétrifiée. Je revois le fauteuil roulant renversé, le trou poisseux dans la tête de Meg, et tout s'emballe. Je sens la force avec laquelle il l'a frappée avec cette lampe de chevet. À chaque impact, c'est comme si je me prenais un coup de poing dans le ventre. J'entends le bruit du pied en métal qui écrase le crâne de Meg et toutes les choses si précieuses qu'il contenait : ses souvenirs, sa joie… Je me demande quelle partie d'elle est morte en dernier.

Au cours de l'après-midi, on sonne à la porte. C'est Martin et Sylvia. Ils posent des questions à mon sujet. Combien de temps il leur faudra pour annoncer au lotissement entier que je me suis enfin effondrée ? Ils ont tous pensé que je finirais par craquer, j'en suis certaine. Un peu plus tard, maman me fait couler un bain. Puis, une fois que ma peau a viré au rose et que je suis toute ramollie, elle me fait aller au lit, où elle m'apporte des toasts aux haricots blancs. Elle s'allonge ensuite à mes pieds, pour me regarder manger, et, à chaque bouchée que j'enfourne, un sourire éclaire son visage.

— Ça me rappelle quand tu étais petite, Cara. Tu te souviens ?

Aucun moment spécifique ne me revient en tête.

— Quand ton père a foutu le camp, tu as tellement pleuré que tu t'es rendue malade.

Elle dit ça avec un petit sourire, comme s'il s'agissait d'un bon souvenir, avant de me tapoter la jambe à travers la couette. J'ai un peu l'impression d'être son animal de compagnie, mais là, tout de suite, je m'en fiche.

— Cara, je crois qu'on devrait toutes les deux prendre quelques jours de congé. Pour que tu puisses bien te remettre de toutes ces émotions. Tu es retournée travailler trop tôt après la mort de Meg, c'est pour ça que ça ne va plus, maintenant. Cette fois-ci, je veux que tu y ailles vraiment mollo pendant quelques jours, c'est d'accord ? (Elle sort un flacon de comprimés sans étiquette de la poche de son gilet.) Meg m'a donné ces cachets il y a quelques mois, quand je faisais beaucoup d'insomnies. Tu te rappelles ?

J'opine, même si je ne m'en souviens pas.

— C'est un médicament qui donne un petit coup de pouce pour s'endormir. C'est un peu comme si ça écartait de tes pensées tout ce qui est négatif pour que ton cerveau se calme. Quand tu auras fini de manger, je veux que tu en prennes deux. Ça te permettra d'avoir une bonne nuit de sommeil, et puis on verra comment tu te sens demain matin…

Dans l'autre poche de son cardigan, son téléphone se met à vibrer. Après avoir jeté un œil à l'écran, elle refuse l'appel, puis replonge le portable dans sa poche.

— C'est Zara, je la rappellerai tout à l'heure.

Elle remarque que je n'ai pas terminé mon assiette. Les sourcils froncés, elle s'apprête à me sermonner quand son vibreur nous interrompt de nouveau.

— Tu devrais répondre, maman, je dis, tout en débarrassant quelques miettes de ma couette. C'est peut-être important.

Elle me dévisage, comme pour vérifier que je pense bien ce que je dis, puis elle décroche.

— Zara, je suis avec Cara, là, elle est…

Elle ne finit pas sa phrase. J'entends la voix pressante de son amie au bout du fil.

— Oh, mon Dieu, c'est vrai ? s'exclame ma mère.

Mon lit remonte quand elle se lève. Tous les muscles de mon dos se tendent.

— Tu es sûre ? poursuit-elle d'un ton presque enjoué.

Sa collègue continue à blablater. Je me dis qu'il ne s'agit pas forcément d'une mauvaise nouvelle. Les connaissant toutes les deux, Zara pourrait tout aussi bien lui avoir annoncé le retour de Grace saine et sauve que des promos chez Topshop. Le téléphone collé à l'oreille, ma mère marche de long en large dans le couloir.

— Mon Dieu ! Je n'arrive pas à savoir si c'est une bonne nouvelle ou non. Donc il est dans un service sécurisé ?

Comme je ne veux pas louper quelque chose d'important, je sors du lit pour me rapprocher d'elle.

— Qu'est-ce qu'il y a ? je chuchote.

Elle a compris ce que j'ai dit mais elle secoue la tête. Elle a besoin de se concentrer sur sa conversation avec Zara. Mon ventre se noue. Est-ce que Jon a fait un truc stupide ? Il n'a quand même pas été de nouveau arrêté ? En tout cas, ma mère semble d'accord avec tout ce que son amie lui raconte.

— OK, Zara, finit-elle par dire. Eh bien, merci de m'avoir tenue informée. Passe demain prendre le thé si tu veux. On sera à la maison, Cara et moi.

Elle me regarde, tout sourire à la pensée qu'on sera là demain, ensemble. Après avoir raccroché, elle glisse son portable dans sa poche et souffle un grand coup.

— Qu'est-ce qu'il y a, maman ?

— Il faut que je te parle de quelque chose, Cara, même si je préférerais t'épargner, commence-t-elle en me prenant par la main. Ce n'est pas… ce n'est pas une bonne nouvelle, mais je crois que ça pourrait quand même t'aider à te sentir un peu plus en sécurité. (Elle essaye vraiment de réprimer un sourire.) Ce matin, Simon Davis a fait une tentative de suicide.

Quand j'entends ces mots, je ne peux pas m'empêcher de frémir. Ma mère ne remarque rien et continue :

— Tu sais que la cousine de Zara, Remi, sort avec un policier ? Eh bien, il en a parlé à Remi, qui, elle, en a parlé à Zara, bien sûr. (Elle se met alors à murmurer. Sa voix est trop légère pour le sujet de cette conversation, ça lui donne un air cruel.) Il était enfermé dans un hôpital psychiatrique sécurisé, mais il a réussi à se trouver un rasoir quelque part. Ça ne devait pas être beau à voir.

Je revois la couleur rouge sombre de la tête sanguinolente de Meg.

— Oh, Cara, tu as l'air terrifiée. Je suis désolée, ma chérie, je ne voulais pas t'effrayer.

Elle me prend dans ses bras et me berce. Toutes les odeurs de produits chimiques sur elle me donnent le tournis. Je ne peux plus respirer.

— Ça va aller, ma chérie, ça va passer, me chuchote-t-elle à l'oreille alors que je n'ai rien exprimé.

Elle me lâche enfin et, en me tenant toujours par la main, elle m'adresse un petit sourire triste.

— Allez, retourne te coucher.

Je la laisse me guider. Elle s'assied à mes pieds de nouveau. Ça me rappelle toutes ces fois où j'ai vu Meg sur le lit de Grace.

— Je ne sais pas trop si je suis heureuse qu'ils l'aient trouvé à temps pour que nous puissions obtenir justice, ou si j'aurais préféré qu'il ne rate pas son coup et nous épargne à tous l'épreuve du procès, dit-elle.

Je déglutis et fais de mon mieux pour avoir l'air totalement indifférente.

— Maman, je suis vraiment crevée. Je crois que je vais essayer de dormir un peu. OK ?

Je me glisse sous la couette en me tortillant jusqu'à pouvoir poser ma tête sur l'oreiller. Ma mère me caresse les cheveux.

— Tu aimerais que je reste avec toi, Cara ? Ça ne me dérange pas.

— Non, ça ira, maman. C'est promis. Je veux juste me reposer.

Je l'entends récupérer le petit flacon de cachets qu'elle avait laissé près de moi.

— Je t'en laisse deux ici, à côté de ton verre d'eau. Je pense que tu devrais les prendre.

— Peut-être plus tard. Merci, maman.

Dehors, le ciel est rose et orangé. Il me fait penser à l'intérieur d'un coquillage. Ma mère ferme les rideaux, comme si la beauté de la vue allait aggraver mon mal-être, puis elle revient vers moi pour m'embrasser.

— Bonne nuit, ma chérie. Je t'aime.

— Je t'aime aussi, maman.

Je ne me rendais pas compte que je retenais ma respiration. Quand ma mère referme la porte derrière elle, mes poumons se relâchent sur-le-champ.

C'est le chaos dans mes pensées. Simon a tenté de se tuer. Je ne peux pas imaginer le désespoir, la solitude que l'on ressent quand on sait la vérité mais que le monde entier vous tourne le dos. Simon n'est pas le meurtrier de Meg et il n'a pas fait de mal à sa fille. Je parie que ce n'était pas sa faute non plus si Danny est mort. Seulement voilà, j'ai beau y croire sincèrement, je ne peux rien prouver. Je me retrouve donc face à un choix : soit je rejoins ceux que j'aime et je décide d'ignorer ce que me dit mon instinct au sujet du père de Grace, soit je me bats pour lui parce qu'il est innocent et qu'il n'est pas en état de se défendre lui-même. Dès que la question prend forme dans ma tête, je m'aperçois que j'y ai déjà répondu.

Après m'être emparée de mon portable posé sur la table de nuit, je fais défiler mes contacts. Le son de rires minutieusement planifiés me vient du salon. Ma mère est en train de regarder l'un de ses talk-shows favoris. Jon décroche après une seule sonnerie. Sa voix est plus douce que d'ordinaire.

— Cara, comment te sens-tu ? Ça va mieux ?

— Ouais. Ma mère vient de m'apprendre un truc qui craint.

Jon jure dans sa barbe quand je lui raconte ce qu'il s'est passé. Je ne mentionne pas le rasoir, parce que je ne veux pas repenser au sang. Au bout du fil, j'entends une portière de voiture qu'on claque.

— Tu vas où ? je murmure.

— Aucune importance, Cara. Tu dois rester à la maison et passer un peu de temps avec ta mère.

Dès que j'entends ces mots, je sais qu'il a tort. Je n'ai pas besoin d'être ici. Non, ce dont j'ai besoin, c'est de découvrir qui est réellement Grace, et si on la retient quelque part contre son gré ou non. J'ai besoin de savoir si GoodSam ou quelqu'un d'autre l'attendait dans l'ombre au cimetière, et si quelqu'un la surveille… Mais je me souviens du regard qu'elle m'a lancé et de sa grimace. Elle nous mentait à tous au sujet de son âge, et elle nous cachait aussi qu'elle était capable de marcher. Quand je l'ai vue près de la tombe de son frère, elle ne ressemblait pas à une victime. Je n'ai pas encore tiré toute cette histoire au clair et j'ai bien l'intention de le faire.

Je repousse la couette. Comme je n'ai pas trop bougé ces dernières heures, mes jambes sont lourdes ; je les secoue pour les réveiller un peu. Ma mère a plié mon jean soigneusement et l'a disposé sur une chaise. Je l'enfile en quatrième vitesse tout en gardant le téléphone à l'oreille.

— Tu as parlé au flic que tu connais ? je lui demande.

Je suis sûre que oui, car c'est ce que j'aurais fait à sa place. Il a appris quelque chose, j'en suis certaine.

Jon ne répond pas tout de suite. Il hésite à m'en parler. Je couvre ma bouche d'une main pour ne pas faire trop de bruit.

— Écoute, Jon, je suis la seule à avoir vu GoodSam. Et je suis aussi la seule à avoir vu Grace depuis qu'elle a disparu. Je sais à quoi elle ressemble maintenant. Et puis, tu crois que, si tu la retrouves, elle acceptera de te parler ? Toi, le journaliste qui a écrit cet horrible article sur sa mère et elle ? Bien sûr que non. Mais moi, Jon, elle me connaît. Tu te souviens de la façon dont elle parle de moi dans son journal ? Elle m'a toujours admirée. Elle m'écoutera.

Jon ne répond pas tout de suite. Il cogite. Même s'il veut me protéger, il sait aussi que je peux vraiment l'aider…

— Bon, c'est d'accord, finit-il par dire. Mais uniquement si tu promets de m'obéir.

— Bien sûr.

— Tu n'iras pas voir des putains de psychopathes toute seule, c'est bien compris ?

— Oui, oui. Promis.

— Et si je te dis de rester ou d'aller quelque part, tu le fais sans discuter.

— D'accord.

— Et, Cara, pense à ta mère. Ne disparais pas comme ça, va lui parler. Il faut qu'elle sache que tu vas bien, que tu es en sécurité et que tu rentreras demain. Si tu fais tout ça, alors tu peux venir avec moi.

Qu'est-ce que je vais bien pouvoir raconter à ma mère ? Je farfouille dans un tiroir à la recherche d'un tee-shirt.

— Merci, Jon. On se retrouve sur Goat Beach, au même endroit ?

— OK, j'y serai dans dix minutes, répond-il.

Même s'il semble inquiet, je distingue un soupçon d'excitation dans sa voix : il est secrètement content que je l'accompagne. Je meurs d'envie d'en apprendre plus : qu'a-t-il découvert ? Où allons-nous ? Je me retiens de le bombarder de questions, parce qu'il vaut mieux en discuter face à face.

— À toute, je dis avant de mettre fin à l'appel.

Une fois complètement habillée, j'attrape mon sac à dos, dans lequel je fourre quelques affaires pour la nuit, avant de mettre la main sur un bloc-notes et d'y écrire avec un stylo au bout tout mâchouillé :

*Maman,*

*Je suis désolée. Je ne peux pas te dire où je vais, mais je te promets que tout va bien et que je rentrerai à la maison demain. Essaye de ne pas trop t'inquiéter, s'il te plaît.*

Je fais une pause avant d'ajouter « Je t'aime. Bisous, Cara. » à la fin. Après avoir ouvert la fenêtre, je laisse d'abord tomber mon sac, avant de m'asseoir sur le rebord pour sauter. Quand mes pieds touchent le macadam chaud, son odeur, mêlée à celle de l'herbe fraîchement coupée, me remplit d'espoir. Je me mets aussitôt en marche vers le parc, dans la lumière dorée de la fin d'après-midi. Un conseil que m'a donné mon père quand j'avais peur du noir me revient en tête : les monstres paraissent toujours plus effrayants si on les attend sans rien faire. Par contre, si on les appelle et si on les regarde droit dans les yeux, on s'aperçoit en général qu'ils ne sont pas aussi terrifiants qu'on le pensait. À cet instant, alors que je suis en route pour aller voir

GoodSam, je me mets à espérer que, pour une fois, mon père avait raison.

5 juin 2019

Port Raynor Beach

Je ne croyais pas pouvoir lui échapper un jour. Une fois, j'ai essayé d'en parler à une infirmière. Quand je lui ai dit que ma mère me donnait des médicaments dont je n'avais pas besoin, elle m'a regardée comme si je lui avais mis une claque. Et j'avais l'intention de tout raconter à Cara, mais ma mère m'en a empêchée. Elle a vu qu'on se rapprochait et a tout fait pour qu'on ne soit jamais seules toutes les deux. Et puis, Cara a fini par arrêter de me rendre visite. J'ai éprouvé un grand sentiment de vide.

À ce moment-là, une partie de moi a abandonné la lutte. Je pensais que je ne tarderais pas à me retrouver aux côtés de Danny, sous terre. Je nous ai imaginés, mon frère et moi, ou plutôt nos fantômes, enfin réunis dans le cimetière. Cette option ne semblait pas si terrible, après tout. J'ai pris tous les cachets qu'elle me donnait et je me suis enfoncée encore plus profondément dans le mensonge que ma vie était devenue. Personne ne me connaissait réellement. Moi-même, je ne savais plus qui j'étais. J'étais perdue.

Tout a changé au cours de l'hiver qui a suivi la pose de la sonde. Ma mère m'avait administré tellement de médicaments différents que j'avais été à l'ouest pendant des jours. J'étais allongée sur le canapé, emmitouflée dans des couvertures, quand maman m'a laissée regarder notre page Facebook pour me récompenser d'être aussi mal en point. Je ne suis pas restée très longtemps, mais ce fut suffisant pour bouleverser mon existence, car, au cours de ces quelques minutes, j'ai reçu un message d'un garçon répondant au nom de Tony Craig. Il paraissait si maigre sur sa photo de profil que j'ai d'abord cru qu'il était malade, lui aussi, et qu'il avait besoin de parler à quelqu'un. Quand j'ai ouvert son message, j'ai tout de suite compris que j'étais loin du compte.

Bonjour, Grace,

Tu ne sais sûrement pas qui je suis. Je m'appelle Tony et j'étais là quand ton frère est mort. Mon frangin et moi, on avait compris que quelque chose n'allait pas, et je voulais venir à son secours mais je n'ai pas pu. Depuis ce jour-là, je me sens coupable. Je veux que tu saches que je pense toujours à lui et que je suis désolé. Quand j'ai rencontré ton père, il y a quelques mois, il m'a dit que tu étais malade et que je devrais te venir en aide. Il n'allait pas très bien. Je suis désolé pour ça aussi. Je sais que je ne peux pas réparer les torts que j'ai causés ni me racheter pour avoir laissé ton frère se noyer, mais peut-être que je peux faire quelque chose pour toi. Si tu as besoin de quoi que ce soit, n'hésite donc pas à me contacter. J'aimerais vraiment te rendre service, si c'est dans mes cordes.

À bientôt,

Tony

Ce court message a tout changé pour moi. J'admets que, dans un premier temps, j'étais furieuse : si ce Tony et son frère avaient aidé Danny, il ne serait pas décédé et nos vies auraient été radicalement différentes. Mais à quoi ça aurait servi que j'exprime ma colère ? On ne peut rien changer au passé. À la place, je me suis concentrée sur le fait que Tony s'était entretenu avec mon père et qu'il avait envie de me rendre service. L'espoir a repris racine en moi. Avant d'effacer son message, je lui ai écrit pour lui demander de créer un profil sur le forum de Rêves d'enfants. Je lui ai dit d'utiliser le pseudo « GoodSam », parce qu'il était mon bon Samaritain, et de trouver « ForeverGrace ».

GoodSam et ForeverGrace ont commencé à s'écrire tous les jours. Je désirais simplement avoir un ami, un vrai.

Il me parlait des groupes qu'il aimait, des concerts auxquels il assistait. Il a même dit qu'il pourrait m'emmener à l'un d'eux. Il n'a pas compris quand je lui ai répondu que je ne pouvais pas parce que ma mère ne m'y autoriserait pas. Je n'avais pas l'intention de me confier au sujet de ce qu'elle me faisait subir. Mais les mots sont sortis de moi sans que je puisse les retenir. Après cette confidence, nous n'avons plus parlé de musique. Tony m'a trouvée courageuse et m'a remerciée d'avoir été honnête avec lui, puis il a dit qu'il souhaitait me rendre la pareille. Il m'a alors raconté sa vie qui n'avait pas été rose du tout. Sa mère était morte seulement quelques mois avant Danny et, quelques années après, son père les avait abandonnés, son frère jumeau et lui. Il ne s'était rendu compte que récemment qu'il ressentait toujours de la culpabilité pour ne pas avoir secouru Danny toutes ces années auparavant. Il avait un tempérament colérique et était enclin à la violence. Les jumeaux se sont retrouvés dans deux foyers différents à l'adolescence et Tony a commencé à traîner avec des jeunes louches. Quand il m'a contactée, ça ne faisait pas très longtemps qu'il était sorti de prison. Il m'a juré qu'il avait changé depuis. Quand il était derrière les barreaux, il avait suivi un cours qui lui avait permis de comprendre comment il pourrait changer de vie. Tony avait envie de devenir quelqu'un de meilleur et de réparer le mal qu'il avait fait par le passé. Un jour, il était à Plymouth quand il a vu mon père par hasard dans la rue. Il a tenté de lui parler, mais mon père était contrarié, et même furieux. Quelque temps après, il a contacté Tony pour lui dire que la seule façon pour lui de se racheter serait de me venir en aide à moi. Tony trouvait que nous n'étions pas si différents que ça, lui et moi, car nous nous étions tous les deux retrouvés piégés dans des existences que nous n'avions pas choisies. Il m'a dit qu'il était mon ami et qu'il allait me secourir. Au début, il pensait qu'on devrait appeler la police pour leur raconter les sévices que ma mère m'infligeait. Je ne voulais pas. Même après tout ce qu'elle m'avait fait subir, je n'avais pas envie de la punir. Tony s'est alors mis à réfléchir à un plan qui me permettrait de prendre la fuite. Je croyais qu'on jouait, qu'on plaisantait, comme le font des amis, sauf que je ne savais rien de l'amitié, et je ne connaissais pas vraiment Tony. Pour lui, ce n'étaient pas des blagues. Je lui ai dit que je voulais qu'un matin, en arrivant dans ma chambre, elle découvre que j'avais disparu. Je lui ai confié que je souhaitais avoir une nouvelle vie. Il a répondu qu'il comprenait. Mais c'est seulement maintenant que je m'aperçois qu'il n'avait pas compris. Non, il n'avait pas compris du tout.

Au début, je me contentais d'observer ma mère. Je comptais le nombre de comprimés qu'elle prenait dans chaque flacon, regardais comment elle les écrasait tous ensemble dans le mortier, puis les mélangeait avec de l'eau avant de les aspirer dans la seringue en plastique. Elle insérait ensuite le bout de la seringue dans la sonde pour y injecter son contenu. Au bout d'un moment, elle m'a laissée compter mes cachets, puis, un peu plus tard, elle m'a laissée les moudre moi-même. Un soir, alors que ma mère surveillait le processus, nous avons été interrompues par quelqu'un qui a sonné à la porte. Pendant qu'elle discutait avec Susie de sa prochaine coloration capillaire, j'ai caché trois comprimés dans ma culotte, avant d'écraser un peu plus de paracétamol pour qu'elle ne remarque pas la différence quand je lui montrerais la poudre. Une fois de retour dans ma chambre, elle m'a embrassée et m'a dit que j'étais une bonne petite, puis je me suis allongée et j'ai relevé mon haut pour découvrir mon ventre.

Il m'a fallu des mois. Plus le temps passait, plus je parvenais à augmenter le nombre de cachets que je dissimulais. J'ai commencé à ressentir des symptômes de manque. Tout mon corps tremblait, mais j'étais devenue insensible à la douleur. Ma mère a dit qu'elle m'aimait encore plus qu'avant. Je restais alitée et dormais toute la journée. Puis, comme mon corps se purgeait des drogues et que je commençais à recouvrer des forces, j'attendais d'entendre ma mère ronfler la nuit de l'autre côté du couloir pour me lever et m'entraîner à marcher. Au début, c'était douloureux. J'avais l'impression que mes os étaient si fragiles qu'ils pourraient se briser. Quant à mes muscles, ils étaient si faibles qu'ils me semblaient inexistants. Ils se sont endurcis petit à petit et, alors que je gagnais en force, la fuite me semblait de plus en plus envisageable. J'ai commencé à croire que je pouvais vraiment lui échapper. Que je pouvais vivre.

Nous avons décidé de le faire le 2 juin. Après quoi, nous avons supprimé du forum tous les messages que nous avions échangés ; nous pensions simplement que ce serait plus sûr d'effacer toutes les traces, pour qu'elle ne puisse pas me retrouver. Voilà comment les événements devaient se dérouler : j'allais injecter tous les comprimés mis de côté à ma mère et, pendant qu'elle dormirait, nous mettrions les voiles, après avoir récupéré le coffret rouge où elle conservait les dons. Après tout, cet argent m'appartenait. Cette boîte devait bien contenir plusieurs milliers de livres sterling. Tony les voulait en échange de l'aide qu'il m'apportait. Il m'emmènerait ensuite dans un lieu sûr où je pourrais changer de vêtements et d'apparence. Puis, à l'aube, mon nouvel ami me conduirait dans un endroit qui s'appelle Rainstead, où son frère jumeau, Robbie, me cacherait dans son camion pour me faire entrer clandestinement aux Pays-Bas. Tony a dit que les gens cherchaient en général à pénétrer sur notre territoire, et non à le quitter. Présenté de cette façon, ça avait l'air facile. Après tout, ils chercheraient tous une ado handicapée, pas une jeune femme en bonne santé. Mais, à ce moment-là, je n'avais pas encore compris ce qui me paraît si clair à présent : l'une de nous deux devait mourir. Nous ne pouvions pas survivre toutes les deux au dévoilement de la vérité.

# 18

# Jon

Cara a toujours une sale tête. Les valises sous ses yeux ont une teinte presque violette et j'ai l'impression qu'elle est encore plus frêle que d'ordinaire. Malgré tout, elle me paraît totalement alerte depuis qu'elle s'est assise sur le siège passager de ma voiture, et elle ne frissonne plus, ce qui est bon signe, évidemment.

Pendant le trajet, j'entreprends de lui raconter mes dernières découvertes. Je commence par ma rencontre avec Simon, ce qu'il m'a chuchoté, et à quel point il avait l'air fou. Je lui parle ensuite de ce que j'ai appris sur les jumeaux grâce à Dave, puis de ce que Nina Rossi m'a confié : que Meg l'a fait chanter pendant des années et qu'elle avait eu la possibilité de changer les informations du dossier médical de sa fille quand elle bossait au cabinet. Enfin, je lui explique qu'on est en route pour le siège d'une entreprise de transport routier située juste en dehors de Rainstead, où Robbie Craig est censé travailler. Cara encaisse toutes ces révélations en silence, les yeux écarquillés. Je m'attendais à ce qu'elle soit furax et qu'elle se mette même à jurer. Après tout, j'ai continué à creuser alors qu'elle m'avait expressément demandé de ne pas le faire. Apparemment, elle a dépassé le stade des récriminations. Tout ce qu'elle désire à présent, c'est connaître la vérité. Je cherche un chemin calme sur le côté de la route pour me garer. Il faut encore que je lui apprenne ce que j'ai découvert au sujet de la santé de Grace. Quand je me tourne vers la jeune femme, je lis la confusion sur son visage : elle me connaît suffisamment bien pour savoir que j'ai une révélation importante à lui faire.

— Le syndrome de Münchhausen par procuration, ça te dit quelque chose ?

— Non...

— Je n'en avais entendu parler qu'une ou deux fois avant de faire quelques recherches dessus hier soir. C'est quand un adulte qui a la responsabilité médicale d'une tierce personne lui invente des problèmes de santé et les provoque. Je ne pense pas que Grace soit réellement souffrante, Cara. C'était Meg qui l'était.

Elle grimace et secoue la tête.

— Je... je ne comprends pas.

— Meg se procurait des médicaments dont Grace n'avait pas besoin. Elle en achetait une partie, mais elle en volait aussi, et en a obtenu d'autres en forçant la main de certaines personnes comme le Dr Rossi. Elle obligeait sa fille à les prendre, et c'est ce qui lui a donné des crises d'épilepsie, une dystrophie musculaire, des problèmes de cœur... tout. Les maladies de Grace sont l'œuvre de sa mère. Si elle a pu s'enfuir en courant dans le cimetière, c'est parce que ses jambes ont toujours été fonctionnelles, on les a simplement contraintes à rester immobiles.

— Pourquoi... pourquoi Meg aurait-elle fait une chose pareille ? murmure Cara.

Elle me dévisage anxieusement. Elle attend une réponse qui rende les faits moins épouvantables. Malheureusement, je n'en ai aucune à lui donner.

— Cara, peut-être qu'on devrait parler de...

— Réponds-moi ! Pourquoi elle a fait ça ?

Elle crie presque. Elle a vraiment besoin que je lui donne des explications.

— En partie pour l'argent, peut-être… Pense à toutes les levées de fonds organisées pour elles, à tout le soutien qu'elles ont reçu… Mais la vraie raison est sûrement plus profonde. Comme tout le monde, Meg voulait simplement être aimée. Elle désirait avoir l'attention des autres, leur admiration, leur respect… Elle s'est sans doute dit qu'elle le méritait, après la mort de Danny. Ou alors elle était tellement déconnectée de la réalité qu'elle croyait sincèrement que Grace était malade… je ne sais pas trop quoi en penser pour l'instant.

Je lui en ai assez dit. Cette découverte doit aussi nous amener à aborder le meurtre de Meg sous un autre angle, mais je préfère ne pas le mentionner, parce que Cara a l'air tétanisée et son regard s'est perdu dans le vide. Ses traits expriment à la fois l'horreur et une profonde tristesse. Elle doit être plongée dans des souvenirs partagés avec Grace. Elle ouvre la portière.

— Cara, s'il te plaît, ne…

— J'ai juste besoin d'être un peu seule.

J'opine. Je comprends tout à fait. Elle disparaît derrière la voiture et je la suis des yeux dans le rétroviseur. Elle marche dans un champ jusque derrière une haie, où elle tombe à genoux sur la terre desséchée. Tremblante de chagrin et de rage, elle se couvre la tête des mains. Je détourne le regard.

Quand elle revient quelques minutes plus tard, son visage est gonflé et ses yeux sont tout rouges, mais son regard est dur.

— Ça va ?

— Oui, répond-elle mécaniquement.

Plongés dans nos pensées, nous gardons le silence pour le reste du trajet. Aucun de nous deux ne sait comment cette affaire va se terminer, et ni elle ni moi n'avons envie de nous lancer dans des spéculations.

Alors que nous sommes presque arrivés, Cara commence à se tortiller sur son siège.

— Ça va ? je lui demande de nouveau.

Elle acquiesce d'un signe de tête et je comprends que le choc est passé, pour l'instant en tout cas. Elle semble aussi déterminée que moi à découvrir le fin mot de l'histoire.

Le siège de JPH & Sons est situé au bout d'un chemin qui s'ouvre sur une étendue boueuse de la taille d'un terrain de foot. Plusieurs cabines de camions sont stationnées tout au fond. Les bureaux se trouvent dans un préfabriqué vert sur pilotis qui a l'air plutôt chaleureux par contraste avec le mur de parpaing contre lequel il a été construit. Je remarque d'ailleurs des barbelés en haut de celui-ci. Cara tend la main vers la poignée pour ouvrir la portière.

— Non, tu restes dans la voiture.

— Oh ! arrête, Jon.

Je pose la main sur son avant-bras pour la retenir. Ma poigne est certainement plus ferme que nécessaire.

— Nous avions un accord : tu fais ce que je te dis. Ne me fais pas regretter de t'avoir emmenée.

Je prends le même ton pour donner un avertissement à Jakey, quand j'ai vraiment besoin qu'il m'écoute. Elle me fixe. Je sais que je suis condescendant, mais au moins elle comprend que je suis sérieux. Elle opine, je lâche son bras et elle referme la portière.

— Garde les portières fermées et laisse le moteur allumé, d'accord ?

Elle ne discute pas. Je sens ses yeux posés sur moi tandis que je marche vers les bureaux. À cet instant-là, je me mets à craindre, entre autres, que tous ces traumatismes finissent par voler son courage à Cara, par lui faire perdre son étincelle… Je chasse ces pensées de mon esprit pour me forcer à me concentrer sur la pancarte accrochée derrière la vitre de la porte : « EN DEHORS DES HEURES D'OUVERTURE, VEUILLEZ SONNER. »

La sonnette est toute poisseuse. Du papier noir est collé de l'autre côté du carreau pour qu'on ne puisse pas voir l'intérieur. Je sonne une deuxième fois et une voix aiguë de femme retentit.

— Larry, c'est toi ?

Je prends une profonde inspiration, puis je fais de mon mieux pour ne pas laisser transparaître dans ma voix mes origines londoniennes :

— Non, c'est pas Larry. Je cherche du travail.

Le préfabriqué tremble alors que des pas lourds se dirigent vers moi.

— Oh ! Vous n'êtes pas d'ici, vous, dit-elle avec un fort accent.

— Non…

J'entends la clé dans la serrure, puis le fin battant en plastique s'ouvre et l'odeur fétide de la fumée de cigarette me remplit les narines. La femme qui se tient dans l'embrasure fait presque la largeur de la porte. Ses cheveux sont fins et clairsemés, et ses yeux semblent deux petits raisins secs dans sa face pâteuse. Elle me toise de bas en haut et n'essaye pas de s'en cacher. J'ai soudain la sensation d'être perdu, complètement dépassé, et la raison de ma présence ici m'échappe.

— Vous vous appelez comment ?

— Jon. Je m'appelle Jon.

— Et c'est du taf que vous voulez ? Parce qu'on prend pas de nouveau en ce moment, alors si c'est pour du boulot que vous êtes venu, vous pouvez repartir tout de suite.

Mon interlocutrice penche la tête et tousse un grand coup dans le creux de son coude. Je ne vais pas pouvoir la charmer, ça me semble clair. Il va falloir tenter le tout pour le tout et être direct.

— Je cherche quelqu'un. Il travaille pour vous.

— Ah ouais ? répond-elle en me scrutant de son regard sombre.

— Robert Craig. C'est bien l'un de vos employés ?

— Ça dépend… vous lui voulez quoi ?

— C'est un pote. On traînait ensemble, lui, son frère et moi, quand ils vivaient à Taunton.

— Oh, eh bien, vous voyez, ça m'a l'air d'être des conneries ce que vous me racontez là, monsieur Jon.

Elle rit, mais son rire se transforme en crachotement puis, quand elle voit la tête que je fais, elle se remet à tousser bruyamment.

— Je sais que c'est des conneries, parce que personne qui connaît Robbie l'appellerait « Robert ».

Elle prononce « Robert » comme quelqu'un de la haute. Elle se paye ma tête. Je ne me laisse pas intimider, même si mes joues sont en feu.

— Écoutez, c'est un ami d'enfance. On se connaissait tous les trois, Robbie, Tony et moi, quand on était petits. Je passe seulement une nuit ici et je voulais voir si Robbie aimerait boire une bière avec moi, c'est tout.

La femme se met à farfouiller dans l'une des larges poches de son sweat à capuche. Elle finit par en sortir une pochette de tabac. Elle commence à se préparer une cigarette d'une main, comme si ses doigts étaient faits pour ça : elle est roulée, léchée et allumée en moins de temps qu'il n'en faut pour le dire. L'un de ses yeux de fouine tressaille quand la fumée l'atteint. La cigarette en bouche, elle répond :

— Bon, vous avez de la chance, Robbie m'a mise en rogne en annulant son trajet pour les Pays-Bas à la dernière minute la semaine dernière. Il a dit qu'il avait une urgence familiale, mais on sait bien ce que ça veut dire. La seule famille qu'il lui reste, c'est son maudit frère. J'en ai rien à foutre, moi, si vous êtes vraiment son pote, comme vous dites, mais faites en sorte que ce petit con se pointe demain matin pour sa mission. Dites-lui de la part de Mandy que, s'il ne se ramène pas, on ne voudra plus entendre parler de lui. C'est clair ?

J'opine. Elle fronce les sourcils puis attend une seconde avant de ronchonner :

— Alors, c'est clair ou pas ?

— Oui, oui. Donc je peux avoir son adresse ?

Elle renifle dédaigneusement, comme si l'idée d'avoir une adresse était le truc le plus bourge qu'elle ait entendu de sa vie.

— Je suis peut-être furax contre lui, mais pas à ce point-là. Je vais pas vous donner sa putain d'adresse, ni son numéro, donc c'est même pas la peine de me le demander.

Le papier de sa cigarette s'accroche à ses lèvres quand elle la retire de sa bouche. Un brin de tabac reste collé à sa lèvre inférieure.

— Ce que je veux bien vous dire, c'est que les gars ont une sorte de tradition avant de prendre la route, surtout si c'est un trajet longue distance. Le soir précédent, ils vont au Bull, un pub à Rainstead. Ces abrutis croient que ça porte chance de se rendre encore plus bête en se torchant avant de partir.

Rainstead n'est qu'à quelques kilomètres d'ici, c'est parfait. Je lui adresse un sourire en guise de remerciement. Elle me fixe sans broncher et ajoute :

— Faites gaffe, si vous êtes là pour foutre le bordel, ne lui dites pas que c'est moi qui vous ai dit où il était, OK ? Sinon j'enverrai des amis à moi, des gros durs, vous rendre visite, et vous le regretterez. Compris ?

Je hoche la tête avant de commencer lentement à reculer. À ce moment-là, elle jette un coup d'œil vers ma voiture et aperçoit Cara sur le siège avant. Elle me jauge de nouveau d'un air suspicieux, puis, sans prévenir, elle claque la porte et tout le préfabriqué vibre tandis qu'elle retourne d'un pas lourd là d'où elle est venue.

Si la Cornouailles était une famille, Rainstead serait le cousin éloigné dont personne n'aime parler, mais ça n'a pas toujours été le cas. Ruth m'a dit que, dans son enfance, sa mère allait jusque là-bas en voiture pour acheter du poisson. À l'époque, c'était un village de pêcheurs. Le genre d'endroit pittoresque qui n'avait pas changé depuis des générations, jusqu'à la mise en place des quotas qui avaient asphyxié les compagnies de pêche indépendantes. Le littoral est devenu comme un cimetière de petites embarcations. À la fin des années 1980, la mairie a fait construire une voie à sens unique qui fait le tour du bourg. Elle a la forme d'un nœud coulant, c'est approprié. Il n'a pas fallu longtemps pour que la rue principale finisse comme les bateaux de pêche. Maintenant, les enseignes à moitié effacées sont les seuls signes qu'il y a eu un jour des boutiques derrière les fenêtres et les portes condamnées. Les seuls commerces qui ont survécu sont le bureau d'un bookmaker, un magasin discount, un supermarché Tesco et deux pubs.

Cara se fait toute petite quand nous passons devant The Bull, où Robbie et ses potes sont peut-être déjà en train de boire une bière. Le second pub, The Lamb, est situé en haut d'une colline en dehors du patelin, comme si le bâtiment avait lui aussi envie de fuir Rainstead. Je m'engage sur le parking pour pouvoir faire demi-tour et retraverser la bourgade dans l'espoir de tomber sur un bed & breakfast. Cara me donne un coup de coude et pointe du doigt une vieille enseigne en bois qui indique « CHAMBRES LIBRES » à côté de l'entrée principale. Je ne vois ni autocollant TripAdvisor ni note d'hygiène sur la porte.

— On va trouver autre chose, je dis, en continuant ma manœuvre pour aller vers la sortie.

— Allez, Jon, ne fais pas ton Londonien coincé. C'est seulement pour une nuit, ça fera l'affaire. Gare-toi pendant que je vérifie qu'ils ont bien de la place pour nous.

Je m'apprête à lui signaler qu'on est vendredi soir dans ce trou de Rainstead et que donc il y en aura, mais je tiens ma langue. Je devrais être content de la voir se ressaisir un peu. Elle revient deux minutes plus tard.

— Trente livres chacun, salle de bains partagée, ça te convient ?

En proie à une soudaine panique, je fouille ma mémoire pour trouver laquelle de mes cartes de crédit je peux encore utiliser.

— Merde alors ! On dirait que tu vas tomber dans les pommes. Je vais payer pour ma chambre, si c'est ça qui te met dans un tel état.

Tandis qu'elle s'empare du sac à dos qu'elle avait déposé à ses pieds pendant le trajet, elle ajoute :

— Ah, au fait, je leur ai dit que tu étais mon oncle.

Sur ce, elle claque la portière.

Ma chambre est toute petite. La moquette, épaisse et poussiéreuse. Quant au lit simple, il a l'air un peu bancal. Je dois me tourner de profil pour traverser la salle de bains minuscule que nous partageons et rejoindre Cara. Elle est assise sur son lit et fixe son portable d'un air soucieux. Quand je toque à la porte entrouverte, elle le laisse tomber vite fait dans son sac et s'aperçoit aussitôt que mes yeux ont suivi le trajet de son téléphone.

— Avant que tu ne me le demandes : non, Jon, je n'étais pas en train d'écrire à GoodSam. Je lisais seulement les messages de ma mère, c'est tout.

— Tout va bien ?

Elle hoche la tête de façon exagérée, comme j'ai déjà vu Jakey le faire. Ça veut sûrement dire que Susan ne va pas bien du tout. Mais je me redis encore une fois que Cara est une adulte. Et puis, je n'ai ni le temps ni l'énergie de lui faire la leçon maintenant : il est presque vingt heures trente et je veux me rendre au Bull rapidement pour ne pas louper Robbie.

— Si ça te va, je préfère rester ici, me dit Cara.

— Pas de problème.

En fait, je suis soulagé qu'elle n'insiste pas pour venir, parce que je n'allais pas la laisser m'accompagner de toute façon. Peut-être que sa rencontre avec Robbie l'a rendue moins prompte à se mettre en danger, plus rationnelle. Ce ne serait pas une mauvaise chose.

— Reste ici, et ferme la porte, d'accord ? Et essaye de te détendre.

— D'accord. Tu prendras une photo de lui, OK ? Tu fais semblant de passer un appel vidéo ou un truc du genre pour le photographier discrètement, puis tu me l'envoies pour que je vérifie que c'est le même mec.

— Ne t'inquiète pas, je sais ce que je fais. Tu m'appelles si tu as besoin de moi, d'accord ? Je ne serai pas très loin. Et n'oublie pas de fermer à clé.

— Bonne chance, tonton, me lance-t-elle avec un petit salut de la main.

Après avoir fermé la porte derrière moi, j'attends un peu, le temps d'entendre le bruit du loquet. Très bien. La savoir en sécurité me redonne de l'aplomb. Il fait toujours bon dehors. Je marche d'un pas vif, comme si j'essayais de distancier mes doutes. Une fois sorti du parking du Lamb, je m'arrête devant un panneau qui indique les chemins de randonnée. La flèche pointée vers la gauche attire mon regard. Je n'en ai pas touché mot à Cara, mais je savais que cette plage était dans les environs. Par contre, je ne me rendais pas compte qu'elle était aussi proche que ça. La pancarte indique « PORT RAYNOR BEACH ». L'endroit où Danny a trouvé la mort n'est qu'à un kilomètre et demi d'ici. Et le phare de Port Raynor, l'un des seuls encore opérationnels en Cornouailles, est situé à trois kilomètres. Je suis soulagé à la pensée que Cara n'a pas vu cet écriteau. Elle aurait voulu y aller. D'ailleurs, je prends conscience qu'elle pourrait m'observer depuis sa fenêtre et se demander pourquoi je fais une pause ici…

Je me remets donc en marche, mais je sens mon courage faiblir à chaque pas. J'ai la sensation vertigineuse d'être en train de quitter la vie que je connais, comme si tout était sur le point de changer.

## 19

## Cara

Ce n'est qu'au moment où je me retrouve seule, après avoir fermé le verrou de la porte, que je sens mon corps se relâcher un peu. Je m'assieds au bord du lit et je tente de mettre de l'ordre dans mes pensées. Tout ce que Jon a dit sur Meg, dans la voiture tout à l'heure, sur ce qu'elle faisait à Grace… C'est dingue. Complètement dément. Mais je sais maintenant que, si quelque chose semble fou, ça ne signifie pas forcément que c'est faux. Je pense qu'il a raison. Et pourtant, je ne parviendrai pas à y croire vraiment tant que Grace elle-même ne me l'aura pas confirmé. Je me rappelle Charlie Nichols qui criait, son vieux visage ridé déformé par la colère : « Elle est malade ! » Est-ce qu'il avait pointé son doigt tremblant vers sa fille et non vers Grace, comme je l'avais supposé sur le moment ? Mon amie se recroquevillait dans son fauteuil quand sa mère était près d'elle, je m'en souviens bien. Elle semblait devenir plus malade encore, plus fragile… J'ai un début de migraine. Comme si, alors que ces souvenirs me reviennent et que ces pensées défilent dans ma tête, un petit marteau pointu s'était mis à cogner à l'intérieur de mon crâne. Et ce qui me cause la plus grande douleur, c'est cette question à laquelle je sais que je ne trouverai pas de réponse pendant encore longtemps : pourquoi Grace ne m'a-t-elle rien dit ?

Je me lève pour regarder par la fenêtre. La rue en bas est déserte. Un coup de vent fait voler un paquet de chips vide dans le caniveau. La lune est basse dans le ciel ; j'ai un peu l'impression qu'elle garde un œil sur Rainstead ce soir. Au loin, j'aperçois la lumière d'un phare qui tourne. Jon descend la colline vers The Bull. Il fait tache avec son imper, ses Converse et ses lunettes à l'épaisse monture noire. J'aurais dû l'inciter à se changer et à passer un survêtement ou un truc du genre. Il s'arrête un instant pour lire un panneau. Il me fait penser à un étranger qui vient juste de descendre d'un bateau en provenance d'un lointain pays riche. Quand il se remet en marche, je presse la main contre la vitre sale et je murmure spontanément :

— Reviens sain et sauf, s'il te plaît.

Je me sens bête, tout à coup. Je laisse mon bras retomber le long de mon corps.

Après avoir tiré les rideaux, je me réinstalle sur le lit. Je ne sais pas comment m'occuper en attendant. Il n'y a pas de télé, et je n'ai pas envie de regarder mon portable, parce que je me sentirais coupable de ne pas prendre les appels de ma mère. Elle a déjà tenté de me téléphoner deux fois et m'a envoyé quelques textos un peu bizarres. Avant le départ de Jon, je lui ai répondu : *Je suis désolée, maman. Je t'assure que je vais bien. Je serai de retour demain. Bisous.* Allongée sur le matelas trop mou, je me prends la tête entre les mains. Mes tempes battent contre mes paumes. Je regrette franchement d'avoir tant dormi au cours de la journée, parce que maintenant je ne réussirai jamais à m'endormir avant le retour de Jon. Je décide de descendre demander s'ils auraient du paracétamol pour soulager mes maux de tête.

Les plafonds du pub sont bas et le sol est couvert de la même moquette qu'à l'étage, qui est très chargée en motifs. Au centre du couloir, elle a pris une couleur sombre jusqu'au bar, à cause des nombreux passages. Même s'il n'y a pas grand monde, je jette un coup d'œil à la tête de chaque client pour vérifier qu'il n'est pas là.

La barmaid, qui doit avoir la cinquantaine, papote avec une femme du même âge environ. Une fois devant le comptoir, je distingue l'accent local dans leurs voix. Elles ont peut-être grandi dans le même coin. Des voisines qui connaissent chacune aussi bien l'histoire de l'autre que la leur. Le genre de relation que Grace et moi aurions pu avoir… La barmaid nous a montré nos chambres un peu plus tôt. C'est une fausse blonde un peu ronde qui a l'air gentille, mais son sourire est un peu hésitant, comme si elle avait appris à ne pas faire confiance aux inconnus.

Elle s'éloigne à contrecœur de sa copine aux courtes boucles brunes et s'incline vers moi au-dessus du bar.

— Qu'est-ce que je vous sers ?

Il me semble soudain impoli de lui demander des antidouleurs alors que je n'ai même pas payé pour un verre.

— Un coca et des chips au vinaigre, s'il vous plaît.

Je prends un accent plus prononcé pour qu'elle sache que je suis moi aussi de la région, et que je la comprends. Elle le remarque et me sourit plus chaleureusement cette fois, puis elle remplit un verre à moitié de glaçons avant de verser ma boisson dedans.

— Donc je suppose que vous n'êtes pas ici en vacances, dit-elle. Vous et votre oncle, vous…

— On rend visite à de la famille.

Ma réponse ressemble plus à une question qu'à une affirmation… Le mensonge est évident, pourtant mon interlocutrice se contente de hocher la tête. Elle sait bien que ça ne la regarde pas. Elle pose mon paquet de chips sur le comptoir et je lui tends les pièces que j'ai sorties de ma poche, puis elle rejoint de nouveau son amie. Je saisis l'un des menus poisseux pour faire semblant de l'étudier, histoire de m'occuper. Ma tête m'élance toujours, mais, depuis que je suis descendue, j'ai été distraite de mes préoccupations et la douleur s'est un peu atténuée. Tout à coup, je me rends compte que les deux femmes connaissent certainement les frères Craig. L'un d'eux pourrait même s'être assis sur le tabouret que j'occupe. J'ai horreur de repenser à l'homme au tatouage, Robbie, et à l'idée qu'il a un frère jumeau un frisson me traverse.

Je bois rapidement mon verre puis, à l'instant où je m'apprête à demander les médicaments à la barmaid, j'entends sa copine déclarer :

— Évidemment, j'ai dit à ces jeunes qu'on avait déjà eu deux morts dans cette crique à cause des courants de retour, mais est-ce qu'ils ont écouté ? Non, bien sûr ! Ils ont haussé les épaules comme si je ne savais pas de quoi je parlais, comme si je n'avais pas vécu ici toute ma vie, et ils ont filé vers Port Raynor avec leurs planches de surf.

Quand je me penche un peu pour mieux les entendre, mon tabouret grince. Les deux amies se tournent vers moi, l'air surpris, comme si elles avaient oublié ma présence. J'ai conscience qu'il serait plus facile, et certainement plus sûr, d'ignorer la soudaine curiosité qui s'empare de moi. Je pourrais me contenter de remonter dans ma chambre et d'attendre sagement, les yeux rivés sur mon téléphone, de recevoir une photo de Jon. Et peut-être même que je finirais par trouver le sommeil. Au fond, je sais très bien que je n'en ferai rien. En plus, la copine de la barmaid lève les sourcils comme si je venais de m'immiscer dans leur conversation privée, donc je me sens obligée de dire quelque chose.

— Je suis désolée, j'ai entendu ce que vous disiez et… Je suis de Summervale, près d'Ashford. Vous devez avoir entendu parler de Grace Nichols, la fille handicapée qui a été enlevée ? Sa mère, Meg, a été assassinée. (Les deux femmes m'écoutent attentivement, les yeux écarquillés.) Eh bien, je les connaissais un peu, et je me demandais…

Est-ce que Port Raynor Beach est proche d'ici ? C'est la plage où Danny, le frère de Grace, est mort il y a une vingtaine d'années, je crois.

L'expression des deux femmes s'adoucit au fur et à mesure que je parle. Maintenant qu'un lien a été établi, elles m'adressent des sourires chaleureux. L'amie de la barmaid pivote vers moi sur son tabouret. Elle a une petite liste de noms tatouée sur le haut du bras.

— Oh, mon Dieu, vous la connaissiez ? Cette Grace Nichols ? Honnêtement, quand j'ai entendu parler de ce qu'il s'est passé, ça m'a donné envie de vomir. Et dire que c'était son propre père, en plus ! Heureusement qu'ils l'ont enfermé, c'est tout ce que j'ai à dire. Espérons qu'il ne sorte jamais de taule, parce que c'est un vrai cinglé ! Je parie que tout le monde à Summervale est fou de rage. Imagine si ça arrivait ici, Gillian, à l'une d'entre nous, on serait tous furax, non ?

Elle ne s'arrête pas pour regarder la barmaid et ne semble pas l'entendre quand celle-ci répond en secouant la tête :

— Je ne peux même pas imaginer, Luce.

— Mon Dieu, et sa pauvre maman, poursuit son amie. Comment s'appelle-t-elle, déjà ? Meg. Megan. C'est ça. Pauvre femme. J'ai entendu dire que c'était une vraie sainte avec sa fille, elle a littéralement sacrifié sa vie pour elle.

Gillian opine tandis que Luce continue sa tirade, et j'essaye de ne pas grimacer quand elle fait l'éloge de Meg. Comme je n'ai pas envie de contrarier Luce, je reste assise et je l'écoute en prenant un air intéressé.

— Et quand je pense qu'elle avait déjà perdu son fils ! Tu te souviens, Gill, Christie travaillait à la friterie au coin de la rue quand c'est arrivé. (Elle se tourne vers moi.) Christie, c'est la mère de mon ex. Bref, Christie a dit qu'elle a entendu l'ambulance venir de loin et n'en a pas cru ses yeux quand elle s'est arrêtée juste devant la friterie et que les secouristes ont descendu le chemin de la plage à toute vitesse. Pendant des semaines, elle n'a pas pu se sortir de la tête les hurlements de la malheureuse, parce qu'elle savait, comme seule une mère le peut, ce que ces cris signifiaient. Cette pauvre femme…

Elle s'arrête enfin de parler et vide son verre de vin blanc. Gillian secoue la tête, plongée dans ses souvenirs, quand une voix d'homme bourrue aboie de l'autre bout du bar.

— Gill !

Elle fait les gros yeux, puis nous laisse pour aller servir le client en question. Luce prend une grande inspiration, comme si elle allait reprendre le fil de la conversation. Mon mal de tête complètement oublié, je me dépêche de poser une question avant qu'elle n'ouvre de nouveau la bouche.

— Donc Danny est bien mort ici ?

Elle me regarde d'un air un peu désespéré, semblant dire que je n'avais rien écouté ou que je n'étais pas très fute-fute, puis elle hoche la tête deux fois, lentement.

— Oui, Port Raynor Beach est à environ un kilomètre et demi d'ici sur le chemin côtier.

Elle fait un signe vers le phare avant de recouvrer son air absent.

— Cette pauvre femme, reprend-elle. Et elle était enceinte, en plus. Je me souviens que l'un des ambulanciers l'a dit plus tard à Christie. Sur le moment, j'ai été étonnée qu'on ne mentionne pas sa grossesse aux infos, mais ensuite j'ai pensé qu'elle avait dû faire une fausse couche et qu'elle n'avait pas envie que tout le monde soit au courant.

Luce a tort, évidemment. Le bébé a survécu, de justesse. Je me demande si Grace a senti les hurlements de sa mère quand elle était dans son ventre, si ses cris ont résonné autour de son tout petit cœur. Il y a un bref silence, puis mon interlocutrice poursuit :

— Je disais justement à Gillian que cette plage a l'air d'être l'endroit le plus paisible de toute la Cornouailles, mais que c'est trompeur parce que ces saletés de courants sont mortels. Certains vieux du coin croient même que l'endroit est maudit, ajoute-t-elle en fronçant le nez. En réalité, c'est seulement ces courants, le problème. Même si vous n'êtes pas très avancé dans l'eau, ils peuvent vous renverser et vous garder sous l'eau comme un putain de crocodile jusqu'à ce que vous arrêtiez de lutter. Et la mairie fait que dalle, bien sûr. Si c'était un lieu touristique, ils mettraient des panneaux et des maîtres-nageurs et tout ça, parce qu'il ne faudrait quand même pas que ces bons Londoniens se noient, n'est-ce pas ?

Quand la barmaid revient vers nous, Luce lève son verre sous le nez de son amie. Une fois que Gillian lui a versé à boire, je leur souhaite une bonne soirée et je descends de mon tabouret. Quand je sors dans la nuit tiède, je laisse la porte du pub claquer derrière moi.

Je ne prends pas consciemment la décision de m'y rendre. C'est presque comme si j'y étais déjà venue par le passé, mes pieds semblent se souvenir du chemin. Ils m'emmènent vers cet endroit où une famille a été détruite il y a toutes ces années. Je ne sais pas pourquoi, mais il faut que j'aille sur cette plage où Danny est mort.

5 juin 2019, plus tard

Port Raynor Beach

Il est arrivé à une heure du matin. Je l'attendais debout dans la cuisine, où la seule lumière était celle du lampadaire qui pénétrait par la fenêtre. Je lui ai ouvert la porte de derrière. Il a retiré ses chaussures dehors et a mis des chaussons en plastique jetables. Il a dit que ce serait mieux pour moi, pour nous deux, s'il ne laissait aucune trace dans la maison. J'étais troublée de le voir là, chez moi, en chair et en os. C'était un vrai miracle.

Après avoir posé l'index sur mes lèvres pour lui rappeler qu'il fallait veiller à ne faire aucun bruit, je lui ai montré les trois seringues que j'avais préparées. Je suis capable de les manipuler les yeux fermés. Je les avais remplies de comprimés de kétamine, d'OxyContin et de zopiclone, que j'avais préalablement écrasés et mélangés avec de l'eau. J'avais aussi fixé les aiguilles, puis évacué les bulles d'air, et le liquide était monté comme du nectar jusqu'au bout de chaque seringue. À son tour, il m'a présenté le matériel sorti de son sac : les liens pour attacher les bras de ma mère et le bâillon. Il a souri et j'ai vu dans le rayon lumineux du réverbère que ses dents étaient pointues, comme si on les avait limées. À cet instant-là, les ronflements de ma mère ont redoublé de volume. Il m'a suivie dans le couloir jusqu'à sa chambre.

Nous avons fait une pause devant la porte pour vérifier que tout était bien prêt. La mâchoire de Tony était contractée, ses yeux écarquillés. Il était concentré sur ce qui allait se dérouler dans cette pièce. Il s'est léché les dents en remontant sur sa tête la capuche de son manteau, avant de le zipper jusqu'en haut. Il avait déjà enfilé ses gants. Je me suis soudain aperçue que cet homme auquel j'avais confié mon secret n'était pas la personne au bon cœur qu'il avait prétendu être. Il m'avait menti : il n'était pas là pour se racheter pour ses crimes passés. Je sentais sa rage, sa violence.

— Alors, on y va ou quoi ? a-t-il chuchoté.

Sa voix était légère, comme pour me signifier que ce n'était pas grand-chose pour lui, qu'il avait fait bien pire et souhaitait que j'en sois consciente.

— On l'attache, on la pique, on prend le fric et on se casse, j'ai murmuré.

Ma voix était à peine audible quand je lui ai répété ces mots que je lui avais déjà écrits de nombreuses fois.

Elle n'a pas bougé d'un cil jusqu'à ce que Tony se tienne à côté d'elle. Il s'est incliné avec un grand sourire et s'est arrêté à quelques centimètres seulement de son visage. Elle a ouvert la bouche pour crier, mais il a été plus rapide qu'elle. Aucun son n'est sorti. Il a poussé le bâillon dans sa bouche assez profondément pour qu'elle ne puisse pas s'en débarrasser en toussant. Sous le coup de la panique, ses yeux se sont agrandis et elle a commencé à se débattre. Tony s'était déjà emparé de son bras droit et le maintenait au-dessus de sa tête pour le ligoter à la tête de lit. J'ai eu envie de lui dire d'y aller plus doucement avec elle, mais je n'en ai pas eu le temps.

— Occupe-toi de l'autre bras, putain !

J'ai essayé, sauf qu'elle a riposté quand j'ai voulu l'empoigner et m'a mis un coup de poing au niveau du trou dans mon ventre. La sonde s'est enfoncée à l'intérieur de moi et j'en ai eu le souffle coupé. La douleur atroce m'a fait perdre l'équilibre, je me suis appuyée contre le mur. Quand je suis tombée à genoux, les seringues sont sorties de ma poche. J'ai pressé mes mains sur mon abdomen, sur la compresse au-dessus du tube pour empêcher le sang de s'écouler. Ma mère continuait à s'agiter sur le lit. Elle a arraché le bâillon de sa bouche et a poussé un hurlement avant que Tony, qui l'avait enfourchée, n'étouffe ses cris en lui plaquant un oreiller sur la tête. Elle ruait et se tordait sous lui. Elle tentait de le déloger avec la force qui vous vient seulement quand vous savez que c'est votre dernière chance.

Tony jurait tandis que ses pieds et ses genoux glissaient sur les draps, il ne parvenait pas à la fois à la maîtriser et à maintenir le coussin en place pour l'empêcher de rameuter tout le voisinage. Il s'est penché en avant, la paume grande ouverte sur l'oreiller, il y a mis tout son poids. Puis, l'air affolé, il a cherché autour de lui quelque chose pour l'aider dans la pièce. C'est à ce moment-là qu'il l'a vue. La lourde lampe en fer forgé qui avait appartenu à mon grand-père, à côté de lui, sur la table de nuit. Il s'est emparé du fil et l'a arraché de la prise d'un coup sec. Quand il a retiré sa main, ma mère a rejeté l'oreiller. Elle suffoquait comme si on venait juste de la tirer hors de l'eau où elle avait failli se noyer. Tony a retourné la lampe, puis l'a levée au-dessus de sa tête. Il a fait une pause, comme pour donner le temps à sa victime de se rendre compte que le moment était venu, pour qu'elle sache que c'était ainsi que ça se terminait pour elle. J'ai entendu un son. D'abord un murmure, qui s'est vite transformé en hurlement.

— Non, non, non, non !

Je me suis aperçue que c'était moi qui criais. Le regard de ma mère a croisé le mien le temps d'une seconde, et je sais que nous avons toutes les deux vu chez l'autre quelque chose de totalement nouveau. Pour la première fois de ma vie, j'ai eu l'impression qu'on se connaissait vraiment. Elle a voulu prononcer mon prénom, mon vrai prénom, mais aucun son n'est sorti de sa bouche avant que la lampe ne s'abatte brutalement sur elle. J'ai hurlé quand l'un des pieds recourbés en fer forgé a ouvert son front. Ses membres se sont raidis et j'ai entendu un bruit de succion quand il a retiré la lampe avant de frapper à nouveau, plus fort. Il a répété son geste, toujours plus fort. Jusqu'à ce que son visage ne puisse plus être qualifié de visage, jusqu'à ce qu'il n'y ait plus de vie dans son corps. Il était juste allongé là, complètement vide. Tony haletait au-dessus d'elle. La lampe de chevet tremblait dans sa main gantée. Il a regardé son arme d'un air ahuri, comme s'il était surpris de la voir au bout de son bras, avant de la laisser tomber par terre. Ensuite, il s'est levé mécaniquement, les yeux rivés sur ma mère qui se vidait de son sang sur son lit. La tête inclinée légèrement sur le côté, il avait l'air d'admirer son œuvre. Puis il s'est tourné vers moi au ralenti. Le sang avait éclaboussé sa figure. Ses yeux étaient brûlants, fous, pleins d'énergie, comme s'il avait aspiré en lui toute la force vitale de sa victime. Pour m'intimer le silence, il a posé son index sur ses lèvres étirées en un sourire.

# 20

## Jon

The Bull sent la transpiration et la bière éventée, une odeur qui m'évoque le fond d'un panier de linge sale. En entrant, je repère sur-le-champ le groupe de gars que je recherche. Je leur jette un coup d'œil furtif. Ils ont pris leurs quartiers dans la zone à droite du bar, où on trouve une table de billard et une cible pour jouer aux fléchettes. Comme je ne veux pas qu'ils me remarquent, je me dirige droit vers le comptoir, tête baissée. Je commande une pinte. Je n'ai pas envie de boire de l'alcool, mais si je bois un jus d'orange je détonnerai encore plus. Je ne suis pas du tout à ma place ici et je me sens exposé. Pourquoi ai-je mis cet imper débile et ces lunettes trop branchées ? J'enlève le manteau. Pour les lunettes, je ne peux rien faire, il faut qu'elles restent sur mon nez. Je choisis une petite table pas trop éloignée des types qui m'intéressent, de l'autre côté de la porte d'entrée. Une fois assis, j'entreprends de les observer discrètement.

Ils sont six. Deux assis à une table et le reste agglutiné devant la cible. Ils ressemblent tous à des bulldogs anglais : soit leurs cheveux sont coupés à ras, soit ils ont carrément le crâne rasé, et leur peau blanche est par endroits noircie par l'aiguille du tatoueur ou rougie par le soleil. Deux d'entre eux sont plus jeunes que moi, tandis que les autres ont l'air d'avoir cinquante ans ou plus. Ils portent tous des polos gris et des jeans foncés. La plupart ont de grosses bedaines de buveurs de bière. Ces hommes ont le sourire facile et, même s'ils se lancent des grognements et des insultes à tout bout de champ, ils ont l'air de très bien s'entendre. De nombreux verres vides sont éparpillés sur les tables autour d'eux ; ça fait un moment que cette bande est là. Le plus grand d'entre eux lance trois fléchettes les unes après les autres, comme des missiles. Ses compagnons tapent sur les tables et crient, pour le féliciter, je suppose. Les deux qui sont assis me tournent le dos et sont beaucoup plus calmes que les autres, ils se contentent de porter leur pinte à leurs lèvres de temps en temps. On dirait qu'ils sont à part du groupe : en retrait, ils observent le reste de la bande et ne semblent même pas discuter entre eux. L'homme sur la gauche a l'air assez vieux, son dos est courbé et il est coiffé d'une casquette en tweed. Le gars à droite, un peu plus proche de moi, est plutôt jeune. Ses cheveux blond clair sont très courts et, vu d'ici, son cou paraît si long et fin qu'on se demande comment il est possible qu'il supporte le poids de sa tête. L'un des plus âgés s'approche de lui et plaque son bras autour des épaules du jeune homme.

— À ton tour, Rob, bredouille-t-il.

L'intéressé se lève et j'aperçois une forme noire sur son cou, comme un éclair. C'est lui. Robbie Craig. Il correspond exactement à la description que Cara m'a faite. Il se dirige vers le bar d'une démarche lente, à la fois fluide et étudiée, comme s'il réfléchissait à chaque mouvement en amont. Pendant que le barman, sans que Robbie Craig ait besoin de lui dire un mot, lui sert six pintes ambrées, le jeune homme jette un coup d'œil à l'horloge accrochée au mur derrière le comptoir. Je vois sa mâchoire se crisper. Il se met à tapoter la surface du bar du bout des doigts. Il n'a vraiment pas l'attitude d'un gars qui boit des bières avec ses potes. Il me semble clair qu'il est pressé et se force à ne pas se hâter. Il a envie d'être ailleurs… et il est même probablement censé être ailleurs.

J'étudie tour à tour ses yeux, sa bouche et ses mains. A-t-il vu Grace ? Lui a-t-il parlé ? L'a-t-il touchée ? Mon cœur se serre. Je détourne le regard et il me faut une bonne gorgée de bière pour me ressaisir. Après avoir tiré mon portable de ma poche, j'ouvre l'appareil photo puis je cadre Robbie. Je fais de mon mieux pour donner l'impression que je cherche du réseau. Pile au moment où je pose mon pouce sur le bouton rouge, l'un des gars au ventre proéminent qui se tient devant le bar donne une tape dans le dos de Robbie et me bouche entièrement la vue. Merde ! Le type corpulent a un nez d'ivrogne, gros et rubicond comme dans un dessin animé. Il s'empare de l'une des bières sur le comptoir et en boit une bonne lampée. Un grand soupir de soulagement lui échappe.

— Alors, Robbie, il paraît que tu vas prendre la route du sud. C'est Sorrente, ta destination ?

L'intéressé répond, mais je ne distingue pas ce qu'il dit. Il tente de s'éloigner du bar en contournant son interlocuteur, ce qui n'est pas ce qu'il y a de plus simple quand on transporte cinq grands verres.

— Typique. C'est du favoritisme, voilà ce que c'est. Mandy t'envoie reluquer toutes ces petites Italiennes en bikini, même si tu t'es pas pointé pour la mission aux Pays-Bas, alors que moi, je suis de nouveau bon pour repartir vers le nord. Et c'est pas très accueillant là-haut, crois-moi !

Robbie hausse les épaules et essaye de s'écarter, quand soudain on dirait que l'autre a un déclic. Il écarquille les yeux et lève les sourcils sous le coup de la surprise. Quand il empoigne le bras du jeune homme, de la bière se renverse sur la main de Robbie.

— Attends voir, petit salaud, tu sautes quand même pas la grosse Mandy pour qu'elle te donne les meilleurs trajets ?

À cet instant-là, les autres membres du groupe interrompent leur partie de fléchettes pour se tourner vers Robbie, qui secoue la tête.

— Non, vieux. Je suis trop claqué pour ça, vu que je baise déjà ta meuf.

Un grondement enthousiaste parcourt le groupe qui les encercle et le sourire sous le nez rouge s'efface. Le type serre les poings et je crois qu'il s'apprête à mettre une droite à Robbie, mais soudain le sourire réapparaît sur ses lèvres, encore plus large, puis il donne une grande tape dans le dos du jeune homme, et ce faisant renverse encore davantage de bière.

— Petit bâtard, c'est exactement le genre de truc qu'aurait dit ton paternel. Hein, les gars ?

Les autres expriment leur approbation par de grands éclats de rire et Robbie atteint enfin leur table pour y déposer les pintes, avant de les distribuer une à une. Ses potes hochent la tête en guise de remerciement quand il les leur tend. Le type au nez rouge jette un œil dans ma direction, avant de reprendre une grande gorgée de bière. Je baisse vite la tête. A-t-il capté que je les observais ? Non, on ne dirait pas. Il se dirige vers un mec au crâne dégarni qui regarde tranquillement les autres jouer aux fléchettes. L'homme au nez rouge s'adresse à lui, avant de s'esclaffer, mais le chauve lui fait signe d'aller voir ailleurs comme s'il chassait un moustique. Tandis que tous les autres se regroupent à nouveau devant la cible, Robbie parle discrètement au gars avec la casquette à côté duquel il était assis un peu plus tôt. Le vieux opine lentement. On dirait que le jeune homme lui a demandé un conseil. Il ne le regarde pas une seule fois pendant qu'il lui répond. Il bouge à peine la tête, mais fait de petits gestes avec les mains. Il a l'air de lui donner des explications. Robbie l'observe attentivement, comme s'il ne voulait pas en perdre une miette. Ensuite, il semble répéter une partie de ce que son interlocuteur vient de dire, et ce dernier hoche la tête. Au bout de quelques minutes de conversation seulement, l'homme à la casquette hausse les épaules et met ainsi fin à la discussion. Robbie lui passe un petit paquet de billets sous la table, un mouvement qu'il a déjà dû faire de nombreuses fois. Le vieux s'en empare pour le ranger illico dans sa poche de poitrine, sans même y jeter un coup d'œil, comme s'il savait que le jeune routier ne pouvait pas être idiot au point d'essayer de le rouler. Un cri retentit, suivi de quelques jurons du côté des joueurs de fléchettes. Les deux hommes assis ne bougent pas d'un pouce tandis que leurs compagnons se tapent dans les mains pour se féliciter.

— En plein dans le mille, putain ! s'exclame le type au nez rouge.

Même si la pinte posée devant lui est encore à moitié pleine, Robbie se lève. Il salue respectueusement d'un signe de tête son voisin de table, qui lui rend son salut.

— Hé, les gars ! J'y vais ! lance-t-il aux autres.

Ils l'insultent, le traitent de fillette. Même si la mâchoire de Robbie se contracte de nouveau, il choisit de les ignorer. Ses potes se retournent vers la cible. Personne n'a l'air vraiment déçu de le voir partir. Le jeune homme serre quelques mains et met des tapes dans le dos de certains d'entre eux. Je remarque qu'il jette un dernier regard à l'horloge avant de se diriger vers la porte d'un pas nonchalant. Avant de sortir, il pose les yeux sur moi une seconde et, quand nos regards se croisent, je reconnais le visage en lame de couteau de la photo que Dave m'a montrée. Les deux frères sont quasi identiques : le teint cireux, des pommettes saillantes, une pomme d'Adam proéminente… Mais, tandis que sur le cliché le regard de Tony était terne, comme s'il avait honte, les yeux de son jumeau brillent, à la fois vifs et impénétrables. J'ai l'impression que ces yeux sombres ont vu des choses que je ne peux même pas imaginer. Une fois qu'il est sorti, je me force à compter jusqu'à vingt et à ne pas jeter un seul regard aux autres clients avant de me lever pour lui emboîter le pas.

Il doit être pressé, car il marche à vive allure dans la nuit tiède. Pour ne pas perdre sa trace, je dois même me mettre à courir deux fois. La lumière du phare me fait penser à un projecteur et me donne un sentiment d'urgence, comme si Rainstead était une énorme prison et que nous étions des détenus en train de prendre la fuite. Robbie remonte rapidement la rue principale, dans la direction opposée à la mer, et, pendant un instant de folie, je me dis qu'il a découvert la présence de Cara en ville et se dirige vers The Lamb. J'accélère aussitôt le pas, jusqu'à ce que je constate avec soulagement que les rideaux de la chambre de la jeune femme sont tirés. Il faut absolument que je rattrape Robbie et que je l'empêche de s'approcher d'elle. Heureusement, contrairement à mes craintes, ce dernier tourne à gauche au niveau du panneau qui indique la direction de Port Raynor Beach. Dieu merci. Je m'arrête pour reprendre mon souffle et apaiser les battements de mon cœur qui tambourine dans ma poitrine. Alors que je file cet homme qui a menacé Cara et probablement assassiné Meg, je songe à Jakey et le regret m'envahit. Ma gorge se serre à la pensée qu'il ne m'a toujours pas rappelé et qu'il n'a répondu à aucun de mes textos. Tandis que je m'enfonce encore plus profondément dans les ténèbres, j'aimerais entendre sa voix, rien qu'un instant. La confiance qu'il a en moi m'encourage toujours, et là, comme jamais auparavant, je vais en avoir besoin.

# 21

## Cara

Les rayons argentés de la lune semblent me montrer la voie, tandis que le signal lumineux du phare continue à balayer le paysage avec vigilance. Grâce à ces sources de lumière, je me sens un peu plus en sécurité, comme si je n'étais pas seule. J'essaye de ne pas trop réfléchir. Je pourrais être saisie par la crainte d'un instant à l'autre et prendre mes jambes à mon cou. À vrai dire, je ne sais pas trop ce que je suis en train de faire. J'éprouve le besoin de voir l'endroit où Danny s'est noyé, là où tout a commencé. Le lieu m'attire et je ne peux pas résister. J'ai un peu l'impression d'avancer comme une somnambule, et pourtant je n'ai aucune envie de me réveiller. Après m'être arrêtée devant le panneau où Jon a fait une pause il y a seulement une demi-heure, j'emprunte le chemin de Port Raynor Beach, situé en face de la friterie où travaillait l'ex-belle-mère de Luce, qui est fermée.

Sur le sentier qui descend vers la mer, je respire l'air salé à pleins poumons. La brise tiède et le clapotement des vagues sur ma gauche m'encouragent à continuer. Par moments, je dois escalader des échaliers en pierre ou m'accroupir sur la pente rocailleuse pour descendre de certains rochers. Des orties et des buissons d'ajoncs qui empiètent sur la piste me piquent et s'accrochent à ma peau, mais je fais de mon mieux pour les ignorer. Je ne suis plus très loin, je le sens. Le glouglou de la mer s'est transformé en un grondement sourd. Le chemin s'ouvre sur une petite zone dégagée, en surplomb. Le rayon du phare passe et j'aperçois la crique en contrebas. On m'a dit tellement de fois de ne pas m'approcher du bord des falaises. Le sol a l'air solide, mais c'est trompeur : il est tout à fait possible que la roche en dessous se soit érodée à force d'être léchée par les vagues. Je ne distingue pas tout de suite le début du sentier qui mène à l'anse et, pour la première fois depuis mon départ du pub, j'ai un temps d'hésitation. Mes yeux commencent à peine à s'ajuster à l'obscurité. Quand je m'y engage, j'essaye de me convaincre que ça ne prendra qu'une minute : je vais me contenter de descendre sur la plage pour jeter un coup d'œil. Après tout, ce serait bête de faire demi-tour maintenant, alors que je suis si proche… La piste étroite devient tellement raide que je dois me baisser et me stabiliser à l'aide de mes mains. Je me retiens de crier les deux fois où je glisse.

Avec le reflet de la lune sur les vagues et les rochers luisants du bord de mer, la crique n'est pas aussi sombre que je le pensais quand je l'observais du haut de la falaise. Dans le ciel nocturne qui a plus une teinte bleu foncé que noire, les étoiles brillent d'une lueur rassurante. Je regarde un instant la mer caresser le sable de cette petite baie en forme de fer à cheval. Je comprends pourquoi Simon pensait que c'était un bon endroit pour un week-end en famille, un lieu sûr. Je décide de m'asseoir sur la plage quelques minutes avant de prendre le chemin du retour. Il me paraît impossible que cette mer si calme, si apaisante, ait arraché un petit garçon à ses parents et causé tant d'années de chagrin et de souffrances. Je viens de fermer les paupières quand j'entends tout à coup des pierres qui dégringolent. Mes yeux s'ouvrent en grand. C'est le même bruit que celui que j'ai fait en descendant le sentier jusqu'à la crique. Je n'entends aucune voix. Au-dessus du son des vagues, je distingue, à intervalles réguliers, le frottement des cailloux les uns contre les autres quand on les écrase. Quelqu'un arrive. Je me fais toute petite. Qui donc pourrait venir ici à une heure pareille, dans le noir ? Est-ce que Jon aurait pu m'apercevoir et me suivre ? Mais si c'était lui, pourquoi ne m'aurait-il pas appelée ?

Je revois le regard sombre de Robbie ; j'imagine son bras mince qui soulève la lourde lampe de chevet avant de l'abattre et d'écraser le crâne de Meg. *Par pitié*, je prie, *faites que ce ne soit pas lui*. Les pas réguliers se rapprochent, il arrive sur la plage. Si je ne fais rien, il me verra. Il faut que je bouge illico. Je me lève lentement en restant le plus proche du sol possible, puis je file me cacher derrière un gros bloc de pierre. La sensation de la roche froide contre ma joue me rassure. Une fois qu'il atteint le sable, je n'entends plus rien. C'est encore pire. Il aurait très bien pu me repérer de là-haut. Peut-être a-t-il déjà ramassé une pierre bien lourde, avec laquelle il prévoit de m'attaquer. Il pourrait être en train de la caresser du pouce pour en tester le tranchant en ce moment même…

Je n'ai aucune idée de l'endroit où il se trouve. J'ai trop peur de me retourner, au cas où je le découvrirais derrière moi. À la place, je retiens ma respiration, puis je rassemble tout mon courage pour me forcer à regarder par-dessus le rocher. Quand je le vois enfin, ça me fait un choc. Il est face à la mer et je ne distingue que son manteau trop large et la capuche rabattue sur sa tête. Il se met ensuite à marcher vers le coin le plus sombre de la plage. Vers moi. Sa démarche est prudente, il boite un peu. Il est plus petit que dans mes souvenirs. Bien plus petit. Un coup de vent en provenance du large manque de lui retirer sa capuche. J'aperçois une seconde des cheveux clairs, courts, avant qu'une petite main ne remette le capuchon en place. Trop tard, je sais ce que j'ai vu. La lumière du phare continue à survoler la crique à intervalles réguliers. Mes membres froids soudain réchauffés par l'adrénaline, j'avance sur le sable. Je la fixe du regard, terrifiée à l'idée qu'elle disparaisse à nouveau si je cligne ou détourne les yeux. Elle reste, elle aussi, dans l'ombre, comme si elle ne devait pas être là... Je crie son nom dans la nuit :

— Grace !

6 juin 2019

Port Raynor Beach

Cette nuit-là, Tony m'a emmenée dans une vieille caravane. Sa figure était toujours pleine d'éclaboussures du sang de ma mère et il a fait une tache sur l'une des étoiles de ma robe. Il n'a pas dit un mot. Il m'a simplement laissée dans une salle de bains couleur de thé trop infusé, une pièce exiguë et crasseuse. Un peu plus tard, il est revenu avec un sac de couchage. Je ne me souviens pas bien des jours qui ont suivi. Non seulement j'étais encore en train de me désintoxiquer, mais j'étais aussi sous le choc de ce qui était arrivé à ma mère. Dès que j'ouvrais les yeux, tout vibrait autour de moi, et quand je les fermais, c'était encore pire, parce que je voyais le visage déformé de ma mère, plein de sang. Mais dans mes rêves, elle m'administrait les médicaments dont j'avais terriblement envie à présent. Parfois, j'entendais des chuchotements, je sentais qu'on changeait mes vêtements et qu'on nettoyait la blessure de mon abdomen. La caravane tremblait sous les pas et les intempéries. Le brouillard a fini par se dissiper. À mon réveil, je ne savais pas combien de temps avait passé depuis mon arrivée.

La porte de la salle de bains était ouverte. Ils m'avaient mis des leggings et un sweat à capuche bleu qui sentait le déodorant. Je me suis demandé qui l'avait porté avant moi. J'avais aussi un pansement sur le ventre. Même si mes jambes étaient molles comme du chewing-gum, je suis parvenue à sortir de ma cellule-salle de bains à petits pas maladroits. Ils étaient tous les deux là, Tony et son jumeau, Robbie. Tony avait parlé de moi à son frère. Le coffret rouge de ma mère était ouvert, sur la table en plastique devant eux, vide. Je ne pouvais pas regarder la tête de Tony sans voir celle de ma mère, et il n'a pas levé les yeux sur moi. J'ai avancé jusqu'au centre de la pièce.

— Ça ne suffit pas, a dit Robbie en pointant le contenant du doigt.

Je savais exactement où les emmener. Je crois que ma mère a toujours volé. Elle se justifiait en prétendant que c'était pour acheter les médicaments dont j'avais besoin, mais maintenant je pense qu'elle le faisait surtout pour le petit frisson que cela lui procurait. Elle était douée pour le vol. Elle fauchait de l'argent et des objets de valeur chez ses amis, elle détroussait les personnes âgées dans les maisons de retraite et les hôpitaux. À part au cabinet médical où elle avait travaillé quelque temps, on ne l'avait jamais soupçonnée. Et même si quelqu'un s'était douté de quelque chose, personne n'aurait osé l'accuser. Tout le lotissement de Summervale se serait retourné contre quiconque aurait prononcé une seule critique à l'encontre de la mère la plus appréciée de toute la région. Vous n'avez qu'à demander à ce journaliste, Jon Katrin.

Quand nous sommes arrivés au cimetière, je leur ai fait croire que j'étais encore trop dans les vapes pour me souvenir de l'emplacement de la tombe de Danny. Comme ils se rendaient bien compte qu'on attirerait l'attention si on se mettait tous les trois à la chercher, ils n'ont pas eu d'autre choix que de me laisser y aller seule. Je ne savais pas exactement combien de jours j'avais passés dans la caravane. Ce n'est qu'une fois arrivée devant la pierre tombale que j'ai compté le nombre de levers et de couchers de soleil observés derrière la vitre sale de la caravane et trouvé la date : le 6 juin. C'était le jour de la mort de Danny, l'anniversaire de ma mère. Consciente que les jumeaux me surveillaient, je me suis contentée de lui chuchoter « joyeux anniversaire » sous la pluie battante alors que je creusais la terre mouillée au pied de la tombe. J'en ai sorti la boîte bleue. Je savais que je la trouverais là. Je n'ai eu qu'à y jeter un rapide coup d'œil pour savoir que ça ferait l'affaire. Il allait bien falloir que ça leur suffise, de toute façon, car il n'y avait rien d'autre. Même dans la faible lumière, les diamants des bagues et les colliers et montres en or étaient éblouissants. J'ai refermé le couvercle vite fait avant de ranger l'objet dans la poche du manteau de Robbie, comme il m'en avait donné l'instruction. Puisque je savais maintenant de quoi ils étaient capables, je voulais qu'ils me voient obéir en tout point à leurs directives. J'ai survécu à tellement de choses au fil des années… Ce serait trop bête si je ne m'en sortais pas vivante cette fois-ci.

# 22

## Jon

Robbie utilise la lampe de son téléphone pour éclairer le sentier devant lui. C'est parfait, parce que je peux me permettre de rester assez loin derrière lui tout en ne risquant pas de perdre sa trace. Le rayon de lumière brille même au travers des buissons d'ajoncs les plus épais. Je guette les rochers instables et les racines sur le chemin pour me déplacer le plus prudemment possible. À quelques kilomètres, le gros œil jaune du phare tourne. Mon cœur bat la chamade, j'ai l'impression qu'il fait autant de bruit que mes pieds sur la piste. Je me concentre sur chaque pas pour éviter de songer à la réaction de Robbie s'il s'apercevait que je le file. Au bout d'un demi-kilomètre environ, le sentier débouche sur une petite étendue d'herbe. La mer gronde sur ma gauche. Robbie dirige la lampe devant lui, entre deux gros buissons. Ça ne ressemble pas vraiment à un chemin, mais il ferme son manteau et le serre contre lui pour se protéger des épines avant d'y pénétrer. Il y a eu un sentier ici à une époque. Encore une fois, je me force à patienter un peu et je compte jusqu'à vingt avant de le suivre. Les épines s'accrochent à mon imperméable et l'éraflent, comme si elles tentaient de me retenir. Je me fige aussitôt, mais je vois la lumière de Robbie clignoter un peu plus loin. Il est en train de monter une pente. S'il continue à marcher, c'est qu'il n'a rien entendu. Rassuré, je poursuis mon avancée. La voie envahie par la végétation s'élargit un petit peu. On dirait bien qu'elle a été empruntée dernièrement : certaines branches sont brisées. La piste devient vite plus escarpée et je dois m'aider de mes mains par moments, jusqu'à enfoncer mes doigts dans le sol pour garder mon équilibre. J'entends le murmure des vagues, qui se trouvent à présent derrière moi, et le phare continue à projeter son signal en rythme. Tout à l'heure, cette lumière me réconfortait, mais maintenant je trouve qu'elle ajoute à l'étrangeté de la situation. Devant moi, un peu plus haut, je distingue une ombre plus foncée que les autres. Puis, tandis que je me bats contre les buissons pour parvenir jusqu'à elle, je me rends compte que la forme est trop large et trop régulière pour qu'il s'agisse d'un rocher. C'est une petite caravane sombre, presque étouffée par les ronces. Clairement, personne n'a passé ses vacances ici depuis des années.

Plus loin sur le chemin, la lumière du téléphone continue à danser. Nous passons devant d'autres caravanes laissées à l'abandon. Soudain, la lampe s'éteint et je me retrouve plongé dans l'obscurité. Je me baisse aussitôt car, maintenant que je ne vois plus où se trouve Robbie, j'ai l'impression d'être plus exposé. Je compte de nouveau jusqu'à vingt. J'ai soudain très envie de faire demi-tour et de filer retrouver la chaleur rassurante du pub. Je commanderais un whisky, histoire de m'apaiser un peu, avant de passer un coup de fil à Upton pour lui faire part de toutes mes découvertes. Mais si c'était trop tard d'ici là ? Si j'abandonne, on risque de ne jamais mettre au jour la vérité sur Meg et Grace… Je dois à Simon, à Cara et à moi-même d'aller jusqu'au bout. Et puis, je repense à la promesse que j'ai faite à Jakey. Je le revois qui m'attend devant la maison, qui consulte sa montre parce que je n'arrive pas… J'ai déjà manqué à tant de promesses. Hors de question de laisser tomber.

Je me force à avancer, genoux pliés et torse baissé pour tenter de rester le plus discret possible. Sans la lampe, il n'est pas évident de voir par où passer. Tout à coup, j'aperçois une lueur à ma droite, pas plus grande que la flamme d'une allumette. C'est tout ce que j'ai comme indice, donc je décide de me diriger par là. Je marche les yeux fixés sur la petite lumière, quand soudain mon tibia se cogne dans quelque chose de dur et de plat. La douleur m'arrache un petit glapissement. Je tombe à terre et me mords la langue pour ne pas crier. Le goût cuivré du sang envahit ma bouche. Je serre fort ma jambe, puis j'attends que la souffrance s'atténue. Quand je retire les mains de mon mollet, elles sont moites : je saigne un peu. Mais ça va, je ne suis pas vraiment blessé. Je prends mon temps pour me relever avant de protéger ma main avec le tissu de mon manteau pour dégager les ronces, histoire de voir dans quoi je suis rentré. C'est un panneau au-dessus d'un autre, un peu plus grand. Celui du haut indique « PRIVÉ » et celui du dessous : « TERRAIN DE CARAVANING DE PORT RAYNOR ». Je me rappelle Simon dans le café qui me racontait avoir loué une caravane pour l'anniversaire de Meg, le week-end où Danny est décédé. Et, d'après Dave, le père des jumeaux avait travaillé dans le tourisme. Il pensait qu'il tenait peut-être une auberge de jeunesse… Est-ce que ça aurait pu être plutôt un camping pour caravanes ? Les orties me piquent les chevilles et, à mesure que j'avance, le point lumineux s'agrandit. Cette lueur est la bienvenue dans la nuit de plus en plus sombre. Je vois maintenant qu'elle provient d'une autre caravane, plus grande que les précédentes. Je m'arrête derrière un tas de bûches couvert de moisissure. Des vestiges d'une vie de famille ordinaire parsèment l'ancien jardin où la nature a repris ses droits : je distingue un vélo d'enfant abandonné et un petit trampoline rouillé parmi le lierre et les ronces.

Une vieille Volvo est garée de travers, son pare-chocs avant touche presque le bout de la caravane. Les rideaux aux fenêtres sont tirés mais, comme ils sont très fins, il est aisé de voir au travers. Seulement, à la distance à laquelle je me trouve, je ne distingue qu'une ombre de temps en temps. Le sol vibre et grince sous le poids de quelqu'un qui fait les cent pas. Un homme parle. Malheureusement, le son est trop étouffé pour que je comprenne la teneur de ses propos. D'autres mots résonnent en réponse, plus courts et dits sur un ton plus colérique. Ils me font penser à des coups de poing. L'une des voix se met à crier et, quand la porte s'ouvre d'un coup, je recule un peu en faisant bien attention à rester à l'abri des regards.

— Bon, elle est allée où, bordel ?

Robbie pousse son double dehors avant que le fin battant se referme en claquant derrière eux. Il faut un moment à Tony pour recouvrer son équilibre.

— Je t'ai déjà dit que j'en savais rien, Rob ! répond Tony, d'une voix plus forte que son frère. Me regarde pas comme si c'était ma faute ! Je t'avais bien dit que ce type qui fait des estimations habitait trop loin et que je serais de retour plus tard que ce que tu pensais. Quand je suis rentré il y a dix minutes, elle n'était plus là. Et pendant tout ce temps, toi, tu étais au pub !

— Si j'étais à ce putain de pub, Tony, c'était pour avoir les infos qu'il nous faut pour passer la frontière. Et je te regarde comme je veux ! C'est toi qui nous as mis dans ce pétrin, tu te rappelles ? C'est ton merdier. Tu crois que je serais encore là si t'étais pas mon frère ?

Robbie pousse son frangin en arrière, deux fois. Tony serre les poings, mais même de là où je me tiens, je vois que ce geste est sans conviction : on ne dirait pas qu'il s'apprête à frapper son jumeau, plutôt qu'il essaye de se donner du courage.

— Et la fois où j'étais là pour toi, moi ? Cette fois où je t'ai sorti d'un merdier encore pire ? Hein ? Quatre mois de ma vie passés dans ce trou à rat ! Tu m'en dois une, Rob.

Son frère baisse la tête, puis soupire comme s'il était fatigué qu'on lui rappelle sans cesse sa dette. Il garde le silence pendant un moment.

— Le fric ? finit-il par demander.

Tony courbe la nuque et les épaules. Son frangin comprend sans mal que l'argent n'est plus là.

— Merde ! crie Robbie en levant le visage vers le ciel.

Il se tourne de nouveau vers son jumeau, les yeux fous, avant de reprendre :

— Je te l'avais dit, Tony, combien de fois je t'ai dit que ça sentait mauvais, cette histoire. Mais monsieur n'a rien voulu entendre ! Ta putain de conscience, hein… Tout ça à cause de ce gosse !

Tony garde la tête inclinée, comme s'il avait entendu ces reproches de nombreuses fois déjà.

— Je veux seulement réparer certaines de mes erreurs, certains trucs dont je ne suis pas fier. Ça m'a changé, la taule. Ça m'a changé là-dedans. (Il se touche le front.) Et j'ai compris quelque chose : ce moment où on n'a pas aidé ce petit, alors qu'on savait pourtant qu'il avait un problème, cette décision qui a duré moins d'une seconde, c'est ça qui a déclenché toutes les emmerdes qu'on a eues.

— J'en ai assez d'entendre ces conneries, Tony. Tu voulais quoi, dire à la famille du gosse que t'étais désolé de ne pas l'avoir sauvé de la noyade quand t'étais gamin ? Très bien ! Il suffisait d'envoyer des fleurs, d'écrire une putain de carte ! C'est ce que les gens font dans ces cas-là, mais pas mon frère, ce grand sensible, ça non ! Qu'est-ce que tu as fait, toi, Tony ? Tu as mis ton nez dans les affaires des autres. Une femme est morte, bordel, et tout le Sud-Ouest recherche sa psychopathe de fille qui pourrait t'envoyer au trou pour le restant de tes jours ! Et tout ça parce que tu voulais alléger ta mauvaise conscience ?

La figure de Robbie est devenue toute rouge. Quant à Tony, il n'a pas levé la tête une seule fois. Il n'ose pas regarder son frangin dans les yeux.

— Je t'ai raconté ce que sa mère lui faisait subir, Rob, elle avait vraiment besoin de mon aide. Je ne me doutais pas du tout qu'elle était comme ça en vrai. (Il pose enfin le regard sur son frère.) Tu crois qu'elle est partie où ? Et si elle allait en ville, voir les flics ? Et si elle leur racontait tous ces mensonges qu'elle a inventés sur ce qui est arrivé à sa mère ?

Tony gémit, et je me rends compte qu'il ne craint pas seulement son jumeau, mais aussi Grace. Elle a de l'emprise sur lui. Ce qu'il sait d'elle, et de ce qu'il s'est passé la nuit du meurtre, le terrifie. Robbie s'avance pour mettre la main sur la nuque de son frère et Tony pose la tête sur son épaule. On dirait qu'ils ont l'habitude de se réconforter de cette manière.

— Il faut qu'on la rattrape, c'est tout, dit Robbie d'une voix plus calme. On va commencer par faire un tour à Rainstead. Elle ne parlera à personne et elle n'ira pas voir la police, parce qu'elle veut disparaître autant que, nous, on veut la voir disparaître. C'est pour ça que notre plan va marcher. Quand on l'aura retrouvée, on ne la quittera plus des yeux pendant les quelques heures qu'il reste. Au petit matin, on l'emmènera au camion et, une fois qu'elle sera partie, perdue quelque part en Europe, on n'entendra plus jamais parler d'elle. Toute cette galère sera terminée.

Tony relève la tête et regarde son jumeau comme s'il avait vraiment envie de croire à ses paroles.

— Elle n'a pas pu aller bien loin, poursuit Robbie en jetant un œil du côté de la mer. Allez, on va chercher cette garce.

Comme il fait mine de s'éloigner, son frère le retient par le bras.

— C'est pas la peine de lui faire du mal non plus, hein, Rob ? S'il te plaît, ne lui fais pas de mal…

Robbie se dégage de la poigne de son frangin et, sans dire un mot, il commence à marcher vers la mer, Tony sur les talons. Je me recroqueville derrière le tas de bûches, terrifié à l'idée qu'ils passent juste à côté de moi. Je recule d'un pas et une branche se casse sous mon pied. J'ai l'impression que le bruit est aussi fort qu'un coup de feu. Robbie s'arrête, mais Tony tourne seulement la tête brièvement dans ma direction, en continuant à avancer.

— Un blaireau, dit Robbie, la mâchoire crispée, avant de se remettre en route et de dépasser son frère.

Il emprunte un sentier différent de celui par lequel nous sommes venus jusqu'ici. Il avance tout droit, d'une démarche assurée, tandis qu'une ombre identique à la sienne trébuche derrière lui.

J'attends qu'ils soient presque hors de mon champ de vision avant de me lancer à leur suite. Les deux frères avancent rapidement, ils descendent presque au pas de course la pente escarpée qui mène à la mer. Ils écrasent les ronces sur leur passage comme si elles étaient aussi douces que de l'herbe. Je me souviens que Simon avait comparé les deux garçons à des lièvres. Vu qu'ils ont grandi ici, ils connaissent ces collines et ces sentiers secrets par cœur. Ils sont en train de se diriger tout droit vers le phare, qui balaye toujours les lieux de sa lumière, quand ils se volatilisent tout à coup. Leur timing est parfait : le faisceau ne les éclaire pas sur son passage et je n'ai tout bonnement aucune idée de l'endroit où ils sont allés. Le silence règne, je n'entends même plus la mer. Où qu'ils se trouvent, ils ne bougent plus d'un iota et ne font plus un bruit. Ou alors, ils sont déjà si loin que je ne peux plus les entendre. Je me sens hors de mon milieu naturel, comme si je nageais dans des eaux inconnues, à la merci des requins qui nagent en rond en dessous de moi. J'ai soudain l'impression que la lumière du phare explore les environs uniquement pour me dénicher. Je n'aurais pas dû venir ici. À chaque flash lumineux, je crois apercevoir des yeux brillants dans les buissons, qui scrutent chacun de mes gestes. Un frisson me traverse et mon intuition me souffle que les règles du jeu ont changé : je ne suis plus le chasseur, je suis devenu la proie. Je me mets à courir.

# 23

## Cara

Elle s'appuie contre un grand bloc de pierre à côté d'elle pour garder l'équilibre. Quand elle a entendu son prénom, j'ai vu tout son corps se tendre. Elle reste immobile devant les grottes sombres, toujours dos à moi, comme si elle essayait de décider ce qu'il fallait faire : s'enfuir ou rester ?

— Je ne suis pas Grace, dit-elle finalement.

Je me mets à courir vers elle. À chaque pas, mes pieds s'enfoncent avec un bruit de succion dans le sable mouillé. Je ne veux surtout pas l'effrayer mais, en même temps, il faut que je la rejoigne rapidement. Tous mes sens sont aiguisés. Le vent fouette ma peau, les vagues grondent, l'odeur du sel remplit mon nez… Je garde les yeux rivés sur elle. Je ne la laisserai pas s'échapper de nouveau. Grace n'a toujours pas bougé, on dirait bien qu'elle m'attend. Elle a choisi de rester.

Nous ne sommes plus séparées que de quelques mètres quand je me force à ralentir. Je murmure son prénom comme si le fait de le prononcer rendait cette scène plus réelle. Alors que je l'examine attentivement, elle retire la main du rocher puis enlève sa capuche. Ses cheveux sont fins et clairs comme ceux d'un nouveau-né. Je ne suis plus qu'à quelques pas d'elle maintenant. Elle reste parfaitement immobile quand le faisceau passe au-dessus de la crique. On dirait qu'il veut mettre en lumière tous les secrets, qu'il est à notre recherche. Je m'aperçois alors que j'ai obtenu exactement ce que je désirais : retrouver Grace et pouvoir être seule avec elle. Le silence se prolonge. C'est le dernier avant une conversation qui changera notre relation du tout au tout. Ce silence est comme un adieu muet à la Grace Nichols que je croyais connaître.

Finalement, elle baisse la main puis se retourne lentement pour me faire face. Elle boite légèrement à droite. Ses yeux rencontrent les miens et, alors que nous nous étudions du regard, je me rends compte que je n'ai jamais vraiment regardé Grace avant. Comme tout le monde, j'ai supposé que je savais à quoi elle ressemblait, et que je la connaissais. En réalité, je ne voyais que ce qu'on me disait de voir. Je ne percevais que ses limites, ses maladies. Il y a toujours eu un mur impénétrable entre nous.

Ce soir, pour la première fois, je vois tout un monde en elle.

Je m'apprête à redire son prénom, mais ça me semble soudain sonner faux. Elle n'est plus Grace, à présent. Grace restera toujours ce petit être frêle dans le fauteuil roulant, caché sous son bonnet et derrière ses grosses lunettes. Cette femme qui se tient devant moi, le sourire aux lèvres et le regard plein de défi, c'est quelqu'un d'autre. C'est Zoe.

— Cara, dit-elle.

Sa voix est encore plus douce que l'air sur ma peau. Elle sourit à nouveau et dévoile les petites dents qui lui causaient tant de douleur. Lentement, elle fait un pas mal assuré vers moi. Elle parle comme elle bouge, en prenant son temps, comme si elle apprenait à se faire confiance.

— Tu sais, j'avais l'habitude de m'inventer tout un tas de scénarios sur la façon dont je m'échapperais. Dans l'un d'eux, tu venais me voir et je te racontais tout. Je te montrais que je pouvais bouger mes jambes beaucoup plus que je le prétendais, et puis tu m'emmenais.

Durant tout ce temps, elle avait désespérément souhaité que je la voie comme je la vois à cet instant. Durant tout ce temps, elle avait eu besoin de mon aide et je n'avais pas été capable de surmonter la peur que m'inspirait sa fragilité.

— Mais tu arrives trop tard, Cara. Je suis déjà libre.

Le signal lumineux éclaire brièvement son visage. Elle n'est plus une fille de dix-sept ans. Elle n'a pas l'air d'avoir vingt ans non plus. J'ai l'impression qu'elle est la personne la plus âgée que j'aie jamais rencontrée, usée par des années de mauvais traitements et de souffrances.

— Tu n'es pas malade.

Cette phrase me paraît trop courte et trop simple. Je connais la réponse, mais j'ai besoin de l'entendre de sa bouche. Cette personne qui a été Grace secoue la tête.

— Non, je n'ai pas été malade depuis mon enfance.

Elle me dévisage et lève ses paumes vers le ciel, comme pour me prouver qu'elle est en bonne santé. J'avance un peu plus. Nous sommes si proches à présent que, au moment où le rayon de lumière repasse sur nous, je remarque les ombres grises sous ses yeux, et la crainte sur ses traits quand elle jette un coup d'œil au loin derrière moi. Elle est sur ses gardes. Elle observe le haut de la paroi rocheuse parce qu'elle s'attend à ce que quelqu'un vienne. Ainsi, les jumeaux ne sont pas ses protecteurs, mais ses ravisseurs. Nous ne sommes peut-être pas en sécurité sur cette plage. Malgré tout, avant de pouvoir réfléchir à la stratégie que nous devrions adopter pour partir d'ici, j'ai besoin qu'elle me parle de Meg. Au cas où ce serait notre seule occasion d'en parler. Il faut que je comprenne.

— Pourquoi est-ce qu'elle a… pourquoi Meg…

Ma voix est à peine audible. Je me rends compte que je n'arrive pas à terminer ma phrase, mais Grace a une bonne ouïe.

— Pourquoi elle m'a fait ça ?

Elle soupire avant de renverser la tête en arrière, comme si la réponse se trouvait quelque part là-haut, dans l'immense ciel étoilé. Je vois le battement rapide de son pouls sur sa gorge. Même si elle jette de temps en temps un œil au sentier qui descend du sommet de la falaise, Grace semble sereine, et son sang-froid m'aide à garder mon calme. Elle lève la tête et croise mon regard avant de dire :

— Tu es venue me rendre visite à l'hôpital il y a quelques années. C'était le jour de Noël. Susie t'avait obligée à venir avec elle. Tu te souviens ?

Effectivement, ma mère m'y avait traînée et je m'étais plainte tout au long du trajet. J'avais envie d'être avec mes amis au pub, à rire et à flirter, pas d'être coincée dans un hôpital qui sentait mauvais.

— Tu te rappelles quand nos mères sont allées parler aux infirmières ?

Non, je ne me souviens que de la maigreur de Grace, ça me faisait mal rien que de la regarder. J'acquiesce quand même.

— Tu m'as raconté qu'une fois, quand Chris avait voulu t'embrasser, tu avais bougé et il avait glissé puis s'était ramassé dans la boue.

J'avais zappé cette anecdote que j'avais exagérée pour la distraire, mais maintenant je me rappelle mon amie sur son lit d'hôpital, ses épaules osseuses secouées par le rire, au point que je craignais qu'elle ne finisse par déloger l'aiguille plantée dans sa main.

Je hoche de nouveau la tête.

— Il s'est passé quoi quand ma mère est revenue dans la pièce et qu'elle m'a vue rire avec toi ?

Je panique. Je n'arrive pas à voir ce qu'elle veut que je comprenne. Dans mes souvenirs, Grace a seulement continué à rire.

— Réfléchis, Cara, fouille dans ta mémoire. Qu'est-ce qu'il s'est passé quand elle est entrée ?

Je me concentre sur le début de la scène. Je m'étais fait la réflexion que nos mères seraient contentes de voir Grace rire pour la première fois depuis longtemps. Quand elles sont apparues dans l'embrasure de la porte, j'ai d'abord posé les yeux sur ma mère : elle avait l'air mal à l'aise et jetait des petits coups d'œil nerveux du côté de son amie. Meg regardait fixement sa fille, une expression de rage sur le visage, comme si son rire l'horrifiait. Finalement, Grace a senti que sa mère l'observait et son rire s'est éteint aussi vite que la flamme d'une bougie. Elle avait l'air essoufflée, comme si on lui avait mis un coup de poing dans le ventre. Au moment où elle a croisé le regard de sa mère, un petit gémissement a échappé à mon amie, puis elle a tourné la tête et ses yeux ont rencontré les miens. Sa bouche s'est ouverte et a bougé, elle a tenté de me dire quelque chose, mais, tout à coup, elle a eu des haut-le-cœur et son corps entier a été secoué de spasmes. J'ai touché son bras et constaté que sa peau était couverte de sueur. J'étais trop maladroite, trop lente, et Meg a dû me pousser hors du chemin pour mettre un récipient en carton sous la bouche de sa fille pendant qu'elle vomissait. Je me suis alors éloignée pour me réfugier auprès de ma mère, et j'ai enterré au plus profond de ma mémoire les mots que j'avais cru lire sur les lèvres de la jeune fille : « Aide-moi. »

— Tu t'en souviens, m'affirme la nouvelle Grace à présent.

Je sens un goût de sel sur mes lèvres, je touche mes joues du bout des doigts : elles sont trempées. Je n'avais pas remarqué que je pleurais. Au lieu de répondre à ma question, elle m'a montré à quel point j'étais loin de voir ce qui se déroulait sous mon nez. À quel point je suis encore loin de saisir la gravité de ce que Meg lui a infligé.

— J'ai tellement de souvenirs de ce genre, de moments où quelqu'un a failli découvrir ce qu'elle me faisait. Mais c'est comme si vous ne vouliez pas comprendre la vérité, comme si vous étiez tous devenus aveugles : vous ne voyiez plus la réalité et vous ne me voyiez pas, moi. Alors, je vous ai étudiés, toi et les autres. Je vous observais… J'étais très douée pour ça. Il le fallait, car c'était mon seul moyen de découvrir le monde. Grâce à toi, j'ai appris tout ce que j'ai pu des relations, de ce que c'est d'être une jeune femme. J'ai écouté Susie se plaindre à ma mère à ton sujet. Elle lui parlait tout le temps de vos disputes, des problèmes que vous aviez, de ses peurs pour toi… Tu m'as tellement enseigné sans même t'en rendre compte. Que ça te plaise ou non, tu as contribué à mon éveil.

À cet instant-là, je ne peux pas me retenir de dire les seuls mots qui me viennent en tête :

— Je suis désolée. Je suis vraiment désolée, Grace… Zoe.

C'est la première fois que je prononce son prénom, le vrai, mais elle ne le relève pas. Mes excuses ne font aucune différence pour elle.

Elle garde le silence pendant un moment et contemple les vagues éclairées par la lune, comme si elle s'attendait à ce que quelqu'un soit rejeté sur le rivage d'un instant à l'autre.

— Tu sais, je n'étais jamais venue ici, à l'endroit où Danny est mort. J'y ai beaucoup pensé pendant toutes ces années. Je me suis souvent demandé ce que j'éprouverais si je me retrouvais ici. Je m'attendais à autre chose, je me disais que ça m'aiderait peut-être à trouver du sens à tout ce qu'il s'est passé…

— Et ça ne t'a pas aidée ?

— Non. C'est seulement un endroit, en fait… une plage.

Elle me jette un regard à la fois confus et plein de pitié, et je sens que ce n'est pas le bon moment pour l'interroger. Grace a besoin de se sentir en sécurité, de me faire à nouveau confiance, et il faut que je la laisse diriger la conversation. Après tant d'années de maltraitance, elle a besoin d'être aux commandes.

— Pourquoi tu es venue ici, Cara ?

Sa question me surprend : il me semblait que c'était évident.

— Eh bien, je te recherche depuis que tu as disparu…

— Non, ce que je voulais savoir, c'est si tu es là pour me venir en aide.

Mon cœur se serre quand je repense à toutes ces fois où j'aurais pu la sortir de ce cauchemar, toutes ces fois où elle m'a suppliée de l'emmener quelque part où on ne serait que nous deux. Au cours des deux dernières années, Meg exerçait un contrôle si étroit sur sa fille qu'elle la gardait en permanence à la maison, dans son fauteuil roulant, à l'écart du reste du monde. À l'époque, je souhaitais rendre la vie de mon amie meilleure, mais je me sentais bloquée par ma propre maladresse, par ma peur de faire ce qu'il ne fallait pas et d'aggraver la situation plutôt que de l'améliorer. Grace attend toujours ma réponse.

— Je suis venue ici pour découvrir la vérité.

— Maintenant ? (Elle en rit presque.) Après toutes ces années, c'est maintenant que tu veux connaître la vérité ? OK, d'accord, la voilà la vérité.

Elle plonge la main dans la poche de son manteau pour en sortir un petit cahier plié en deux. Il est corné et tombe presque en morceaux. Pas du tout le genre d'objet que posséderait Grace, l'ancienne Grace. Je ne m'en empare pas tout de suite, car j'ai la drôle d'impression que, si j'accepte un objet de sa part, il n'y aura plus aucune chance que cette rencontre sur la plage soit le fruit de mon imagination.

— Cara, prends-le, s'il te plaît, dit-elle en agitant le carnet devant moi. J'ai tout écrit là-dedans. Ce qu'il s'est vraiment passé.

— Et l'autre journal ?

— J'ai raconté tout un tas de mensonges dedans, parce que je savais qu'elle le consulterait. J'aimerais vraiment que tu lises celui-ci. Et tu peux le montrer à d'autres si tu le souhaites. Je veux que tu saches la vérité sur ma vie et sur ce qu'il s'est réellement passé cette nuit-là.

Elle remue de nouveau le carnet devant moi. Je le prends. J'ai l'impression d'avoir en ma possession des preuves venues d'un autre monde. La lumière du phare revient sur nous et je vois que sa main tremble toujours, même si elle ne tient plus rien. Grace n'est pas aussi sereine que ce qu'elle tente de me faire croire.

— Je voulais absolument raconter la vérité sur tout ça, sur la nuit où il a tué ma mère.

Elle déglutit, puis ferme brièvement les yeux comme si elle essayait de repousser ce souvenir. J'aimerais pouvoir lui confier que, depuis que j'ai découvert le cadavre de Meg, je crois que je comprends un peu à quel point c'est difficile d'échapper au passé, de l'oublier… mais ma situation n'a rien à voir avec la sienne. Moi, je n'ai pas été victime de maltraitance et je n'ai pas vécu dans la douleur toute ma vie. Je ne sais pas ce que ça fait de confondre la cruauté avec l'amour. Grace suit le petit cahier du regard quand je le glisse dans la poche de ma veste, avant de relever les yeux vers la falaise. Je n'ose pas imaginer les jumeaux là-haut, en train de nous surveiller dans le noir.

— Je voudrais que tu saches une chose…

J'arrive à peine à retenir mes larmes et me contente de lui faire un signe de tête pour l'inviter à poursuivre. C'est comme si elle savait que je pensais aux frères Craig.

— Je n'aurais jamais parlé de ma vie et de ma mère à Tony, je n'aurais jamais répondu à son premier message, si j'avais su qui il était vraiment. Je sais que tu as rencontré Robbie et qu'il t'a fait peur, mais Tony est encore pire. Si j'avais su ce qu'il lui ferait, de quoi il était capable… (Elle s'interrompt quelques secondes comme si elle était perdue dans ses pensées, à imaginer les autres directions que son existence aurait pu prendre.) Tu verras en lisant mon journal. Maman devait seulement s'endormir, puis elle se serait réveillée le lendemain, après mon départ. Il m'avait promis qu'il ne lui ferait pas de mal. Même après tout ce qu'elle m'a fait, toute la douleur atroce qu'elle m'a infligée, je ne voulais pas qu'elle souffre. (Elle me regarde, les yeux pleins de larmes.) J'ai besoin que tu me croies, Cara. S'il te plaît, dis-moi que tu me crois.

La revoilà, tout à coup, la Grace que je connais, le petit oiseau dans son fauteuil roulant qui me demande si une grappe de ballons pourrait l'emporter loin, très loin… Cette fille tellement sincère et d'une si grande bonté. Elle me manque. Quand je l'entends dire qu'elle voulait protéger Meg, même après tout ce qu'elle avait vécu, je me dis que la Grace que je connais n'a peut-être pas complètement disparu.

— Je te crois.

L'air soulagé, elle m'adresse un petit sourire reconnaissant.

— Alors, tu veux bien m'aider ?

— Comment ?

— C'est très simple, Cara. Les jumeaux vont bientôt rentrer à la caravane. Ils ne prennent jamais le risque de me laisser seule très longtemps. Si je ne m'enfuis pas maintenant, ils vont me tuer. Ils me voient comme un danger, parce que je sais que Tony est le meurtrier de ma mère, et s'ils me remettent la main dessus ils ne me feront plus confiance vu que j'ai tenté de filer… Tu peux m'aider en me laissant partir. Tout de suite. Laisse-moi une chance de vivre une vie normale.

— Gr… Zoe, ne me demande pas ça, s'il te plaît. Laisse-moi appeler la police. Ils te protégeront, je te le promets. Tu n'as rien fait de mal et je t'assure qu'ils s'en rendront compte. Et puis, tu ne peux pas échapper aux frères Craig toute seule. Tout le monde saura ce que Meg t'a fait et que c'est Tony qui l'a tuée. Personne ne t'accusera de rien, au contraire, ils voudront tous t'aider.

— Non, je ne peux pas rester, réplique-t-elle aussitôt en secouant la tête. On a toujours eu pitié de moi et je me suis sentie différente des autres toute ma vie. Je ne veux pas revivre ça. J'ai envie d'avoir une vie normale, Cara. Si je reste ici, je serai toujours cette fille-là et je n'arriverai jamais à laisser le passé derrière moi… Je n'échapperai jamais à ma mère, pas vraiment…

Soudain, je me rends compte qu'elle ne connaît pas grand-chose du monde. Elle pense qu'elle peut tout simplement mettre les voiles, après tout ce qu'il s'est passé… Elle croit sincèrement qu'elle peut oublier ce cauchemar pour commencer une nouvelle existence ailleurs.

— Je veux avoir une chance de vivre la vie que je choisis, c'est tout, Cara. C'est tout ce que je veux.

Formulé de cette façon, son souhait semble si simple, si raisonnable.

Elle avance vers moi pour prendre ma main dans la sienne. Sa peau est froide et je crie presque de surprise à la sensation de sa chair, si réelle, contre la mienne. J'ai l'instinct de me dégager de la prise de cette inconnue. Pourtant, je ne bouge pas d'un cil, parce que j'ai besoin de cette connexion avec elle, j'ai besoin de sentir sa douceur et la pulsation de sa vie contre ma paume. Elle me serre un peu plus.

— Je t'en prie, Cara, laisse-moi connaître la liberté.

Comme le rayon lumineux nous éclaire de nouveau, je vois les larmes qui coulent sur ses joues, je discerne la petite fille si adorable qu'elle a été, mais je perçois bien davantage en elle également : des pages et des pages de journaux intimes qui n'ont jamais été écrites. Elle ne s'est même pas encore découverte elle-même.

Soudain, j'entends des gens qui parlent fort. Le son semble provenir du haut de la falaise. Grace les a aussi entendus, car elle se tourne aussitôt vers la paroi rocheuse et ses yeux cherchent l'origine du bruit. Elle lâche ma main comme si elle la brûlait. Si je ne distingue pas les mots, les voix sont suffisamment fortes pour que j'en reconnaisse au moins une. Celle de Jon. C'est lui qui s'exprime le plus fort, on dirait qu'il panique. Même si je n'identifie pas les autres voix, je suis sûre que ce sont celles des jumeaux. Je tends la main vers Grace, mais elle s'est éloignée de moi.

— Laisse-moi partir, Cara, s'il te plaît.

Elle recule dans les ténèbres comme si elle voulait elle aussi disparaître sur cette plage, comme son frère. Je m'aperçois qu'elle me donne une dernière chance. Une dernière chance de faire ce que je n'ai jamais pu faire : l'aider. Et puis, j'entends le bruit reconnaissable entre tous d'une chute de pierres.

# 24

## Jon

Au moment où je prends mes jambes à mon cou, j'entends un ricanement. Robbie veut que je sache que nous avons échangé nos rôles et qu'il est juste derrière moi, maintenant, un peu plus haut. Le faisceau du phare passe sur moi, puis une seconde fois, et une troisième. Il semble savoir exactement où je vais, il me suit. À présent, je me fiche de faire du bruit ou d'attirer l'attention. Les ténèbres sont devenues plus sûres que la lumière. Je dévale la colline à toute allure. Le rire de mon poursuivant se transforme en une sorte de cri de guerre. Il n'est que quelques mètres derrière moi. Tony n'est pas très loin non plus, même si je ne sais pas exactement où. Le rayon lumineux continue à tournoyer au-dessus de moi et je me sens comme un animal parfaitement positionné dans la ligne de mire d'un fusil. Je n'ai aucun plan. Tout ce que je peux faire, c'est courir vers la mer. Je manque plusieurs fois de trébucher dans les ronces. Le cri de mon poursuivant devient de plus en plus fort alors que je redouble de vitesse dans la descente. Je sens l'un des jumeaux se ruer vers moi. Il est si proche que j'entends ses jambes se frayer un chemin dans les broussailles, et le rythme de son souffle qui est bien plus apaisé que le mien. C'est Robbie. Il lâche un son aigu, qui me fait penser à un cri d'oiseau. Il se moque de moi. Mon cœur bat comme un tambour dans ma poitrine et mes jambes paraissent infatigables, elles s'étirent toujours dans la direction des vagues. Mon pied droit se prend dans un buisson de ronces et je me tords la cheville. Je tombe vers l'avant en poussant un cri, mais parviens heureusement à recouvrer mon équilibre avant de me ramasser. J'ai beau avoir réussi à rester sur pied, ma maladresse a provoqué un nouveau ricanement. Je repars illico. À chaque balayage de lumière du phare, je vois le bord de la falaise se rapprocher. Tony a rattrapé son frère. Si seulement il arrêtait Robbie ! Malheureusement, il lui est loyal et je ne suis qu'un inconnu pour lui… J'ai l'impression que les deux frères n'essayent pas vraiment de me rattraper : c'est inutile, il n'y a aucune issue. Je continue à cavaler en boitant, car j'ai beau savoir que ça ne sert à rien, l'instinct de prendre la fuite est plus fort. Un poursuivant à ma gauche, l'autre à ma droite, je ne peux aller que tout droit. Tout à coup, les ronces disparaissent. Mes pieds semblent plus légers, mes chevilles ne sont plus grignotées par leurs petites épines. Quand le rayon du phare glisse sur moi, je découvre le coin d'herbe par lequel je suis passé tout à l'heure. Je suis bien plus proche du précipice que je ne le pensais. Ma peur et mon adrénaline veulent que je poursuive ma course, mais je sais que, si je le fais, je tomberai dans le vide. Des rochers durs et froids attendent mon corps en bas. La chute me tuera, c'est certain. Je force donc mes jambes à s'arrêter. Je suis si près du bord que je vois la plage en contrebas. Dans le faisceau de lumière qui suit, je vois les deux frères courir vers moi. Ils sont essoufflés. Robbie apprécie la fin du jeu, tandis que Tony est encore quelques pas derrière lui. Puis l'obscurité règne à nouveau et je ne les distingue plus.

— Vous êtes qui, bordel ?

Robbie. J'ignore s'il est à ma gauche ou à ma droite.

— Je… je… je…

Mon bégaiement déclenche un nouveau rire. Le signal lumineux poursuit sa trajectoire. Les jumeaux se glissent dans les hautes herbes d'une démarche lente de prédateur. Ils sont encore à quelques mètres de moi et ne me quittent pas des yeux.

— Peut-être que vous feriez mieux de me dire pourquoi vous m'avez suivi, monsieur Jon ?

Il connaît mon nom. Je me rappelle que Mandy, la femme de la compagnie de transport, m'a appelé « monsieur Jon » tout à l'heure. Elle a dû lui dire que je le cherchais, qu'elle m'a envoyé au pub, et c'est ce qui a dû éveiller ses soupçons. Il m'a vu juste avant de quitter The Bull ; il savait que je l'observais.

Après le bref passage du rayon du phare, j'ai l'impression qu'il fait encore plus noir qu'avant.

— Je croyais vous avoir semé en chemin. Mais vous vous êtes caché pour nous attendre, c'est ça ?

— Rob, tu n'es pas obligé de…

— La ferme, Tony.

Il faut que je tente de les raisonner, que je leur fasse croire que je peux les aider, malgré la peur qui menace de me submerger. Je vois Jakey qui m'attend devant New Barn Cottage, notre maison. Je pourrais mentir. Faire comme si je n'avais pas entendu leur échange devant la caravane. Prétendre ne pas être au courant que Grace sait quelque chose sur Tony qui pourrait lui coûter cher et qu'il a peur d'elle. Les convaincre que je ne pense pas Tony capable de commettre un meurtre. Non, tous ces bobards ne serviraient strictement à rien… Il faut leur avouer que j'ai écouté leur conversation. Je dois prendre ce risque. Encore essoufflé d'avoir fourni tant d'efforts, je me lance malgré tout :

— Je vous ai entendu parler, je commence d'une voix hachée. Tony, je vous ai entendu dire que Grace raconterait des mensonges à la police et que, si elle le faisait, vous retourneriez en prison. Je sais qu'elle a joué un rôle dans le meurtre de sa mère. Si vous me dites la vérité, peut-être que je pourrai vous aider.

J'entends l'un d'eux remuer, puis Tony demande :

— M'aider comment ?

Je déglutis. Ma respiration s'apaise enfin.

— Je peux vous servir de témoin. Je peux raconter à la police tout ce que j'ai entendu, leur dire que Grace vous faisait chanter. Je suis journaliste, je vous aiderai à prouver votre version des faits. Mais vous devrez leur dire la vérité sur ce qui est arrivé à Meg et à Grace. C'est le seul moyen.

— J'hallucine, vous devez vraiment nous prendre pour des cons, gronde Robbie dans les ténèbres.

Le signal lumineux revient sur nous. Tony se tient maintenant à côté de son frangin, il a l'air prêt à le retenir si besoin. Les yeux de Robbie sont rivés sur moi, ses joues sont rouges et ses lèvres humides. Je suis surpris qu'il ne se soit pas encore rapproché de moi.

— Vous croyez qu'on va croire un putain de journaliste ? reprend-il. Vous nous tourniez autour comme une mouche à merde. Non, vous n'êtes sûrement pas venu ici pour aider Grace, ni pour aider mon frère !

— Il est peut-être sérieux, Rob…

La voix de Tony est couverte par un bruit de cailloux qui dégringolent et s'écrasent sur les rochers en contrebas. Voilà qui n'est pas du tout rassurant…

Je comprends soudain pourquoi ils ne m'ont pas suivi jusqu'au bord. Parce que ce n'est pas la peine : ils n'ont pas un seul geste à faire pour se débarrasser de moi. Le sol commence à s'ébouler. La panique me pétrifie. Je crois entendre le rire de Robbie au moment où je croise le regard horrifié de son jumeau. Des pierres chutent de nouveau, les unes après les autres. Quand je ferme les yeux, j'entends Tony crier quelque chose qui ne ressemble même pas à un mot, mais c'est trop tard : il ne peut plus rien faire pour moi. Je ne vais pas m'en sortir. Les paupières closes, il m'est plus facile d'imaginer le visage de mon fils : je le vois en bonne santé et heureux, un grand sourire aux lèvres, tandis que le sol cède sous mes pieds.

## 25

## Cara

Grace s'éloigne. Je lui emboîte aussitôt le pas.

— Grace, non. Je t'en prie, ne…

Je m'interromps car, à l'autre bout de la plage, une nouvelle série de pierres se détache et tombe sur les rochers pointus en dessous de la falaise. C'est le bruit qu'on m'a toujours appris à craindre quand j'étais petite. Un hurlement retentit quelques secondes après, suivi d'un autre éboulement. C'est la voix de Jon. Je crie son prénom. Le temps semble ralentir et, alors que je cours vers l'endroit où il a dû atterrir, j'ai l'impression de tout voir image par image. J'ai déjà parcouru plusieurs mètres quand je prends conscience que j'ai laissé Grace derrière moi. Je m'arrête. Je n'entends plus que le bruit de la mer qui soupire, absorbée par sa tâche sans fin, et le sang qui bat dans mes tempes. Plus de signe ni de Jon ni de Grace. Jon est peut-être mort. Si c'est le cas, je ferais mieux de ne pas perdre la fugitive de vue et d'appeler Upton, car c'est la meilleure façon de prendre soin de mon amie. Elle ne pense pas avoir besoin de nous, mais elle se trompe. Et si Jon n'avait pas été tué sur le coup ? Il pourrait être gravement blessé ou en train d'agoniser… Je ne peux pas leur venir en aide à tous les deux, je suis coincée. À chaque bouffée d'air que j'inspire, Grace prend de la distance et Jon, s'il est vivant, s'affaiblit un peu plus. Je regarde la zone au bout de la plage, où Jon doit se trouver, puis je jette un coup d'œil derrière moi, à l'endroit où je discutais avec Grace il n'y a pas une minute. La balance qui était parfaitement équilibrée penche enfin d'un côté. Je traverse la plage à vitesse grand V, vers le bout du sentier, au pied de la falaise. Je me colle contre le mur de pierre. Il y a toujours un risque d'éboulement rocheux, mais j'ai l'impression d'être plus en sécurité à cet endroit-là, car je suis à l'abri du regard des jumeaux. Ils sont toujours là-haut, j'entends leurs voix portées par le vent. Ils sont trop loin pour que je puisse comprendre leurs propos. Je distingue quand même le ton désespéré de l'un d'eux. On dirait que l'autre essaye de rassurer son frère – je reconnais le mot « accident » – et l'empêche de s'approcher du bord, là où Jon a basculé dans le vide. Il faut que j'attende ici encore un peu. Aucun son ni mouvement du côté des rochers qui sont tombés. Rien n'indique que Jon a survécu à la chute. Les voix des jumeaux ont fini par s'éteindre. Je me force à rester contre la paroi froide un peu plus longtemps par prudence. Je patiente jusqu'à ce que mon souffle s'apaise et que ma respiration adopte le rythme des vagues. Même si je ne les entends plus, Robbie et Tony pourraient toujours être dans les parages, et je sais que, s'ils découvrent ma présence, ils me tueront. Je m'écarte un peu et une petite lumière sur le promontoire attire mon regard. C'est celle d'une lampe de poche. Je devine à son mouvement que son propriétaire est en train de courir : les jumeaux ne descendent pas le chemin de la plage, ils ont emprunté celui qui va vers Rainstead. Ils doivent se dire que c'est là que la fugitive est allée. C'est logique : dans une situation pareille, la plupart des gens s'y rendraient, je suppose. Sauf que Grace, elle, n'est pas comme tout le monde.

— Jon ? j'appelle d'une petite voix.

Le silence règne dans les ténèbres. Peut-être que je n'obtiendrai pas d'autre réponse.

— Jon ?

Le faisceau du phare se rapproche. Je suis terrifiée à la pensée de ce qu'il pourrait révéler. Je ne veux pas découvrir son corps ensanglanté, immobile… et surtout ne pas voir ses yeux grands ouverts. Le rayon lumineux passe d'abord sur des rochers noirs dont la surface est parsemée de bernacles et couverte d'algues. J'aperçois ensuite le sable autour de lui, éclaboussé de son sang. Puis, à la vue de sa silhouette humaine dans cet endroit hostile, un grand cri m'échappe, un son qui n'était jamais sorti de ma bouche auparavant, et je cours aussitôt vers lui. Je me mets à genoux à ses côtés sur le sable mouillé. Je ne peux pas le toucher. Pas encore. Il est aussi raide que les pierres dures sous son corps. L'une de ses jambes est tordue au niveau du genou. La partie inférieure du membre est levée en direction de sa hanche, dans le mauvais sens. Ses bras ont l'air désarticulés : ils pendent de chaque côté de lui et on dirait que ses manches sont vides. Je n'arrive pas à repérer l'endroit d'où le sang s'écoule. Ses paupières sont fermées, heureusement, mais son visage est inerte, comme s'il avait déjà quitté son corps. Mon bras tremble alors que je caresse la peau froide du dos de sa main.

Je murmure son prénom à plusieurs reprises. Si seulement je pouvais le faire revenir de l'endroit où il est parti… Mes larmes jaillissent et lui mouillent la figure. À ma grande surprise, quand l'une d'elles tombe juste sous son œil, sa joue se contracte. Il fait si sombre, je ne suis pas sûre d'avoir bien vu… Une autre le touche, et je crois qu'elle lui arrache de nouveau une grimace, comme si elle ajoutait à sa douleur. Il émet une sorte de gargouillement. Je ne sais pas si c'est bon ou mauvais signe. Du sang coule au coin de ses lèvres, puis le gargouillis se transforme en un mot :

— Grace.

Ses paupières frémissent. Il tousse pour tenter d'évacuer le sang qui remplit sa bouche.

— C'était Grace, dit-il.
J'essuie mes larmes de son visage.
— Jon ?
Il ne répond pas.

## 26

## Jon

Six mois plus tard.

Les arbres en bordure du terrain de foot rougeoient sous le soleil d'hiver. Au moment où Ruth m'aide à sortir de la voiture, l'arbitre donne un coup de sifflet.

— Le match a commencé ! je m'écrie.

J'ai envie qu'elle se dépêche, mais elle s'attarde sur mes lacets. J'aimerais qu'elle arrête : ce n'est pas comme si le fait qu'ils soient attachés ou non m'importait. Ma femme sent mon impatience et s'exclame :

— Ne me bouscule pas !

Les yeux toujours baissés, elle me donne une petite tape sur le genou et je souris à sa tête blonde penchée sur mes pieds. C'est bon signe, ces taquineries : j'ai l'impression que nous avons franchi une nouvelle étape. Ruth est la première personne que j'ai vue quand je suis sorti du coma ; elle a à peine quitté mon chevet pendant deux semaines. Chaque fois que j'essayais de parler de nous et de lui présenter mes excuses pour m'être comporté comme un con, elle me faisait taire, puis déposait un baiser sur mon front.

Il a beaucoup plu dernièrement. Résultat : le parking et le terrain de sport sont couverts de gadoue. Ruth est maintenant derrière moi et je sens ses bras tendus au maximum pour faire avancer mon fauteuil. J'essaye de l'aider en poussant les roues vers l'avant. Malheureusement, ce n'est pas très efficace : de la boue gicle, mais nous avons à peine bougé. Ruth semble déjà être à bout de souffle. Je ne peux pas m'empêcher d'imaginer Jakey qui s'arrête un instant de courir sur le terrain pour essayer de nous trouver dans la foule, puis cache vite sa déception pour que ses coéquipiers ne l'asticotent pas à ce sujet plus tard.

Ma femme poursuit ses efforts, lâche un grognement, mais le fauteuil ne bouge pas d'un centimètre. C'est peine perdue.

— Merde… Bon, Ruth, vas-y toute seule, parce qu'on est déjà en retard, là. Crie encore plus fort pour moi, d'accord ? Je peux me débrouiller tout seul pour retourner dans la bagnole.

Sur ce, j'appuie sur la roue droite pour faire demi-tour.

— Non, non, allez, je peux y arriver ! Il faut juste que je…

Elle remonte les manches de sa veste, avant de se camper fermement sur le sol glissant. Le fauteuil progresse de quelques centimètres seulement.

— Ruth, arrête, s'il te plaît. Ce qui compte, c'est qu'au moins l'un de nous deux soit présent, OK ? Tu peux venir me voir à la mi-temps. J'écouterai la radio, je ferai une petite sieste. Ça ira très bien !

Elle tourne autour de mon fauteuil pour se planter en face de moi. Les sourcils froncés, elle s'apprête à me dire quelque chose, mais se retient. On a déjà parlé plusieurs fois du fait qu'il fallait accepter que notre vie serait différente dorénavant et s'adapter à notre situation. J'ai demandé à Alex, mon kiné, d'avoir une petite conversation avec elle pour lui expliquer que c'est parfois mieux pour moi d'accepter mes limites plutôt que de me battre constamment contre elles. Il m'a confié plus tard la réponse qu'elle lui avait donnée : « Vous êtes sûr que vous avez rencontré Jon ? »

Ce samedi après-midi, pourtant, elle m'écoute. Après avoir opiné en silence, elle pose ses lèvres chaudes sur ma joue glacée, avant de me donner les clés et de se mettre en route vers le terrain d'où s'élèvent des cris et des encouragements.

Je commence alors à me diriger vers notre voiture. D'après Alex, je devrais pouvoir marcher avec une canne dans environ deux mois. Mais bon, mon kiné est payé pour être optimiste. Les médecins ont dit que j'ai de la chance d'avoir pu conserver ma jambe. En plus de cette dernière, je me suis aussi cassé trois côtes, le bassin, les deux bras, l'os jugal et la clavicule. Et ça, c'est sans compter tout ce qui a été perforé. Frôler la mort d'aussi près m'a sauvé. Ça peut sembler banal de dire ça, pourtant c'est vrai. Désormais, je sais ce qui compte le plus dans la vie : écouter les autres, ma famille, être là pour mon fils. Voilà le plus important.

— Jon ?

Un grand type apparaît devant moi. Il porte un bonnet bleu à pompon jaune et, sous sa doudoune marine entrouverte, j'aperçois un pull en laine avec un renne. Nous ne sommes pourtant que le 2 décembre. Il doit avoir entre quarante et cinquante ans et affiche un grand sourire, comme s'il se répétait la blague la plus drôle de tous les temps en boucle dans sa tête. Il se penche vers moi en posant ses mains sur ses genoux et on dirait qu'il est face à un petit chien. Son nom ne me revient pas, mais je crois bien l'avoir rencontré au dernier match.

— Bonjour, je dis.

Il pointe son torse du doigt.

— Tim, dit-il, tout sourire. Tu vas au match ?

— En fait, je retournais à la voiture.

— Ah, mince. St Bethell est encore en train de perdre, c'est ça ?

Je me demande si ses dents ne vont pas finir par geler, vu qu'il ne semble jamais arrêter de sourire.

— Non, je vais attendre dans la voiture, parce que c'est trop boueux pour aller jusque là-bas avec le fauteuil, je lui explique, un peu gêné.

Tim jette un œil vers le terrain. Son sourire s'efface le temps d'une seconde.

— Hors de question. Je vais t'y emmener, moi !

— Non, non, vraiment. Je ne crois pas…

Mais mon interlocuteur s'est déjà placé derrière moi et agrippe les poignées. Il glisse un peu au début, mais parvient à me faire avancer sans problème.

— On y sera en moins de temps qu'il n'en faut pour le dire ! lance-t-il.

Je suis certain qu'il a de nouveau un grand sourire plaqué sur le visage. Il ne dit plus rien pendant un moment, peut-être parce qu'il hésite à aborder le sujet qui, je le sais, l'intéresse.

— J'espère que ça ne t'embête pas que je te pose la question, Jon, je suis un peu curieux… Tu as été impliqué dans toute cette histoire avec les Nichols l'été dernier, hein ? Avec cette fille, Grace, je crois.

Eh bien, il n'y va pas par quatre chemins… Le fauteuil roulant cahote dans la terre molle et tout mon corps est secoué. Je pourrais lui répondre qu'il se trompe et que je n'ai rien à voir là-dedans, mais il connaît mon nom et Jakey, il saurait que je mens. Donc je décide qu'il vaut mieux ne rien dire. Tim ne semble pas remarquer que je n'ai pas très envie de bavarder et n'a pas l'air d'en être contrarié.

— Tu penses qu'elle a fait quoi, après s'être barrée ? Tu as une théorie ?

Je serre les dents, puis je me rappelle que mon kiné m'a recommandé de faire attention à ne pas me crisper. Non sans effort, je relâche ma mâchoire. Mon bon Samaritain se penche un peu au-dessus du dossier pour entendre ma réponse.

— Non, je n'en ai pas. Je ne sais pas ce qu'il s'est passé. Elle avait étudié comment les gens conduisaient pendant des années. Elle a pris la voiture des Craig, a réussi à rouler jusqu'à l'entreprise de transport, où elle s'est planquée dans la cabine vide de l'un des camions qui est parti juste après minuit cette nuit-là. On ignore où elle a atterri, car ces semi-remorques avaient des destinations aussi différentes qu'Oslo ou Sorrente. Les jumeaux ont été arrêtés le lendemain, ils essayaient de monter à bord d'un bateau à Plymouth. La police a trouvé des traces du sang de Megan sur le manteau de Tony et aussi de son ADN dans la caravane. Ils sont tous les deux derrière les barreaux, maintenant. C'est tout ce qu'il y a à savoir.

Tim s'est trop incliné en avant : il a coincé mes roues dans une flaque particulièrement collante. Il me fait reculer sur quelques mètres avant de reprendre son élan.

— Et il est arrivé quoi à cette fille, sa voisine, qui l'a laissée s'échapper ?

Je sens que mes dents se serrent et je sais que, cette fois, je ne parviendrai pas à détendre ma mâchoire.

Ruth m'a dit que Cara était venue à l'hôpital deux fois quand j'étais inconscient. Elle avait laissé des fleurs. Elle n'a pas cessé de téléphoner jusqu'à ce que, à la fin du mois de septembre, ma femme me persuade de la laisser me rendre visite. J'avais encore les deux bras dans le plâtre à ce moment-là, et ma jambe n'était qu'une sorte de saucisse rouge informe avec des broches qui en sortaient de toute part, comme si quelqu'un l'avait utilisée pour un rite vaudou. Visiblement mal à l'aise, Cara est restée debout à côté de mon lit, dans la chambre d'ami de New Barn Cottage. Elle était si nerveuse qu'elle ne parvenait pas à garder son regard posé sur un point fixe. Elle avait l'air plus jeune que jamais. En fait, Cara n'était qu'une gamine. À quoi j'avais pensé, bon sang, en l'impliquant dans toute cette affaire ?

— Bon, au moins tu as l'air plus en forme que la dernière fois qu'on s'est vus, a-t-elle dit.

Un rire m'a échappé, qui s'est vite transformé en toux. Une douleur s'est installée dans ma poitrine. Affolée, Cara a écarquillé les yeux. Elle a jeté un coup d'œil à la porte, comme pour chercher de l'aide. J'ai secoué la tête, pour lui montrer que ça allait et qu'il ne fallait pas s'inquiéter.

Il s'en est suivi une conversation maladroite au cours de laquelle nous avons évoqué d'autres sujets : son admission à l'université de Bristol et le camp de foot auquel Jakey avait participé durant l'été. Puis Cara s'est mordu la lèvre avant de lâcher :

— Je suis désolée que tu trouves que j'ai fait le mauvais choix quand j'ai laissé Grace partir ce soir-là.

C'est comme si un poids m'était tombé sur les épaules : j'étais épuisé, rien que d'avoir entendu son prénom.

— Je ne pense pas que tu aies mal fait. C'est seulement que j'aurais souhaité obtenir davantage de réponses.

— Mais tu as lu son vrai journal intime. Ce que Meg lui faisait, c'était… c'était de la torture. Si elle était restée, elle aurait été accusée d'avoir été complice d'un meurtre. Elle aurait échappé à une prison pour se retrouver directement dans une autre.

La voix de Cara était tendue. Elle s'était trop exercée à présenter l'histoire de cette façon. Je ne lui ai pas répondu que, si j'avais eu mon mot à dire, Grace aurait fait l'objet d'une accusation encore plus grave. Pour garder mon sang-froid, j'ai pris une grande inspiration qui a fait naître une douleur dans mes côtes.

— Écoute, je n'ai pas envie de me disputer avec toi. Il ne fait absolument aucun doute que Meg était très malade. Seulement, est-ce que ça justifie qu'on l'assassine ? Il y avait tellement d'autres moyens pour Grace de lui échapper. Elle aurait pu parler des sévices que Meg lui faisait subir à tout un tas de gens.

— Mais elle a essayé, Jon ! Tu as bien lu son journal, le vrai. Elle a essayé de se confier à moi et elle a aussi parlé à une infirmière. Meg avait un contrôle total, à la fois sur elle et sur nous tous. Même si l'un d'entre nous avait écouté Grace, entendu la vérité de sa bouche, je ne suis pas certaine que nous l'aurions crue.

— Ce n'est pas une excuse pour commettre un meurtre.

— Grace n'a tué personne.

— Tony Craig s'est constamment défendu d'être le meurtrier de Meg au cours de tous les interrogatoires et de tous les tests. Son frère et lui ont tous les deux confessé leur rôle dans ma chute, mais ont nié en bloc l'implication de Tony dans le meurtre.

Je sentais que la colère commençait à monter.

— Et alors ?

— Et alors, si on avait pu interroger Grace, peut-être qu'on aurait obtenu plus de réponses.

— Ouais, sauf que tu oublies une chose : si je l'avais empêchée de prendre la fuite, tu ne serais plus là pour lui poser toutes tes questions.

Elle a cligné des paupières à plusieurs reprises avant de regarder ses pieds. J'ai vu une larme tomber sur le plancher.

— Écoute, Cara...

Elle a tourné les talons et s'est ruée hors de la pièce. Elle ne voulait pas en entendre davantage.

Des fragments de souvenirs de cette nuit fatidique me reviennent de temps en temps. C'est comme marcher sur un morceau de verre brisé quand on pense que tous les éclats ont déjà été balayés. Ça coupe aussi profondément chaque fois. J'éprouve de la gratitude envers Cara, évidemment. Je lui suis très reconnaissant de m'avoir sauvé la vie. Je ne lui en veux pas du tout, au contraire. C'est à moi que j'en veux : c'est moi qui suis tombé de la falaise et qui l'ai forcée à laisser Grace prendre le large. En revanche, je ne peux pas prétendre me réjouir que quelqu'un de dangereux soit lâché dans la nature. À cause de moi, d'autres personnes pourraient souffrir. C'est cette pensée, et pas la douleur que me causent mes os et mes muscles, qui me tient éveillé la nuit.

Cara a raison : nous aurions tous dû être plus attentifs à Grace – ou plutôt Zoe. Elle a fait exprès de laisser le journal intime sur la scène de crime, j'en suis certain. Comme elle savait que sa mère le lisait, elle ne disait que du bien d'elle, mais parlait mal de son père. Meg aurait approuvé ses descriptions de Simon, elle aurait été contente de savoir que les fables qu'elle avait inventées au sujet de son ex prenaient racine. Quant à Grace, elle devait savoir que Simon serait le principal suspect. J'ignore s'il les appelait vraiment ou non. En revanche, je ne crois pas une seule seconde que Grace ignorait ce qu'elle faisait en mentionnant ses coups de téléphone. Elle avait parfaitement conscience que son journal allait jeter de l'huile sur le feu et donner à la police un suspect sur lequel se concentrer. Elle avait marché sur le fil du rasoir avec une habileté remarquable.

Son deuxième exposé des faits, rédigé après le meurtre, n'était toujours pas un récit honnête des événements. Après tout, elle avait passé toute sa vie à observer une menteuse hors pair. Elle savait exactement combien de secrets révéler pour enterrer la vérité encore plus profondément. Quand j'ai entendu l'échange entre les deux frères devant la caravane, j'ai su qu'ils ne la manipulaient pas. Non, c'était l'inverse. Elle savait qu'elle pouvait faire porter le chapeau à Tony pour le meurtre de Meg, que tout le monde la croirait, elle, plutôt qu'un homme qui avait eu des ennuis avec la justice depuis son adolescence. Elle avait été victime de maltraitance pendant des années, oui, mais elle était aussi la fille de sa mère jusqu'à la moelle. Bref, je me retrouve dans la même position qu'il y a un an, après la publication de mon article dans le *Cornish Chronicle* : la version de l'histoire qui me semble être vraie est totalement à l'opposé de ce que tout le monde a envie de croire.

Des acclamations en provenance du terrain de foot me ramènent à l'instant présent.

— On dirait que quelqu'un a marqué un but, je fais remarquer à Tim.

Il ne semble pas m'avoir entendu. Il s'en fiche du foot : il est en train d'obtenir les détails d'une super anecdote qu'il racontera en boucle dans les mois à venir.

— J'ai entendu dire que tu ne crois pas les frères Craig coupables.

— Coupables de quoi ?

D'accord, je joue à l'imbécile. Mais c'est que je suis fatigué de tout ça ! L'épisode de ma vie que j'essaye désespérément d'oublier est celui dont on s'obstine à vouloir sans cesse me parler.

— D'avoir tué la mère, bien sûr. J'ai lu quelque part que, d'après toi, Tony Craig n'était pas le meurtrier.

Il ralentit le pas pour gagner du temps, parce qu'il n'a pas fini de m'interroger. Mes jambes m'élancent et ma tête est lourde, pleine de toutes ces questions qu'on me pose tout le temps et auxquelles je ne donnerai jamais de réponses. En tout cas, pas de réponses honnêtes. Je l'ai promis à Ruth. Ma femme veut oublier toute cette affaire autant que moi.

— Crois-moi, j'ai dit tellement de trucs dingues depuis l'accident, tu peux demander à Ruth. C'est la morphine. Quoi que tu lises ou que tu aies entendu, oublie. Honnêtement, je ne me souviens de rien.

Je maîtrise plutôt bien ce mensonge, à présent. Pourtant, chaque fois que je le sors, je ne peux pas m'empêcher de penser : « Tu as gagné, Grace, tu as encore gagné. »

— Donc tu penses qu'il l'a tuée ?

— Tout ce que je sais, c'est que c'est leur faute si je me retrouve dans ce putain de truc, je réponds en frappant le côté du fauteuil roulant.

— Ouais, c'est vrai. Les salauds.

Mes mésaventures n'intéressent pas Tim. Mon histoire n'a rien de mystérieux, il suffit de me regarder pour me croire. Non, c'est l'autre histoire qu'il veut, et il ne l'aura pas.

— Tu penses quoi du père ? Tu as vu son interview au *Morning Show* ?

Décidément, Tim ne va pas laisser sa chance lui échapper.

J'ai tenté de regarder l'émission, mais je n'ai pas supporté de la visionner plus de quelques minutes. Les présentateurs avaient l'air un peu mal à l'aise à côté de Simon, coincés au bord du canapé orange. Le père de Grace semblait aller bien mieux. Même s'il parcourait sans cesse le studio du regard, l'air nerveux, il me paraissait enfin en accord avec lui-même.

« Alors, Simon, racontez-nous. Avez-vous jamais suspecté Megan de maltraiter votre fille ? »

L'animatrice arrivait assez bien à dissimuler sa gêne. L'invité s'est éclairci la gorge avant de donner la réponse qu'il avait prévue :

« Eh bien, Katie, Megan était passée maîtresse dans l'art de la manipulation. Elle me faisait chanter pour que je garde mes soupçons pour moi. Elle me menaçait de m'accuser de l'avoir battue et violée. Elle disait que tout le monde la croirait, elle, plutôt que moi. »

Malgré la consigne qu'on lui avait probablement donnée, Simon regardait droit dans l'objectif de la caméra. J'avais l'impression qu'il ne s'adressait qu'à moi.

« Je n'allais pas très bien à l'époque. Quand Meg m'a tenu responsable de la mort de notre fils, puis a refusé de me laisser voir Grace, j'ai plongé. J'ai perdu la notion de ce qui était réel et de ce qui ne l'était pas. Je savais que

Meg mentait sur le nom et l'âge de notre fille, bien sûr. Je soupçonnais qu'elle manigançait quelque chose, mais je ne savais pas quoi exactement. Une fois, j'ai presque dit la vérité à un médecin… J'ai honte de vous l'avouer, je me suis dégonflé. Meg aurait pu me détruire, me faire envoyer en prison. Vous voyez bien maintenant de quoi elle était capable. »

À ce moment-là, Ruth, qui était assise à côté de moi, a remarqué que des gouttes coulaient sur mon visage. Je ne sais pas au juste s'il s'agissait de sueur ou de larmes.

— On ferait peut-être mieux de regarder la suite une autre fois, a-t-elle dit avant d'éteindre le poste, puis d'essuyer ma joue avec un mouchoir.

À mon grand soulagement, nous n'avons toujours pas regardé la fin. En réalité, je pense que Simon savait que Grace était impliquée dans le meurtre de Meg. Il savait qu'elle ferait n'importe quoi pour sortir des griffes de sa mère. S'il ne s'est pas livré à la police quand il était recherché, c'est parce qu'il voulait donner du temps à sa fille. C'est pour cette raison qu'il n'a pas non plus révélé aux flics la véritable identité de Grace ni son âge réel. Il voulait la protéger, pour qu'elle ait une chance de s'échapper. À sa manière, il essayait d'être enfin un père pour elle.

— Jon ? m'appelle Tim en tirant un petit coup sur la chaise comme s'il voulait faire sortir la réponse de ma bouche.

— Non, je n'ai pas regardé l'interview, je dis, d'un ton définitif.

Il croit qu'il a envie de connaître la vérité, mais en fait, il ne le souhaite pas vraiment, car s'il savait il ne pourrait plus sourire autant. À la place, il passerait ses nuits éveillé dans son lit à imaginer une centaine de Grace différentes : une jeune femme frêle qui travaillerait comme vendeuse dans une boutique parisienne, une autre qui serait mendiante à Munich, une autre serveuse à Rome… Toutes boitent légèrement, ce qu'on remarque à peine.

Nous ne sommes plus très loin du terrain. Je repère Ruth à côté d'un groupe de parents. Mon cœur déborde d'amour dès que je pose les yeux sur elle. Elle a beau être bien emmitouflée et porter une écharpe et un bonnet, elle sautille quand même d'un pied sur l'autre pour se réchauffer.

— Bonne passe, Leo ! crie-t-elle. Allez, Bethell !

Impatient de la rejoindre, je commence à pousser moi-même les roues de mon fauteuil. Maintenant que le sol est plus ferme, je n'ai plus besoin de Tim, et je peux enfin me passer de son interrogatoire sur cette affaire qui ne connaîtra jamais une issue satisfaisante. Ce qu'il me faut désormais, c'est Ruth et nos projets d'avenir ensemble.

— Merci pour le coup de main, Tim, je peux faire le reste du chemin tout seul.

Mais il continue quand même à me pousser.

— Merci, je peux continuer tout seul ! je dis, un peu plus fort cette fois.

Tim s'immobilise, puis vient se placer devant moi. On dirait qu'il songe à me serrer la main, alors je continue à avancer vers ma femme.

— Merci encore pour ton aide, je lui lance au passage.

— Pas de souci, mon vieux, c'est quand tu veux, répond-il d'un ton un peu déçu.

Quand elle m'aperçoit, Ruth tape des mains avant de se pencher pour m'embrasser sur la joue, et je tiens ma langue quand elle dit que Tim est vraiment un mec sympa. J'adresse un signe à Jakey qui est en train de courir sur le terrain. Il fait deux petits bonds et me salue en retour, tout joyeux. Ruth me tient par la main jusqu'à ce que notre fils ait la balle. À ce moment-là, nous nous lâchons pour l'applaudir tandis qu'il traverse le terrain à toute vitesse, quand tout à coup l'arbitre siffle : quelqu'un est hors-jeu. Derrière le troupeau de parents qui protestent, rient les uns avec les autres et crient des encouragements aux joueurs couverts de boue, j'aperçois à l'autre bout du terrain une jeune femme en manteau bleu, dont la chevelure blonde paraît trop parfaite pour être réelle. Elle me fixe droit dans les yeux, avant de m'adresser un sourire, puis de poser son index sur ses lèvres en bouton de rose.

Quand le sifflet de l'arbitre retentit de nouveau, je cligne des yeux et me rends compte que j'ai rêvé : il y a bien une femme en manteau bleu, mais ce n'est pas Grace. Une vague de soulagement mêlé de crainte me traverse. Même si nous ne savons pas où elle se trouve exactement, nous sommes au moins sûrs d'une chose : elle n'est plus là. Grace a disparu.

# 27

## Cara

— Je vous souhaite la bienvenue à ce premier TD. Vous voir tous ici me fait très plaisir.

M. Mackenzie, notre professeur, prend bien soin de regarder chaque personne autour de la table, comme s'il portait un toast. Certains sont embarrassés et détournent le regard avec un petit gloussement, mais moi, je le fixe droit dans les yeux. Je veux lui montrer que je suis prête et que ma place est ici, dans ce bureau spacieux de l'université de Bristol qui a l'odeur du cuir, entourée d'étudiants studieux.

— Comme la plupart d'entre vous le savent sûrement déjà, nous nous retrouverons dans ce bureau, chaque mardi et chaque jeudi de quatorze heures à dix-sept heures, tout au long de l'année. Certains d'entre vous finiront peut-être par s'attacher à cet endroit, tandis que d'autres, j'en ai peur, s'y sentiront sûrement enfermés ou à l'étroit. (Quelques petits rires timides lui répondent.) En tout cas, j'espère qu'au moins, pour vous tous, ce lieu sera une sorte de salle de sport pour l'esprit, où vous pourrez laisser sortir vos idées, prendre des coups et en donner quelques-uns en retour, bien réfléchis et bien placés. Ici, ensemble, nous allons tenter de comprendre certains des actes commis par des êtres humains, qui sont parmi les plus épineux sur le plan éthique. Ensuite, nous essayerons d'élaborer un ensemble de règles pour expliquer comment nous pensons que la société devrait répondre à ces actes. La tâche sera ardue pour nous tous, et pour certains probablement déplaisante par moments. Peut-être même vous sentirez-vous agressés d'un point de vue moral et spirituel. Néanmoins, je crois sincèrement qu'afin de pouvoir comprendre l'être humain, et par conséquent aussi le monde dans lequel nous vivons, il nous faut comprendre les différents types de personnes, même si certains peuvent nous sembler inhumains. Voilà pourquoi nous sommes rassemblés ici. Maintenant, j'aimerais que nous en apprenions un peu plus les uns sur les autres, avant que je ne continue mon discours. Car je suis capable de continuer ainsi pendant des heures, vous pouvez me croire… (Quelques rires polis retentissent de nouveau.) Nous allons donc faire un tour de table. Présentez-vous, s'il vous plaît, puis expliquez-nous brièvement la raison de votre présence ici. D'où vous vient cet intérêt pour la criminologie ?

M. Mackenzie ouvre sa grande main blanche vers le garçon assis à sa gauche. La fille qui se trouve à côté de lui est déjà en train de prendre des notes. La boule au ventre, je me rends compte tout à coup que, après elle, ce sera mon tour.

Le premier étudiant se lève, les joues rouges. Il a le look typique de l'élève studieux. Il porte une chemise à carreaux sous un pull en laine avec un col en V, et un pantalon en velours côtelé marron. Après avoir retiré ses lunettes, il nous adresse à tous un grand sourire.

— Bonjour à tous, commence-t-il d'une voix très assurée. Je m'appelle Jamie et j'ai fait ma scolarité à Harrow[1]. Après mon bac, j'ai travaillé à l'étranger…

Une soudaine envie de rire s'empare de moi. J'aimerais pouvoir prendre une photo et l'envoyer à ma mère. Elle

1. Harrow School est une prestigieuse école privée pour garçons. (*N.d.l.T.*)

n'en croirait pas ses yeux si elle me voyait dans cette pièce, au milieu de ces gens. Quand la lettre d'admission est arrivée par la poste, elle a fondu en larmes et elle pleurait toujours quand elle m'a serrée dans ses bras quelques minutes plus tard.

— Je ne pourrais pas être plus fière de toi, Cara, m'a-t-elle dit un peu trop fort à l'oreille.

Même si elle ne me l'avouera jamais, je sais qu'elle serait encore plus heureuse si j'avais choisi d'étudier l'histoire de l'art, ou quoi que ce soit d'autre, plutôt que la criminologie.

Après le départ de Jon pour l'hôpital, j'ai raconté à Upton tout ce qu'il m'avait révélé au sujet de Meg et de ce qu'elle infligeait à Grace. L'inspectrice a interrogé le Dr Rossi et, petit à petit, d'autres personnes se sont manifestées. Finalement, il y a eu tout un déluge d'anecdotes. Des infirmières se sont rappelé avoir vu Meg trafiquer la perfusion de sa fille, des médecins ont reconnu avoir été mal à l'aise face aux résultats d'examens de Grace et s'être inclinés sous la pression que leur mettait sa mère, des amies se sont aperçues que Meg devait être celle qui leur piquait des boucles d'oreilles… Meg a forcé Grace à prendre un tel cocktail de médicaments qu'elle a elle-même commencé à croire que sa fille était souffrante. Ses pathologies et ses symptômes laissaient la plupart des médecins perplexes, et s'il y avait ne serait-ce qu'un début de suspicion de la part de l'un d'eux, Meg emmenait Grace en consulter un nouveau. Si elles ont déménagé à Ashford, ce n'était pas pour la meilleure qualité de vie, mais parce que Meg pensait que le Dr Parker, qui prenait de l'âge, serait plus aisé à manipuler pour obtenir des ordonnances et des rendez-vous avec des spécialistes (et elle a eu raison). Quand elle faisait ces longs trajets pour Londres, ce n'était pas pour avoir les meilleurs soins pour sa fille. Au contraire, elle s'y rendait pour obtenir des substances illégales et de faux résultats d'analyses, grâce auxquels un médecin a diagnostiqué chez Grace une dystrophie musculaire, exactement comme Meg le souhaitait. Elle faisait des recherches très poussées sur les médicaments à donner à sa fille pour affaiblir son cœur, sur ceux qui lui provoqueraient des crises d'épilepsie et ceux qui l'empêcheraient d'avaler la moindre nourriture. Sa supercherie était méticuleusement organisée et elle prenait vraiment soin de ne laisser aucune trace… Meg était beaucoup plus intelligente qu'on ne le pensait.

Ma mère a déménagé quelques mois après la disparition de Grace. Notre pavillon a été vendu pour un prix bien inférieur à sa valeur réelle, car trop de gens l'avaient vu aux infos. Quand on déménage en Cornouailles, c'est pour vivre en bord de mer, pas à côté d'une scène de crime. Mais à ce moment-là, ma mère n'en avait rien à faire, et puis elle a quand même pu en tirer suffisamment d'argent pour s'acheter un trois-pièces dans le centre d'Ashford. Elle a suivi les bons conseils de son psy et a décidé d'y aller mollo pour apprendre à connaître ses voisins. Quand elle a appris la vérité sur Meg, ma mère a fait une dépression ou, comme dit Zara : « Elle avait besoin de vacances. » Elles ont fermé le salon pendant un mois. Ma mère m'a avoué que c'était Meg qui avait pris la photo de Jakey à l'hôpital et l'avait persuadée de la poster anonymement en ligne. Elle a dit qu'elle était vraiment désolée avant d'éclater encore une fois en sanglots. Je lui ai affirmé que ce n'était pas sa faute, et je le pensais vraiment. Nous étions tous sous le charme de Meg.

J'ai aidé ma mère à décrocher les photos des Nichols dans la vitrine. Nous y sommes allées tard le soir, parce qu'elle ne voulait pas qu'on nous voie. À un moment, j'ai vu qu'elle contemplait l'un des clichés où elles étaient toutes les deux penchées vers l'objectif avec de grands sourires.

Meg tenait la main de sa fille entre ses deux mains à elle. Les yeux de ma mère sont devenus vitreux.

— Cette manie qu'elles avaient de toujours se tenir par la main… je trouvais ça trop mignon.

Sur l'image, les doigts de Grace sont tout rouges et enflés. Meg était tout le temps en train de toucher sa main, son épaule, sa jambe… Mais ainsi que l'a expliqué Grace dans son journal, elle ne faisait jamais ce geste simplement pour être en contact avec sa fille, ni pour la rassurer, comme quand ma mère à moi me prend par la main. Non, Meg lui rappelait par ce moyen qui était aux commandes. C'était un avertissement.

Ma mère et sa collègue ont maintenant recommencé à travailler. Le jour de la réouverture du salon, Zara lui a teint les cheveux en blond. Je prends ça comme un signe qu'elles ont toutes les deux décidé d'aller de l'avant.

Dennis est redevenu simplement « le boucher », et Sylvia a recommencé à se faire les ongles elle-même, elle dit que c'est pour faire des économies. Il paraît que Martin a toujours eu des doutes au sujet de Meg, mais que personne ne le croyait… Quant à David Raffin, on ne l'a plus revu à Summervale depuis le mois de juin. Les Nichols nous avaient rapprochés les uns des autres, et une fois la vérité dévoilée elles nous ont éloignés.

— Donc je suis vraiment ravi d'être là et j'ai hâte d'apprendre à tous vous connaître, conclut Jamie.

Les autres étudiants applaudissent pour le soutenir alors qu'il reprend place à table, désormais rouge comme un coquelicot. Le professeur se tourne vers la fille aux cheveux noirs à côté de moi et lui adresse un sourire. Elle ne rougit pas autant que Jamie, pourtant elle est bien plus timide.

— Bonjour, tout le monde. Je m'appelle Rose-Marie et je viens de Hong Kong…

Jon ne voulait pas que je vienne lui rendre visite chez lui pendant sa convalescence. Je l'ai senti dès que je suis entrée dans sa chambre : l'atmosphère était loin d'être amicale. J'ai essayé de lui cacher ma déception. J'avais pensé lui parler de ma décision d'étudier la criminologie avant de faire un master de journalisme. Je m'étais dit que ça lui ferait plaisir d'apprendre que j'avais le projet de faire le même métier que lui, mais il ne m'a pas posé de questions à ce sujet et je n'ai pas osé lui en parler. Il m'avait envoyé une carte pour me remercier de lui être venu en aide et d'avoir appelé les secours, sans y dire un seul mot sur Grace.

Finalement, l'instinct de Jon ne l'avait pas trompé, depuis sa première rencontre avec les Nichols. Il avait tout de suite su que ce n'était pas normal que Meg empêche Simon de voir sa fille. Il avait écrit son article, puis avait résisté tant bien que mal à l'offensive qui lui était tombée dessus en réponse. J'ai beau être fâchée contre lui parce qu'il m'en veut d'avoir laissé Grace partir, quand je me rappelle son rôle dans cette affaire, ma colère retombe. Je crois que lui et moi, nous allons en rester là.

— Merci, termine Rose-Marie d'une petite voix avant de se rasseoir.

Je sens tous les regards converger vers moi et mon cœur se met à battre la chamade. Je ne suis pas certaine de me rappeler grand-chose, pas même mon prénom, et encore moins la raison pour laquelle je suis là. Quand je me lève, je remarque que mes paumes sont moites. Je m'oblige à regarder tous ces visages curieux. Je me demande si certains d'entre eux deviendront mes amis. En bout de table, à la droite du professeur, j'aperçois tout à coup une fille de petite taille que je n'avais pas remarquée avant. Son nez dépasse à peine de la table, sa tête est coiffée d'un bonnet gris et, derrière ses grosses lunettes, ses petits yeux sont rivés sur moi, comme un rayon laser. Avec un sourire forcé, je détourne vite le regard puis, l'ongle de mon pouce enfoncé dans la chair de mon index, je déglutis avant de me lancer :

— Bonjour, je m'appelle Cara. Je suis ici parce que cet été j'ai appris par moi-même que même les personnes qui commettent les pires crimes peuvent ne pas rentrer parfaitement dans la case « coupable ». J'ai envie de comprendre l'espace entre la culpabilité et l'innocence, et d'explorer ce que pourrait entreprendre le système judiciaire pour mieux accompagner et réinsérer quelqu'un qui est à la fois une victime et un criminel.

Quelques étudiants hochent la tête, tandis que d'autres tapotent leur bloc-notes de leur stylo.

— Je suis vraiment contente de participer à ce TD, j'ajoute en guise de conclusion.

Alors que je reprends place sur ma chaise, soulagée, je jette un œil autour de la table. Grace est toujours là, elle m'adresse son petit sourire en coin. Je sais bien qu'elle n'est pas réelle. Je regarde mes mains quelques secondes et, quand je relève la tête, Grace a disparu.

## *Épilogue*

Il est arrivé à une heure du matin. J'attendais dans la cuisine plongée dans l'obscurité pour le faire entrer par la porte de derrière. J'avais déjà retiré de la maison toutes les preuves des sévices qu'elle m'avait infligés – des ampoules inutilisées et des boîtes de médicaments. J'avais fourré tous nos secrets les plus sombres dans un sac-poubelle noir qui serait emporté par les éboueurs dans la matinée. Je ne voulais surtout pas que la police les trouve, car ça embrouillerait l'enquête sur ma disparition. Après tout ce temps, je ne pouvais pas prendre le risque que quelqu'un devine la vérité, pas maintenant, alors que j'avais besoin de temps pour fuir. Au bout du couloir, ma mère ronflait. Il a laissé ses chaussures dehors, comme convenu. J'étais troublée de le voir là, chez moi, en chair et en os. C'était comme un miracle. J'ai posé l'index sur mes lèvres : il ne fallait surtout pas faire de bruit.

Il m'a suivie jusqu'à sa chambre. Nous avons fait une pause devant la porte, histoire de vérifier que chacun était prêt.

— On l'attache, on la pique, on prend le fric et on se casse, il a murmuré.

La porte s'est ouverte sans résistance. Une drôle d'odeur flottait dans la pièce. Étendue sur le côté, elle avait l'air d'être plongée dans un sommeil profond. La lumière blafarde du lampadaire qui s'infiltrait par la fenêtre ne semblait pas la déranger. Elle dormait la bouche ouverte. La sueur avait collé des boucles de ses cheveux fins à son front, et sa joue était écrasée sur l'oreiller. À cet instant, j'ai ressenti à la fois toute la haine et tout l'amour que j'avais pour elle. Elle a remué. Ses paupières gonflées se sont entrouvertes tout doucement puis, quand elle m'a vue debout au-dessus d'elle, elle a écarquillé les yeux. J'ai souri.

— Grace, qu'est-ce que tu…

Elle a voulu s'asseoir, mais Tony a été plus rapide et l'a plaquée sur le matelas. Il est monté à moitié sur le lit pour maintenir les bras de ma mère au-dessus de sa tête. Elle a hurlé mon prénom et je lui ai aussitôt fourré le bâillon dans la bouche.

— Vite ! a crié Tony.

J'ai vu ma mère grimacer, horrifiée à la vue de la seringue dans ma main. Ça m'a réjouie de savoir qu'elle avait conscience de ce qui allait lui arriver. J'avais pris sa place et elle, la mienne. Elle savait quel plaisir je ressentais d'avoir ce pouvoir entre les mains, et je connaissais la peur qu'elle éprouvait dans sa situation. Nous n'avions pas besoin de mots pour l'exprimer. J'aurais aimé que ce moment dure plus longtemps.

— Vite ! s'est de nouveau écrié Tony.

Elle essayait de le repousser. J'ai dirigé la seringue vers son bras et j'ai commencé à l'enfoncer, mais elle s'est débattue et la seringue m'a échappé pour atterrir quelque part derrière moi.

Tony a juré. Elle allait réussir à se libérer d'une seconde à l'autre. Tous mes sens étaient en ébullition. Je savais que la lampe était là. Après avoir tiré sur le fil pour la débrancher, je m'en suis emparée. Mon bras a flanché sous son poids. Tony me regardait faire. Il lui a fallu un instant pour comprendre, alors que ma mère se tortillait, grotesque, entre ses jambes.

Quand il a lâché ses bras, elle s'est relevée brusquement sous son agresseur et l'a renversé en arrière. Mais j'avais déjà levé la lampe de chevet au-dessus de ma tête. J'ai marqué une pause. Je voulais qu'elle me voie bien, au-dessus d'elle, comme ça. Les yeux grands ouverts sous le coup de la surprise, elle m'a regardée comme jamais elle ne l'avait fait auparavant, comme si j'étais une inconnue, une personne à part entière. Puis j'ai abattu mon arme improvisée. Le pied incurvé s'est fiché entre ses yeux. Malgré le bâillon, j'ai entendu le bruit sourd qui est sorti de sa bouche. Ses bras qui tentaient de m'agripper sont retombés, sans force, comme si sa batterie n'avait soudain plus de jus. Les yeux exorbités, elle s'est écroulée sur son oreiller. Un filet de sang s'est mis à couler sur son front, d'une blessure que je ne voyais pas de là où je me tenais.

Derrière moi, Tony a commencé à gémir, tandis que le sang suintait toujours plus, riche et abondant, du crâne de ma mère.

— Oh, putain, qu'est-ce que t'as foutu ? Il faut qu'on se barre, tout de suite !

Un éclair de rage m'a traversée. Qu'il était faible, cet homme qui avait laissé mon frère se noyer ! Je n'avais pas envie qu'il assiste à ce moment. Ce moment si pur et parfait devait rester entre ma mère et moi. Il a commencé à reculer vers la porte, tremblant de peur. Ce lâche ne pensait qu'à prendre la fuite.

— Va m'attendre dans la voiture, je lui ai lancé.

Désormais, c'était moi qui commandais. J'ai vu l'ombre de Tony bouger sur les murs alors qu'il sortait de la chambre, puis je me suis reconcentrée sur ma mère. J'avais envie d'essuyer le sang de son visage, mais je savais qu'il fallait faire attention à ne pas laisser de preuves. Je devais avant tout penser à l'avenir. À mon avenir.

Une sensation de joie m'a envahie à cet instant-là. J'ai relevé la lourde lampe au-dessus de ma tête, et cette fois, comme elle était allongée, le coup a été encore plus puissant. Le pied en fer forgé s'est enfoncé dans son front une fois, deux fois, trois fois… Puis quand mes bras ont été trop fatigués et mes mains gantées incapables de supporter plus longtemps le poids de la vieille lampe, un gargouillis est sorti de la bouche de ma mère. Ses yeux qui me fixaient se sont remplis de sang. Je l'ai observée alors que les ténèbres s'emparaient d'elle. Pendant que la vie quittait son corps, une chaleur s'est répandue dans le mien et je me suis sentie revivre. C'était comme une nouvelle naissance. Grace a disparu et Zoe a pris sa place.

## *Note de l'auteure*

Attention : cette note contient des *spoilers*.

Un jour, avec un ami, nous avons discuté de l'idée que toutes les fictions sont fondées sur des épisodes de la vie réelle à des degrés variés. J'y ai beaucoup réfléchi récemment et j'aurais tendance à être d'accord. *Quelques battements de cœur* ne fait pas exception puisque ce roman a été inspiré par l'histoire d'une mère américaine, Dee Dee Blanchard, et de sa fille Gypsy Rose.

Il a été établi après la mort de Dee Dee qu'elle souffrait du syndrome de Münchhausen par procuration, que le National Health Service (le système de santé public britannique) définit ainsi : « Une forme rare de maltraitance sur mineur. Il se produit quand un parent ou une personne responsable d'un enfant, en général sa mère, exagère les symptômes de son enfant ou lui provoque délibérément une maladie. » Pendant des années, Dee Dee a infligé des souffrances inimaginables à sa fille. Elle l'a forcée à subir des opérations chirurgicales inutiles, l'a obligée à vivre dans un fauteuil roulant, a sans cesse inventé des urgences médicales et a même annoncé à tout le monde que sa fille avait les capacités cognitives d'un enfant de sept ans, alors que la jeune femme était en parfaite santé. Avec l'aide de son petit ami de l'époque, Gypsy Rose a organisé et exécuté le meurtre de sa mère pour pouvoir s'échapper. *Quelques battements de cœur* est inspiré de ces faits réels, mais il s'agit d'une œuvre de fiction : tous les personnages et les événements qui y sont évoqués sont le fruit de mon imagination.

Le récit de la vie de Gypsy Rose m'a bouleversée. Plus j'y réfléchissais, plus il soulevait de questions. Avec le temps, ces interrogations m'ont inspiré la trame de *Quelques battements de cœur*. C'est un roman sur ce qu'il arrive quand l'amour maternel – qui est peut-être le type d'amour le plus intense – se transforme et tourne mal. L'histoire de Meg et de Grace est aussi, à mon sens, une histoire de justice et de rédemption : comme Cara à la fin du roman, je me suis demandé si, dans des circonstances extrêmes, le meurtre pouvait être justifié. Si on m'avait infligé des traitements aussi effroyables et invalidants, qui serais-je devenue ? Et si j'avais essayé d'en parler autour de moi mais que personne ne m'avait crue, aurais-je pu commettre le crime ultime pour pouvoir m'enfuir ?

Et vous, l'auriez-vous fait ?

## *Remerciements*

J'aimerais commencer par vous rassurer : aucun des personnages de ce livre n'a été inspiré par un membre de ma famille. James, Otis, Edward, Sandy, Tim, Catherine, Eloise, Joshua, Rose, Alex, Laura, Leo, Barnaby et Chloe : détendez-vous ! Merci à tous d'avoir été de très mauvaises inspirations pour un thriller psychologique.

Je suis totalement redevable à mon incroyable agent, Nelle Andrew, dont le dévouement et la passion sont sans égal et dont les bons conseils m'ont aidée à traverser certains des moments les plus difficiles de ma vie d'auteure et de jeune maman.

Un grand merci à mes deux éditrices chez Little, Brown and Company, Lucy Malagoni et Lucy Dauman (« les Lucy »), car elles m'ont guidée avec beaucoup d'habileté, de bienveillance et de bonne humeur.

Je souhaite également exprimer ma reconnaissance à Kate Hibbert, Andy Hine, Helena Doree et Sarah Birdsey, la fantastique équipe des droits étrangers chez Little, Brown and Company.

Je remercie aussi la rédactrice Thalia Proctor, les relectrices Zoe Gullen et Mari Roberts et le correcteur Jon Appelton. Merci d'être venus au secours de ma grammaire médiocre.

Ma profonde reconnaissance au Dr Tim Hall et au Dr Deepa Shah pour le partage de leurs connaissances professionnelles. Merci d'avoir pris le temps et le soin de répondre aussi minutieusement à mes questions très ennuyeuses.

Mes remerciements à Marlies Lenstra, Rebekka Benzie, Charity Garnett et Becky Murrell (« The Berlin Five ») pour leur amour et leur soutien. Je vous aime.

Je suis redevable à mon amie Tor Garnett pour son discernement : « Gère ton énergie plutôt que ton temps. » Merci également à mon amie Lulah Ellender, qui elle aussi est une auteure, pour ses sages conseils et pour avoir fait la première lecture professionnelle de ce roman.

Toute ma gratitude aux Ladykillers, avec qui je partage les hauts et les bas. C'est vraiment un plaisir de faire partie du clan.

Pour Maalu, Dash, Sephy et India, mes filleuls chéris : je vous aime tous, mais reposez ce livre, s'il vous plaît, vous n'êtes pas encore assez grands pour cette lecture !

Je remercie mon fils Otis d'avoir été avec moi – littéralement – pendant l'écriture de ce livre et d'être arrivé quand il était presque terminé. Tu as changé le monde pour le meilleur en étant tout simplement toi. Je t'aime.

Un grand merci à mon mari, James, parce qu'il me dit toujours « je t'aime », même quand je ne fais que râler et parler sans cesse de ma fatigue. J'aime la vie que nous avons créée ensemble.

Et, finalement, aux lecteurs de ce livre et de tous les autres : merci !

# BOOK CLUB

**Poursuivez votre plongée dans l'univers du roman avec ces pistes de discussion. Une occasion d'échanger entre amis !**

**1.** Qu'avez-vous ressenti à la lecture du prologue ? Quelle mère semble être Meg pour Grace ? Selon vous, à ce moment du récit, quelle peut être cette « bombe » menaçante à laquelle elle fait référence ?

**2.** Comment qualifieriez-vous la vie menée par Meg et Grace ? Quelle place occupaient-elles dans le cœur des habitants de Summervale ?

**3.** De quoi Cara se sent-elle coupable vis-à-vis de Grace ? Pourquoi pense-t-elle avoir été égoïste ? Que pensez-vous de l'amitié qui la lie à l'adolescente ? Sur quoi se fonde leur relation ?

**4.** Quel genre d'homme est Jon Katrin ? Comprenez-vous qu'un journaliste puisse être l'objet d'une telle haine ? Que pensez-vous de son acharnement à défendre la place du père dans les situations familiales complexes ?

**5.** Vraie empathie ou fascination morbide : que vous inspirent les réactions des habitants de Summervale à la suite du meurtre de Meg et de la disparition de Grace ?

**6.** Quel portrait de Grace se dessine à la lecture de son journal ? Que pensez-vous de cette image d'une adolescente sans secrets ?

**7.** Comment l'intervention de la police est-elle perçue dans le roman ? Pourquoi les forces de l'ordre inspirent-elles tant de méfiance aux habitants de Summervale ?

**8.** Comment s'établit la relation entre Cara et Jon ? Que partagent ces deux personnages ? Qu'attendent-ils l'un de l'autre et de la résolution de cette enquête ?

**9.** Meg et Grace, Susan et Cara : comment sont décrites les relations mère-fille dans ces deux duos ? Comprenez-vous la jalousie de Susan à l'égard du lien qui unit Meg et Grace ?

**10.** La perception que le lecteur a du personnage de Meg évolue tout au long du récit. Quelles en sont les différentes étapes ? À quel moment Meg apparaît-elle comme dangereuse pour sa fille, pour les autres ? Comment avez-vous vécu les révélations la concernant ?

**11.** Manipulée ou manipulatrice : dans quelle case placeriez-vous Grace ? Connaissiez-vous le syndrome de Münchhausen par procuration ? Comment pourriez-vous réagir face à ce type de maltraitance ?

**12.** Qu'ont appris Jon et Cara sur eux-mêmes à la fin de cette affaire ? Quels changements la conclusion de l'affaire produit-elle dans leur vie ? Quels destins leur imaginez-vous ?

*Composition et mise en pages*
*Nord Compo à Villeneuve-d'Ascq*

MIXTE
Papier issu de
sources responsables
FSC® C003309

L'éditeur de cet ouvrage s'engage dans une démarche
de certification FSC® qui contribue à la préservation
des forêts pour les générations futures.

Pour en savoir plus :
www.editis.com/engagement-rse/

CET OUVRAGE
A ÉTÉ ACHEVÉ D'IMPRIMER
SUR ROTO-PAGE
PAR L'IMPRIMERIE FLOCH
À MAYENNE EN OCTOBRE 2020

N° d'impression : 97009
*Imprimé en France*